Tensei shitara
Kurojishiouji no
achi deshita!

taber aiyouni
henshokukokuhuku
sasemasu.

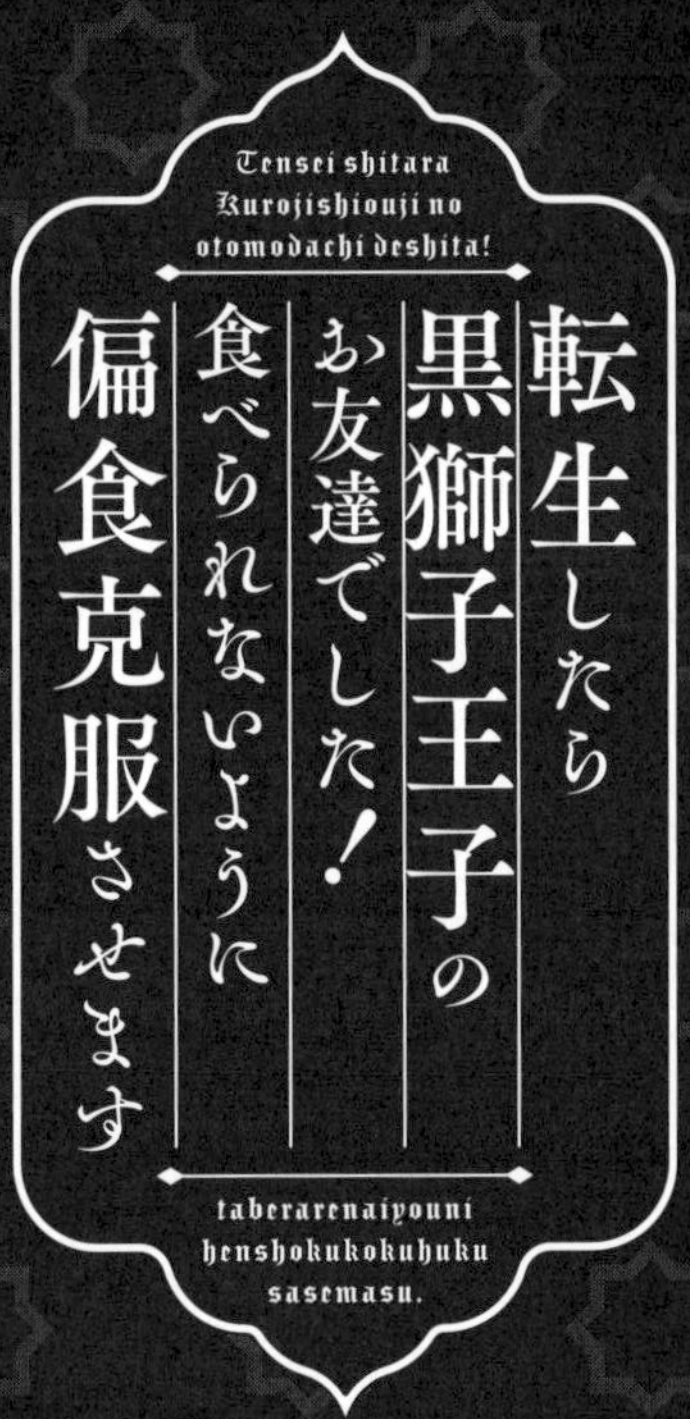

Tensei shitara Kurojishiouji no otomodachi deshita!

転生したら黒獅子王子のお友達でした！食べられないように偏食克服させます

taberarenaiyouni henshokukokuhuku sasemasu.

猫梟・由麒しょう

Presented by Nekofukuro・Sho Yuki

yum

Cover illustration

Contents

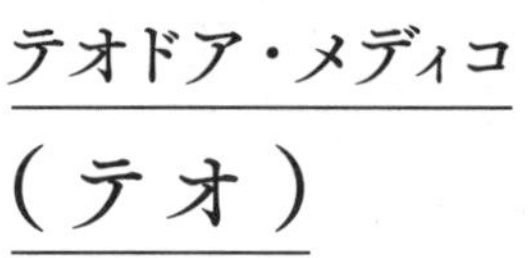

テオドア・メディコ（テオ）

医学博士の息子で、
前世は日本人だった記憶を持つ。
ラヴァーリャ王国で
ファウスに出会い「ご学友」になる。

ファウステラウド・ヴェネレ・オルトラベッラ・ラヴァーリャ（ファウス）

ラヴァーリャ王国第二王子。
百年ぶりに生まれた黒獅子獣人。
食べ物の好き嫌いが多いが、
テオの料理は大好き。

アダルベルド・ラヴァーリャ・コーラテーゼ（アダル）

貧乏公爵家の後継ぎ。獅子獣人。
体力勝負に強く、いつも陽気で前向き。

シジスモンド・アルティエリ（シジス）

成金子爵家の後継ぎ。獅子獣人のハーフ。
観察力が高く、狙った商機は逃さない。

シモーネ聖下

聖女を信奉するラヴァーリャ国の
最高司祭にして王弟。白獅子獣人。
気さくで優しいが一筋縄ではいかない麗人。

バルダッサーレ殿下

ラヴァーリャ王国第一王子。
黄金の獅子獣人。
苛烈な性格だが、なぜかシモーネには弱い。

6歳

黒獅子王子は偏食家

一

「テオ、テオ！　見てごらん。屋台で砂糖菓子が売ってるよ」

馬車の窓越しに、父様がはしゃいだ声を上げる。

子供みたいに目を輝かせた父様に促されて、ぼくは中央通りの左右に並ぶ店を眺める。

父様の見つけた砂糖菓子のお店。食べたことはないけれど、きっとすごく甘くておいしいんだろうなぁ。

その隣には、フルーツを串に刺して売っているお店。反対側には串焼きも売っている。食べ物ばかりではなくて、民芸品みたいなものを並べて売っている人もいる。

今まで見たことがないぐらい商品の種類は多く、売り手の容姿も同じぐらい様々だった。明るい髪の色、暗い色。肌の色も、褐色の人、雪白の人、黒檀のような人。

ひと、ヒト、人の数に酔ってしまいそうだ。

この国に来てから、ぼく、テオドア・メディコは、口をあけっぱなしだった。

豊かだ。とてつもなく、豊かな国なんだ。

王都に至るまでの街道には石畳が整備され、道行く人々も身綺麗だ。

ぼくが生まれた【英明なる学びの都】ジェンマでは、考えられないぐらいの人の数だ。

ジェンマも、良いところだよ。古くて趣があるし、学生が多くて。【英明なる学びの都】とか自分で言っているところが恥ずかしいけど、大陸中の大学が集まっているのは間違いない。

おおらかで堂々とした気風の人が多い中で、自画自賛を恥ずかしがるのは、ぼくの日本人的な感性なんだ。

実は、ぼくには前世の記憶がある。

正確には前世なんだろうな、と思える記憶があると言った方がいいのかな？

前世なのか、夢なのか、思い込みなのか、それを判断してくれる人はいないから、ぼくの妄想かもしれないけれど。少なくとも六歳以上の人生を、ちょっとだけ料理好きな平凡な男の子として、日本という国に住んでいた記憶があるんだ。

テオドア・メディコとして生まれる前の記憶があることは、両親にも告げていない。だって、上手く説明ができない。当たり前だけど両親は日本なんて知らないし。

でも、赤子の頃、言葉を口にし始めた時から、おぼろげに蘇る記憶の断片を言い出していたみたいだ。

自分の言っている内容が変だと判断できなかったんだから、それは仕方ないと思う。亡き母様は「空想のお友達ね」と笑い、父様は「うちのテオは天才だ」と納得していた。

両親の反応は、ちょっとおかしいとぼくでも判断できる。元貴族の両親は、鷹揚を通り越して呑気者だ。ヘタに怪しい記憶があると騒がれないだけマシなんだけど、少しは疑えばいいのに。疑わないからいつまで経っても貧乏で、実家からもらった財産を食いつぶして生きることになるんだよ。

そんな頼りない父様と二人で、ぼくは大陸最大の国家ラヴァーリャへ到着したところだ。

夜逃げ？

違う違う。

ラヴァーリャ王ボナヴェントゥーラ陛下から直々に、父様が招聘されたんだ。ラヴァーリャは獅子の獣人族の国家だ。当然国王夫妻は獅子の獣人で、父様は「獣人に直接会える」って子供みたいに目をキラキラさせて喜んでいた。

医学者のくせに脊髄反射でモノを考えていそうなところが、子供としては非常に心配なんだけれど、国王に呼ばれるなんて名誉なことは人生で二度と無いだろう。

生活力がない父様が、やっと摑んだ就職先。蹴るなんて考えられない。

まだ六歳のぼくを連れて、長旅に出ることを躊躇する父様の背中を、ぼくは押しに押した。次は無いのだと、父様よりもぼくの方が焦ったぐらいだ。

ラヴァーリャ王は、わざわざ迎えの馬車まで寄越してくれた。お金持ちってすごいな。

【英明なる学びの都】ジェンマから、子供のぼくのペースに合わせてのんびりゆっくり長旅を経て到着したから、その足で謁見に向かうことになっていたんだけど、ぼくだけ途中で降ろされた。

邪魔だったからじゃない。「小さな子供には、窮屈だから」という理由だ。庭を散歩しておいで、と案内の女官さんに言われて広大な庭園に連れてきてもらう。

たぶん、ぼくが六歳の男の子だから、走り回りたいだろう、と気を使ってくださったのだ。

豊かな国は、子供にまで親切だな。余裕があるって、こういうことだな。

頼んだよ、父様。ぼくがいなくても、しっかり国王にご挨拶して、有能さをアピールしてきて。貴族の家に生まれたんだから、挨拶ぐらいはできると信じたい。

別れる時に見つけてしまった曲がったタイが、心配でならないよ。


そして。

迷った。

右を見ても、緑。左を見ても、緑。

木陰を作るために聳(そび)え立つ樹は、美しく刈り込まれ、下枝など足掛かりになるものはない。よじ登って現在地を確かめることはできない。

もちろん着いたばかりの王宮の庭で、木登りチャレンジはできないし、しない。枝でも折ったら、ぼくが摘(つま)み出されそうだ。


それに、ぼくの身体はひ弱だった。

陽に焼けず抜けるように白い肌、白髪ぐらい色がないプラチナブロンド。

もっと北の方に行けばいそうな色合いだけれど、この辺りは褐色の肌、濃い色の髪と瞳が標準だ。女の子ならともかく、男としては白すぎると評判だった。

極めつけは、視力の弱い赤い瞳。

前世の記憶は「色素欠乏症なのでは？」と、ぼくに囁(ささや)くんだけれど、父様は異常だとは考えていないみたいだ。

血の色が透けているのか、赤い色がついているのかは知らないが、明るい日差しの下では眩(まぶ)しすぎて見えにくい。それを保護するために、色付きのとても分厚いレンズのメガネをかけていた。

視力の矯正と目の保護をしてくれる超有能魔道具。ぼくの中で唯一の財産とも呼べるすごいメガネ。なんだけれど、何事も「小型化」は課題なのか、ぼくが小さすぎるのか、顔の半分ぐらいはメガネになってしまう。鼻が低いので、メガネがずり下がって、何とも間抜けだ。

つまりぼくの外見は、ひょろひょろと頼りないもやしっ子が、昆虫の複眼の如き巨大なメガネをかけているという、非常に奇妙なものだった。

せっかく生まれ変わるなら、イケメンが良かったのになぁ。

ずり落ちてくるメガネを直しながら、仕方なく歩みを進める。

大人の腰ぐらいまでの生け垣なんだから、ぼくからは見えなくても、大人からぼくの姿は見える。戻らない事に気づいた父様が、探しに来てくれるだろう。

気づいてくれる、よね?

心配だ。明日の朝ぐらいに気づかれたらどうしよう。

お腹が減るじゃないか。

父様を疑った途端、胸がきゅう、と痛くなる。

不安が、ひたひたと浸みてくる。

理性ではそんなはずがないと思っているのに、心が揺れると抑えられないのは、きっと子供だからだ。

「とうさま」

不安のあまり、ぐすん、と涙が滲んでくる。

どうしよう。本当に来なかったら。

呑気で、自分の研究しか見えていない父様が、ぼくの事を忘れてしまったら。

そんなことは無いと信じたいのに、もしものことが起きそうで怖くなる。

どっちを向いても緑色しかないこんなところで、暗くなってしまったら、どうしよう。

ぐるりと周辺を見渡しても、どこからこの迷路に入り込んだのか分からない。

「とうさま、とうさま……」

泣き声を上げてしまいそうになり、唇を嚙みしめる。溢れてしまいそうな涙を、メガネを外して拭う。

一粒零れてしまったら、涙が止められないことを分かっていた。

「こっちにこい、チビ!」

「え?」

突然声が聞こえたと思った瞬間、乱暴に腕を掴まれる。びっくりして涙が引っ込んだ。

何が起きたのか理解できないうちに、口をふさがれ、引きずられる。

なになに、誘拐?

怖くなって身体が竦む。頭の中身は少々大人でも、感性は子供なのだ。

「——様！　ファウステラウド様！　どちらにいらっ

しゃいますか」

「お返事をしてくださいませ。ファウステラウド様！」

遠くから何人もの女の人の声が聞こえる。

声が響く度に、ぼくを押さえつける腕に、ぎゅう、と力が入った。

「もー、はやくいけよ」

ぼそりと聞こえる声は、ぼくと年も変わらないだろう子供のものだ。

「んー、んーっ」

暴れれば腕が外れるかと思って抵抗すると「しずかにしろ」と力を入れられる。

懸命に顔を上げると、ぼくがいるのは茂みの中だと分かる。葉っぱの間から、つい先ほどまで立っていた通路が見える。

名前を呼ぶ女の人の声は近づいてきており、そのうちすぐそばまでやってきた。

今だ！

女の人に気づいてもらえれば、この子供の腕から抜け出せる。

ジタバタと足をばたつかせると「しずかにしろっ。もうすこしではなしてやるから」と囁かれた。

首を反らして声の方に向くと、そこには黄金に輝く瞳があった。

闇に潜む、獣の瞳だ。

とても美しい狩人の瞳だった。

ぼくが見蕩(みと)れている間にも、金の瞳の子供の注意は通路の方に向いている。

「……」

「もうすこし。もうすこしだから、チビ。しずかにしてくれ」

女の人の衣の裾がちらちらと見え隠れする。

「ファウステラウド様のお姿はありましたか？」

「いいえ。こちらには」

「まったく、どちらに行かれてしまったのか。シモーネ聖下をこれ以上お待たせするわけには」

「あちらをお探ししましょう」

「では、私はこちらで」

相談が済んだ女の人たちは、やがて名前を呼びながら遠ざかっていく。

声が聞こえないぐらい遠くなってから、言葉通りぼくは手を放してもらえた。

ほっと息を吐いている間に、黄金の瞳の子供はごそ

ごそと匍匐（ほふく）前進で茂みの外をうかがっている。

「よし、いったな。シモーネおじうえなんて、さっさとせいどうにかえればいいんだ」

　器用に身をくねらせて、ぼくを捕獲した子供は茂みから出て行った。長い尻尾が、身体の動きに合わせてゆらりと動く。

　獣人、だ。

　ゆらゆら動く尻尾は、飾りではない。

　長い尻尾の先の飾り毛は黒。よく見ると、ふさふさとした黒い巻き毛の中から丸い耳が突きでている。

　ぴくぴくと動くそれに、ぼくの心はきゅうきゅうと締め上げられる。すごくかわいい。ちょっとだけ触ったらダメかな？　前世のぼくは、猫でも飼いたかったのかな？

「おい、チビ。わるかったな……ど、どうした。ちかいな、おまえ」

「え。あの。素敵な、耳だなと思って」

　興味を引かれたものをよく見ようと、ついつい触れそうなほど近くまで寄っていた。手を伸ばしてしまいそうになるのをひっこめる。

　黄金の瞳が、楽しそうに細められた。

　危険な光に、彼がぼくを簡単に押さえ込めるほどの力持ちであることを思い出す。

「ふん。とうぜんだ。おれさまはとくべつな『黒獅子』だからな！」

「黒獅子？　そうだね、尻尾も髪も黒いんだね」

　偉そうに子供がふんぞり返る。

　ぼくと大して背格好も変わらないのに、そんな態度も板についている。

「ファウステラウド……様？　ちょっとだけ、耳を触っても……」

「どうしておれさまのなまえをしっているんだ、チビ。あやしいぞ」

　名前を呼んだら、黄金の眼が不審そうに鋭くなる。

　ドキドキするほど、格好いい。

　捕食者の怖い目だと分かっているのに、ぼくは吸い込まれるように見つめてしまう。

「だって、さっきのお姉さん達が探していたでしょう？　隠れているという事は、君がファウステラウド……」

「お、おまえ。だんだんちかづいてくるな」

　もっとよく見ようと無意識のうちに近づいてしまっ

たらしい。偉そうなまま黒獅子君は後ずさる。

ぼくはそんな事よりも、彼の名前が記憶に引っかかっていた。

王族の名前は音節が多い。

国王はボナヴェントゥーラ、王妃がグリゼルダ、王太子はバルダッサーレ。ぼくと同じ年の王子が確か。

「ファウステラウド、殿下?」

「ふん、やっときづいたか、チビ」

大当たり、だったらしい。

ますます偉そうに反り返り、尻尾をパタパタさせている。フワフワの飾り毛が気になる。

「気づかぬこととはいえ、ご容赦ください。殿下」

慌てて膝を折ると、黄金の瞳が瞬いた。

「きゅうにおとなみたいだな。おれさまはおこってない」

「王子殿下とは気づかず」

「だから、よい。おれさまは、あにうえとはちがう。それよりチビ、ないていたな。どうした? かなしいことがあったのか?」

「……」

見られていたのか、と思うと恥ずかしくなる。

大人だった記憶があるのだ。迷子ぐらいで心細くなって泣くなんて、みっともない。

顔が熱くなって、ぼくは地面に視線を落とす。

「かおをみせろ。まっかだ」

「はい?」

いつの間にかぼくの目の前に座り込んだ黒獅子殿下が、ぼくの顔を上げさせる。

「しろいのに、あかくなって、かわいいな。もっとよくみたい」

メガネを取り上げられる。

眩しい光に、ぼくはとっさに目を閉じた。

「あの、返してください」

「もっとかわいいかおかとおもったのに。はなはひくい、くちはうすいな。ぼやっとしている」

「……」

勝手にメガネを取ったくせに、いきなりの酷評である。

放っておいてくれ、と相手が王子じゃなかったら口に出していた。

前世が日本人でも今の自分とは関係ないだろうに、何故か平坦な顔なんだ。もっと彫りが深い外見の人が多いので、ぼくは不細工とまでは言わないが、普通であった。六歳にして、自分の容姿は思い知っていた。

「でも、あかいめはいい。ふしぎだ。めをあけて、おれさまをみろ」

「ごめんなさい、殿下」

太陽が燦燦と輝く今は、目を開けると眩しすぎて頭が痛くなる。

目を閉じたまま謝ると、黒獅子王子は無遠慮にぼくの頬に触れる。

「だめか？　もういっかい。ああ、いいにおい。おまえのめとにおいはすきだ」

ふんふんと首筋の匂いを嗅ぐようにして黒獅子殿下はそんなことを言う。獣人らしく、感覚が鋭いみたいだ。

黄金の目をした彼にそうまで言われると、目を開けたくなってしまう。

ちょっとだけ。

ぼくだって、綺麗な黒獅子王子をもう一度見たい。

そうっと目を開ける。

興味深そうにぼくを覗き込んでいる黒獅子と、正面から向かい合ってしまう。黄金の瞳が、嬉しそうに瞬いた。

「やっぱりきれいだ。おまえの……」

「ファウステラウド！　見つけたぞ！　叔父上をお待たせするとは、この無礼者が！」

ものすごい大音量で声が届き、突風が吹いた。

「あ、あにうえぇぇ？」

黒獅子王子の悲鳴。

どん、という腹に響くような衝撃音。

がしゃん、とガラスが割れるような音がした。ぼくはその音に肩をすくませる。

だって、ガラスと言えば、ぼくのメガネ……。

濛々と立ち込める砂ぼこりが収まるにつれ、ぼくは長身の獅子獣人に首根っこを摑まれている黒獅子殿下と、獣人の足元で粉々になっている魔道具メガネを見つけた。

あれ、高いのに。

二

暗くて狭い部屋で、ぼくは黒獅子殿下ことファウステラウドと共に肩を寄せ合っていた。

いきなり登場した黄金の髪を靡かせた彼は、ファウステラウドが言った通り兄王子、つまり第一王子殿下だったのだ。あのとんでもない迫力は、獣人ならではのパワーだったらしい。

背が高すぎて、膝を折っていたぼくには顔がよく見えなかったけれど、立ち去ったはずのお姉さんたちがその後わらわらと登場して、正体を知った。

猫の仔のようにファウステラウドを掴んでいた第一王子は、ぽい、とお姉さんに引き渡すと「捕まえてやったんだから、今日はお前の部屋に行っていいな」「まあ、殿下ったら」とかいう、大人の会話をし始めた。

完全にぼくのことなんて見えていなかった。

このままぼくは無関係を貫けるのかな、と思ったら、「お前はファウステラウドの学友か。主人の行動を見張るのも、お前の役目だ。一緒に反省してこい」と第一王子に言われてしまった。

いや、ぼくは御学友ではないし、そもそも初対面だ。それから、貴方が踏みつぶしたメガネ、弁償して欲しいんだけどな。ぼくとしては、死活問題なんだよ。

色々言いたいことはあったけれど、第一王子がぼくに発言の機会なんてくれるはずもない。言いたいことだけ言って、綺麗なお姉さんとベタベタしながら、いなくなってしまった。

そんな顚末で、ぼくはファウステラウドと共に、反省室に放り込まれたのだ。

反省室が薄暗い部屋で良かった。

光が少ない方が、ぼくの眼には優しい。

「ないているのか？」

「泣いてませんよ」

唐突にファウステラウドが口を開く。

君の方こそ、静かすぎて寝てるのかと思った。

「めいろでまいごになったぐらいで、すぐなくくらいへやでも、なくとおもった」

「ぼくは、暗い方が楽なんです」

「……めがわるいのか？」

黄金の瞳が、チカリと光る。

闇に潜む獣の眼のようで、怖くて、とても綺麗だ。

ぼくが目を逸らさないのと同じぐらい、ファウステラウドも目を逸らさない。

「少し。明るすぎると、ものの形ぐらいしか分からないんです」

「すまなかった」

ぽつりと謝罪を口にして、ファウステラウドはぼくにすり寄ってくる。

ぎゅう、と袖を摑む力の強さに、ぼくではなく、彼自身、暗闇が怖いのかと思った。

年も変わらないから、不思議なことではない。

ぼくはそっと、ファウステラウドの肩に手を回し、抱きしめる。二人で抱き合っているみたいだ。

「おれさまが、めがねをとったから」

「いいえ」

「あにうえがふみつぶしてしまった。おまえには、だいじなものだろう？」

「い……いいえ」

はいとも言えず否定する。

子供らしく肯定したいところだけれど、王族には逆らえない。だって、父様の雇用主の子供だ。いうならば、社長令息みたいなものだ。

「すまなかった。おれさまといっしょにいただけで、つれてこられて……。おなかすいた」

ぐうぅぅ、と腹の虫が鳴る。

昼食直後ぐらいの時間だったはずなのに、腹を空かせている王子に、ぼくは首を傾げた。

「おひるごはん、食べてないんですか？」

「ちゅうさんのとちゅうでにげたから」

「なぜ、とお聞きしても？」

「まずいから」

「……」

ぐうう、ぐうぅぅ、と王子の腹の虫の方がけたたましい。腹の虫が気になりすぎて、ファウステラウドの話が頭に入ってこない。

まずければ、作り直しをさせるのが王族ではないのか？　どうして食べる側が逃げるんだろう。

ぼくは、部屋に放り込まれたあと、鍵を掛ける前にそっと置かれたお盆を見つめる。

確か綺麗なお姉さんの一人が「殿下にはこちらを召

し上がっていただきます」と、言っていた。

　ごはんなら、きっとあのお盆の上にあるんだ。

　殿下、と言われたせいで、ぼくは手を出していない。

「ごはんなら、そこにあるみたいですよ。取ってきましょうか？」

　自分の足では歩きたくない、ワガママ王子なのか？

「シモーネおじうえとの、ちゅうさんかいだった」

「ちゅうさん……」

「しらないのか？　おじうえは、せいどうのさいこうしさいだ。だから、おじうえとたべるごはんは『コメ』なんだ」

「はぁ」

　最高位の聖職者が王族なのは、別に珍しくもない。ただ、いかにもヨーロッパな世界で、『コメ』が出てきたことに驚く。

　聖職者と『コメ』の繋がりがよく分からなくて、ぼくは首を傾げた。

「おまえ、みないかおだな。いこくのこどもか？『コメ』をしらないのか？」

「今日、この国についたところです」

　素直に告げると、驚いた様子でファウステラウドが飛び起きる。腹筋の力だけで起き上がったぞ。すごいな、幼児なのに。

「そうか。わがくにはせいじょさまのかごがある。『コメ』はせいじょさまが百ねんまえにくれたのだ」

「なるほど」

　聖女の加護……つまり聖女信仰があるのか、と頷く。農業改革でもした人なのかな。米だったらぼくも食べたい。どんな味がするのかな？　ぼくの知っている味と同じだろうか？

　生国ジェンマは、ヨーロッパっぽく主食はパンだ。『コメ』を食べるのは、この国ならではなんだろう。

「とてもマズイ」

「え？」

「いつもはあじがついているのに、おじうえといっしょだと、あじがないんだ。ただのしろい『コメ』なんだ」

「白飯だって、噛んだら甘みがあっておいしいかと……」

　ついつい前世の日本人の味覚が顔を出してしまう。

　もぐもぐ噛んでいたら、味があっておいしいんだけどなぁ。もちろん、海苔とか漬物とかあったら最高だよ。

「おまえも、おじうえとおなじことをいうのか、チビ。たべたこともないくせに」

「お腹が空いていたら、少しぐらい味がなくても大丈夫でしょう？　召し上がられたら？」

あまりにもぐうぐう腹の虫がないているので、六歳の体力が不安になる。

ふい、とぼくの袖を摑んだままファウステラウドはそっぽを向く。よほど嫌いなんだな。意地になってるのかもしれないけど。

「たべたいなら、おまえにやる。おれさまはたべない」

「……」

ワガママな子供そのものの言い分に、ぼくは笑って立ち上がった。

綺麗なお姉さんが置いていったお盆は、子供にも取りやすいように低い位置に置かれている。

上に掛けられた布を剝ぐと、おひつ、伏せた茶碗、温かいお茶、木製の箸、漬物が三種類ほど入っていた。

おひつに入ってるのは、記憶にある白米と同じに見える。漬物も、見た目は同じだけど、味はどうなんだろう？

ヨーロッパっぽい文化だから、同じ保存食でもピクルスに近いかもしれない。ピクルスは酢で浸けて、漬物は塩だから、味が違うんだよな。漬物なら、白米に合うんだけど。

「おまえがたべろ」

「……」

あまりにじっとお盆を見ているせいか、ファウステラウドは拗ねている。

白米の味がしない、という気持ちもわかる。仄かな味だから。

ぼくは遠慮なく、漬物のようなピクルスのようなものを一つ摘んだ。

ポリポリとした食感と、濃いほどの塩味。この体では味わったことがない味だから、変な気がするけれど、これは漬物だ。

お茶を覗き込んでみると、ヨーロッパっぽいという先入観を裏切って、緑茶だった。

うんうん。これは幸先がいいぞ。味が薄いなら、味を付けちゃえばいいじゃないか作戦だ。

ぼくは、茶碗に『コメ』をよそう。前世では箸が一膳しかないので使わせてもらおう。

普通に使っていたけれど、テオになってからは初めてだ。ぎこちなくて、『コメ』を落としてしまいそうになる。ひやひやするなぁ。

上手くよそった後は、お茶をかけて添えられた漬物を適当に載せる。お茶が温かくてよかった。行儀の良い食べ方ではないけれど、味はするだろう。

「殿下。味を付けましたよ。召し上がってください」

「……ふん」

不機嫌そうにしながら、ふんふん、とにおいを嗅ぐ仕草をするファウステラウド。腹の虫はぐうぐうないているし、尻尾はゆっくりパタパタしている。

警戒しているのに、お腹が減りすぎて、意地が張れないと言ったところかな？

「ほんとうにぼくが食べてしまって、良いんですか？」

「……おれさまのだ」

素直ではない両手が差し出されたので、ぼくは笑ってしまう。お茶が温かいので、温められた香りが食欲を誘ったんだろう。

「『コメ』におちゃをかけるなんて、はじめてみたぞ」

「ぼくの故郷では、よくそうやって食べます」

「そうなのか」

ぐるぐると箸でかき回してから、そっと口をつける。

警戒する姿が野生の猫のようで、とても微笑ましかった。ぴん、と立った丸い耳が可愛い。

「ん！」

一口飲みこんでから、ファウステラウドの表情が輝く。

ああ、美味しかったんだ。

子供らしい素直さに、ぼくは安堵して笑う。お腹はすいてない方がいい。お腹がすくのは、不幸なことだ。何もかも侘しくなってしまう。

にこにこ見守っているぼくの前で、ファウステラウドは王子様らしからぬ勢いでぺろりと平らげてしまう。

勢いよく空になった茶碗を差し出す。

「もう一杯だ。チビ。……いや」

「テオドアと申します、殿下」

「では、テオだな！　おれさまはそうよぶ。おまえも、おれさまのことはファウスとよべ」

「……それは」

いきなりの愛称呼び強制に面食らってしまう。

六歳のテオには判断できないし、前世の記憶を総動員しても、どう答えて良いのか分からない。

「テオ。おなかすいた。はやく」

ぐぅう、と再び腹の虫がなく。

悪びれず、ぺろりとファウステラウドが唇を舐める。

「かしこまりました、ファウス――ファウス様」

「ん」

満足そうに頷く王子に、ぼくは二杯目のお茶漬けを作った。

殿下が食べ始めると、どこかで見守っていたのだろう、先ほどの綺麗なお姉さんたちが現れる。

「まぁ。殿下、ちゃんと召し上がられたのですね」

目を丸くするお姉さんに、ファウスは偉そうに胸を反らす。

「そこのテオが、おいしくしたのだ。おれさまは『コメ』ぐらいたべられる。おまえたちのりょうりがわるい」

「どんな魔法を使われたのですか？」

「お茶漬けにしただけです。すみません。お行儀の良い食べ方ではありませんでした」

一方的に非難をされているのに、お姉さんはにこにこしている。

興味を引かれたらしいお姉さんに、簡単にお茶漬けの作り方を説明する。料理と言うほどのものではない。王子様に食べさせるようなものでもない。

恐縮していると、お姉さんも「聖下の前では、ちょっと」と渋い顔をされてしまう。

それもそうだな。ぼくも、聖職者のトップの前に出せるものではないと分かっていた。

「しおあじがおいしい。おじうえとのちゅうさんもこれがいい」

一人ファウスだけがご満悦だ。

「シモーネ聖下がいらっしゃる時は、きちんと白いまま召し上がってくださいませ」

「りょうりちょうのりょうりがへたなのだ。テオをりょうりちょうにするとよい」

「ファウス様、それは困ります」

いきなり職人の進退問題にしないでくれ。お茶漬けを作ったぐらいで。

ファウスよりもさらに小柄なぼくの姿を眺めて、お姉さんは困ったように微笑む。黒獅子殿下が本気でも、その願いは叶わないことが分かっているのだ。

金褐色の髪をしたお姉さんも、丸い耳を持っていた。

獣人族の国だなぁ、支配階級に獣人が多い。

お姉さんはファウスのために扉を開ける。

「料理長の人事は王妃陛下の権限でございます。どうぞこちらへ、殿下。それから、御学友の方。国王陛下から殿下が召し上がられたらお連れするよう、言いつかっております」

「ちちうえから？」

「シモーネ聖下のお説教からお逃げになったことを、とても怒っていらっしゃいました」

「……だって」

「聖なる『コメ』を召し上がられなかったことを。いえ、こちらはちゃんと召し上がられましたね」

「うむ。テオがりょうりじょうずなんだ」

「では、料理上手な御学友のことを、陛下に申し上げて褒めていただきましょう」

綺麗なお姉さんがそう言うと、ファウスの尻尾はくるくると高速で回転し始める。

機嫌がいいのが見て分かるから、かわいいなぁ。

ファウスは適当に掌の上で転がされているみたいだけれど、このお姉さんはファウスの子守役かな。


ぼくとファウスはお姉さんに手を引かれ、国王の書斎に通された。

その時教えられたんだけれど、思ったとおり綺麗なお姉さんは獣人族の貴族女性で、ファウスの子守役の女官集団の一人だった。

ぼくの子供らしからぬ受け答えのせいで「とても賢いお子様ですね。さすがメディコ医学博士のご子息です」と言われてしまう。

すみません、そんなに頭の出来がいいわけでもないんです。単に、前世の記憶というアドバンテージがあるだけです。

初めてお会いした国王陛下は、一言で言うと擬人化した獅子みたいだった。とても大きくて、強そうで、ちょっと怖い。

ファウスと同じ鋭い黄金の瞳は、予想を裏切ってとても優しい。穏やかにぼくたちを見比べて「ファウスと仲良くしてくれ」とおっしゃっただけだ。

でも、この一言で、ぼくはファウスの正式な御学友になった。父様に続いてぼくまで就職してしまったのだ。

三

「父様。ちゃんと起きて、着替えて。それから、お昼ご飯も食べるんだよ！」

「はいはい。分かった分かった」

「いい？　ぼくがいないからって、ずっと寝間着はダメだからね」

半分寝惚(ねぼ)けた声を返す父様を睨(にら)み、ぼくは自分の身支度を整える。

この国にやってきて、一週間。毎日毎日、国が用意してくれた王宮内の一角にある小さな家から、王宮の奥にある王子の居室まで通っている。

家を用意してもらったのは、ぼくではなくて、父様だ。仕事の関係で、大きな温室とか、家庭菜園みたいな畑とか、色々とついている。そこで日がな一日、父様は草を干したり、叩(たた)いたり、すり潰して粉にしたり、その粉を混ぜたり、溶かしたりしているんだ。

この世界では、薬草による治療が一般的だから医学者の父様も薬草を扱うんだ。前世にはなかった「魔法」もあるので、医者は魔法使いも兼ねているみたい。

かくいうぼくも、ちょっとだけ使える。

転んで痛いとき、少し痛みがマシになるぐらい。「痛いの、痛いの、飛んでいけ」が強力になった感じというべきかな。魔法使いと呼ばれるには程遠い。

だからぼくは、ちゃんと与えられた仕事をこなして、将来の職に繋げなければならない。たとえ黒獅子殿下が、すぐに雲隠れするワガママ王子でも、だ。

ぼくは毎日、ファウスを勉強部屋に引きずっていく仕事をしているのだ。

「テオドア・メディコです！」

王城の入り口で、元気よくぼくが挨拶すると、微笑ましいものを見る目で、顔見知りになった女官さんが手を引いてくれる。

手を繋いでくれなくても、迷わずファウスの部屋まで行きつけるのだが、女官さん達はぼくの手を引かねばならないと決めているらしい。

「テオドア様は、とっても良い子ですのに」

お部屋の前まで来ると、女官さんはにこにこしながらそんなことを言う。

つまり、ファウスは良い子ではないのだ。きっと部屋の中で、何か困らせるようなことをしているのだ。ぼくは短い付き合いで理解していた。

「ファウス様が、何かなさったんですか？」

「料理が下手だとおっしゃって」

「もう。すぐに他人のせいにして」

呆れてしまう。つい頬を膨らませてしまいそうになり、慌てて取り繕う。そんなぼくの百面相に、女官さんはにこにこしている。

女官さんの採用条件に「怒らない」があるのかと思うほど、いつもにこにこしているなぁ。

「おれさまは、たべない、たべない、たべな――い。にんじんも、たまねぎもたべないぞぅ。にくだけたべる」

案の定、部屋の中では、ワガママ王子がワガママを言っていた。

朝食の途中なのか、だだっ広いテーブルに、一人分とは思えないような量が並んでいる。さすが王族。

豪勢な食事を前にして、ファウスは文句を言っていた。

獅子の獣人なんだから、肉だけでも生きていけるのかな？

ふと気になって手を引いてくれた女官さんを見上げると「好き嫌いをしては、陛下のような立派な大人にはなれませんよ」とたしなめている。

なんだ。ライオンじゃないから、やっぱり肉だけじゃダメなのか。肉食獣でも、草食獣の腸を食べるというからなぁ。

「ファウス様、お迎えに来ました」

「む。テオか。おれさまはいま、たたかっているとちゅうだ。まっていろ」

何と戦っているのか分からないけれど、自己主張していることは間違いない。

ぼくは女官さんと顔を見合わせて苦笑する。

「こいつらは、にんじんとたまねぎをたべさせようとしている」

「食べたらいいでしょう。早く食べてしまって、勉強部屋に行きましょう？　先生も待っておられますよ」

「おれさまに、アレをたべろというのか、テオよ。ざんこくなおとこよ。きょうはべんきょうではなく、かけっこと、かくれんぼをしよう。テオははしるのがおそいから、おれさまはまってやるぞ」

勝手なことを言い出すファウス。

今日は歴史と外国語の勉強と決まっています。

突然言い出すワガママに溜息を吐きたくなるけれど、気遣いもできるんだよな、ファウスは。

例えば、第一王子に踏みつぶされたぼくのメガネにも気づいてくれるし、間に合わせの品とはいえその日のうちに代わりを届けてくれたし。

ぼくが今掛けているのは、前と同じような色付きメガネだ。急ごしらえなので目を保護するほどの機能は無い。

「ファウス様。先生をお待たせしています。かけっこは勉強の後でしましょうね」

「テオはおとなみたいなことばかりいう。べんきょうよりも、かくれんぼのほうがたのしいだろう」

「楽しいことばかりしていてはダメです。人参も玉ねぎも、勉強と同じように必要ですよ」

「むぅ。テオもおれさまのてきだな」

「味方です」

「だったら、かくれんぼ」

「ダメです」

「……」

「早く人参を食べてください」

黄金の瞳が、フォークを握ったまま恨みがましそうに睨んでくる。刺さっている人参は、美しい飾り切りが成されていた。

人参で蝶を作るなんて、さすが料理長。訳の分からない技術レベルだ。おそらく野菜嫌いな王子のために、興味を引くように工夫しているんだろう。涙ぐましい。

「では、ファウス様。ぼくと勝負をしましょう」

「しょうぶ、だと！」

内容も聞いていないのに、ファウスは目をキラキラさせる。小学生男子か、君は。

いや、それぐらいだったな。六歳だものな、お互い。カブトムシとかクワガタとか、戦隊ヒーローとか好きだよな。ぼくも好きだ。できれば、クールなブルーになりたい。

「ぼくは今日中に、ファウス様に人参と玉ねぎを食べさせてみせます。ぼくが勝ったら、ファウス様は毎日ちゃんとお勉強をすること。ファウス様が勝ったら、先生に授業をかけっこに変えてもらうようにお願いします。どうですか？」

「まいにちかけっこ」

ファウスの瞳の明度が上がる。輝くような金色の瞳は、吸い込まれそうに美しい。

でも、毎日かけっことは言ってないぞ。

いや、いい。ぼくには勝算がある。人参を蝶にするぐらいマメな料理長なら、簡単なはずだ。

「勝負しますか？　それとも、お逃げになる……？」

「このファウステラウド・ヴェネレ・オルトラベッラ・ラヴァーリャ！　ちちとははのめいよにかけて、そのしょうぶ、うけてたつ！」

「ご立派です！　では昼食から勝負ですよ！」

いきなりの名乗りにびっくりしたけれど、ふん、と鼻息も荒く胸を反らすファウスはかわいい。黒くて丸い耳が得意げにぴくぴくしている。

どこかでこの長台詞を言ってみたかったんだろうなぁ。かっこいいもの。

「テオ、テオ」

ちょいちょい、と片手で呼び寄せられる。

「はい？」

御学友の親しさでテーブルに近づくと、にやにやと黄金の瞳が細められた。

なんだろう。勝負が楽しみなのかな。ほぼまちがいなくぼくが勝つと決まっているのに。

「くちをあけて」

「はい……むぐぅ」

手にしたフォークが容赦なく口に突っ込まれる。

「殿下！」と女官さんの悲鳴が上がる。

口に突っ込まれたのは、先ほどの綺麗な蝶だ。人参の青臭さが、口腔に広がる。

ううう。これは子供が苦手な味。

口に入れられたので、仕方なく咀嚼する。

がりがり。

ごりごり。

ほぼ生じゃないか、これ。しかも、味がない。塩すら振ってない。

料理長！　見た目だけじゃなくて、味も！　お願い！　これは、ファウスじゃなくても嫌だ。

「おいしいか？」

「……」

にやにやとファウスが意地悪そうに目を細める。獲物を弄る猫の眼だ。

ぼくは涙目になりながら、意地になって頷いた。

料理長、貴方にはぼくのアドバイスが、本当に必要かもしれない。

同じ方法で、ぼくの口には生玉ねぎも突っ込まれた。

料理長、料理長、口の中が辛いです。

四

なんとかファウスを勉強部屋に連れていくと、幼い王子のワガママには慣れているのか、歴史の先生はのんびり待っていてくれた。

「今日はちゃんといらっしゃいましたね、殿下。大変ご立派です」

褒め言葉のハードルが低すぎないか？　来たけれど、遅刻だよ。

でも、どの学科の教師も、ファウスがちゃんと来ただけで褒めてくれるし、椅子に座って最後まで聞いていただけで、絶賛してくれる。

では、代わりにぼくが叱られるのかと言うと、そうではない。御学友って言うのは、王族を叱れない教師が、代わりにサンドバッグにするための存在だと思っていたんだけど。ぼくの扱いも丁寧なんだよ。

「殿下は、テオドア君と学ぶようになられてから、大変真面目に励んでいらっしゃいます。テオドア君、君もよく頑張っていますね」

簡単にぼくも褒めてくれる。なぜだろう、褒めて伸ばす方針なのかな？　それとも、ぼくが来る前のファウスがもっとダメダメ王子だったんだろうか。

あ。今も一生懸命ノートを書いているように見せかけて、俺様の考えた最高にかっこいい剣をデザインしている。なかなかのダメダメぶりだ。

「あたりまえだ、テオはりょうりじょうずで、とてもかしこい」

「メディコ博士のご子息でしたね。その御歳で算術もこなされると聞いていますよ」

「……まぁ、それなりに」

本職の教師に手放しで褒められると申し訳ない気持ちになる。口の中でもごもご答えながら、肩を竦めて俯く。

「テオ、はずかしいのか。かわいいな！」

自分が褒められたように、丸い耳をぴんと立ててファウスが胸を張るが、そういう事じゃないんだ、ファウス。ぼくは、いうなれば六歳児の身体に大人の意識も混ざっているわけだ。いま習う計算式なんて、すでに知っている上に、六歳の素晴らしい記憶力まであるから、新しいことを吸収するスピードも速い。それで君と競うのは、ちょっと狡（ずる）いんだよ。

「めがね、とってもいいか。おまえのあかいめがみたい」

「だめです」

「殿下、テオドア君を困らせないでください。剣のデザインはまたあとで。前国王の功績について、三つ挙げてください。殿下のおじいさまですよ」

「えー。おじいさまは、おれさまによくあめをくださって、ははうえにしかられていました」

「功績です」

　ぴしりと叱られて、しょげるファウス。艶（つや）やかな尻尾まで垂れている。ファウス、もしや本気で答えていたのか。冗談ではなく？

「テオドア君」

「災害時の『コメ』の備蓄でしょうか。王都と他都市間の早馬の整備をなさいました。それから聖堂の改革」

「大変結構です」

「テオは、かしこいなぁ。おれさま、テオさえいれば、べんきょうしなくていいな」

　ぼくが昨日習った教科書通りのことを答えると、ファウスはそんなことを言う。君、昨日は暖かいから寝てたよね。

「それは、それ。これは、これですよ、殿下。テオドア君が優秀ならば、その主はより優秀でなくては」

「おれさまはテオより、あしがはやいし、かくれるのがうまいし、ちからもちだし」

　一生懸命に指を折って数えるファウス。かわいいなぁ。

　運動能力については、獅子の獣人と、ヒトとしてもひ弱なぼくでは、比べ物にならない。

　見事に自分の得意分野だけ挙げるファウスを微笑ましく思っていると、先生は意味ありげにウィンクしてきた。

「医学者のご子息は、頭が悪いと相手になさいませんよ」

「そうなのか？　テオ」

　笑顔を絶やさず突き放した先生の言葉に、ファウスの表情が凍りつく。

「テオ、バカはきらいか？」

「その、まぁ、ぼちぼち、です」

「なんだそれは！　きらいなのか、すきなのか！　はっきりしないか！」

　涙すら浮かべて、ファウスが迫ってくる。

　必死すぎて、かわいい。

　先生のウィンクはそういう意味だったのだろう。

　すまして金褐色の尻尾を揺らしている先生と視線が合う。獣人の耳は表情豊かで、面白がっているのが丸わかりだ。

「あんまり、好きではないですね」

「……おれさま、がんばる」

「それでは、やる気になってきた殿下。次の章へとすすめますよ」

　にこにこしながら先生は授業の続きを始める。

　ぼくは御学友として、ファウスのためのダシになっていた。

　そして、昼食である。

　ぼくは御学友としてファウスと一緒だ。

　この「御学友」枠は、将来の側近なんだろうとは思う。同じ釜の飯を食ったら、裏切らない側近が育てられそうだもの。

　ぼく一人のはずがないから、いずれぼく以外にも貴族の子息が連れてこられるんだろう。ひ弱で、見た目も貧相なヒトの子供ではなく、獅子の頑強さを具(そな)えた黄金の瞳をした子供が、ファウスのそばを占めていくんだろう。それは、少し寂しい予想だ。

　当たり前の未来だと、前世の記憶から予想できるけれど、ぼくはこのワガママで、でも憎めない黒獅子王子のそばが気に入っているのだ。

　食堂に向かう途中、何故かファウスは挑戦的な眼差(まなざ)しを向けてくる。

「テオよ、おまえのちからをみせてもらおう」

　何のことかな、と首を傾げれば、人参と玉ねぎの件だ。

　人参を蝶に飾り切りしちゃう料理長だから、うまくやってくれると思うんだけどなぁ。ぼくという余所者(よそもの)の子供の話に耳を傾けてくれたら、だけれど。

　料理長に無視されちゃったら、別の料理で辻褄(つじつま)を合わせられるんだけど。そっちは、味は良くても見た目がそのままだから……。

　ぼくがウンウン言いながらついていくと、ファウスは「おじけづいたか」とか挑発してくる。

美味しくない料理が出てきたら、君はまた不味い人参を食べる羽目になるんだけど、気づいているのかな？　いないだろうなぁ。

「ぼくと言うより、料理長の力ですよね」

「おいしいものがでてくるんだろう？」

踊るような足取りで、ファウスは席に着いた。

軽くジャンプしているようなのに、余裕でぼくの身長ぐらいは垂直飛びするから黒獅子怖い。大陸最大国家になるはずだよ。

「テオ、テオ。これはなに？」

猫の仔でも呼ぶように手招きされる。

すすす、と近寄って皿をのぞき込むと、ぼくは満足と共に頷いた。

メインの皿には、少々小ぶりなハンバーグが鎮座していた。まん丸のコインのような形。添えられた野菜もまた、綺麗な飾り切り。料理長は、ぼくの説明を完璧に再現していた。

すごいな。間に女官さんを挟んだ伝言ゲームだというのに、ぼくの拙いハンバーグレシピで、ここまで再現してくるなんて。もともと似たような料理があるのかな。

「ハンバーグと言います。ぼくの故郷ではよく食べます」

故郷と言うより前世だけど、細かいことはどうでもいい。

「そうか」

難しい顔で呟くと、ファウスはふんふんとにおいを嗅いでいる。こんがり焦げ目がついて、とてもおいしそうだ。

「にくじゃないのか？」

「そうですよ」

「おれさまに、にんじんとたまねぎをたべさせるのに、にくをだしたらだめだろう。まったく、テオはしょうがないな！」

「どうぞ、召し上がってください」

妙に勝ち誇ったファウスは、食前の祈りを始める。祈りを捧げる先は神様と聖女様だ。

食卓にはお米料理もあるが、先日のような白米ではなくチャーハンかパエリアのような味ご飯だ。たぶん、こっちが主流なんだろう。ぼくと父様で食べる時も、味ご飯が出てくるもの。

基準が味ご飯だったら、白米は味気なく感じられるのは仕方ないなぁ。

「おいしいな。これはなんのにくだ？　やわらかいのに、いつもとちがう」

次々にハンバーグを口にしているファウスは、きらきらと目を輝かせる。

美味しいものを食べていると、誰でも幸せな顔になる。

ファウスが食べ始めたので、ぼくも倣う。

うん。少しぼくの知っている味とは違う気がするけれど、おおむねハンバーグだ。とてもおいしい。

スパイスの種類も違うだろうし、テオの体では初めてハンバーグを食べたんだから、感じ方が違うのは仕方がない。

よく見たら細かく刻まれた人参の赤が見えるけれど、ファウスは気づいていない。

「牛か豚のひき肉だと思います」

「ひきにくって？　こんなかたちなのか？」

ぺろりと自分の分を食べ切ったファウスは上機嫌だ。ハンバーグ自体が子供の好きな味だから、予想範囲内だ。

「いいえ、肉を細かく刻んで――」

「……!?」

ファウスが目を丸くする。ひき肉は元々、くず肉を食べるための一工夫だ。王族の口にするものではないだろう。今回はステーキにだってできる肉を細かく砕いたんだと分かっているけれど、ファウスが驚いたのは当然だ。

「肉を刻んで丸めたんです。おいしいですか？」

「おいしい。あしたもあさっても、まいにちたべたい！　テオはりょうりじょうずだな！　ずっとテオのりょうりがたべたい」

元気よく返ってきた賞賛に面映ゆくなってしまう。

ハンバーグは、前世ではありふれた料理だし、ぼくが考えたものですらない。

ハンバーグの中に、嫌いな野菜を細かく刻んで入れるなんて、世のお母さん方がしょっちゅうやっている方法だ。

それをたまたま普及していない異世界で、再現しただけなのだ。手放しで絶賛されると、後ろめたくなってしまう。

「テオ、ほっぺがあかいぞ」

「気のせいです！　ファウス様は、全部食べましたね？　では、勝負はぼくの勝ちです」

「にんじんもたまねぎも、たべてないぞ」

「ちゃんと入っていましたよ。細かく細かく刻んでもらったんです。そうですよね？」

給仕のために控えている女官さんに目くばせすると、一連の顚末（てんまつ）を知っている彼女達はにこにこと頷いた。

「はい。本日のお食事で、殿下は人参も玉ねぎも、お上手に召し上がられました」

「……」

きょろきょろと、ファウスは女官さんと、ぼくを見比べる。びっくりしている風情なのに、不作法に見えないのは、さすが王子様だ。

「りょうりちょうを……いや、よばなくて、いい。そうか。おれさまは、にんじんもたまねぎもたべたのか」

思い出そうというのか、ぺろりと舌を出してみるファウス。

「にがくなかった」

「良かった。分からなくしてしまうのは、ちょっと卑怯（ひきょう）でしたか？」

「いいや、テオ。テオはなんでも、よくできるな。とてもおいしい」

ゆらりと長い漆黒の尻尾が揺れる。

ぼくは、掛けたメガネがずり落ちるのを直すふりをして、顔を伏せる。

ファウスは無邪気でいて、とても嬉しそうにぼくに笑いかけてくれた。

ぼくの心は、とても温かくなった。

五

「おいしいな、テオ。おれさまはもう、にんじんもたまねぎも、おそれていないぞ」

「セロリも食べますか？」

サラダに入っていたセロリを、はい、と差し出すと「うぎゃあ」と王子らしからぬ悲鳴が上がる。

ぼくはメガネの下で小さく笑った。期待通りの反応が嬉しい。

獣人は、ぼくよりもずっと嗅覚が鋭い。ぼくもセロリの匂いは苦手だが、ファウスはもっと強烈に感じているのだろう。

「おれさまは、セロリはきらいだ。たべないぞ」

黄金の瞳に涙を浮かべて、ファウスは恨みがましそうな顔をした。

丸い耳がへタレている。

「セロリも食べられるようにならないと」

「テオが、おいしくしてくれるなら」

嫌いなセロリから目を逸らし、ファウスは期待のこもった声を出す。

ファウスに出会って一ヶ月。ぼくは、御学友、というより餌付け係とでも言うべき立場になっていた。

ファウスは勿論、周りの女官さん達にまで、ぼくは何か美味しいものを知っている人、と認識されている気がする。

一応「ぼくの故郷では～」と言い訳をしているので、女官さん達の心にはグルメ都市ジェンマが形成されていると思う。実際に行ったら、古いだけの街だから。でもいいところだからね。

先日作ってもらったハンバーグは、ファウスがすごく気に入ったようで、三日に一度はおねだりしている。

それだけなら、まだ良い。

野菜嫌いの第二王子がちゃんと食べ始めたという評判は、国王にまで届いてしまい、ぼく考案の新しい肉料理として、陛下の口にまで入ってしまった。

ううう。そこまで大事にするつもりじゃなかったのに。

しかもレシピを提供したとはいえ、実際に作っているのは料理長なのに、どうして料理長の功績にならないんだよ。

あとから料理長に刺されたりしないかな。一度も会った事はないんだけど、ちょっとドキドキ。

ハンバーグは美味しいけれど、美味しいものを食べ慣れている陛下からすれば、お子様味覚の料理だっただろう。けれどわざわざ呼び出されて、「ファウスをこれからもよろしく」とまたもや、よろしくされてしまった。

王妃様まで、ぼくを呼び出して「ファウスの偏食をなくしてくれて、ありがとう」とおっしゃった。

王妃様は物腰がやわらかい中にも威厳があるお方だ。ぼくが子供だからか、ご褒美に大きな金平糖を五個もくださった。

これはなかなかすごい事だ。ぼくにとって、心が躍るようなご褒美だ。

　前世のぼくは、当たり前のように大量の砂糖を使った食べ物を知っていたが、この世界での砂糖はまだまだ貴重品だ。

　もちろん王妃様にとっては違うだろうけど、貧乏学者の子供にすぎないぼくには、手が届かないおやつだ。大事に一つずつ食べようかと思っていたら、すぐにファウスに見つかった。

　嬉しくてずっと持っているぼくが悪いのだが、獣人の鼻を侮っていた。

「テオ、なにかおいしいものをもっているな」

　瞬く間に金平糖を嗅ぎつけたファウスの、甘えるような、物欲しそうな金色の眼差しに、ぼくが勝てるはずもない。

　二人で庭遊びをした後、分け合って食べた。女官さんに見つからないように、木陰でファウスとくっついて、急いで食べたんだ。慌てていたはずなのに、ほっぺに当たる、柔らかくて温かい獅子の耳の感触がいつまでも残っている。

　ぼくとファウスの大事な秘密だ。

　ぼくの食べる数は減ったけれど、美味しそうに目を輝かせるファウスと分け合うのも、悪くはない。二人で食べたら、とてもおいしかったのだ。

「セロリをおいしくするなんて、テオでもむりだな」

　ぼくが別のことを考えている間、ファウスはセロリに熱い思いを抱いていた。

　深刻そうに、皿のセロリをつついている。目をつぶって食べてしまえばいいのに、その勇気が出ないらしい。

「できたら、何かご褒美をくれるんですか？」

　王妃様の金平糖を思い出しながら尋ねると、ファウスは精一杯顔をしかめて考え込んだ。

　丸い耳がくるくるあちこち向いている。

「かけっこのとき、おれさま、めかくしする」

　長く考え込んで出てきた結論はそれらしい。非常に重々しく告げた。

「……それは、怪我をしそうですから、やめてください」

　ファウスはぼくの足が遅すぎることに対する配慮を見せたつもりなんだろうけれど、目隠しなんて酷すぎないか？

　ここ一ヶ月、座学に関しては何をやっても褒められるぼくだが、身体を動かすのはからっきしダメだと、二人ファウスに知られていた。

　元気な黒獅子獣人の子供から見れば、ぼくは面白みのない遊び相手だ。

　走ればすぐに息切れするし、メガネがないと外に出られないし、泳ぐなんてもってのほかだ。溺れてしまう。戦いゴッコも一方的に叩きのめされるだけなので、初回で気づいたファウスはすぐに中止した。

　黒獅子獣人の体力に、全くついて行けないぼくなのに、ファウスはいつでもどこでもぼくと一緒にいたがる。何かあるたびに「テオはまっかになって、かわいいな」とか言い出す。

　すぐにメガネを取り上げようとするのには、ちょっと困っている。

　ぼくの赤い目を見たがるのだ。「テオのあかいひとみは、とてもきれいだな。はなはひくくて、くちびるはうすいな」とメガネを取り上げる度に、そんなことを言う。褒めているのか、貶（けな）しているのか、どっちなんだ。

「かくれんぼのオニは、おれさまがなろう」

「鬼はどっちも平等に、ですよ。ぼくだって、ファウス様を探したい」


ファウスの考えるご褒美は、全て外遊び関連らしい。彼らしくて笑ってしまう。

　嫌いなものを避けるファウスが、せっかく挑戦する気になっているのだから、セロリの攻略法を考え始める。

　強い香りや苦み、辛味といった味は、好みと慣れが大事だと思う。要するに学習して、美味しく感じる味なのだ。学習前の子供であるファウスが嫌いだというのは当然だった。ぼくだって嫌いだ。

　細かく刻んでも、セロリの存在感はなかなか消えない。悩みながら、サラダとして出てきたセロリを、ぼくは我慢して飲み込む。

　この独特な香りは苦手だが、ファウスの偏食にダメ出しをしている手前、嫌だとは言えない。地味に自分の首も絞めているなぁ。

　小さくして駄目なら、火を通すぐらいしか思いつかないな。香りが飛ぶはず。

「煮込み料理にしてみましょう」

「にこみ？」

　ぼくの脳裏に浮かんだのは、スープとか、ポトフのたぐいだ。前世では便利な固形コンソメの素があったけれど、当然今はない。

確かコンソメ的なものを作るには、ものすごく時間が掛かったはずだけど、前世とは違って、一日中料理をしているプロがいる場所なのだ。

きっとできる。きっとやってくれる。ぼくじゃなくて、料理長が。

色々な料理の味を見ていると、コンソメらしきものはあると思うんだ。たぶん料理の出汁として使われているそれを、そのまま使えばできるはず。

あとは、セロリも玉ねぎも人参も、色々な野菜を入れてじっくり煮込む。だいたいそれでおいしくなるのだ。

間違いない。ぼくの曖昧な前世の知識がそう言っている。

「ファウス様は、お肉も好きでしょう?」

「だいすき。にくだけたべたい。テオがつくってくれるハンバーグがいちばんだ!」

「ぼくが作ったわけではないんですが……」

ぼくはレシピしか言ってない。苦笑しながら、一応訂正した。

ぼくが指示する曖昧なレシピを、ちゃんと実現可能な段階まで落とし込んで、再現してくれるのは料理長だよ。玉ねぎを生で子供に出すような人だけど、技術は確かなんだろうな。

ぼくが自分で料理をしないのは、六歳児が厨房に立つのは現実的ではないからだ。もちろん、父様のためにサンドイッチぐらいは作るよ。パンに具を挟むだけだから。でも、ファウスのためにハンバーグやポトフを作るにはぼくの体は小さくて非力だ。

王宮の厨房では火力の強い窯や、重い鍋がたくさん使われているだろう。それをぼくが触ることは、まだできないのだ。

「肉も使いますが、食べて欲しいのは野菜ですよ。料理長にお願いしてみましょう」

「ん! わかった。テオのりょうりはなんでもおいしいから、たのしみだ!」

ぼくとファウスの話がつくと、いつの間にか女官さんが紙とペンを手にしてぼくの傍に立つ。

レシピを書き留めてくれるつもりなのだ。素早い対応に驚いてしまう。さすが王子付きの女官さん、笑顔で優しいだけでは務まらない。

「料理長さんにお願いしてください。えぇーと、鳥の骨部分をまず用意して……」

ぼくが何とか思い出したコンソメらしきものとポトフのレシピは、女官さんの手で厨房に届けられた。

そして成果は、半日後。ぼくとファウス二人の晩ご飯に提供される。

「おいしい。テオ、すごくおいしいな！」

大きめに切られた野菜と、鶏肉の入ったポトフを前に、ファウスはご満悦だった。にこにこしながら、嫌いだったはずの野菜をせっせと口に運ぶ。

中にはくたくたに煮込まれたセロリの姿もあった。見た目が変わっているので、どれがセロリか気づいていないみたいだ。

「良かった。沢山召し上がってください」

「おいしいな。セロリは、これか？」

「それは玉ねぎです」

「うむ。これだな」

「人参ですよ、色が赤いでしょう」

「これは……？」

「殿下のお好きなお肉ですよ」

「テオ、セロリは？」

「さっき召し上がられましたよ」

「みどりがなかったぞ？」

「煮たら色が抜けたんです。ぼくがそうお願いしました」

ぱちくりと、金色の目が丸くなる。

じわじわと広がる喜びの表情に、ぼくの胸はむずむずする。

料理の見た目を考えたら、セロリだって色鮮やかな方がいいのかも知れない。料理長の美意識では、色が抜けるほど煮込まないだろう。

けれどそれでは、セロリの苦みも香りも残ってしまう。大人なら許されても、子供舌のファウスは受け入れられない。

「テオ。テオ。テオだったら、『コメ』もおいしくできるだろう？」

晩ご飯が終わってから、ファウスはぼくにそんなことを言う。

お茶漬けで良ければいくらでも作るけど、そういう意味じゃないんだろう。

長くて黒い尻尾が、ゆらりゆらりと揺れている。悩んでいるみたいだ。

いつもは自信に満ちた眉が、切なく下がっていた。

「お茶漬け、ではだめなんですよね？」

「おじうえには、ダメといわれた」

「また昼餐会があるんですか？」

「うむ」

はぁ、とファウスらしからぬ、重い溜息を吐く。

ぼくが近くの女官さんを見ると、ぼくたちを見守っていた彼女はにこにこと頷く。

「シモーネ聖下は定期的にバルダッサーレ殿下と、ファウステラウド殿下と交互に昼餐を取られます」

ふうん。つまり、前回はファウスの番だったわけだ。逃げてたけど。

「どうして『コメ』じゃないといけないのでしょうか？」

聖下と一緒にご飯を食べるだけなら、お子様ランチでも何でもいい気がするんだけどな。

ぼくの疑問に、女官さんも首を傾げる。

「伝統的に聖下が召し上がられるお食事は、『コメ』と決まっております。それは、王子殿下とのお食事でも同じですわ」

「例えばファウステラウド殿下と聖下は、別メニューではダメなんですか？」

「そのような前例は聞いたことがありません」

女官さんは困っている。

ぼくも困った。

伝統とか、宗教上の、とかいう理由って、当事者でも変える権限がないこともある。

もうちょっと詳しく、『コメ』制限の内容と理由が知りたいなぁ。そうしたら、何か抜け道があるかもしれない。

「おれさま、おじうえにおねがいしてみる！」

お互いに首を傾げているぼくと女官さんを見ていたせいか、ファウスは元気よく立ち上がった。

「殿下、聖下はお忙しい方でいらっしゃいますよ。ご迷惑になります」

「おじうえは、まいにちさんぽしている」

「それは遊んでいらっしゃるのではありませんよ」

「むぅ……」

「シモーネ聖下に、メニューの変更をお願いしていただけませんか？　せめて、お話だけでも」

仕事中の最高司祭に突撃しそうなファウスを、言葉で宥（なだ）められずに困っている女官さんにお願いしてみる。

彼女の表情から、とても通らないお願いだと分かった。

「ひとまず、報告はいたします。あまり期待はなさらないでくださいね」

子供の言うことを握り潰さないのは、この国の良いところだなぁ。

六

ぼくがメニューの変更を言い出してから一週間。何の音沙汰もなかった。

期待しないでくださいね、と女官さんが言ったので、言葉通り期待せず、毎日毎日ファウスを勉強部屋へ引きずっていき、外遊びで走り回り、メガネを取り上げられては取りかえしていた。子供の一日は忙しいのだ。

この国では、七日に一度休日がある。ジェンマにはなかったそれは、聖女様が持ち込んだ習慣らしい。特別な職業以外は、七日に一度厳格に休む。つまり王子様の御学友業も、七日に一度はお休みなのだ。

ここに来てすぐは、完全にお休みというのに驚いたけれど、今は、休みの間にしかできないことをしていた。部屋の片づけとか、部屋の片づけとか、部屋の片づけとか、ね。

料理も洗濯も、掃除まで、王宮から通いの人が来てくれるんだけれど、父様の医学者という職業からか、本のたぐいは絶対に触らないんだよ。

放っておいて、父様が整理するならそれでいいんだけど、しない。本棚から出すことはできても、しまうことができない。だからぼくがやる。

父様はよく「勝手に触られたら、どこに行ったか分からないよ」とか言ってるけれど、足の踏み場もないほど積み上げる父様が悪いのだ。

ファウスは偏食でワガママだし、父様は整理整頓ができない。ぼくの周りはこんな人ばかりか。

一日中本棚にしまう作業をするぼくは、簡単に食べられるお昼ご飯として、サンドイッチをよく作る。よく作るんだけれど、なぜか、それをファウスが嗅ぎつけてきた。獣人の嗅覚か？

そんなはずはない。ぼくが住んでいるのは王宮の表に近い端っこで、ファウスは王族の子供として奥に住んでいる。

どうやったのかファウスがぼくの住む家まで訪れて、

「たべたい、たべたい、たべたいぞぅ」と騒いだので、ぼくはファウスと一緒に王宮の奥庭でピクニックをすることになり、お弁当を広げている。

なぜだろう、七日に一度のお休みじゃないのか？　今日は。

「テオ、テオ！　おれさま、まいにち、さんどいっちたべたい！」

口の周りにパンくずをいっぱいつけたファウスが、目をキラキラさせながら宣言する。

何がそこまで気に入ったんだ、ファウス。

ぼくが作ったのは、支給してもらうパンを半分に切って、バターを塗り、適当に刻んだ野菜とハムを挟んだだけのものだ。

王子様の口に入るものなので、今回の作業工程は全て女官さんが見守り、ついでに手伝ってもくれ、一口味見兼毒見までしてもらった。

簡単だし、作る過程を全部見せたので、ファウスが望めば毎日食べられるだろうけど、料理長が泣きますよ。

「たまにぼくが作るぐらいなら、いいんですけど。ちゃんと料理長のご飯を食べましょう」


どこかに女官さんはいないかな、と思いながら周りを見渡す。

ファウスが「きょうは、おれとテオのふたりきりだ」と言うから、少し離れたところに控えているはずだった。

探せば見つかると思ったのに、見えない。うーん。子供には見えなくて、すぐに駆け付けられるところにいるんだろう。見えたらファウスが拗ねるものな。

「おれさまも、テオのいえにすむ！」

「無理です。ファウス様の寝るところがありません」

「テオといっしょにねればいい」

「ぼく、寝相が悪いから、ファウス様を蹴飛ばしますよ」

「だいじょうぶ。おれさまもける」

「痛いからもっと嫌です」

「むぅぅ。テオはおれさまといっしょはいやか」

「……寝る時まで一緒は、ちょっと」

サンドイッチを食べたいから始まって、何故か家に押しかけたいファウスは、次々と突飛な案を出してくる。

いや、まぁ、ね？　ぼくが住んでいる家は、王様の持ち物なんだから、君が来たいと言えば拒めないのかもしれないけどね？　王子様に、平民暮らしは辛いと思うよ。

父様もびっくりすると……しないかもしれない。浮世離れした人だから。

「おや、ファウステラウド。振られてしまったね」

「おじうえ！」

足音も立てずにどうやって近づいてきたのか、すぐそばに白い服を着た獣人がいた。

ぼくは慌てて立ち上がり、頭を下げる。

ぼくに尻尾が生えていたら、ぴん、と逆立っていただろう。

心臓がバクバクしている。

ぼくに前世の記憶がなければ、無邪気な子供でいられただろうけれど、残念ながら気づいてしまう。

ファウスの叔父というなら、少なくとも王族だ。せめて、先触れぐらいしてよ！

「楽にしていいよ、テオドア・メディコ。今日は聖女様の定めたもうた休日なのだから。僕も君も、お休みだ」

「は、はい……」

名前まで特定されている。

震える声で返事をするぼくの手を、ファウスはそっと握ってくれた。

そのままパンくずだらけの口を拭うと、ぼくの前に立ち塞がる。

「おじうえ、テオをいじめないでください」

「そんなつもりはなかったんだけど。怖がらせたかな」

「テオはよわむしで、すぐなくんだから、こわがらせたらだめです」

それはちょっと言いすぎじゃないのか。ぼくは簡単に泣いたりしないぞ。なんだその、触るとすぐ死ぬ小動物みたいな紹介は。

「ごめんね。お菓子を持ってきたから、仲直りしてくれるかい？　テオドア君」

「もちろんです、殿下」

はい、と差し出された干し杏(あんず)やら干しブドウやらの詰め合わせを、ぼくはおずおずと受け取る。突然現れたファウスの叔父君は楽しそうに笑っていた。

「僕は、殿下じゃないよ。うん、そう呼ばれたのは十年前までで」

「……」

ファウスが叔父と呼んでいるのに、王族ではないという事は、臣籍降下した人なんだろうか？

王族は、二人の王子殿下たちまでしか詳しくない。王様の兄弟が誰かまでは把握していなかった。六歳児にそんなことは求められないから。

ぼくはまじまじと白い服の獣人を見上げる。

二十をいくつか越えたぐらいの若い男の人だ。優しそうな中性的な容貌だけど、男の人であっているだろう。

王様も、ファウスも、王族は皆獅子らしい猛々しさや、支配者のオーラというのか、近づきがたい強さを持っているけれど、目の前の人はそれがない。

獅子の獣人は金褐色が多いけれど、その人はぼくと同じぐらい白っぽいプラチナブロンドだった。丸い耳も同じ色。蒼い瞳。白い肌。

刺繍がたくさん入った重そうで豪華な服を着ている。襟が詰まっていて、袖が長くて、裾は地面すれすれだ。

歩きにくそうだし、この国の気候からすれば暑そうだな。

「今は沢山の名前を捨てて、サクロ・シモーネと名乗っているよ」

にこにこと優しそうな笑みを浮かべたその人は、穏やかな声でとんでもないことを言った。

シモーネという名前は何度も聞いた。

「シモーネ聖下」

もう一度ぼくの声が震えたのは、仕方がないだろう。

宗教界のトップは、勝手に白髭のおじいさんだと思っていた。根拠はないけど、なんとなく。

「はい、そうだよ。僕も座っていいかな？」

「どうぞ、聖下」

「今日はお休みだから、ただのシモーネでいいよ」

呼べるかぁ！　と叫びたかったけれど、勿論そんなことはできない。そもそも最高司祭を、布を敷いたとはいえ草っぱらに、座らせていいのかどうかも分からない。

「はい、シモーネ聖下」

「ふふ。急に来て、ごめんね。今日しか時間がなかったんだ」

もう一度敬称を付けてしまったぼくに、聖下は楽しそうに笑う。ぼくのメガネを取り上げる時の、嬉しそうなファウスの目つきに似ている。

ファウスは、ぼく達と同じように座った聖下に、「おじうえ、おやつ、もっと！」とかねだってる。すごいな、君は。

七

「昼餐会のメニューの変更を願ったのは、君かい？」

「はい」

草っぱらに座った聖下は、何の前置きもなく切り出した。否定することもできず、おずおずと頷く。

穏やかな蒼い瞳が、ぼくの目を覗き込む。分厚いレンズの色付きメガネで守られているはずの瞳まで見られていそうで、口の中が乾いていく。

なんだか、こう。優しそうなのに、怖い人だな。

「ファウステラウドのために？」

「はい。でも、ファウス様がそうしろといったのではなく、ぼくが、そうお願いしたくて！」

慌てて声を出したので、大きすぎた。聖下が楽しそうに笑う。

「そう。そうか。では、罰は君が受けなきゃいけないね」

「……はい」

何がどう罪に問われるのか分からないけれど、この国の最高司祭が宗教上の罪に当たると判断するなら、ぼくが逃げることはできない。

だって、ぼくが逃げたらファウスのせいになる。さっきから一生懸命、干し杏の袋を開けようとリボンを引っ張っている、黒獅子王子のせいに。

「テオ、テオ。おれさま、ほしあんずがたべたい」

「分かりました。ちょっと待ってください」

「いやだ。まてない。はやく、はやく！」

ぼくと聖下の会話に強引に入ってくるファウス。ぼくの決意が崩れそうになるから、ちょっと黙ってて欲しい。

ぼくの情けない顔が目に入ったのか、聖下はまた笑っている。

「ファウステラウド、テオドア君は僕と話しているんだが？」

「テオはおれさまの。おじうえにはあげない」

「……少しは我慢を覚えなさい」

呆れたように笑って、猫の仔を扱うかのごとく片手でファウスを抱き上げると、聖下は干し杏の袋を取り上げた。

　さすが獣人。細身に見えても力持ちだな。聖下は、片手で器用にリボンを解くと、干し杏の袋を差し出す。

　にこにこと笑顔のファウスに、ぼくも苦笑するしかない。

「テオドア君。君はジェンマから来たんだったか」

「はい」

「さて、何から話そうかな」

「罰から、お願いします」

　杏を取り出して口に入れ、満面の笑みを浮かべているファウスを横目に、ぼくは嫌なことから済ませることにする。

　できれば父様に累(るい)が及ばないと良いな。ぼくが、勝手に言ったことだもの。

「慈悲深く偉大なるお方は、幼子の細(ささ)やかな望みに、罰を与えるほど狭量ではないよ」

「だって、さっき、聖下は」

　脅してきたじゃないか、と恨みがましい目で見上げると、涼しい顔で聖下は笑っている。

「僕は、最高司祭なのでね。幼子に舐められるわけにはいかないんだ」

「なめる？」

　言葉の端を聞き取ったのか、ファウスが目を見開いて顔を上げる。杏の袋を持ったまま、ぼくと聖下の間に割り込んできた。

「テオ。たべさせてくれ」

「はい？」

　ぐいぐいと杏の袋を押し付けてくる。ついさっき、自分で食べてたじゃないか。いきなり何なんだ、このワガママ王子は。

「ファウス様、だから、ぼくは今も聖下とお話を……」

「いやだ。いますぐ！　テオがたべさせてくれないと、だめだ！」

　もー、ワガママだな！　ファウスを宥めるのは大変で、しかも目の前には最高司祭がいて、ぼくは処理しきれずに慌てふためいた。

「おいしそうだね。僕も一つ、もらっても？」

　ぼくを押し倒す勢いで迫ってくるファウスを横目に、サンドイッチの入ったバスケットを覗き込んだ聖下が、そんなことを言い出す。王子が食べていいなら、聖下も良いのかな。『コメ』じゃないけど、良いのかな。

「え？　あ、の。はい。大したものではありませんが、どうぞ」

「おじうえが、おれさまのさんどいっちをとる！」

「ファウステラウドにはおやつを上げただろう」

「テオのさんどいっちは、おれさまの！」

「残念だな。もう食べてしまった」

「おじうえのばか！　いじわる！　おれさまの！」

「代わりにテオドア君が、食べさせてくれるから、我慢しなさい」

　聖下がそんなことを言うので、ぼくは押し付けられた杏の袋から、一つ取り出すと差し出した。

「はい。ファウス様、あーん」

「あーん……もぐもぐ」

　幸せそうに金色の目を細めるファウス。

　何やってるんだろう、ぼくは。

　そして、自由だな！　王族！

　王族だから自由なのか、獅子獣人はネコ科だから自由なのか！　どっちもか！

「テオ、もっともっと」

「はいはい。分かりましたから、ファウス様。ッ、指まで舐めないで。くすぐったいです。ふふふ」

　差し出した杏ごと、ぼくの指まで口に入れるファウス。本当に何をしてるんだろう、このワガママ王子は。

　ぺろぺろと舐め回されて、くすぐったくて身を捩ってしまう。

「テオのゆびはあまいな！」

「杏の味ですよ。だから、舐めたら、や、だ。ファウス様、くすぐったくて。ふふ」

「テオ、にげるな」

　お尻がもぞもぞするような、妖しい感覚がして困る。ぼくが笑って逃げようとするから、ファウスは調子に乗ってますます指を舐めてくる。逃げようとする獲物を捕まえる、猫の動きだった。

「はいはい、その辺で止めなさい。ファウステラウド、やりすぎてテオドア君に嫌われたら困るだろう。お前はこれを食べていなさい」

「むぐぅ」

　ぼくを押し倒して、完全に上に乗り上がったファウスを、聖下はまたもや片手で捕まえると、退けてくれた。ついでにバスケットから取り出したサンドイッチを、口に突っ込む。

やることが豪快な人だなぁ。最高司祭って、もっと行儀が良い人かと思ってた。

「君と話そうとすると、ファウステラウドが邪魔をするから、とりあえず要点だけ」

「はい」

聖下の眼は、探るようにぼくを覗き込んでくる。

後ろ暗いことは特にないんだけど、なんだか落ち着かない。

「白い『コメ』でないといけない理由だね。それは最後の聖女『イトウ・シズ』様のためだ」

「イトウ・シズさま」

伊藤　静、さまだろうか？

ぼくは音を聞いた瞬間、頭の中でそう変換した。

「聖女様」と言っている間は、顔の見えない存在だったのに、イトウ・シズと聞いてしまうと、途端に日本人女性が浮かんでしまう。

「およそ百年前に、我が国を訪れたイトウ・シズ様は、この国に『コメ』をもたらされた。幾つもの天災が重なり、麦の不作が五年続いていた我が国は、『コメ』によって救われた。故に『コメ』は聖女が恵んでくださった聖なる食べ物だ」

「はい」

やっぱり農業改革をした人なのかな？　この国に稲作を伝えた、的な？

「イトウ・シズ様が白いコメを食べなければならないとおっしゃったわけではないよ。だから、君たちも普段は味の付いた『コメ』料理を食べているだろう？」

「はい。そうですね」

ん？　風向きが変わった気がする。

聖女が言った習慣を続けている訳ではない、と。じゃあ、どうして白米を強制するんだろう。

「ただ、イトウ・シズ様は、白い『コメ』がお好きだった」

聖女が好きだったから、白米を強制するんだろうか。

それってちょっと、おかしくないかな？

ぼくの想いは、表情に出たのだろう。聖下は透明な笑みを浮かべる。

「聖女とは、異界より神の要請によって遣わされる、心優しき乙女。イトウ・シズ様がいらしたのは、この地に『コメ』を与えるため」

「……」

「イトウ・シズ様が、この地に降り立った御歳は、十三だと伝わっている。たった十三歳の、ただ優しいだけの少女が、この地を救ってくれた。猛々しい戦士でもなく、博学な賢者でもなく、ただの少女だ。この地を訪れた乙女は、元の世界に戻ることができない。知り合いもおらず親にも会えない見ず知らずの地で、他人を救ったお方。その慈悲に感謝し、お心に寄り添うために、僕や王族は白い『コメ』を食べることになっているんだよ」

ああ。だから、「聖女のために」食べるのか。

その行為に論理的な意味があるのではなく、情緒的な意義があるんだ。

女官さんや他の人たちは、きっとそこまで詳しくは知らない。聖下の食べ物は白い『コメ』、ぐらいの認識なんだ。

だから聖下は、わざわざぼくに会いに来てくれたんだ。

外国から来た、聖女の功績もよく分かっていない、たった六歳の子供のために。

「テオドア・メディコ」

聖下の蒼い目が、またぼくを覗き込む。メガネを通していても、心の底まで見通しそうな眼差しだ。

「僕の言う事は、分かってもらえたかな?」

「はい」

「では、昼餐会では……」

「恐れながら、聖下!」

ぼくは無礼を承知で聖下の言葉を遮る。

理由を聞いて、抜け道を探ろうとしていたぼくは、諦めてはいなかった。

ぼくの心に日本の記憶があって良かった。

白米を尊ぶ文化は知っている。百年前の人物だというなら、きっとぼくよりももっと「白いご飯」が大切だったろう。だって、それは故郷の食べ物なのだから。

「白い『コメ』であれば、お許しいただけますか?」

大胆なぼくの行動に目を瞬かせた聖下は、ゆらりと白い尻尾を揺らす。

「そうだね」

「見た目が、白ければいいんでしょうか。味が付いていても?」

「……それは、仕方ない。許可しよう。僕も嫌がっている甥(おい)に、嫌いなものを食べさせたいわけではない。ただ、味を付けようとすると、コメを白く保つのは難しいよ」

「頑張ってみます。聖下、ありがとうございます」

「そうかい？　では、ファウステラウドのために、工夫しておくれ」

にこりと笑って、聖下はぼくの頭を撫でてくれる。

ぼくは嬉しくなって、頬が熱くなった。

「あああ！　おじうえ、テオにさわったらだめ！」

せっかく上手くまとまりそうだったのに、大声を上げたファウスが飛びついてくる。サンドイッチは食べ終わったのかな。ぼくの頭に置かれた聖下の手を、ファウスが乱暴に振り払う。

「テオ、ほっぺがまっかだぞ。おれさまだけなのに！」

「ファウステラウド。お前はもっと、我慢と礼儀を学びなさい」

溜息を吐きながら、聖下は割り込んでくるファウスを転がした。大人の腕力には逆らえないのか、ぼて、と転びながらも、すぐさまファウスは起き上がってくる。

「おじうえでも、だめなものは、だめ。テオにさわったら、だめ」

「はいはい。まったく、我らセリアンは執着が強い。次の昼餐を楽しみにしているよ」

唐突に現れた聖下は、唐突に去っていった。

「テオ、テオ！　次は干しブドウ」

「分かりましたから、指は舐めたら嫌です。ふふ、くすぐったいです」

なぜかファウスは、ぼくの指ごと食べることを学んでしまった。獣人だからだろうか。

八

ホカホカの炊き立てご飯がぼくの目の前にあった。

ぼくは、気合を入れて睨む。

熱そうだ。

炊き立てなのだから当たり前だ。

「あそぼう、あそぼう」と纏わり付いてくるファウスを何とか引き剝がし、ぼくは昼餐会の準備に追われていた。

そもそもファウスのためにやっているのに、邪魔をするとは何事か。

ぼくが真剣な眼差しで調理台の前に立っているのに、

邪魔したくて仕方のないファウスが、調理台の向こうからこちらをうかがっている。

　隠れているつもりだろうが、ピンと立った黒い耳が見えている。

「ファウス様。退屈でしたら、どうか向こうへ。女官さんたちが遊んでくれます」

「おれさま、テオがいい。テオがおわるのをまっているぞ」

「近くにいらっしゃると気が散るのです」

「テオは、おれさまがとおくにいても、さびしくならないのか」

「はい。とりたてては」

「テオ。ざんこくなおとこよ」

　目の前の炊き立てご飯で忙しいので、かまっている暇がない。

　ぼくの答えが不満だったのか、アンニュイに呟いたファウスは、そそそ、とぼくの後ろに回り込んで座った。立っているぼくの足に背中を押し付け、これ見よがしに傷心アピールをしている。

　ちょっと邪魔だ。

　しかもさっきより近づいてきている。離れて欲しいんだけどな。ゆらゆら揺られる尻尾が、ぼくの足に触ってくすぐったい。

「ふふ。ファウス様、尻尾、尻尾！　くすぐったいです！」

「テオなんて、しらん」

　口ではそんなことを言いながら、こちょこちょくすぐってくる。

　ほんと、もう。やめて。子供服の丈は短いので、むき出しの太ももやら、膝の裏やらに、やわらかい尻尾の毛が当たるのだ。くすぐったくて堪(たま)らない。

　くふくふ笑ってしまいながら、ぼくが足を踏みかえていると、ますます調子に乗ったファウスが尻尾を忍ばせてくる。

「だめですっ。ふふふ。だめ。くすぐったいっ。ファウス様、邪魔したら、美味しいものができませんよ！」

「おいしいもの！」

　ぴたりとファウスの尻尾が止まる。

　ぼくの足に背中を預けた黒獅子が、ちらりと金色の目を向けてくる。とても美しい眼差しに、ぼくは一瞬見蕩れた。

　ファウスは、ふんふんと鼻を蠢(うごめ)かせ、やがてがっかりしたように膝を抱える。

「コメしかない」

「ですから、コメをひと工夫するんです。聖下も、色が白いままなら良いとおっしゃったではありませんか」

「そうだったか？」

さてはファウス。全然聞いてなかったな、聖下の話。

確かにぼくに話してくださったんだけど、その場に一緒にいただろう！　君も！　興味が向かないことには、とことん無関心だな！

「今から、昼餐会でお出しする料理を作ってみるんです。ファウス様のためなんですから、邪魔しないでください」

「おれさまの！　テオは、おれさまのために！」

「そうです。ぼくがすることは、大概ファウスさまのためですよ」

急にニコニコしだしたファウスは、ようやくぼくの足から離れた。代わりにぼくの隣に立って、じっと手元を見つめてくる。それはそれでやりにくいんだけど。

近くで作業を見守っている女官さんに視線を向けると、にっこりと優しい笑顔で頷かれた。

「殿下は、テオドア君が大好きなのですね」

「もちろんだ！　テオはかしこくて、りょうりじょうずだからな！」

ファウスは、ふん、と鼻息も荒く胸を張る。

いや。そういうことじゃなくて。ファウスを退けて欲しいんですよ、女官さん。これから熱々のご飯を扱うのに、王子が火傷でもしたらどうするんですか。

ぼくの心の声は全然伝わらない。流石に有能な女官さんにも、心の声を聴く力はないようだ。

ぼくは諦めて、用意してもらった材料に向き合う。

昼餐会のメニューは、シモーネ聖下と話している最中から思いついていた。

聖女様のために白い『コメ』を食べることが必要で、聖女様がおそらく日本人女性であるというならば、ぼくの知識で思いつく料理は一つだ。

そんなに難しいものではない。ただ、言葉で説明するのは難しい。

ぼくが考えたのは、塩おにぎりだ。

中に具材を入れてもいいけれど、ひとまず塩おにぎりを作ることができるか試しておこうと思う。

いつものように、レシピだけ書いて料理長に丸投げとはいかず、ぼく自身が作ってみることにしたんだ。

料理長に事情を話して分けてもらった食材が目の前に並ぶ。

　子供二人分程度の炊き立てご飯。

　小皿に盛られた塩の色は限りなく白に近い。すごいな、さすが豊かなラヴァーリャ、不純物を限界まで取り除いた高級品が当たり前に出てくる。

　そして、お椀に汲まれた水。

　最後に、ぼく。日本の知識を持つ子供。

　しっかり手を洗ったあと、ぼくは水を掌に付けてから塩をまぶす。

　思い切って温かいご飯を手に取った――――。

「あっつッ！」

　堪らず悲鳴を上げてしまう。

　ぼくの予想の五倍は熱い！　掌の皮膚が破れるかと思った。

「テオ！」

　隣に立っていたファウスが叫び、ぼくの手からご飯を取り上げ元の器に戻すと、両手を汲んだ水に突っ込む。一瞬の早業だった。

「いきなり、あぶないことをするな！」

　真っ赤になったぼくの掌を、ぺろぺろと舐めてくれる。

「ごめんなさい」

　明らかに、これはぼくの油断だった。

　おにぎりの作り方を、前世の知識のまま実行してみたんだけど、前世の感覚よりも、ぼくの手はやわらかかった。子供の薄い皮膚に、炊き立てご飯は熱すぎたのだ。前世の知識に頼ってしまった弊害だな。

　ぺろぺろとぼくの両手を舐めながら、ファウスは金色の目を細める。

「テオがおれさまにあやまるのは、めずらしいな」

「そうですね」

　悪戯をしたり、勉強をさぼろうとして、いつもはファウスの方が怒られる役なのだ。

「でも、作らないと」

「だめだ」

「次は注意します。白くて味のあるご飯は、ぼくはこれぐらいしか思いつかなくて」

「むぅ」

「もう少し冷めたら大丈夫です」

　冷えた固い『コメ』では作りにくい。ぼくが熱心に頼むと、ファウスはゆらゆら尻尾を揺らして迷っていた。

　おにぎりは難しい料理じゃないけど、説明のしにくい料理だ。だから、一度作ってみせないと、女官さんにも料理長にも作れないだろう。

「ご心配でしたら、ファウス様が見張っていてください。お願いします」

　金色の瞳を覗き込むように頼むと、ぱ、ぱ、とファウスの褐色の肌が赤くなる。金色の視線はうろうろと彷徨い、じわじわと小さな唇に笑みが広がる。

「しかたないな！　テオは！　ちょっとだけだぞ。おれさまがしっかりみておくからな！」

「おねがいしますね」

　再びおにぎりづくりに挑戦する。

　少し冷めたご飯を握って、形を整えていく。

　固すぎず、バラバラにならない程度に絞める。

　この力加減を口で説明するのは難しい。

　ぼくの手は小さいので、大きなおにぎりは握れない。大人なら一口サイズだろう。

「ファウス様、召し上がられますか？」

「ん！」

　ぱく、と遠慮なく口を開けたファウスが、またもやぼくの指ごと口に入れる。

　ぺろぺろと動く小さな舌がくすぐったくて仕方ない。背筋がぞくぞくして、ぼくの頬はちょっと赤くなった。

「おいしいな！　テオ！　おちゃづけみたいな、しおあじだ」

「そうですね。良かった」

　ぼくはひとまず安心した。塩加減の効いたおにぎりをおいしいと思ってくれるなら、昼餐会は無事に開催されるだろう。

「テオ、もっともっと！」

「分かりました。ちょっと待ってください」

　手を洗いながら、腹をすかせた雛のように口を開けるファウスに思わず笑ってしまう。腹ペコ王子を満足させるために、ぼくは再びおにぎりを握ったのだ。


　昼餐会まで、少し時間があった。

　ぼくがおにぎりを急いで作ってみたのには、訳がある。

　ファウスはぼくのことを贔屓にしてくれるけれど、ぼくが作ったからといって口に合わないものを我慢して食べるかというと、それは別だ。

そんな我慢ができるなら、叔父とはいえ宗教界のトップとの昼餐会なのだから、我慢できるだろう。

そのため、おそらくファウス好みの味だろうと分かっていても、ぶっつけ本番とはいかない。

昼餐会当日に「新しい料理です！」とおにぎりを出した挙句、聖下は我慢して召し上がったのにファウスが逃げ出すという、馬鹿馬鹿しい事態に陥る可能性があったのだ。だから、下手にサプライズなど狙わず、事前に味の調整をしておこうと思ったのだ。


そして、昼餐会当日が来た。

わざわざ最高司祭が来てくれるので、午前中に予定されているファウスの勉強はお休みだ。

ついでに昼餐会に関係ないぼくもお休みのはずだった。本来は。

けれどなぜか、一張羅の服を着てファウスの後ろを歩いている。

なぜだ。

しかもぼくは、自分で握ったおにぎりを、抱えていた。

なぜだ。

なぜ料理長が握ってくれないんだ。

ファウスが「おにぎりはテオのがいい！」とワガママを言い出し、なぜか大人は誰も止めず、聖下まで「では、テオドアにお願いしよう」とか言い出す始末。

悪ノリしちゃうのは、王族の本能か何かなのか？

食中毒とか、毒殺とか怖くないんだろうか。

見守る女官さんの目を盗んで毒を盛るほど器用じゃないけど、危機管理的な意味で心配だ。

いつもの勉強部屋よりも、王宮の奥に入り込んで緊張しているぼくは、おどおどと周りを見渡してしまう。

「テオ？」

「はい」

「てをつなぐか？」

「いえ、大丈夫です」

ぼくの戸惑いを察知したかのようなタイミングで、ファウスは振り返る。

とんでもない提案をしてくるけれど、あくまでもファウスは王子で、ぼくはこの国では平民だ。断るしかない。慌てて狼狽(うろた)えるぼくに、ファウスは自然体でにこりと笑ってくれる。

ぼくは顔が熱くなるのを感じた。

なんだか、すごく恥ずかしい。

ぼくの倍はキラキラな衣装のファウスは、さすが王子様。服に着られるということがない。服に負けないぐらい、キラキラな笑顔が似合っている。

長い廊下を従者さんに案内されて、聖下がお待ちだという庭の東屋(あずまや)へ続く回廊に差し掛かったところで、急にファウスが立ち止まった。

「あにうえ」

「……」

頭を下げて、廊下の端に寄るファウスに倣ってぼくも更に端に寄る。

王子のファウスを退けられる相手は少ない。王様と、王妃様。そして、第一王子バルダッサーレ殿下だけ。

ファウスが言った通り第一王子なら、初対面でぼくのメガネを踏みつぶし、女官さんとイチャイチャしていた軽薄王子だ。正直あまり良い印象はない。

「まだそのチビを重用しているのか、ファウステラウド」

高圧的な声が響く。

チビ、とは紛れもなくぼくのことだろう。でも、よくぼくのことを覚えていたなぁ。眼中になさそうなのに。

「テオドアは、とてもかしこいぼくのゆうじんです」

硬い声でファウスが答えている。

「ふん。何やら変わった奴だと聞いているが。叔父上にまで取り入ったらしいな、平民風情が」

足音も高く近づいて来る。

ぼくは懸命に足元を見つめた。明らかに第一王子から向けられている悪意に、心臓がドキドキする。

「顔を上げろ。直答を許す」

「……！」

びく、とぼくの肩が大袈裟(おおげさ)なほど震えた。

目の前に第一王子が立っていることは分かっているが、怖すぎて体が動かなかった。声も、大きな体も、何もかも全てが、怖い。

「顔を上げろと言っているのだ、下郎」

「……ィっ！」

顎が痛い。

悲鳴を上げなかったのは、ぼくが強かったのではなく、びっくりしすぎただけだ。

頬と顎をわし摑みにされたのだと知ったのは、強引に顔を上げさせられてからだ。

第一王子の背が高いので、ほぼ真上を向かされる。

「あにうえ！　やめてください！」

強引にファウスが間に入ってくる。ぼくを摑む王子の腕に、摑みかかっていった。爪を立てているから、本気だ。

「私に逆らうか、ファウステラウド！」

びりびりと肌を震わせるような大音声で怒鳴られて、ぼくはますます萎縮してしまう。けれど、ファウスは引かなかった。

「よわいもののいじめは、おうじゃのすることではありません！」

「煩い、弟のくせに出しゃばるな！　何が黒獅子だ！」

「いやです！　テオドアをはなしてください！」

ファウスは引き下がらないが、ファウスと第一王子の体格差は大人と子供だ。まるで相手になっておらず、第一王子は片手で振り払う。勢いよくファウスは壁に吹っ飛んだ。

キラキラな衣装が無残に引き裂かれる音までする。ついでにぼくからも手が離れたけれど、頬がひりひりするよりも、ファウスの方が心配だ。

おにぎりの皿を抱えたまま、ぼくはおろおろとファウスを見つめる。

壁まで飛ばされたはずなのに、ファウスはゴム毬のようにすぐに立ち上がる。すごい身体能力だな。

服は破れていたけれど、怪我一つなく、ついでに闘志も衰えていない。美しい黄金の瞳が、ギラギラと兄王子を睨んだままだ。

すぐそばで棒立ちになってしまい、ぼくと同じように動けずにいる従者さんとは、雲泥の差だった。

「ふん」

忌々しそうに鼻を鳴らした第一王子は、睨むファウスをわざとらしく無視して、ぼくの方にやってくる。

「これは、何だ？」

第一王子が指したのは、皿に載ったおにぎりだ。

「おにぎりと、申します。殿下」

声の震えは止められなかった。情けないけれど、ぼくにファウスのような勇敢さはなかった。涙が零れないようにするだけで、精一杯だ。

「ああ。これが、叔父上のおっしゃっていた」

無造作に一つ取ると、一口齧り「不味いな」と嗤う。

そのまま齧ったおにぎりを、庭に向かって投げてしまう。

なんてことを、と思うけれど抗議の声は喉の奥で凍り付いてしまう。怖くて声が出ない。

「このような下賤な食べ物を、叔父上の口に入れるつもりか」

「あやまってください！」

漆黒の髪が、ぼくの視界を遮る。立ち尽くすぼくの前に、ファウスが立ち塞がったのだ。

ぼくよりもわずかに背の高い、ファウスの背中だ。だけど、とても頼もしく見える。

第一王子は、そんなファウスとぼくを馬鹿にするように、唇を歪めた。

「誰が、平民――――ッ」

話し始めたバルダッサーレ殿下が、突然視界から消えた。

ぼくとファウスは同時に息を呑む。

「食べ物を粗末にするなと、教えたでしょう！」

王子が消えたそこには、拳を握ったシモーネ聖下が立っていた。

どうなっているの!?

九

「叔父上、これは、その……」

慌てふためいた声は、少し離れたところから聞こえた。ぼくやファウスに対する時とは、声のトーンすら違う。でも間違いなく、バルダッサーレ殿下の声だ。どこにいるのか探したら、庭木の間から、黄金の鬣のような巻き毛が勢いよく起き上がってきた。

ぼく達は、庭に面した回廊にいた。つまり、バルダッサーレ殿下は回廊から庭に向かって殴り飛ばされた、と見るべきなんだろう。たぶん。

本当に？　王子様を殴り飛ばしちゃったの？

ぼくはマジマジと、前よりも豪華な服を着たシモーネ聖下を見つめてしまった。

聖下は拳を固めたまま、冷たい顔をしている。口で説教するより先に手が出る聖職者って、アリなんだろうか。

ぼくがびっくりしているのに気づいたらしいファウ

スが、そっと皿ごとぼくの手を握る。

「食事とは、尊い他者の命を受け入れるもの。神聖なものと心得よ、と何度も教えたでしょう」

「ですから、こんな血筋も知れぬ子供の作ったようなものを口にされては、叔父上の聖性が穢れます！」

「バルダッサーレ、お前は己の世界がいかに硬直し、狭量であるか知らねばなりません。テオドア・メディコは、僕達の守るべき戒律を理解し、彼なりの答えを返しました。それに対して無礼で応えるとは、愚かな事をしましたね」

「しかし、叔父上。私は、貴方が穢されることは我慢なりません」

二人の会話は噛み合っていない気がした。

漆黒のファウスとは対照的な、派手な黄金色のバルダッサーレ殿下は、殴られたらしい頬を赤くしながらも言い募っている。明日になったら、あの顔は腫れそうだ。

忌々しそうにシモーネ聖下の眉が寄り、呆れたように溜息を吐く。

「……朝日と共に、聖堂で祈りを捧げなさい。一ヶ月は続けるように」

「叔父上！」

「サクロ・シモーネと呼びなさい。僕はファウステラウドと昼餐の予定です」

そのまま聖下は庭に降りていく。何をするのかと思えば、第一王子が投げ捨てたおにぎりを拾い、適当に砂を払うと口に放り込んだのだ。

食べた……って、食べるの？ 食べていいの？ お腹壊さないのかな？

ぼくはびっくりしてファウスを見つめ、ファウスもきょとんと金色の目を見開いている。

もちろん、元凶のバルダッサーレ殿下は、顎が落ちそうなほど口を開けていた。

何か言いたそうだけれど、声にならないみたいだ。

何事もなかったように、シモーネ聖下は戻ってきて、ぼく達に視線を合わせるように腰を屈めた。

「行こうか」

容赦なく第一王子を殴り飛ばした手が、優しい仕草でぼくの手を取ってくれる。

ぼくの手は、そっと聖下の額に押し当てられる。

それが何の仕草なのか良く分からなかったけれど、ぼくの手が聖下の頭より上にあるのは何となく居心地が悪い。

「あれでも第一王子なんだよ。代わりに私からの謝罪を受けて欲しい」

「聖下。そんな、ぼくは」

案の定だ。最高司祭が平民に頭を下げるなんて、ダメに決まっている。ぼくは慌てて手を引こうとするのだけれど、摑まれた手はびくともしなかった。本当に、獣人は力持ちだな！

「受けてくれますか？　テオドア君」

「受けます。受け入れますから、聖下。もう、止めてください」

「ありがとう」

にこりと笑った聖下は、出会った時の穏やかな表情だった。いつもその顔でいてください。怖いです。

「あにうえは、ごめんなさいといってないぞ、おじうえ」

纏(まと)まりそうなところを、平気でぶち壊すのはファウスだ。不満そうに、へたり込んだ第一王子を指さす。

ちらりと庭を見た聖下の眼差しは、凍えるようで、ぼくはちょっと漏らすかと思った。

「お仕置きは後でしておくから、今はこれで許してくれないかい？　ファウステラウド。大人には、頭を下げる前に色々と面子(メンツ)があるんだよ」

「おれさまは、わるいことをしたら、ちゃんとごめんなさいという！」

「良い子だね、ファウステラウド。でも、お前の兄は悪い子なんだ」

「あにうえは、わるいこなのか」

「そうだよ。何度躾(しつ)け直しても、言う事を聞かない悪い子なんだ」

「おれさま、ちゃんということをきく。いいこだから、セロリもたべるし、たまねぎも、にんじんも！」

「そんなに克服したのか。偉いね、ファウステラウド」

よしよしと頭を撫でられて、ファウスは満面の笑みを浮かべる。

「『コメ』もテオがおにぎりにしてくれたから、ちゃんとたべる。たくさんたべる！」

調子に乗って、聖下の掌に頭を押し付けるように背伸びしながら、そんなことを言い出す。

黒い尻尾が、嬉しそうに回転している。

「そうか。僕も楽しみだよ。おにぎり」

「テオのおにぎりは、おれさまの！　おじうえは、さっきたべた！」

「確かに、さっき食べたね」

相変わらずぼくの作ったものは自分のものだと主張するファウスは、よりによって聖下に、投げ捨てられた砂付きのおにぎりで我慢しろと言ったのだ。

聖下は楽しそうに笑っていたけれど、ぼくは頭が痛くなる気がした。

それは、ダメだろう、ファウス。ちゃんと聖下にも召し上がっていただこう。

さっき、バルダッサーレ殿下に対しては、ちゃんと王子らしい態度だったのに、どうしてまたワガママ王子に戻るんだよ。


聖下はぼくとファウスを連れて、庭の中にある東屋で昼餐会を実施した。

『コメ』を食べて、それ以外は何をするのかと緊張していたら、ファウスがせっせと最近の見聞きしたことを喋（しゃべ）っているだけだ。

人参と玉ねぎをハンバーグにして食べただの。

おにぎりを作ろうとして、ぼくが火傷しそうになっただの。

勉強は、算術が面白いだの、外国語はつまらないだの。

とりとめもないファウスの話を、聖下は楽しそうに頷きながら聞いている。

最高司祭とご飯を食べているのに、宗教的なありがたい話が始まる気配もない。

「テオ！　このおにぎり、にくがはいってる！　おいしい！」

おにぎりを機嫌よく食べていたファウスが、目を丸くして声を上げる。

「肉が具材のおにぎりは珍しいね」

『白いコメ』のルールに引っかかるかと心配していたぼくをよそに、聖下は驚いた様子もない。

「聖下、おにぎりをご存知なんですか？」

「食べたのは、初めてだけれど。聖女様の日記に書かれているから、どんなものかは知っているよ。君がおにぎりを作った時は、びっくりしたね。まさか僕も食べられるとは思わなかった」

「……」

蒼い瞳が、メガネの奥を見通すように見つめてくる。

ぼくは慌ててファウスの後ろに隠れた。この人に見られてはいけない気がした。

ファウスは、ぼくを背に庇（かば）うようにして、尻尾を立てる。

「おじうえ。テオをいじめたらダメ。おにぎりはおれさまの。おじうえは、こっち」

普通の白米を指差している。本当におにぎりを渡す気がないんだな。

「僕にも一つぐらいくれないのかい？」

「おじうえは一つたべた。あとはぜんぶ、おれさまの。テオ、テオ！　もっとたべさせて。にくがはいってるのがいい」

「どれに入っているのか、ぼくにも分かりませんよ。肉と、あとは魚の身をほぐして入れましたよ」

「さかな！　テオ、おれさま、さかなもすき！」

ライオンはネコ科だから、猫みたいに魚が好きなんだろうか。

さかなさかな、といいながら、ファウスは相変わらずぼくの指まで口に入れようとする。

お腹が空きすぎているのか。ぼくの指は美味しいのか。指ごと口に入れられると、小さい舌がぺろぺろ舐めてくる感触がして、すごくくすぐったい。

ぼくがくすぐったくて笑ってしまうと、ファウスは調子に乗ってますます舐めてくる。

背中がむずむずしてきて、なんだか恥ずかしい、悪いことをしている気分になってしまう。

「君たちは、仲が良いね。僕はもう時間がないから、そろそろ帰るとしよう。ファウステラウド、テオドア君を大事にするんだよ」

そう言って、聖下は食事の途中で立ち上がる。

君たちは最後まで食べなさい、と言って本当に帰ってしまった。忙しい人らしい。

東屋には、ぼくの作ったおにぎりのほかに、珍しい果物や、蜂蜜と果汁を水で割ったジュースやら、色々と用意されている。

食べ盛りのファウスは、遠慮なく食事を続けていた。そのままぼくまでご相伴（しょうばん）にあずかった。

「テオ」

ぼくの指ごとおにぎりを口に入れて、ぺろぺろ舐めてくるファウスは、とうとうぼくを押し倒して抱きついてきた。ぼくを飼い猫か飼い犬だとでも思っているのか、頬ずりしてくる。

ふわふわと柔らかい漆黒の髪と、丸い耳が頬に当たって、くすぐったい。丸い耳が可愛いな。一度ぐらい触らせて欲しいな、と、ぼくはファウスに押し倒されながら思う。

「テオ。おれさま、『コメ』もたべれらるようになった」

「はい。そうですね」

「テオがいれば、おれさまはなんでもできる」

何でも、は言いすぎな気がする。

そもそも、ぼくの力はそこまで大きくないはずだ。前世の記憶があるせいで、ちょっとだけ変わったことを知っているだけだ。

でも、ぼくのことを認めてもらえるのは嬉しかった。

「そう言ってもらえると、うれしいです」

「テオ、テオ、あかいめをみせろ」

ぼくが良いというよりも先に、ファウスの手がメガネを取り上げる。急に光の量が多くなってぼくは目を細めた。

東屋は陰になっているので、痛いほど眩しくはない。

「かわいいな、テオ。きれいなあかいめも、ぼんやりしたかおも、ぜんぶかわいい。これからも、ずっと、そばにいろ」

そう告げたファウスの眼差しは、真剣だった。

金色の瞳が、射るようにぼくを見つめている。

ずっと、そばに。

じわじわと頬が熱くなる。

顔が真っ赤になってしまうのが分かる。

ファウスに一生仕えるという意味だろう。

御学友という枠を与えられ、王子と共に勉強しているのだから、ぼくにはずっと、彼のために生きる道が示されていた。

ファウスの偏食を治すような料理だけではなく、ぼくにできること全てを使って、彼のそばにいたい。

ぼくのために、兄王子にも立ち向かえるほど勇敢なファウスのそばに。

嫌いなものからすぐに逃げていく、ワガママなファウスのそばに。

「はい。ファウス様。ぼくは、ずっと貴方のそばにいます」

ぼくの返事を聞いた途端、ぎゅう、とファウスが抱きついてくる。

褐色のファウスの肌が、熱い。

ぼくも、躊躇いながら抱きしめ返した。

今ならそうしても、許してもらえる気がした。

平民のぼくには、簡単な道ではないだろう。獣人に比べて、ひ弱な体で付いていくのは大変だろう。

でも、わがままで自由で、でも勇敢な王子のそばにいたかった。

この金色の瞳に、ぼくを映していて欲しかった。

「テオ。テオ。うなじをかんでもいいか」

「……」

とても大切なことのように、ファウスが囁く。ぼくはファウスの熱に流されるまま、頷いた。

「テオ。まっかでかわいいな」

ファウスの手が、ぼくの髪を退ける。

そのままためらいなく、がぶ、と噛みついてきた。

「いった――――い！」

ぼくは反射的に悲鳴を上げた。

目がちかちかするほど、痛い。

ぼくの肉を噛み千切る気かというほど、痛い。

「い、いたかった？　すまない、テオ！　おれさま、やりすぎた」

「いきなり、何するんですか！　痛いです！」

「だって、だって。テオがかんでもいいっていうから。ずっとそばにいるって、やくそく！」

「そばにいますよ！　ファウス様がいらないって言うまで、ぼくはずっとそばにいますとも！　でも、噛むのは止めてください。すごく痛い」

「……」

黄金の瞳が、恨みがましそうに、情けなさそうに潤んだが、ぼくは断固としてこれ以上噛まれることは拒否した。

だって、すごく痛かったんだ。たぶん歯形がついている。ちゃんと消えるのかな。

ぼくはまだ、獣人がうなじを噛む意味も、歯形をつける意味も知らなかったけれど、その日からファウステラウドのものになったのだ。

おわり

ファウス6歳
おれ様のいちばんだいすきなひと

「誰よりも一番好きで、一番好きでいて欲しい人が貴方の前に現れて、ずっとそばにいたくなったら。そんな時は、うなじを噛ませてもらいなさい。ずっと、そばにいてくれますよ」

そう教えてくださったのは、母上だ。

おれ様は考えた。

ずっとそばにいたいひとは、母上かな。乳母やかな。一番おれ様に優しくしてくれて、一番いい匂いがするのは、乳母やかな。

でも、それはちょっと違うことを、おれ様は何となく知っていた。

だったら、姉やかな。

優しくて、いつもおれ様を撫でてくれて、時々怒って怖い。

だから、ちょっと違う。

勉強の先生も違うな。

優しいけど、一緒にずっといて欲しくはない。すぐに「お勉強いたしましょう」って言うからな。

おれ様はかけっこと、木登りの方が好きだからな。

じゃあ、父上かな。

父上はずっと一緒にいたい人じゃないし、ずっと一緒にはいてくれないぞ。「お忙しい」んだ。ちゃんと知っている。

兄上はぜったい違うな。

兄上は一番好きな人じゃない。

兄上はおれ様のことを「黒獅子だからって偉そうに」って怒るから。きっと兄上はおれ様のことが嫌いなんだ。

でも、おれ様は黒獅子だけれど、偉そうにはしてないぞ。偉そうにしているのは兄上だと思う。

そう言ったら、もっと怒られた。

ううーん。

一番好きな人は、難しい。

シモーネ叔父上はやさしいけど、『コメ』を食べなさいって言うから、違う。

一杯おやつをくれるし、おれ様の話をさいごまでちゃんと聞いてくれるけど、違う。

一番好きな人。

一番好きでいて欲しい人。

ずっとそばにいて欲しいひと。

出会ったのは、少し後だった。


綺麗な赤い瞳から、ぽろぽろと涙が零れていく。

分厚いメガネをはずし、綺麗な涙をぬぐっているテオを見た途端、おれ様の心はきゅう、と痛くなった。

お腹がすいた時みたいに、どうしようもなく、痛くて、痛くて。

でも剣の稽古で怪我をした時みたいに、嫌な痛みじゃない。

すごく痛いのに、甘いお菓子のような嬉しい気持ち。

じっと我慢するのは辛いけど、おれ様の眼は綺麗な赤い瞳と、涙から離せない。

もっとずっと見ていたいのに、テオはすぐにメガネをかけてしまった。


あの時、中庭の迷路の中で、テオは泣いていた。

「とうさま」

寂しい声。頼りなくて、すぐそばにいって、ぎゅう、としてあげたくなる声だ。

「とうさま、とうさま」

本当は隠れていないといけないのに、おれ様は我慢できなくて、飛び出してしまった。

ぎゅう、と抱きしめると、とても細い腕と肩。

でも柔らかくて、いい匂いがする。

甘いお菓子みたいで、フワフワの雲みたいで、おれ様の胸はきゅうきゅうと苦しくなる。

ずっとそばにいたい。

目を離したくない。

きっと、ずっとそばにいたい。っていうのは、テオみたいな人のことだ。

母上の言葉は、きっとテオのためにあったんだ。


出会ったばかりの時、おれ様とテオはまだ友達じゃなかったのに、兄上が乱暴をしてテオと一緒に反省させられた。

テオはおれ様よりもずっと賢くて、大人みたいな子供だ。暗い部屋も怖がらず、綺麗な赤い瞳を丸くしておれ様に笑いかける。

『コメ』を食べたくないのに、テオが作ってくれた料理はすごくおいしい。だからついつい食べてしまった。

父上が一緒に勉強するように言った後、母上にテオの話をしたら、「テオドアは利発なこどもですね」と褒めていた。

おれ様が『コメ』を食べたくない時、皆「我慢しなさい」って言う。

でもテオは違う。

おれ様のために料理をしてくれた。

『コメ』を食べなくても良いとは言わなかった。

我慢して食べなさいとも言わなかった。

おれ様の食べられるものに作り替えただけだ。大人みたいな、綺麗な笑顔で、何でもないことみたいに。

「りはつ」って、そういうことだと、おれ様は知った。


テオはとても賢くて、先生にも褒められてばかりで、おれ様が遊ぼうって言ってもすぐに「お勉強が先です」ってガミガミ言うのに、そばにいたい。

腹が立ったり、わめいたりしたくならない。


ふしぎ。

おれ様がワガママを言っても、いつの間にか勉強することになるし、嫌いな野菜も食べてしまっている。

大嫌いで、姉やと乳母やに叱られてばかりの人参も、玉ねぎも、セロリも食べてしまった。

だって、おいしいんだ。テオが料理すると、何でもおいしい。

ふしぎ。

おれ様は一度も嫌な気持ちになっていないのに、いつもいつの間にか、テオの言う通りになる。

魔法でも使っているのかな。

おれ様がテオのことを好きになる魔法かな。

賢そうで、ニコニコして「ファウス様」って呼ばれると嬉しくなる。

「ファウス様」

テオが笑うたびに、おれ様の胸とお腹が痛くなる。

苦しいのに、この苦しさをもっと味わいたくなる。

ワガママを言うと、ちょっとだけ困った顔をする。

細い眉毛が下がって、ずり落ちてくるメガネを直しながら「もー、ワガママなんだから」って怒る。

困っているテオも、すごく可愛い。

だから、時々ワガママを言うことにしている。

「お勉強が先ですよ」とテオが怖い顔をしてみせるたびに、おれ様は「かけっこしよう」って言ってみる。もちろん、いつの間にかテオの言う通り勉強をしてしまうんだけど。

　でも終わったらテオはちゃんと一緒にかけっこをしてくれる。すぐに捕まえられてしまうのが分かっていても、テオはかけっこが嫌だとは言わないんだ。

　本当は、テオとかけっこしても、すぐ捕まえてしまうし、おれ様が逃げたら全然捕まえられないって分かっている。

　おもちゃの剣で戦いゴッコをしたら、テオの剣は全然当たらないし、テオが勝手に自分の手をぶつけて怪我をしそうになることも分かっている。

　とても賢くて、料理も上手で、姉やとも大人みたいに話すテオだけど、外で遊ぶのは下手なところもすごく可愛い。

　できないことを、一生懸命頑張るところも可愛い。

　守役は「つまらないでしょう、殿下」って言うけど、つまらなくない。

「もっと一緒に遊べるセリアンの子供を連れてきましょう」って言われるけれど、おれ様はテオがいい。

　だからテオの前では、おれ様は格好良い男じゃないといけない。

　昼餐会の日に、兄上に苛められそうになったから、おれ様はすぐに助けに行った。

　兄上は、気に入らないことがあると、すぐに打つんだ。

　おれ様もよく打たれるし、そんなに痛くないけど、セリアンじゃないテオは怖がってしまう。

　かわいい顔が腫れたら大変だ。

　綺麗な涙は、おれ様だけが見たらいい。

　格好良く助けに行ったはずなのに、叔父上がおれ様よりももっと格好良く助けてくれた。

　テオはすごく嬉しそうで、おれ様の胸はざわざわした。

　白いほっぺを赤くして、叔父上を見たらダメ。

　テオがおれ様よりも叔父上のことを好きになったら、困る。

　本当は叔父上にも、テオの『おにぎり』をあげようと思っていたんだけど、叔父上がテオを好きになったら困るから、やめた。

テオの物は、全部おれ様の物。

白いほっぺを赤くして、嬉しそうな笑顔もおれ様の物。

綺麗な赤い瞳も、おれ様の物。

甘い干し杏を食べる時、一緒にテオの小さくてやわらかい指を舐めたら、テオはくすぐったそうに体を捩(よじ)った。

ぱっといい匂いが散る。

おれ様は嬉しくなって、もっとテオの指を舐めたくなる。

いい匂いを胸いっぱいに吸い込むと、おれ様の胸もお腹もきゅうきゅう痛んだ。

甘いものをたくさん食べるみたいに、テオをもっとそばに置いて、テオにもっと触っていたくなる。

むずむずする気持ちが溢れてしまいそうになって、おれ様は分かった。

母上が教えてくれた、うなじを噛ませてもらう人だ。

テオがそうだ。

まよったり、まちがったりしない。

おれ様はちゃんと分かった。

「テオ。テオ。うなじをかんでもいいか」

聞いてみたら、赤いほっぺをもっと赤くして、テオは恥ずかしそうに頷いた。

かわいい。

かわいい。

すごくかわいくて、おれ様は走り出したくなる。

テオはこんなにかわいいって、みんなに教えてやりたくなる。

でも、ダメだ。

テオがすごくかわいいのは、言いふらしたらダメだ。

だって、おれ様のほかにテオのうなじを噛みたい奴が出てきたら困る。

もちろんおれ様が一番テオのうなじを噛みたい男で。

おれ様が一番、テオがうなじを噛まれたいと思っている男だ。

「ずっと貴方のそばにいます」

テオはちゃんと約束してくれた。

おれ様はテオが「やっぱりだめ」って言わないように、すぐに白っぽい髪を退ける。細くて、触ると気持ちがいい。

白い肌。細い首。やわらかい肌。

触っただけで、心臓がドキドキし始める。

テオ。

一番好き。

おれ様のことも、一番好きでいてくれ。

ずっと、ずっと、ずっと一緒だ。

嬉しくて、心臓がドキドキして、たまらなくなって牙が疼く。

がぶ、と力いっぱい噛みついた途端。

おれ様は、お腹がいっぱいになったみたいに、幸せだった。

テオがおれ様の中でいっぱいになった気がした。

「いった――――い！」

滅多に大声を出さないテオが悲鳴を上げた。

おれ様もびっくりしてしまう。

テオは綺麗な赤い目に、涙をいっぱいにしながら怒っている。

おれ様はいっぱい謝った。

謝ったのに、「噛むのは止めてください」っていう。

ずっと一緒は約束してくれるのに、うなじは噛んだらダメっていう。

あれ？

母上。

うなじを噛んだらずっと一緒にいてくれるんじゃなかったのか？

もっと噛ませてくれないのか？

だって、おれ様、ずっと一緒にいたいし、もっとうなじを噛んで、大好きって言いたい！

うなじを噛むのはセリアンだけって、母上が教えてくれたのは、もっと後の話だ。

おわり

10歳

子供達の世界は広がるもの

一

ぼくとファウスは十歳になった。

ラヴァーリャにやって来て、四年も経ったのだ。すごいなぁ。

そもそもぼくがラヴァーリャにやって来た理由である父様の研究は進んでいるのか、いないのか……。よく分からないのだが、すごく順調、という雰囲気ではない。

父様は難しい顔をして、本に埋まっているかと思えば、畑を掘り返して薬草を採取したりしている。出かけることも頻繁で、どこに行ったのか聞いても濁してしまう。

「患者さんの診察だよ」

どこに行っても返ってくる答えはこれだ。お医者さんとして呼ばれたんだから、もちろん診察には行くだろう。

良くなる人も悪くなる人もいると知っている。

容態が悪い人がいるのかもしれない。

そうだとしても、能天気なほど研究が好きな父様が、ちょっと気落ちしていることに気づいていた。

頻繁に聖堂と手紙のやり取りをしていることも知っていた。だってぼくが、シモーネ聖下から直接手紙を頼まれることもあるんだ。聖堂の最高位にいるシモーネ聖下まで絡んでいるなんて、父様は何の研究をしているのかな?

「ラヴァーリャの風土病だよ」

聞いてみると、父様はそう言うけど、風土病ってどんな病気だろう。

ファウスもかかることがあるんだろうか?

シモーネ聖下も?

病気の原因の解明は一朝一夕でできるわけじゃないと分かっているけれど、心配になってしまう。

父様は大変そうだけれど、ぼくはあまり変わらない。

六歳のあの日。うなじを噛まれた時は、それはもう痛かったけれど、あの後から噛まれていない。その代わりというのか、事あるごとにメガネを取り上げられたり、うなじを舐められたりする。

スキンシップみたいなものなんだろうか。獣人文化は、時々よく分からないな。

ぼくの、幼馴染み兼御学友のような立場は変わらない。

かくれんぼと水泳をしようというファウスを宥めすかし、時にはおやつで釣り、勉強部屋に引きずっていく。

いや、引きずっていくというのは、ウソだ。

出会った時は、少しファウスの方が大きいかな？　ぐらいだった身長差は、ここ四年でぐんと開いた。

今やぼくの視線はファウスの肩ぐらいだ。ぼくが見上げると、ファウスは嬉しそうな顔をする。「テオは小さくてかわいいな！」がこのところの口癖だ。

おかしいな？　ぼくだってどんどん大きくなっている。父様なんて「テオはどんどん大きくなって、ルチアさんに似てくる」とか言っている。母様じゃなくて、ここは父様に似るところじゃないのかな？

ぼくが大きくなるより、ファウスが大きくなる方が早い。

獣人の成長は、ヒトよりも早いのだろうか。どこかで追いつけるといいのにな。

ぼくの周りにヒトの子供はいないので、ファウスが言うように本当に小さいのだろうかと心配になってしまう。

ファウスに仕える女官さん達は「テオドア様は、平均ぐらいだと思いますよ」と笑っていたので、ぼくは普通だと信じたい。

ただ、女官さん達も九割以上が獅子獣人なんだよね。この国の貴族のほとんどは、獅子獣人だから。


ヒトの子供はいないのに、獣人の子供はぼくの周りに増えた。正確にはファウスの周りに。

十歳になったファウスには、ぼくの他に二人の獅子獣人の御学友があてがわれた。

一人は三代前に王家から分かれた公爵家令息で、名前をアダルベルド・ラヴァーリヤ・コーラテーゼ。アダルと呼ばれている。褐色の髪に蒼い瞳をした格好いい獅子獣人。一番背が高い。本当に同じ年だろうか。

もう一人は、祖父の代で叙爵されたシジスモンド・アルティエリ。シジスと呼ばれている。こちらも金色の髪に緑の瞳をした獅子獣人。澄ました顔はとても綺麗だ。ちょっとシモーネ聖下に雰囲気が似ている。

新しく現れた二人も、ファウスと同じぐらい成長が早いみたいだ。ぼくも含めて四人一緒にいると、ぼくだけ学年が違うように見える。中学生の集団に紛れ込んだ小学生男子みたいな？

うう……早く大きくなりたい。

全員に見下ろされるのは、なんだかイヤだ。

将来の側近として現れた二人は、どちらも脳筋で、腕力で物事を解決する性質であった。

アダルとシジスを側近に選んだ人達は、座学に関してはぼくがいるから大丈夫とでも考えたのだろうか。それともファウスが脳筋だから似たタイプの方が仲良くなれると考えたのか、それはよく分からない。

ぼくから見れば、ファウスが三人に増えたみたいなものだ。だって、みんな勉強じゃなくて、かくれんぼしようって言うんだから。

ファウス以外の二人、ダメだろう、それは。君たちの仕事は、ぼくと一緒にファウスが勉強をするように説得することだよ。

「つまらない。つまらない。テオ。つまらないぞ――」

小さな盤の前でファウスが吠えている。

ぼくと向かい合って指しているのは『王の遊戯』と呼ばれるボードゲームだ。こまごまとしたルールは違うけれど、ざっくり言うと将棋とチェスの中間みたいなゲームだ。

王様二人が色んな動きをする駒を使って戦うゲームで、これが今日の課題だった。先生が「教養として、たまには体以外も動かすように」と言って置いていったのだ。遊んでみるといろいろと奥が深い。ぼくはたいして強くもないのだけど、ぼく以外が弱すぎて連戦連勝し、ほかの三人はどんぐりの背くらべな戦績をつけている。

ファウスは王様一人と、騎士二人だけになった自軍を前に唸っている。

「はい。つまらなくても、次はファウス様の番ですよ」

ぽい、とファウスの騎士を奪ってぼくが宣言すると、「むむ」と眉を寄せる。

「だって、どこにも逃げ場がないじゃないか！」

王様の駒を握って盤上をウロウロさせている。

王家の玩具だけあって、駒の一つ一つがすごくリアルで、綺麗に磨かれていて、フィギュアとして飾って

おきたいぐらいだよ。

「追いつめてもいいって、ファウス様が言ったんですよ」

「そうだけど！　そうだけど！」

ぐう、とファウスが握りしめた王様の駒が苦しそうだ。

「ぼくが勝ったら、遠乗りに行く前に宿題を全部済ませるんでしたよね？」

そう。この約束があるから、ファウスは困っているのだ。ただ負けるのではない。

いや、ファウスは負けず嫌いだから、負けるのも嫌みたいだけど。

「アダル！」

とうとう次の手を思いつかなかったのか、隣で控えていたアダルを呼びつける。

「はい！」

ぴん、とアダルの褐色の尻尾が跳ねた。突然の指名に、生真面目そうな蒼い目が泳いでいる。

「おれの代わりに指せ」

「え、え、え、俺ですか？」

「テオに負けるな！」

無茶を言うな、とアダルの顔に書いてある。

そりゃそうだ。最初から始めてもぼくに勝てないのに、ほぼ負けが決まった状態で引き渡されても、逆転の目がない。いくら仕えることになった王子の命令でも、聞けることと聞けないことがあるのだ。

「そんな。シジスぅ」

隣にいて、一緒に盤を覗き込んでいたシジスに縋ろうとするアダルを、蜂蜜色の尻尾が、ぱし、と払う。

中性的な、大人しい美少年風のシジスだけど、外見を裏切って彼も似た者どうしの脳筋であった。ぼくに勝ったためしがない。

「私に振らないでくださいよ」

「だって……テオドア」

精悍な、と表現しても良いぐらい格好いいアダルは、褐色の耳をぺたんと倒してぼくを見る。

「ダメですよ」

「テオドア。そこをなんとか！　俺とお前の仲だろう！」

三代遡れば王族のはずの公爵令息は拝み倒そうとしている。誇りとか、プライドとか、貴族の矜持とか、どこに忘れてきたんだ。

「ちょっと待て、アダル。お前とテオの仲ってなんだ」

横暴に押し付けたはずなのに、その一言を聞き逃さないファウスが割り込んでくる。

「え……と。それは、なかなか言えない、仲で」

しどろもどろにアダルの目が泳ぐ。

そりゃあ、そうだろう。だって、ぼくとアダルの間には特に何もない。ほんの少し前に引き合わされただけで、それまでお互い存在すら知らなかった。

「言えない！　仲だと！」

ぶわ、とファウスの耳と尻尾が膨れあがる。

ぱん、と長い尻尾が盤を叩いた。

衝撃で駒が跳ね飛ばされる。

あーあ。勝負が壊れてしまった。駒の配置は覚えているけど、ファウスが落ち着くまで勝負どころではない。

黄金の瞳がらんらんと輝いてとても格好いいが、十歳のくせにすごい迫力だ。アダルの尻尾も耳も、ぺたんと下がっている。

「殿下。落ち着いてください」

「落ち着いていられるか！　アダル、お前、テオに何をした！」

「いえ。それは、その」

「言えない仲になったんだろう！」

何もしてないです。されていないですよ、ファウス。

ぼくは小さく囁いてみるけど、興奮したファウスは聞いちゃいない。

くわ、と牙を剝きそうなファウス。

アダルは成り行きまかせの失言にオロオロしている。

シジスは一人、跳ね飛ばされた駒を拾っていた。

ファウスとアダルの二人は、王子と公爵家の正真正銘キラキラの上級貴族なんだけれど、シジスは子爵家の出身だそうだ。身分的に二人には逆らえないらしい。

また、獣人とヒトのハーフだそうで、身体能力的にも逆らえないらしい。

どうしてこんな、歪（いびつ）な人選なんだろう。貴族の坊ちゃん達が御学友に加わると聞いたから、少しぐらい苛められるかと思ったんだ。本当は。

いざ顔を合わせてみたら二人とも、ただ「ファウスと遊ぶにはちょうどいい人材」だった。剣の稽古や乗馬や、弓を引いたりさせれば、抜群に上手い。ファウスも上手だから、一緒になって訓練するのは楽しいだろう。

ただ、『王の遊戯』でもそうだけれど、座学に関してもファウスと同じレベルだった。

頭が悪いわけじゃない。でも、「この子天才！」「百年に一人の逸材！」というほど輝ける頭脳でもない。

大人になった時に側近として支えられるかとか、ちゃんと考えているんだろうか。心配だ。

怒っているファウスをよそに、ぼくはシジスと一緒にもう一つの課題を準備する。古ラヴァーリャ語の手紙を、現代語訳するのだ。

この古い言語を学ぶ理由はいくつかある。

古ラヴァーリャ語は、大陸一帯の共通語だった歴史があり、それから派生した外国語を学ぶ前段階として便利だというのが一つ。

聖堂では普通に使われているので、王族が読めないのは恥ずかしいというのが一つ。

さらに、古い法律は古ラヴァーリャ語で書かれているものもあるので、読めた方が便利というのが一つ。

文字数が少ないから、覚えるのが簡単というのが一つ。文字数が少なくて同音異義語が多いんだけど、まあ、そこはそれ。

先生が課題に置いていった手紙。三代前の聖女様の手紙らしいけれど、それと辞書を用意する。

「ファウス様、そろそろ手紙の翻訳、しましょう?」

準備万端で声を掛けると、アダルは救われたように顔を輝かせる。

ファウスのワガママにまだ慣れていないんだな。先輩として、上手く逸らす方法を教えてあげなければ。

「待て、テオ。おれは負けたわけじゃ……」

「いえ。殿下、勝負は終わりです」

澄ましてシジスが盤を指す。ファウスが払いのけたせいで、駒は一つも残っていない。駒を拾ってくれたのはシジスだった。

「……だって！」

「元から課題として出ているんですよ。嫌いなことなら早く済ませてしまいましょう?」

ぼくが正論を述べると、金色の目を瞬かせてファウスが苦悩する。

「遠乗りは逃げません」

良い援護をしてくれるのは、ファウスの言いがかりから逃げたいアダル。

「テオ。全部できたら、サンドイッチ」

相変わらずぼくの作るご飯が好きらしいファウスが、

食い下がってくる。やる気が出るなら、それぐらい構わない。厨房に材料を分けてもらおう。

「お弁当に用意しましょう」

「約束だぞ」

そう言うと、意外と素直にファウスは机に向かう。

もちろん御学友であるぼく達も同じように、それぞれ課題の手紙と辞書を手に翻訳を始める。

さらさらとペンの音が走り始める。

「はい！　テオドア、ここがわかりません」

「はい！　テオ。『愛』と『藍』って同じ発音でわからない」

「テオドア。この字、辞書に載ってない」

ほんの数分もしない間に、わいわいとぼくに聞いてくる。ぼくは先生の代理じゃなくて、君たちと同じ生徒なんだけどなぁ。


格調高い愛の手紙を、びっくりするほど直訳しまくった三人は、揃って遠乗りに出かけて行った。

ぼくはついて行けない。一人だけ馬に乗れないからだ。

メガネが落ちたら困るし、体格も違うし、座学とは反対に、ぼくだけ足手まといになるしね。

ファウスにねだられたサンドイッチを作りながら、ぼくは、ちょっとだけ開いてしまった差に、寂しさを感じていた。

二

「今日は、釣りにしましょう」

提案したのはシジスだった。

「釣り？」

乗り気ではなさそうに、ファウスが長い尻尾を揺らす。

「はい。釣りです」

重々しく、世界の運命を告げるかのように、シジスは告げる。

なまじ顔が綺麗なだけに、大したことを言っていなくても、劇的に聞こえるからお得だ。

「釣りって言うと、釣り竿に糸が付いていて、エサを付けてやるという、あれか？」

　さも世界の真理に辿り着いたかのように受けたのは、アダル。

「そう。まさに、それだ」

「うむ。そうかと思っていた」

　ぱし、とシジスが釣り竿をアダルに授ける。

　なんだろう。これから世界を救うために、川の主でも釣りに行くんだろうか。

　ぼくは、勉強の後片付けをしながら、午後から何をして遊ぶか毎日真剣に悩んでいるファウス達を眺めていた。

　いくら真剣に悩んだって、木登りやらかけっこやら、戦いゴッコの延長の剣技の練習やらで、外を走り回ると大体決まっているじゃないか。

　もちろんついていけないぼくは、部活のマネージャーのごとくおやつを用意したり、走り回っているファウス達のそばで本を読んでいたりしていた。

　だから座学の差が広がるんだよ。ぼくは特別賢くはない。前世の記憶というアドバンテージのほかは、単純に勉強時間の違いだよ。

　彼らが遊んでいる間は遊びに加わらずただそばにいるだけなので、先に帰るという手もあるんだろうけど、ファウスが嫌がるため却下だった。

　ファウスは、高い樹に登ったり、アダル相手に勝ったりすると「見てたか、テオ！」と必ず声を掛ける。よそ見をしていると、とても機嫌が悪くなるので、ぼくはちゃんと見ている係であった。

「すごいですね、ファウス様！」というぼくの賞賛を聞くと、ものすごく嬉しそうにするんだから、ファウスは素直だ。

　ぼくは一体何なのだろう。お母さんか？

「釣りなんて、魚が掛かるまでジーッと待っているんだろう？」

「だいたい、そんな感じです」

　ゆらゆらと尻尾を揺らすファウス。黄金の眼がつまらなさそうに細められる。

　外はいい天気だ。ラヴァーリャは大抵いい天気なのだが、とにかく走り回るには絶好の快晴であった。

「たいくつ」

「釣れたら面白いのですが。そうではなく。テオドアも一緒にできるでしょう？」

「……！」

ぱち、と黄金の眼が開かれる。

「テオドアはずっと私たちの遊びを見ているだけです。つまらないのでは？」

「シジス！　これから毎日釣りをしよう！」

がし、とファウスがシジスの肩を摑む。食いつきの良すぎる反応に、シジスは戸惑っている。

ぼくも、なんだか胸が温かくなった。

シジスのような貴族が、外国人で平民にすぎないぼくの事を気にかけているとは思ってもみなかった。

意地悪をされたことはない。でも、ぼくだけ一人参加していないことを、気にされているとも思わなかった。

「釣り竿は、うちの蔵にあったものをそのまま持ってきました」

シジスはそう言ってだいぶ古びた竿を差し出す。

王子様にそれができるのは、ある意味で大物だと思う。


王宮の中のどこで釣りをするのかと思えば、釣り堀か水遊び場みたいな場所があった。


王宮の外堀ではなく、内側だ。

ラヴァーリヤ王城の外は大きく川が取り巻いている。そこから人工的に支流を作って水を引き込み、王宮内のあちこちにも川が流れている状態だ。

もちろん川が王宮の敷地に流れ込むところには、水門が作られ、柵で区切られ、侵入者対策はされているんだろうけど、立ち入り禁止区域にあるので、ぼくは見たことはない。

王宮内の川の流れは緩やかで、普通に魚が泳いでいる。魚が泳ぐから水鳥も来る。のどかでのんびりしている。

水遊びもできる。深いところもあるけど、浅いところは子供のぼくでも膝ぐらいまでしか浸からない。何度もファウスと水遊びをしたことがある。

「釣れないな」

「そうですね」

釣糸を垂らしたぼく達四人は、のんびり並んで座っているのだが、最初に痺（しび）れを切らしたのはファウスだった。

それに続くのはアダル。

提案したシジスは慣れているのか、気にした様子もなく座っている。

「釣りは待つものですから」

「うー……」

ファウスとアダルの尻尾がゆらゆら、ゆらゆらと揺れ始める。

我慢ができない二人の心情が、そのまま尻尾に表れていて、ぼくは笑い出してしまいそうだ。

ぼくはぼくで、古い釣竿を握りながら、水面を眺めていた。川の水は綺麗で、中を泳ぐ魚影もよく見える。優雅に泳ぐ魚は、ぼく達に注意を向けているのか、いないのかすら、よく分からない。

この時間の、この場所が、そもそも釣れるのだろうか？　でも、せっかくぼくのためにシジスが考えてくれたのなら、もうしばらく付き合いたかった。

だが。

「ダメだ！　おれはこれ以上座っていられない！」

ファウスが最初に立ち上がった。

まだ十五分も座ってないと思うよ？　ちょっと短すぎないか？

「だって、そこに！　魚がいるじゃないか！　それを釣り竿に掛かるまで待っているなんて！」

「釣りってそういうものですよ、ファウス様」

「じっと待っとくのか？」

鼻のつけ根にしわを寄せるファウス。いつものワガママが顔を出している。

初めて会った六歳の時よりは随分我慢強くなったと思うけど、あくまでファウスはファウスだった。ワガママ王子め。

提案したシジスも困っている。これは、御学友の先輩として、ぼくが宥めないといけないところだろう。

「いろいろ技はあるみたいだけど、ぼく達にはないから、ひたすら待つのみですよ。釣ったら、美味しいかもしれないですよ？」

「魚は骨があるからイヤだ」

そもそも、食べて良いのか知らないけど。

「……」

むす、と頰を膨らませ、耳を伏せてファウスはそんなことを言う。

子供みたいなことを。子供だけど。

「焼いておにぎりに入れたらおいしいですよ」

ファウスの好きな具材だ。塩味の焼き魚をほぐしたのと、甘辛く味付けした肉が、同じぐらい気に入っているのをぼくは知っている。

「おにぎり」

ぴくぴく、とファウスの耳が動く。迷っているな。

獣人の耳も尻尾もすごく……正直で、ぼくはついつい見入ってしまう。本当は触ってみたいんだけど、遠慮している。

「『おにぎり』ってなんですか?」

同じく釣りに飽きているらしいアダルが、興味を引かれたようだ。

「テオが作ってくれる、白いコメの料理だ!」

料理というほどではないけど、今でも聖下との昼餐のためにぼくが作っている。

以前料理長に頼んだのに、なぜかお断りされてしまった。理由はファウスがダメだと言うとか、なんとか。

「白いコメって、あんまり味がしないのに。美味しいんですか?」

いつぞやのファウスと同じことを言う。

「テオは、賢くて料理上手だからな!」

我がことのように誇らしげに、ファウスが胸を張る。

いや、そこまで言うほどのものではなくて。

ぼくは恥ずかしくなって俯いた。

「テオのおにぎりが食べたくなってきた!」

「そんなこと、急に言われても……」

「魚をいっぱい釣ったら、おにぎりに入れてくれるか?」

ファウスが期待に満ちた目で尋ねる。

それぐらいは良いけれど。でも、この魚は食べて良い魚なんだろうか? お城の規則的にも、衛生的にも。

ぼくは色々と不安になって来たのに、なぜかアダルは釣竿を置いて立ち上がった。

「いっぱい捕まえたら、俺にも食べさせてくれますか?」

食いしん坊なのか、公爵令息よ。期待されているみたいだけど、公爵令息に食べさせるような大層なものではないんだ。

ぼくが戸惑っていると、勝手にファウスが「もちろんだ! アダルは友達だから、特別だな!」とか安請け合いする。

いや、作るのはぼくだよね?

「はい! テオドア。私も食べたい」

釣竿を握ったままのシジスも宣言する。作るのはぼくだと認識しているみたいだけれど、「お許しくださいますか？　ファウス様」とすかさずファウスの許可を乞うている。権力構造を理解しているようだ。

ファウスは重々しく「もちろんだ。仲間外れは良くない」とか言っている。

ううーん。これは、ご飯を炊いてもらう流れか。この三人、どれぐらい食べるんだろう。

体格に見合った量以上に際限なく食べるファウスを思い出し、ぼくは慄（おのの）いた。

「では、さっそく、捕まえてきます！」

エンドレスにおにぎりを握り続けるシミュレーションを始めたぼくのそばで、アダルは着ていた服を豪快に脱ぎ捨てる。

全部だ。俗に言う、生まれたままの姿っていうやつだ。

な、なぜここで露出？

獣人の尻尾ってどこまで毛皮なのか気になって、ついアダルのお尻を見てしまった。尻尾のつけ根まで、褐色だった。

すまない。好奇心に勝てなかった。

赤くなったり、反省したり、慌てているのはぼく一人で、シジスは何事もなかったかのように釣竿を置く。

「魚が逃げる」と呟いているけど、なぜ魚が？

アダルが脱いだから？

アダルの全裸にはそんな力が？

もちろんそんな不思議な力ではなかった。

アダルは躊躇なく、ざぶざぶと浅い流れに入っていく。そう広くもない川幅の半ばに来ると、アダルは胸まで水に浸かった。

両手と頭を水の中に突っ込んでいる。水面から突き出た尻尾が、ゆらゆらと揺れていた。足はつく深さなのか。

「魚を捕まえに来たんじゃなくて、釣りに来たのに」

シジスの呟きがぼくの耳に届いた時、「殿下！　捕まえましたよー！」と嬉しそうにアダルが叫ぶ。

高々と掲げた腕には、魚が一匹ぴちぴちしていた。

「すごい」

思わず口から零れてしまう。

普通、水中の魚は素手で捕まえられないだろう。王宮育ちの魚は、野生を忘れて人間の手で捕まえられるようになったのか？　そんなはずはない。魚類の誇りにかけて、そんなはずは！

「おれにもあれぐらいできる！」

何の対抗心が燃え出したのか、ファウスもそんなことを言って立ち上がる。ぽいと釣竿を投げ捨てた。借物なのに。

「テオ！　見ててくれ。おれの方がもっと大きいのを捕まえるから！」

「ファウス様、ぼく達は釣りに……」

ばさばさとアダルと同じぐらい勢いよく脱ぎ始めた王子様に、ぼくはどう止めて良いものか迷う。

「もう、釣りは無理だ」

全裸になって川に突進する王子の姿を見送りながら、シジスは悟ったような声音で言う。

せっかくぼくのために釣りを提案してくれたのに、すまない、シジス。元気な二人がバシャバシャ歩き回ったら、魚も逃げるよね。

「捕まえた方が早いことを、私も知っている」

「はい？」

釣竿を回収したシジスは丁寧にまとめると、おもむろに脱ぎ始める。素手で魚を捕まえに行く気なのだ、彼も。

「テオドアもどうだ？　水は気持ちいい」

顔は中性的な美少年なのに、獅子らしくしなやかに鍛え上げられた裸体を晒したシジスは、そう言ってぼくに手を差し出す。

参加しろということか。

今日は皆で全裸な流れなのか。

子供だから、許されるか。

まぁ、同性ばかりで恥ずかしがるようなことでもないか、とぼくは参加することにした。

皆で同じことをする方が、仲間意識が育つかもしれない。

シジスが誘ってくれたのは釣りだったけど、水遊びでも結果は同じだ。メガネだけは外さずに、ぼくも素っ裸になって川に向かう。

「テオ！　テオ！　見てくれ。おれの方が大きい！」

得意げに魚を掲げたファウスが大声を上げる。

「すごいですね、ファウス様！」

シジスと手をつなぎ、膝まで水に浸かりながらぼくは手を振った。

魚取りに夢中になっていたらしいファウスは、ぼく達が来ていることに気づかなかったらしい。

ぼくと視線が合った瞬間に、得意げな満面の笑みから一転、火がついたように顔を赤くする。

せっかく捕まえた魚を、ぽちゃん、と水に落とした。

「テ、テオ！　どうして、脱いでるんだ！」

服が水に濡れたら困るからですよ。

「ダメでしたか？」

「だ、だめって、いうか。その、だから！」

小首を傾げるぼくに向かって、ぱたぱたとファウスは尻尾で水面を叩く。

「ファウス様、放したらダメですよ！」

動揺するファウスに気づいていないのか、アダルは素早く魚を追った。ばしゃ、と激しい水音を立てて水面を打つ。

ファウスに捕まえられて弱っていたのか、魚は水中から掬い上げられるように、宙を飛ぶ。

アダル、君は、熊か。

ぼくとシジスは、揃って飛んでいく魚を見つめた。

ぼくより動体視力に優れるシジスは、放物線を描く魚の行方を正確に追ったのだろう。

「ああ、泥で汚れる」と現実的なことを呟く。

「殿下！　何をなさっておいでですか！」

もう一匹アダルが捕まえるころ、ぼく達が全裸で水遊びをしていることに気づいた女官さんが大慌てで飛んできた。四人とも水から上がるように急かされ、素直に濡れた身体を拭く。

釣果は一匹もなかったけれど、素手で三匹捕まえたアダルは、ニコニコしていた。

シジスもいつの間にか一匹捕まえており、ファウスは調子が出なかったのか顔を赤くしたまま、坊主だった。

ぼくはもちろん、ただ水に入っただけだけど、とても楽しかった。

見ているだけではなくて一緒に行動するのは、仲間に入れてもらったみたいでいいな。

捕まえた魚は、料理長が調理してくれ、ぼくはただの塩おにぎりを握ってふるまった。

皆で食べたので、いつもより美味しかった気がする。

おにぎりを食べるころには調子が戻ってきたのか、ファウスは「次は負けない！」とアダルに宣戦布告していた。

ぼくはファウス以外の二人とも距離が近づいた気がして、とても嬉しい日だったけれど。

その晩。

父様は、家に戻ってこなかった。

三

夕食がだんだん冷めていく。

ぼくはポツンと一人で食卓に着いたまま、父様を待っていた。

マイペースすぎる父様だけど、日が暮れるころには必ず帰ってくる。父一人、子一人の家庭だと父様も自覚しているんだろう。夜にぼくを一人にすることはなかった。

「まだかな」

声に出すと、ますます不安になる。

届けられた夕食は、とうに冷め切っていた。灯り(あか)を取るためのランプの油も、どんどん減っていく。そろそろ油を足さないと。

だって、父様が帰ってくるのに、真っ暗だったら困るよ。

「まだかな」

じりじりと減っていく油を眺めながら、呟く。

何か良くないことがあったんだろうか。

帰り道、事故にでも遭ったんだろうか。馬車に轢(ひ)かれたり、馬に踏まれたりしたんだろうか。

それとも、とても重い病気の患者さんがいて、そばについているんだろうか。

強盗に遭ってケガでもしたんだろうか。

お城への通行証を失くして、門兵さんに通してもらえなくなったんだろうか。

いくつもの悪い予感が、ぼくの胸に湧き上がってくる。

だって。

何の知らせもない。

父様は、王様に呼ばれてこの国に来たんだ。父様の仕事は、王様に命じられた仕事なんだ。

だから、何かあったら公になるし、子供のぼくに何の知らせもないなんて、おかしい。

「まだかな」

涙が、目の縁に溜まってくる。

鼻の奥が痛くなって、ぼくは何度も瞬きして、零さないように頑張った。

だって。

泣いてしまったら、もっと怖くなる。

外は真っ暗。たった一人で家にいるのが、怖くなってしまう。

「父様……」

メガネを外して、涙を拭う。

まだ零れてないから、ぼくは泣いてない。

ガタン。

物音がして、はっと顔を上げる。

父様が帰ってきた！

どうして連絡もなく遅くなったんだよ！

ちゃんと教えてくれないと、晩ご飯も食べられない。

ぼくは、お腹が空いて、空いて……。

椅子から飛び降り、父様に言うべき文句を胸で繰り返しながら、ぼくは玄関へ走った。

「父様！」

力いっぱい扉を開けると。

「こんばんは、テオドア」

なぜかシジスが立っていた。

「こ、んばん、は？」

呆然と月明かりを背負って登場した美少年を見上げる。

薄い生地の半袖半ズボンの上下は、どう見ても寝間着だ。

「届け物に来た」

「届け物？」

いつから宅配業までこなすようになったんだ？　子爵家の坊ちゃんなのに、シジスはアルバイトでもしているんだろうか。

涙も引っ込むぐらいぼくが驚いていると、シジスは後ろを振り返る。

「殿下、もういいですよ」

「殿下？」

ぼく達に気軽に殿下と呼ばれるのは、ファウスぐらいだ。シジスの陰に隠れるように、黒い外套に包まっていたファウスが顔を出す。

「うむ。ご苦労、シジス」

「ふぁぁ。私は眠いので、戻っても良いですか？」

「アダルによろしく言ってくれ」

「ふぁい。明日、夜明け前に迎えに来ます」

半分落ちかかった瞼(まぶた)をすりすりしながら、シジスは踵(きびす)を返す。

ぼく達は十歳の子供なので、夜は眠いのはよく分かるけど。よく分かるけど。

これから一生仕える相手になるファウスの前で、あくび交じりってすごいな、シジス。ぼくには真似(まね)できない。

そして、何も咎(とが)めないファウス。君もすごいな。器が大きいのか、無頓着なのか、鷹揚なのか。全部のような気もするけれど。

「中に入っていいか？」

「はい。……ぼくは、良いんですけど、ファウス様、どうして？」

どうしてぼくの家に来たのか、どうやってここまで来たのか。すごく気になるけれど、ファウスは身を隠して来たみたいだから、ぼくは一歩退いて家に入れた。

「テオが泣いてないか、心配になって来た」

ずかずかと我が物顔で家に入ったファウスは、何でもない事のように告げる。頭から被(かぶ)った外套の下は、寝間着姿だ。

父様がいつまでも帰ってこなくて、心配で寂しくて、泣きそうになっていたのは事実だけど、どうしてそれをファウスが知っているのか、不思議でならない。

でも、ぼくはその一言で、堪(こら)えていた涙が決壊してしまった。

夜一人でいるのは怖かった。

寂しかった。

父様が心配で、不安で、探しにも行けなくて、とても怖かったんだ。

ファウスに気遣ってもらえると、堪えていた栓が壊れたみたいに我慢できなくなってしまう。

目が痛くなるぐらい、ぼろぼろと涙が溢れてくる。

「な、泣いて、無いですっ」

ひくひくとしゃくりあげながら、ぼくはメガネを外して、頬を濡らす涙を拳で拭う。

「え？　今、泣いてるじゃないか？　もしかして、おれが泣かせたのか？　ごめん、テオ。泣かないでくれ。お前に泣かれると、おれも、困る……テオ。テオ、泣くな」

ぼくの手からメガネを取り上げたファウスが、力加減を窺うように、ぼくを抱きしめてくれる。

そっと回された腕の長さは、年は同じなのに随分違う。ぎゅう、と胸に頭を押しつけられ、ぼくは零れる涙を堪えられなかった。

「テオ、大丈夫。おれが来たから。大丈夫だから」

ワガママ王子のくせに、ぼくをあやすように背中を撫でてくれたファウスは、別人のように頼もしい。


グズグズと鼻を鳴らしながらも、涙を抑えられたのは、少し時間が経ってからだ。

泣きすぎて、目と頭が痛い。目のふちはヒリヒリしてしまうし、小さな子供みたいに泣いてしまったせいで、恥ずかしくて堪らない。

ぼくは頬が赤くなっていると自覚しながらも、ファウスの腕から抜け出した。

「ごめんなさい、ファウス様。せっかく来てくださったのに、お茶も出さず」

「なんだ。もう元に戻ったのか？」

「……座ってください」

ちょっと残念そうに言うファウスは、子供っぽいぼくが珍しかったんだろう。妙に楽しそうなところが、腹が立つ。

ぼくはできるだけ澄まして、ファウスに椅子を勧めた。大人っぽいテオドア像を維持しなくては。

王子様は、素直に食卓の椅子を一つ引き寄せて座る。

「ファウス様、メガネを返してください」

泣いている時に取り上げられたメガネは、まだファウスの手にある。

「今はなくても見えるんだろう？」

返そうとしない。

泣いてしまった恥ずかしさと、いつも顔を隠してくれるメガネがない心細さで、ぼくは眉を顰(しか)める。

「ないと困るんです」

「テオの綺麗な赤い目が見たい」

「……落ち着かないんです」

「うん。俺もなんだか、そわそわする」

「では返してください」

「でも、このそわそわした感じがいい。ケチケチするな。赤い目を見せてくれてもいいだろう」

「もう、ワガママなんですから」

確かに見せたところで減るものではなく、夜はメガネがなくても良く見える。そしてワガママ王子は、こうと決めたことを曲げてはくれない。

ぼくは嘆息して諦めた。そのうち、ぼくの目を眺めるのにも飽きるだろう。

「どうやって、ここまで来たんですか？　もう就寝の時間では？」

「シジスに手伝わせて、こっそり窓から出てきた」

いきなり何をするんだ、この王子は。

ぼくがびっくりしているのに気づいているのかいないのか、悪びれもせず「黒い外套を着てきたから、見えないと思う。黒獅子だから」とか言っている。

「バレてしまったら、大変なことに」

「身代わりにアダルを置いてきたから、大丈夫だ」

いや？　大丈夫じゃないと思いますけど？

当たり前だけど、ファウスは大国ラヴァーリャの第二王子なのだ。重要人物なのだ。

部屋の外には護衛もいただろう。誰にも見つからずに、よくここまで来られたな。

感心して良いのか、呆れて良いのか分からない。

「なんて無茶なことを。早く帰ってください。見つかったら大変なことになります。怒られるぐらいで済めばいいですけれど」

「テオを一人にして、帰らない」

「ぼくは大丈夫です」

ファウスがここに来たのは、ぼくのためだと分かったけれど。理由はともかく、行動がまずい。

王子様が勝手に抜け出したら、各方面に迷惑がかかる。それぐらい、王子として分かっていて欲しい。

あと、御学友の二人。ほいほい協力したらダメだ。こういう時は、諫めるのが正しい姿だろう。

「泣いてたくせに」

「もう泣きません。ちょっとびっくりしただけです」

「泣いてるテオは、すごくかわいいから、もっと泣いてくれてもいいんだけど。テオの父上は、帰ってこれない。それをテオが知っているのか心配になって来た」

「……父が？」

突然、ファウスがとんでもないことを言う。

ぼくは、胸がきゅうと締めつけられるような気がした。どうして王子が、ぼくの父の事情を知っているのだ。イヤな予感しかしない。

「いつ帰れるか、おれも分からない」

「父の身に、なにが？　強盗にでも遭ったんですか？　どこかケガでも？」

もしかして、死んでしまったりしてないよね？

ぼくは胸がドキドキして、息苦しくなってくる。

いつになく真剣な色を刷(は)いた黄金の瞳から、目を離せない。

「シモーネ最高司祭を侮辱した。聖下は大変お怒りになり、ヴィード・メディコを牢に入れるよう命じた。聖下は怒りのあまり、臥(ふ)せっている。ヴィード・メディコが聖下のお心を傷つけたせいだ」

「……」

「と、廊下で立ち聞きした」

立ち聞きはダメだろう。でも、だからこそ信憑性(しんぴょうせい)がある。ぼくは血の気が引くのを感じた。

聖堂の最高司祭は、すなわちこの国における宗教界のトップだ。しかも、シモーネ聖下はファウスの叔父。現国王の弟なのだ。怒りを買うなんて、最高にあり得ない相手だ。

父様は、どんなヘマをしたんだろう。よりによってシモーネ聖下にケンカを売るなんて、そんなバカな。

少し前まで、父様と聖下は手紙のやり取りをしていた。それなりに仲が良いんじゃないのだろうか。

確かに浮世離れしていて、頼りなくて、常識がない父様だけど、ケンカを売ってはいけない相手ぐらい分かるだろうに。

何か失礼なことをしてお怒りを買ったのかな。でも、礼儀に煩いというなら、この国に来た四年前に怒られていると思う。

「聖下は何か誤解しておられるんじゃ……」

希望というより願望だと分かっているけど、ぼくはそう思いたくなってしまう。

「叔父上の体調が悪いことと、メディコ博士が牢に入れられたことは確からしい。女官に聞いた」

「……」

「メディコ博士が牢に入れられたとなるとテオは家に一人だと気がついたら、心配になっていてもたってもいられなくなったんだ」

テオがしっかりしているのは分かっている。でも夜に一人なんて可哀想だ。寂しくて泣いているんじゃないかと思って、おれは我慢できずに寝台を飛び出して来たんだ」

「飛び出して来たらダメですけど。でも、ありがとうございます」

不安で、寂しくて、泣いてしまいそうだったのは間違いない。ぼくがお礼を言うと、ファウスは満足そうに金色の目を細めた。

「テオ、ほっぺが真っ赤で、かわいい。うなじを噛んでもいいか？」

「それはダメです。痛いです」

なぜこの流れから、うなじが出てくるのか分からないけれど、ぼくは六歳の時の激痛を思い出して、丁重にお断りした。途端にファウスが耳を、ぺたんと伏せる。

「はちみつ入りのお茶を入れますから」

「たくさん入れてくれるか？」

「はい、たっぷり入れます」

「じゃあ、うなじを噛むのはガマンする」

あんまりファウスががっかりするので、ぼくは奮発してとっておきのはちみつを出すことにした。ファウスの機嫌を取るには甘い物がよく効く。

それにしてもどうしてそんなに、噛みつきたいんだろう？　獣人の本能的な何かなんだろうか？

不思議だなと思いながら、ぼくはミルクとはちみつをたくさん入れたお茶を作るのだった。

四

「あまーい。おいしいな、テオ！　毎日飲みたい」

ホカホカと湯気を立てるカップを手にしたファウスは、ミルクとはちみつ入りのお茶を口にするなり、ニコニコと満面の笑みを浮かべる。

ぼくは冷めてしまった晩ご飯を食べながら、ファウスと向かい合っていた。

「料理長に言えば、毎日作ってくれますよ」

「毎日飲みに来る」

「いえ、ですから。料理長に言えば……」

「テオがいい。テオが作れ」

「もー。ワガママですよ」

「おれは王子だからな」

まったく悪びれることもなく、黄金の瞳を細めて笑うファウスに、ぼくもやっと笑みを浮かべられた。

父様が帰ってこない原因が分かって良かった。牢屋に入っているのは心配だけど、無事でいることは分かったんだ。考えるのは明日にしよう。

こんな風に前向きになれるのは、ファウスが来てくれたおかげだ。

今は、ファウスがぼくのために来てくれたのが嬉しい。いけない事だと分かっていても嬉しい。

前世の記憶と大人の常識を知識として持っているぼくには、彼の行動が大国の王子としてどんなに無茶かを知っている。

でも、嬉しい。

ぼくは堪えきれなくなって、笑ってしまう。

「笑った顔もかわいいな」

じ、と黄金の瞳がぼくを見つめながら言った。

ぼくは耳まで赤くなる。ぼくは容姿に自信がない。良く言っても中の中だろう。ファウスだって「ぼんやりした顔だ」と評していた。

容姿に関しては、新しく御学友に加わったアダルやシジスの方が遙かに派手で、ファウスに釣り合っていた。凝視されると、とても恥ずかしい。いたたまれない。

「メガネ、返してください」

「ダメだ」

顔を隠す大きなメガネは、なかなか返してもらえなくて、ぼくは俯きながら冷めたご飯を食べる羽目になった。

ちらりとファウスの様子をうかがうたびに、ファウスの黄金の眼差しにぶつかって、すぐに伏せる羽目になる。ああ。もう。ワガママ王子め。


「テオ、テオ。早く来い」

ぼくのベッドに入ったファウスが、楽しそうに手招いている。仕方なくぼくはベッドの端っこに、そっと潜り込んだ。もともとぼくのなのに。

そんなに大きくもないベッドだから、ぼく一人では十分でも、ファウスと一緒となると、少々……いや、かなり狭い。ぎゅうぎゅうだ。

ご飯を食べて、お茶を飲んだ後、「やっぱり部屋に帰った方が良い」と言うぼくと、「絶対帰らないぞ」と譲らないファウスとのやり取りを、何度か繰り返してから、結局折れたのはぼくだった。

ファウスを相手に突っ張り切れたことがない。ワガママ王子なんだから！

「そんなに離れたら、落っこちるぞ」

「ですから、ぼくかファウス様が父様のベッドに入ったら良いんですよ」

「イヤだ。一緒がいい」

「もー、ワガママですよ」

「もっと寄れ」

「恥ずかしいからイヤです、やっぱりぼくが父様のベッドに行きます」

「テオ、テオ！　可愛いな！」

「いきなりなんですか。苦しいですぅ」

布団から出ようとしたら、突然締めあげる勢いで抱きすくめられて、あっという間にあけたはずの距離が詰まる。勢いでファウスの胸に顔を埋(うず)める羽目になったぼくは、ジタバタと暴れた。

距離が近すぎて、恥ずかしい。

どうしよう、心臓がバクバクしてる。

「いっしょに寝ればいい」

「ですから。王子と一緒なんて、ぼくは平民ですよ」

「もともとお前のベッドだ」

「では、ファウス様のお部屋に帰れば……」

「この小さいベッドは良いな！　テオとくっつける。テオは小さくてかわいいな」

まったく、ぼくの話を聞いてないな！

恥ずかしがっているのはぼくだけなのか、ファウスはぼくを抱きしめると長い尻尾まで巻き付けてくる。フワフワの毛が肌に当たる度にくすぐったい。ぼくをがっちりホールドしたファウスは、ぼくの顔にぐいぐい顔を押し付けて頬ずりしてくる。

ううう。

むにむにしたファウスのほっぺが当たってくすぐったいし、さすが王子様、いい匂いがして居たたまれない。

ファウスは嬉しそうにぼくの髪を撫でてくる。

いつの間にか首筋に回った手が、ずいぶん前に噛みついたうなじに触れる。

「ここ、誰にも噛ませてないな？」

「当たり前です。痛いんですよ、あれ」

その質問だけは妙に真剣な声で、ぼくは笑ってしまう。

六歳でうなじに噛みつかれた時、涙が出そうなほど痛かったのだ。あれから時々ファウスは舐めたり、噛みたいと言ってくるけど、断じて噛ませてはいない。

痛い。すごく痛い。あれはイヤだ。

それにしても、うなじにこだわるなぁ。獣人の文化なのかな。

「ならいい。おれにだけだからな」

「ファウス様でも、噛まれるのはイヤです。痛い」

「テオ」

実に残念そうな声を出す。

黄金の瞳をウルウルさせてぼくを覗き込んできても、それだけはイヤだ。

「ファウス様、早く寝ないと。夜明け前にシジスが迎えに来てくれるんでしょう?」

「そうだな。でもおれ、緊張して眠れないかも。ほら、ドキドキしてるだろう?」

窘めるぼくの頭が、またファウスの胸に押し付けられる。心臓の音よりも先に、しなやかな筋肉の感触がして、ぼくは情けないやら緊張するやらだ。

だって、ぼくは子供っぽく全身プニプニだ。十歳児って、そんなものじゃないの?　小学生男子だよ。

いや、ぼくの周りの十歳が違うことは知っている。先日素っ裸になったから、分かっている。

獣人だからだよ、きっと。ゴリラみたいに、呼吸するだけで腸でアミノ酸が生成されてムキムキになるんだよ。ファウス達は獅子の獣人だけど。

「テオ、もぞもぞするな。くすぐったい」

ぼくの体を抱きすくめたまま、ファウスが笑う。

「テオ、明日、叔父上のお見舞いに行こう」

狭いベッドの中でくっついたまま、不意にファウスがそんなことを言う。

「聖下は会ってくださいますか?　父がお怒りを買ったのでしょう?」

ぼくは父様の置かれた状況に、心が沈んでいく。ファウスとベッドで騒いでいる場合ではないのだ。

「叔父上は……悪い人じゃないんだ。テオも知っているだろう。優しいだけの人ではないけど、でも、おかしいこともしない」

ファウスは一生懸命説明しようとしてくれる。

ぼくも、分かっていた。ファウスと一緒に昼餐会に呼ばれるから、シモーネ聖下が決して理不尽でもなければ、残酷な方でもないということを。

ぼくみたいな平民の子供の言うことも、ちゃんと耳を傾けてくれる人だ。シモーネ聖下が王族出身の、最高位の聖職者だと考えたら、ものすごく話の分かるできたお人だと思う。

でも、そんな人だからこそ、怒って罰まで与えたのは、よほどのことなのだと思う。

「ちゃんと、話したら分かってくださる。おれは、テオの父上をお許しくださいと、お願いしようと思う」

「それは、ダメですよ、ファウス様」

ファウスは、ぼくを心配して来てくれたように、自然に助けてくれようとしているのだろう。

善意から差し出される好意は嬉しくて堪らないけれど、ぼくは御学友として諫める立場だった。

「どうしてだ？　おれは、テオの父上を助けたい」

「ぼくの父を気にかけてくださるのはとても嬉しいんです。でも、それは王子としての権力をいたずらに濫用することになりますし、聖下はそれを受け入れてはくれないでしょう」

「いたずらに、らんよう？　テオは難しいことを言うな。おれはテオが好きだ。テオは父上が好きだろう？　だから、おれが叔父上にお願いして、テオの父上を許してもらう。それは、悪いことか？」

ファウスの顔を見上げると、闇の中で黄金の瞳が不思議そうに瞬いている。平民のぼくに、好意を拒否されても怒らないところが、ファウスのすごいところだ。

善悪はともかく、好意を拒絶されるのは不愉快だ。王子であるファウスは、めったに経験しない事だろう。普段のワガママ王子ぶりからは想像できないぐらい、物分かりが良い時がある。やっぱり、器が大きいのかな？

これは丁寧に説明しないといけないことだと、ぼくは思う。

そのうち教師達が伝えることかもしれないけれど、公人としての立場がある王子としては、弁えておかねばならない話だ。

ぼくや、アダルやシジス。私的な友達のために、彼の権力で便宜を図るのは簡単で有効だけど、とても危険であることを。

危険でありながら、そんな機会は何度でも訪れることを。

「ファウス様のお気持ちは、とてもありがたくて、ぼくは嬉しくて堪らないんです。でも、聖下は何か理由があって父を罰したのでしょう。その理由を解決せずに、王子の地位や、聖下の甥であるという私的な関係をもとに罰を取り消してもらうのは、公正ではありません」

「テオ」

「平民のぼくが、生意気なことを言っていると、怒ってくださって構わないんです。でも、ぼくはファウステラウド王子には正しくあって欲しい」

「テオ。テオが言いたいことは、何となくわかる。おれがテオを好きだからと言って、テオだけ贔屓するのは狡いということだろう？」

「だいたい、そうです」

端的に理解してしまうファウスはそう言いながらも、もう一度ぼくを抱きしめてきた。

うう。近い、近い。

「おれがテオにできることはないか？　せめて、叔父上にテオの父上の扱いが良くなるようにお願いだけでもしよう？」

偉そうに正論を言った直後なのに、ぼくは途端に不安になった。

ファウスの権力を使って、父様を助けてもらうのは、良いことじゃない。でも、宗教界のトップを怒らせて投獄された人間の扱いって、具体的にどうなのだろう？

ぼくの記憶にある前世の知識では、酷いことをしてはいけないルールになっていたけれど、この世界ではそういう決まりがあるだろうか？　罪人の扱いは、ご飯を食べさせないとか、陽の光が当たらないところに閉じ込めるとか、トイレもなく部屋の中で垂れ流しとか、不衛生で過酷な環境でもおかしくない。

この国の牢屋はどんなところなのか、不安になってきた。

「シモーネ聖下に、お話を。父様が何をしたのか教えていただけるように。償いはどうすれば良いのか、教えていただけるように。会わせていただけますか？」

ぼくの願いは、充分王子の権力濫用だったけれど、つい頼んでしまう。

「明日叔父上のお見舞いに行くとき、一緒に行こう。おれはただ叔父上に会いに行くだけだ。何もお願いしないから、テオが付いてきてもいい」

「ありがとうございます」

ファウスの尻尾が、ぼくの頬を撫でる。

「テオ。テオ。おれはテオにもっと……」

「……」

続きの言葉が聞こえないなと思って、ぼくはファウスの顔をうかがう。

ファウスはぼくを抱きしめたまま、すうすうと寝息を立てていた。

　これだけくっついて、よく眠れるな。ぼくが緊張しているだけで、ファウスは何ともないのかな？　自分から抱きついてくるぐらいだから、ぼくは添い寝のぬいぐるみぐらいの感覚なんだろうか？

　ファウスの胸に耳を当てると、とくとくと規則正しい心臓の音が聞こえる。

　どうしてだろう。ぼくの胸の方が、ずっとドキドキしている。緊張して、眠れるはずもない。

　ぼくは眠り込んだファウスにくっついて、心臓の音に耳を澄ませた。

　狭すぎるからくっついたのだ。あくまでも。


「テオドア、起きてくれ。殿下を起こして」

　肩を揺さぶられて、ぼくは眠い目を擦りながら覚醒した。眠れないと思っていたのに、いつの間にか眠っていたんだ。

　辺りは暗い。

　ベッドの脇に立っていたのは、シジスだ。どうやって入り込んだんだろう？

　星明かりを背負った美少年をぼんやり見上げていると、焦れたようにもう一度肩を揺さぶられる。

「月が沈んだ。夜明け前に戻るなら、そろそろ行かないと」

　シジスが何の話をしているのか分からず、ちょっと混乱しながら、ぼくはファウスが来ていることを思い出す。

　ぼくの体を羽交い絞めにするように、ファウスの長い手足が絡んでいる。呼吸に合わせて尻尾が動くと、寝間着がはだけているせいで、素肌がくすぐられてすごくくすぐったい。

「殿下を起こして、テオドア。私が起こすと怒られそうだ」

「でも、ファウス様が来るように頼んだんでしょう？」

　誰に起こされても文句はないだろう、と目をショボショボさせてぼくは呟く。こんなに朝早く起きたことがないから、体がまだ寝ている気がする。

「テオドア、うなじは噛まれた？」

「ん？　うん。痛かった」

　何で知ってるんだろう、と思いながら、剥き出しになったぼくの腹に絡んだファウスの腕を、どけようと頑張る。

寝てるくせに、力が強いぞ。見てないで手伝ってよ、シジス。

「殿下は良い鼻をお持ちだ」

「そうなんだ」

獣人だから嗅覚が鋭いのかなぁ？　獣人どうしは通じ合うのかもしれないけど、ぼくにはよく分からない感覚だ。ファウスは良い匂いだって、ぼくにまとわりついてくるから、匂いは重要なんだろう。

「ん――。シジス、ちゃんと来たな」

ぼくが要領を得ない会話をしながらファウスの体の下から抜け出そうとしていると、先にファウスの方が目覚めた。寝起きが良いのか、すぐに起き上がってくれる。

「はい。そろそろ時間です、殿下」

シジスの声にファウスは伸びをしながら、金色の目を瞬かせる。

星明かりがあるとはいえ、暗い室内で金の目はとても目立った。もしかして、獣人はこれぐらいの暗さでもよく見えるんだろうか？

ひょい、とファウスはベッドから飛び起き、ぼくを振り返って金の目を見開く。なんだか不満そうに、ベッドに座っているぼくの姿を眺め、次にシジスを見る。

「殿下、誓って私は触ってません」

「うむ。良し」

何が良いんだろう？　何だか二人の間では通じ合ったらしい。これは、獣人トークなんだろうか。

寝乱れた寝間着を着直すか、このまま起きて服を着替えるか迷い、外れかかった紐をほどこうとすると、ものすごい速さでファウスに止められた。

「ファウス様？」

「テオ、どうして脱ぐんだ？」

「お帰りになるんでしょう？　お見送りを。着替えた方が良いかと」

「変な寝ぼけ方をするな」

これでも、大分はっきり目が覚めてきたんですが。

前世の記憶は大人のものでも、あくまでぼくの体は十歳の子供だ。睡眠不足なのに、意思の力で起きるのは辛い。

「殿下、テオドアも連れて行きましょう」

「それはもちろん、離れがたいが……」

「第一王子殿下が、ヴィード・メディコ博士を処刑するようにおっしゃったと、父から聞かされました。テオドアを一人残すのは、危険では？」

物騒なシジスの情報に、ぼくの眠気は吹っ飛んだ。

処刑って、どういうこと？

そんな話は、今まで出なかったのに。牢に入れられただけじゃなくて、処刑の危険もあるの？

寝る前は、ファウスに権力の濫用はダメだって言ったけど、いくらでも濫用して助けてもらいたくなっちゃうような話だ。

「どうして、急に兄上は……いや、兄上は叔父上が大好きすぎるからな。んー……でも、テオドアがあの路を通れるかというと」

バルダッサーレ殿下がシモーネ聖下に、懐いているというか、こだわっているというか、尊敬しているのは、ぼくにも分かる。いつもファウスの昼餐会を邪魔しようとしてくるから。

妨害の仕方があからさますぎるのだ。もうちょっとうまくやればいいのに、あの王子。ちょっとストレートすぎるというか、簡単に言うと馬鹿だというか。

珍しく迷った風情のファウスは、ぼくをチラチラ見ている。

「テオ、塀の上を、どれぐらい走れる？」

「……」

なんですか、その、走れることが前提の質問は。

走れません。普通は走りませんよ。

なんだかその質問だけで、どれだけ無茶なルートで部屋を抜け出してきたのか分かる気がした。

「問題ありません、殿下。うちの蔵から持ってきました」

シジスは得意げにばさりと布を広げる。小麦とか、コメとかを入れる時に使う、丈夫で大きな麻の袋だ。

釣竿といい、何でもあるんだな、シジスの家の蔵は！

ぼくは、袋を見てシジスのアイデアが分かった気がした。つまり袋詰めにして、運ぶつもりだと。

「なるほど、賢いな！　シジス」

「ありがとうございます」

にこにこと笑顔でシジスを褒めるファウス。嬉しそうに頷くシジス。

いやいやいやいやいや、問題しかないでしょう。袋詰めにして、ぼくをどうやって運ぶんですか。

もっと穏便に、朝になってからいつも通りお城に行きますよ！

「おれがテオを背負うから、シジスは来た時と同じように、通路の確保だ」

「え？　え？　本気ですか？」

ぼくより体格がいいとはいえ、ファウスとシジスも十歳だ。

「分かりました。では、急ぎましょう」

主に荷物を運ばせることに対して全く迷わないシジスは、あっさりと受け入れる。受け入れがたいぼくが「ちょっと、待って……」と抵抗しようとした途端、麻袋を被せられた。

な、なんで、こんなに意思決定が速いんだ？

文句を言う暇もなく袋詰めにしたファウスは、簡単にぼくを抱え上げる。

「大丈夫だ、テオ。周りが見えない方が、怖くない」

「行きに使った屋根の上を辿る道は、夜明けですと目立ちます。なので、塀伝いに行きます」

「任せる」

簡単に交わされた言葉だけで、屋根やら塀やら、高いところを抜けていく気だと、十分分かった。

君達、獅子の獣人だよね？　猫じゃないよね？　猫の散歩みたいな場所を通るの、怖いから嫌だよ！

ぼくは袋の中でガタガタ震えたけれど、ファウスは躊躇しなかった。

解決方法を筋肉に頼るのは、切実にやめて欲しい。

結論から言うと、ぼくは荷物のように暗闇の中を縦横無尽に振り回された。

前世の記憶にあったジェットコースターというものに似ている気がする。急にかかる遠心力に肺が圧迫され、突然の墜落感に心臓が縮みあがり、ぼくは呼吸も忘れて、袋の中でファウスにしがみ付いていた。

たどり着いたファウスの寝室は、三階にあるのだから、外の景色を見ずに済んでよかったのだと思う。

ファウスとシジスが通ったのは、四階以上の高さの屋根の上もあったはずだ。しかも上ったり下りたり上下運動もしていた。

獣人の運動能力、すごく怖い。

ファウスの寝室にこっそり入り込むと、ぼくの家の三倍はある大きなベッドでは、身代わりを務めるアダルが幸せそうに眠っていた。

全く緊張感のない寝顔に、ぼくは腹が立つような、感動するような、何とも消化しづらい思いを抱いたのだ。

図太すぎない？

五

王宮の近くに建っている大聖堂は、お城と同じぐらい大きくて、古い建物だった。外から見た感じは、教会とモスクを足して二で割ったような、大きくて煌（きら）びやかで、でも静かで荘厳なものだ。

ぼくは、ファウスの従者という形で、女官さん達に身なりを整えられて、シジスやアダルの後ろからついて歩いていた。

神への祈りの場所なので、敷地に入ったところでまず乗物から降りる。

最奥にある最高司祭が住んでいる聖堂を囲むように、幾つもの小さな社（やしろ）がある。小さいと言っても、一つ一つに役割があって、その一つが家よりも大きいんだから、全部合わせれば結構な広さになる。

もちろん、中で神に仕えている人もたくさんいる。祈りに来ている信者もまた、たくさんいる。

でも、聖なる場所なので、とても静かだ。

大聖堂の入り口では、シモーネ聖下と似たような白くて長い上下を着た司祭様が待っていた。案内役として待機していたようだ。甥っ子とはいえ第二王子が来たんだから、当然か。

大聖堂の隣には、少し形の違う建物があって、そこは神に救いを求めてやってきた人たちの病院だそうだ。その病院で昨日ぼくの父様は、聖下のお怒りを買ったという話だ。

十歳にすぎないファウスの所に集まる情報は錯綜（さくそう）していて、噂話に尾ひれがついているのは明らかだった。いくつかまとめて考えると、シモーネ聖下が臥せっていることと、聖堂で父様と聖下が口論したことは間違いないらしい。

うーん。一番まずいところに確信が持ててしまった。

口論の内容が何だったのかについては、その場に居合わせた信者さんの噂話とか、父様を捕らえた聖堂兵の話とか、うわさ、ウワサ、噂ばかりではっきりしない。

ただ、皆の証言で共通するのは、外国人の博士が、信者の治療に当たる慈悲深い最高司祭様に対して「聖女のせいで貴方の健康を損なっている」という内容のことを言った、らしい。

うーん。本当だとして、どうしてそんなことを言ったんだろう、父様。

最高司祭様は治癒魔法で信者を癒すのが日課らしいんだけど、博士がそう言った直後に倒れてしまい、今でもベッドから出られない、という話だ。

一見繊細そうでいて、本当は獣人らしく豪快なシモーネ聖下がベッドから出られないなんて、すごく心配だ。

そもそもあの方が、父様が何か言ったぐらいで倒れるなんて、とても信じられない。

噂では、口論になった際に父様が聖下に暴力を振るった、という説まである。

ううーん。父様が殴りかかったとしても、秒で殴り返されて、吹っ飛ばされるのは父様の方だと思うけどなぁ。

そんなトンデモな話が出るぐらい皆が混乱しているので、父様がどんな牢にいるのか、どんな罰を受けているのかははっきりしなかった。

そもそも父様が捕らえられたことよりも、最高司祭が倒れたことの方がこの国にとっては重大事項なのだ。

聖下に失礼なことをした外国人の博士のその後なんて、誰も関心がないのだろう。

それはそれで、心配だ。適当に放置されて、ご飯も食べられずに辛い思いをしてないかな？

「このままお待ちください。ただいま第一王子殿下が、御面会中です」

「うむ。ごくろう」

恭しく案内役の司祭様が頭を下げると、鷹揚にファウスが頷く。

聖下の寝室の前まで通されてしまったのだから、本当に臥せっているのだ。

ぼくの記憶にある聖下は、忙しそうだけれど、いつも丁寧にぼくやファウスの話に耳を傾けてくれる人だった。ワガママ王子のファウスを片手で抱えたり、持ち上げたり平気でするぐらい、元気な人だ。つい二ヶ月前にも会ったけれど、お変わりないように見えたのだ。

急激な変化は、心配だった。

一人椅子に座るファウスの後ろで、ぼくはシジスやアダルと共に並んで立っている。

ファウスの表情を横からうかがうと、ぼーっと前を向いていた。

あれは、退屈している顔だ。

ん？

もしかして、聖下はそんなに大変じゃないのかな？

本当に何かあるなら、ファウスだって心配するだろう。懐いてる叔父の体なんだから。

ファウスにその辺りを聞いてみたくなったけれど、雑談をするわけにもいかない。聖堂全体がとても静かなので、話し声がものすごく響きそうだ。

そわそわした気持ちで、でもお行儀良くしないといけないので、ぼくは真面目な顔をして正面を向く。

前に座るファウスの尻尾が、退屈そうにゆらゆらしている。ここが王宮だったら、ぼくが注意するところだ。退屈だからって、顔に出したらダメなところ！

「まだかなー」

びくっとぼくは肩を跳ねさせた。

黙っていないといけないと思った途端に、ファウスの声が響き、足をぶらぶらさせ始めるからだ。

しかも声がかなり響く！

どうして、こういう所でお行儀良くできないんだよ！　この王子は！

焦るぼくはチラリとアダル達の方を見上げる。頭一つ分は高い所にある二対の視線は、ぼくの方を見ていた。

蒼と緑の眼差しは「ここはテオドアが注意するところ！」と如実に物語っている。

ううう。分かっているけど、言いにくいよ！

ここにいる四人の中で、一番身分が低いのはぼくで、でも、ファウスとの付き合いが長いのもぼくだ。

しかも何となく、四人の中で学級委員長みたいな立ち位置になっている。先生方も、伝達事項を伝える役目とか、自習の監督とか、ぼくにやらせるんだよ。

二対の「ファウス様を注意しろ」という視線の圧力

に、ぼくはじりじりと押された。

「まだかなぁ。退屈ー」

「ファウス様、お静かに」

ぼくは小さくこしょこしょと黒い耳に話しかける。くすぐったかったのか、丸い耳がピクピクッと動く。かわいい。

話しかけられて嬉しくなったのか、ファウスがぼく達を振り返った。

「だって、待ってろって、言われても、いつまで待つんだ？　この時間に来るように言われたから来たのに、来たら来たで待たされるなんて、退屈だ。ちょっと庭の散歩に行くか？　聖堂には珍しい花が咲いてるんだ。テオも見たい？」

いやいやいやいやいや。

どうしてここで、ぼくを誘ってくるんですか！

優しい気遣いありがとう！　でも、今はダメです。

「大きいトンボもいて、かっこいいぞ。叔父上と捕まえたことがあるんだ。アダルとシジスも、捕まえに行かないか？　誰が一番大きいのを捕るか競争しよう」

ぱたぱたっとアダルとシジスの尻尾が揺れる。興味を惹かれているのが、丸わかりだ。ファウスにも伝わっているらしく、ニコニコしている。

つまり、アダル達二人も退屈しているわけだ。もー、子供なんだから！

ダメですよ、と言おうとぼくが身を乗り出したところで、大きな音と共に扉が開いた。中からざわざわと人が出てくる。

先に第一王子の面会があったと言われているから、当然出てくるのはバルダッサーレ殿下だ。

ぼくは居住まいを正して頭を下げた。アダルとシジスもそれに倣う。二人とも見た目がいいので、真面目な顔をしていれば、それなりなのだ。虫捕りに心が動いていたりもするけどね。

「こんな所にいたのか、チビ」

不機嫌そうな声が、大きすぎるほど大きく響いた。朗々と王者然とした声なのに、苛(いら)立(だ)ちが強く滲んでいる。

「その白い髪の貧相な子供を摘み出せ。叔父上の寝所に近づけるな」

白い髪の子供って、ぼくのことだよね？

許可なく顔を上げてはダメだと分かっていたけど、ぼくは思わず顔を上げてしまった。

黄金の髪を靡かせた、百獣の王たる獅子の王子が正面に立っていた。

漆黒のファウスとは正反対の、真夏の太陽のような容姿だ。ファウスより十歳年上の第一王子は、怖いほど強くて、綺麗な、獣人らしい獣人だった。

憎しみすら感じさせる強い眼差しが、ぼくの方に向けられる。

ぼくは竦み上がってしまう。

王子の言葉に従おうというのか、彼の背後に控えていた兵士がぼくの方へ近づいて来る。

「兄上、ぼくの友人に手を出さないでください」

すく、と立ち上がったファウスが、ぼくと第一王子の間に割って入る。

「あのチビの父親が、どんな罪を犯したか分かっていて言うのか、ファウステラウド！」

第一王子の非難の鉾先が、ファウスに向かう。その隙に、とでもいうのか、シジスとアダルが、ぼくを背後に押し込んだ。

背の高い二人に阻まれて、ファウスとバルダッサーレ王子がどんな表情をしているのか分からない。

「メディコ博士にどんな罪があるのか、ぼくには知らされていません。これから聖下にお伺いするところです。ですが、例えメディコ博士に罪があったとしても、子供にすぎないテオドアが償うことではないでしょう」

堂々としたファウスの反論に、第一王子はもっと苛立ったらしい。

ぼくは、真正面から庇ってくれるファウスの姿に感動してしまった。

平民にすぎない、父の立場が悪くなっているぼくなんて、庇わない方がきっとファウスには楽なはずなのに。ファウスは決して引こうとはしない。

「親の罪が子に及ぶのは当然だ。引きずり出されたいのか！」

「法の守護者たる次代の王の言葉とは思えません。兄上、落ち着いてください」

「生意気な！」

陽炎のように立ち上る怒気が、動いたように見えた。

第一王子から放たれる怒りの気配が、ぼくの身を怯えさせる。獅子の咆哮に晒されたみたいだ。

ぼくを隠してくれているアダルとシジスの尻尾も、さっきからピクリとも動かない。緊張しているのが、ぼくにも伝わってくる。

「黒獅子と持ち上げられ、図に乗ったか、弟のくせに！」

第一王子の怒鳴り声と共に、ぱっとアダルの姿がぼくの視界から消えた。

続いて、ごす、と鈍い音が響く。

動きが速すぎて全然見えなかったけれど、消えたアダルは、ファウスとバルダッサーレ殿下の間にいた。振り上げた第一王子の拳を、ファウスの代わりにまともに受けたらしい。ちょっと上半身が傾いている。

びっくりして目を見開くぼくを、シジスが自分の背後に回らせる。あくまでぼくを隠しておくつもりみたいだ。

「お鎮まりを、殿下。ここは聖堂です」

「しゃしゃり出てくるな、コーラテーゼの！」

口の中を切ったのか、聞き取りにくい、けれど決然としたアダルの声に、第一王子は怯んだようで語気が弱まる。

「罪人の子に、貧乏人と成金を従えて楽しいか、ファウステラウド」

「得難い、大切な、ぼくの友人です。兄上。聖下への面会が終わられたのでしたら、ぼく達が入って構いませんか？」

「……勝手にしろ！」

吐き捨てるように叫ぶと、バルダッサーレ殿下は足音も高く去っていく。その後ろを追いかけるように、従者達も慌ただしく去っていった。

第一王子は、ぼくとファウスの何がそんなに気に食わないんだろう。何かというと突っかかってくる、歩く災害みたいな人だな。

バルダッサーレ殿下の一行が完全に見えなくなってから、ぼくとシジスはアダルの元へ駆けよった。

「ごめん、アダル。痛かったな」

「気にしないでください、ファウス様。俺は頑丈だけが取り柄ですから。すぐ治りますよ」

口を押さえながら、アダルはそれでもニコニコしている。

「すまない、アダル。私は間に合わなくて」

シジスはシジスで、気にしていた。

前もシジスが自己申告していたけれど、獣人とヒトの混血の彼と比べると、身体能力的には、純血のファウスとアダルの方が大分上だそうだ。ぼくからすれば、どっちも人間離れしているけれど。

「どっちか残って、テオドアの前にいないといけないから、気にするな！　綺麗な顔が腫れたら勿体ない」

「そういう事じゃないだろう！　次は私が行くから。交代だからな！」

バルダッサーレ殿下に殴られる役の交代制だろうか。恐ろしい制度を確立させようとするシジスに、ファウスが耳を伏せて首を振る。

「おれは、シジスもアダルも殴られて欲しくない。おれもイヤだ」

「そうですね。さすが第一王子殿下、良い拳でした」

「アダル。馬鹿か、君は」

シジスの呆れた声に、アダルはまだ笑っている。すごく痛いだろうに、アダルはすごいな。痛がったら、皆が心配すると分かっているんだろうな。

ぼくはただ、後ろに守られているだけだった。怖くて、身が竦んで動けなかった。

「ごめんね。ありがとう。ぼくは役に立たなくて」

シジスとアダルの袖を引いて、ぼくは申し訳なさで一杯になって伝えると、ファウスまで含めた三人が、一斉に目を見開く。

「頼むから、テオはああいうときは隠れてくれ。絶対だ」

「我らセリアンは本当に頑丈だから、大丈夫だから。間違っても私達を庇って殿下に殴られてみようなんて、考えないで」

「テオドアの小さい顔なんて、すぐに骨まで折られるんだからな。絶対ダメ。俺かシジスを盾にして、じっとしてるんだ。何なら、ファウス様だって、盾にしてもいい」

大袈裟なくらい注意される。

獣人の身体能力のすごさは散々見せつけられてきたけれど、そんなに大きなことなんだろうか。

ぼくがびっくりしながらも頷くのを確認して、三人とも安堵の溜息を吐いた。

「テオは時々びっくりすることを言う。ヒトが、セリアンに殴られたらただでは済まないんだぞ。兄上がテオを叩いたりしたら、おれは絶対許さない」

「気をつけます」

ファウスのおまけとして、ぼくのことまで嫌いらしい第一王子の視界に入らないように気をつけないと。

「うん、そうしてくれ、兄上は本当に、ますますしようがない人になったな。おれが怒ってるのは、アダルを殴ったからだけじゃなくて。いや、殴った事も怒ってるけど、おれの友人を侮辱するし」

「俺が貧乏人なのは嘘じゃないですし。シジスが成金なのも本当のことですが？」

三代前は王族だった公爵家の令息らしからぬ発言に、ぼくが目を向けると、アダルは下手くそなウィンクをしてくる。

「おじいさまがものすごい借金を作って、領地の大半を売り払ったんだ。父上の代では、城館が人手に渡りそうになって、何とか買い戻すために俺はファウス様に買われたんだ」

悲惨な背景をからりと笑い飛ばすアダル。

「私の祖父がお金で男爵位を買ったのは間違いありません。父が子爵位と共に母を買ったのも」

さり気なく超お金持ち発言をするシジス。

アダルは「借金申し込んでも良いかな？」と軽口を叩き「返せないのは、借金じゃないんだよ」とシジスに断られていた。

ぼくは何となく、ファウスの御学友がぼくを含めて、歪な理由を悟った。二人の境遇は、当然第一王子も知っているだろう。だからあんなことを言ったんだ。

第一王子その人か、その後ろ盾の差し金だろう。理由は当然、ファウスを王位継承争いのライバルにさせないため。下手に有力貴族とか、幼いころから頭角を現した有能な人材をあてがったら、あの短気で横暴な第一王子の地位が危うい。

「全員、おれの大事な友人だって言ったんだから、それでいいだろう。ほら、行くぞ。叔父上がお待ちだ。寝てるかもしれないけど」

何となく第一王子が暴れたせいで、ぼく達は聖堂という特別な場所にいる緊張感が抜けてしまった。

開かれた扉から、奥に進んでいく。

「すまないね。騒ぎは聞こえていたんだが、体が動かなくて」

顔色の悪い聖下が、ベッドの上で身を起こしてぼく達を待っていてくれた。本当に臥せっているらしく、寝間着姿だ。

高貴な方なのに、誰もそばに控えてはいない。人払いがされているのかな？

悪い病気なのかと思うほど、綺麗な顔には生気がない。

「まったく。あの子には、短慮を慎むように言い聞かせているんだけど。なかなか」

　溜息とともに、聖下は力なく微笑むと、ぼく達を見回した。ファウス様の後ろに並んだぼく達三人の内、アダルに視線を留める。

「アダルベルド、こちらへ」

「はい」

　なぜ呼ばれたのか不思議そうにしながらも、アダルはピン、と尻尾を立てて、聖下のそばに近づく。

「もっとこちらにおいで。そう。手が届くところまで。『癒しを』」

　身を屈めたアダルの頬に、聖下の手が触れる。

　淡く光ったのは、わずかな間だった。けれど、赤く色の変わっていたアダルの頬が、たちまち癒されていくのが分かる。

　初めて見る、癒しの魔法だった。

「聖下、こんな時に。あの、俺なんかに」

「これぐらい、大したことじゃないから気にしないで。あれでも第一王子だから、ね。僕に免じて許してあげて欲しい」

「そ、それは。もちろん」

　どこかで似たようなことを言われた気がする。

　顔を赤く染めて、あたふたしたアダルは曖昧に返答して、ファウスの後ろに戻って来た。

「叔父上、テオの父上を牢に入れたのは本当ですか？　テオの父上が、叔父上を侮辱したというのも？」

　ベッドのそばに立ったファウスが、単刀直入に尋ねると、聖下の蒼い瞳が丸く見開かれる。

「メディコ博士を牢に入れたのかい？　倒れた時の記憶が曖昧で、知らなかった。すまないね、何とかしよう。ただ、彼が侮辱したのは、僕ではなくて、聖女様だ。ラヴァーリャを長く悩ませている風土病の原因は、聖女様が持ち込んだ『コメ』だと言ってしまったんだ。大勢の信徒の前で」

　悩まし気に聖下は溜息を吐く。

　一気に真相が明らかになったと同時に、ぼくは父様が、一番言ってはいけない相手に、一番言ってはいけないことを言ってしまったことを知った。

　父様。

　貴方には、根回し、という言葉を教えてあげたい。

六

「叔父上。それは、テオの父上が間違っていたということですか？」

「……」

ファウスの質問に対して、シモーネ聖下は両手で顔を覆って俯いた。珍しすぎるほど珍しい、聖下の弱々しい反応だった。

体調が悪いというのも影響しているのだろう、普段の飄々(ひょうひょう)とした聖下であれば子供の危うい問いを笑顔で躱(かわ)すぐらいのことはできるはずだ。

それだけで、分かってしまう。

聖下は、父様の言葉が正しいと思っている。

思っているけれど、受け入れられないのだ。

「叔父上？　テオの父上は、正しいのですか？　正しいことを言った人を牢に入れてはいけません」

「ああ。ファウステラウド、そうだね。正しい人を、牢に入れてはいけない。だが、メディコ博士が正しいとは、僕は言えない」

「テオの父上は、間違っているんですか？」

「僕は、そう言う」

「……？」

顔を上げて、ファウスを見つめる聖下の眼差しは、どこか虚(うつ)ろだった。やつれた面差しと相まって、痛々しい。ぼくは見ていられなくなって、目を逸らしてしまう。

不思議そうな顔をしたファウスと目が合った。聖下の曖昧で遠回しな表現が、ファウスには分かりづらいのだろう。見ればアダルとシジスも微妙な顔をしている。

大人なものの言い方というか。

ぼくからすれば、聖下は父の説に分(ぶ)があると思っている。けれど、最高司祭の立場上認めることはできない、という板挟みにあるのが分かるんだけど。

ファウスの、善悪、正否がきっちり分かれた世界には、難しいかなぁ。

だって、ぼく達は十歳だもの。正しいのに間違っているなんて、おかしいと思って当然だ。

「恐れながら、聖下」

このままでは埒(らち)が明かないと思って、ぼくはそっと声を上げる。

昼餐会での聖下は、ぼくのような平民の言葉にもちゃんと耳を傾けてくれる。そう思っての無礼な行動だったのだけど、ぼくを見る聖下の眼差しは、縋るようだった。

「僕は、最高司祭だ、テオドア。シズ様がお亡くなりになる前に、僕の頭に手を置いて後は頼むとおっしゃった。あのお方が授けてくださったものを、僕は否定できない」

え？

え、え？

聖下、百年前の聖女様とお知り合いなの？

ぼくの中では、聖女「イトウ・シズ」はむかしむかしの伝説的な存在だった。偉人の伝記を読むような感覚というか、偉い人が昔はいたんだなぁ、という感覚というか。

聖女が間違っていたら、正したらいいじゃないか、と軽く考えていたのは間違いない。昔の人がしたことだから、今の感覚からしたら間違っていることだってあるだろう、というか。

びっくりしているぼくの手を、聖下は引き寄せるように握った。

痛いほど強く握られる。

縋りつくように、強く。

「白いコメを、一番食べるのはこの僕だ。僕がかかっていない病なのだから、コメが原因であるはずがない。違うか、テオドア。聖女様がもたらされたものが、民に害となるなんて、ありえない。そう言ってくれ、テオドア」

「聖下。ぼくは……」

聖下の望むまま、「違うと思います」と言ってしまったら、父様の言葉が間違っていると言ったも同然だ。ぼくは父様の子供としてそんなことはできない。

父様を信じたい。

それに、聖下の反応からも、ぼくの前世の知識からも、精米されたコメが原因で病にかかることはあり得ると思っている。

きっと、父様の言葉は正しい。

それにしても、聖下。どうして、ぼくに判断させようとするんだろう？

父様の子供だから？　でも、父様の研究内容は全然知らないんだけどな。

「叔父上。テオを離してあげてください」

「……すまない」

　遠慮しないファウスがそう言うと、聖下はあっさりと手を引いてくれた。

「テオはおれのですから、触ったらダメです」

「ああ。そうだね」

　ファウスの子供っぽい独占欲全開の言葉に、ようやく聖下の唇に微笑みが戻る。

　ファウスは、空気を読まないというか、こんな時に自由だな。穏やかに微笑んだいつもの聖下に戻って、ファウスの頭を撫でる。

「もう、戻りなさい、ファウステラウド。見舞いに来てくれて、ありがとう。僕は大丈夫だよ。午後の務めまで休ませてもらう。メディコ博士は、ほとぼりが冷めるまで聖堂で預かる。聖女様を非難したのは間違いないから、帰すとかえって危険だ」

「テオの父上がいないと、テオが一人になってしまいます」

「では、テオドアも聖堂で預かろう。このまま置けば、あの子が要らぬ悪さをしそうな気もする」

　困ったように首を傾げて、聖下は「僕の所においで」と誘ってくださる。

「あの子」とは、バルダッサーレ殿下のことだろう。歩く災害みたいなあの王子を「あの子」呼ばわりするのは聖下だけだ。

「ダメです！　テオはおれのところに来たらいい！」

「ファウス様、ぼくは平民ですから、お城はちょっと……」

「昨日みたいに、一緒に寝たらいい！　テオのベッドよりも、おれの方が大きいから、一緒に寝られる。そうしよう、テオ。そうしたら、ずっと一緒だ」

　聖堂で身柄を預かろうという聖下に対して、猛反対したのはファウスだった。とてもいい案だと言わんばかりに、黄金の瞳がきらきらしている。

　あまりにも嬉しそうなので、否定するのも申し訳なくなってくる。

　そりゃあ、物理的には問題ないと思いますが、身分的には大問題だ。ぼくはファウスと一緒に寝られるような身分じゃない。

「では、そのように兄上に僕から伝えよう」

「えええ！」

　てっきり無理だと言われると思っていたぼくは、あっさり聖下が頷いたことの方に驚いた。つい大声を出してしまう。

　聖下の言う「兄上」って、つまり王様の事だよね？　ファウスのお父さんの。

「いやなのか？　おれと一緒に寝たくないのか？　もしかして、テオが寝ている間に、ちょっとだけうなじを噛んだのを、知っていたのか？」

　オロオロとファウスがぼくと聖下を交互に見る。

　黒くて丸い耳はぺたりと伏せられ、長い尻尾は不安そうにゆらゆら揺れている。

「噛んだんですか」

　いつの間に噛まれたんだろう？　気づかなかった。

　ぼくが呆れると、ファウスはわたわたと尻尾を振りながら言い訳をする。

「噛んだと言っても、ちょっとだけだ！　舐めたぐらいだ！　だって、すごくいい匂いがしたし、噛んでもテオは起きなかったし。だから、あの、もうしない。テオがダメっていうから、ちゃんとしないでガマンする。ちょっと、舐めるかもしれないけど、噛まないから！」

　あくまで舐めたいらしい。

　ファウスは妙にこだわるんだけど、ぼくのうなじは甘いんだろうか？

「ファウステラウド、勝手に噛んだのは良くないよ。ちゃんと許可を得てからだ。テオドア、大目に見てやってあげて。僕の傍にいるよりも、アダルベルドやシジスモンドもいる王宮の方がいいだろう」

「はい。聖下がおっしゃるなら」

　ファウスを庇うように聖下がそう言い、ファウスは激しく頷いている。

　二人はファウスの御学友となった段階で、王宮で寝泊まりしている。ときどき家にも帰るみたいだけれど。ぼくは王宮の敷地内に父が家を借りているから、一人だけ扱いが違ったんだ。

　ぼくが聖下の提案に頷くと、ファウスは嬉しそうに満面の笑顔で、ぼくの手を握る。

「一緒に寝よう。楽しみだな！」

「ぼくの部屋がいただけるのでしたら、ばらばらですよ」

「……！」

「だって、アダル達もそうなんでしょう？」

「だったら、アダルとシジスも、一緒に寝よう！」

「流石に狭いから、無理です」

一緒に寝ると、ファウスの世話をする女官さんや、護衛の人も困るだろう。

ぼくが苦笑すると、しょんぼりとファウスは耳を伏せる。あまりにもペタンとなった丸い耳がかわいかったので、ぼくは何とか慰められないか考える。

「でも、寝るまでは一緒ですね」

「そうだな！　一緒だ！」

輝くような笑みを浮かべてくれるので、ぼくまで嬉しくなる。

「聖下、帰る前に父に会えますか？」

「もちろん。案内させよう。メディコ博士に翻意するように言って欲しいが……難しいな」

寂しそうに微笑んで、聖下はあっさり許可をくれた。

父様と会わせてくれるのだから、聖下は本当に父様を害するつもりはないんだろう。


案内役の司祭は最初に出てきた人と同じで、そのままぼくたちは少し離れた宿舎のような場所に連れていかれた。

ぼくだけで良いんだけれど、ファウスはついてくると言ってきかないし、ファウスが行くならアダル達もついてくる。

ぞろぞろと向かった所は、小さな部屋だった。

牢と聞いて思い浮かべるような暗かったり、じめじめした所じゃない。えーと、狭いワンルームマンションとか、カプセルホテルみたいな感じかな？　殺風景な部屋で、椅子と机とベッドが一つずつしかない。

「博士には、巡礼者用の部屋に泊まってもらいました」

と説明される。

部屋の外側に見張りがいたことだけは牢屋っぽい。

考えてみれば、聖堂は宗教施設であって、警察じゃない。捕える場所がなかったんだろう。

「父様、大丈夫？　どこも怪我はない？」

「テオ！　来てくれたのか！」

恐る恐る声を掛けた父様は、元気すぎるほど元気だった。お昼ごはんの途中だったのか、もぐもぐご飯を食べている。

出されていたのは、白いご飯と漬物、焼き魚が一切れ。お茶。器はヨーロッパ風なのに、中身は和食っぽい。

白いご飯が出されているのは、聖堂からの嫌がらせだろうか。父様が「コメのせいだ」って言ったから。

「父様、コメ……？」

「ああ。白いコメを何日か食べたぐらいじゃ病気になんてならないよ！　聖堂の食事は、基本的に白いコメだからな！

第二王子殿下と一緒ということは、聖下にも会えたのかい？　聖下に会えたんなら、もう無理して治癒魔法を使わないように、お諫めしてよ。そりゃあ、聖下の治癒魔法は強力だから、たいていの病は治ってしまうけど、あんなに無理したら駄目だ。いくら体力のある獣人族の魔法使いでも、弱って死んでしまう」

ぼくもファウスも何も喋っていない間に、ぺらぺらと言いたいことだけを喋る。

その間も、もぐもぐとご飯を食べている。

ああああ。父様、貴方がそんな人だから、ぼくは心配で仕方がないんですよ！

ファウス様は子供でも、第二王子！　気づかなかったって言うならまだしも、ちゃんと分かってるんでしょう！

ご飯を食べるのを止めて！

立ち上がって挨拶して！

頭を抱えて身悶(みもだ)えるぼくの肩を、アダルがポン、と叩いた。

「すごいな！　テオの父上は！　俺でも食べながら、あんなに喋れない」

ややズレた感心をしてくれるアダル。大人として、あの態度はダメダメなんだよ。

「テオ、おれは気にしないぞ」

「そうやって、父様を甘やかすのは止めてください」

ファウスは本当に気にしてないようだけど、ぼくはその場に膝をついてしまいそうだった。

七

「父様。聖下にとても失礼なことを言ったと聞きましたが、反省しましたか？」

ぼくはものすごく遠いところから、父様の考えに迫ることにした。

父様の言うことが正しいかどうかではなく、不味いことをしたという自覚があるかどうかを知りたかったのだ。父様の最大の失敗はそこにある。

「失礼？　私は正しいことを言っただけだよ。何を反省するんだい？」

純真無垢なまでに、きょとんとした顔をされる。

ぼくは溜息を吐いた。

大丈夫だ。大体予想通りだ。動揺なんてしないぞ。

元王子様で最高位の聖職者の前で、しかも大勢の信者がいるところで、その信仰を否定するっていう暴挙を働いておいて、元気にご飯を食べられる人なんだ、父様は。心配して泣いて損した。

「叔父上はとても気に病んでいたようだが？　メディコ博士」

ぼくが溜息を吐いたせいか、ファウスが咎めてくれる。

狭い部屋に急遽用意された椅子に、ぼく達四人はそれぞれ座っていた。ぼく以外はそれなりに体格がいいので、部屋の人口密度が上がっている。

「そうおっしゃられますがねぇ、殿下。聖下の健康を気になさっているなら、殿下からも治癒魔法で『聖者の病』を治すのはお止めなさいと、お諫めして欲しいぐらいですよ」

「『聖者の病』か」

うんうんとファウスは頷いている。

なになに？『聖者の病』って。

ぼくがファウス達の方を見ると、どうやらアダルもシジスも知っているらしい。

「信仰心が篤い人がかかる病気ですよね？」

「祈りすぎると、かかると聞いた。神様に、欲張りすぎる願いを言うとかかるとか」

なにそれ？　お祈りしたら病気になるって変じゃない？　いや、魔法がある世界だから、お祈りしたら病気になったりするのかな？

それとも跪く姿勢で膝が痛くなったりする、五十肩的な病気だったり？　力仕事の人が腰痛になったりするような？

「父様。『聖者の病』って何ですか？」

「私が陛下から調査、解決するように依頼されたラヴアーリャの風土病だよ。身体が怠い日が続いて、手足が痺れて動けなくなって、段々むくみが強くなって、最終的には食事もとれなくなって死に至る。貧しくも敬虔な信徒によく見られる病だから『聖者の病』と呼ばれているんだ。

もちろん、敬虔な信者に多いから聖下もご存知だ。治癒魔法で治してくださるんだけど、治ってもまた罹患するのが特徴でね。なかなか治らない厄介な病気だから、学都ジェンマから私が呼ばれたというわけだ」

チラリとファウス達を見ると、三人とも頷いている。子供でも知っている病気らしい。

ぼくは聖女様を信仰していないから、今までそんな話を聞かなかったのかな。お祈りなんて、食事前の挨拶ぐらいでしかしないので。

聖下とお話しできる昼餐会に参加させてもらっているけれど、聖下は神様のありがたい話なんて全然しないぞ。ファウスの話を聞いたり、ワガママを言わなかったことを褒めてくれたり、勉強を頑張ったことを褒めてくれたり、鍛錬に精を出したことを褒めてくれたり。まぁ、大抵、些細なところまで褒めてくれて終わりだ。メンタルケアを受けている気分だった。

「おれはろくにお祈りしないから、かからないと思う。心配いらないぞ、テオ」

得意げにファウスは胸を張った。

それは、王子として威張れることじゃないだろう。別の意味で心配だ。

「寒くても早朝からお祈りをするから、体を壊すのだと聞きましたが」

違う説を唱えるシジス。

風邪を引いているという解釈なのかな？

「長い間お祈りばっかりするから、体が怠け者になるんだって聞いたけどな。だって、聖下みたいな偉い人はかかってないし」

「ヒトは体が弱いから、長いお祈りをすると疲れて病にかかるから、ほどほどにしないといけないって聞いたぞ。おれ達セリアンは、あんまりかからないからな」

次々とアダルやシジスまでも色んな説を出してくる。それぐらい、原因不明な病気なわけだ。父様も当然調べたのだろう、うんうんと頷いている。

「色んなことが言われているんだよ。それを私は四年間調べてきたんだ。『聖者の病』というぐらいだから、敬虔な信徒に多いのは最初から皆知っていたんだ。うつる病なのか調べたけれど、一緒に暮らしていてもかかる人とかからない人がいるから、うつる病ではなさそうだ。一度かかって、聖下に治してもらったのに、しばらくするとまたかかってしまうこともある。

では、体質の問題かと考えて調べても、親子や兄弟でもそれぞれ違う。確かに信仰心が強い人に多いという結果だったけれど。

いくつも例外はあるけれど、信仰心が篤くても獣人族はかかりにくくて、ヒトの方がかかりやすい。健康な大人よりも、老人の方がかかりやすい。でも、子供はあまりかからない。その条件の中でも、裕福な人は滅多にかからず、貧しい人の方がかかりやすい」

感染性と、遺伝性は否定されたらしい。

父様は、ぼやぼやしているけれど、ちゃんと調べたんだな。

感染力が非常に低い、という可能性もあるけど。

「お祈りのせいじゃないのかぁ」

お祈り説は有力だったのか。

アダルが残念そうに足をぶらぶらさせている。

「お祈りのせいだったら、寒い時はサボれるのにな」

「お祈りが関係ないとなると、困るな。叔父上は悪いことをするとすぐ、日の出と共にお祈りって言うから、イヤだな。眠たいし」

アダルに同調してファウスも似たようなことを言う。

二人は病にかからなさそうだ。信仰心が薄すぎる。王子と公爵家令息がそれでいいのかだろうか。良くないだろう。

「そうですねぇ、殿下。祈ったぐらいで病気にはなりません。うつる病であれば、聖堂での集団礼拝に参加する信徒に多発してもおかしくないんですが、こちらの発症率は少なめです」

父様は楽しそうに笑う。自分の研究内容を、例え子供相手でも語れるのが楽しいらしい。

ファウスを始めとして、似た者三人はしょんぼりしていた。お祈りしない言い訳がなくて残念なのか。

そもそも獣人はかかりにくいって、自分達が言ってたじゃないか。君達はかからないんだろう。

「病にかかった人達の共通点を調査すると、早朝から長く祈りを捧げていること、皆勤勉で正直であること、ほかの人に比べて白米を多く食べていること、が上がってきたんだよね。

さらに、『聖者の病』の記録は、だいたい二十年前ぐらいから始まっている。最後の聖女「イトウ・シズ」が亡くなったあたりからだ。これはつまり、白いコメを選択的に食べ始めた時期と一致する。

白いコメが原因って言う私の説は、なかなか正しそうだろう？」

　そうですね。ぼくは頷くしかない。

　ついでに言うと、ぼくの前世の知識にも似たような病気がある。父様の手法とは逆に、ぼくは答えの方から当てはめていくわけだけれど。精米技術が向上して、人々が玄米から精米を食べるようになって蔓延った病『脚気』にとても似ている。

　この国における『コメ』の調理法は、前世の日本とは違い、パエリアっぽい味ご飯が主流だ。

　ファウスやアダルが、「味がない」って白いご飯を嫌うところから考えても、この国の人の味覚に「白いコメ」は合っていない。だからこそ、わざわざ好き好んで白米を食べている人達だけがかかっているんだろう。

　六歳の時、ぼくの所まで説明に来た聖下はおっしゃっていた。

　飢餓に瀕したこの国を救うために、たった十三歳の女の子が一人でやって来て、コメを授けてくれた。彼女の慈悲に感謝し寄りそうために、食べていると。彼女を偲ぶために食べていると。

　白いコメで人が死ぬと言えば、絶対に認めてもらえないのは、火を見るよりも明らかだ。

　どうしてそのまま言っちゃったんだよー、父様。

「父様は、この病気をどうすれば解決できると考えていますか？」

　恐る恐るぼくは確認してみる。

　聖下にも受け入れやすい方法を提示してくれると良いのにな。

「簡単だよ。白いコメを食べるのを止めればいい。そうだね、白いコメは毒だった、とか言えば皆怖がって止めるんじゃないかな？　もともと一般的な食べ方じゃないんだ。止めようと思えば、止められるだろう？」

　ダメだった。

　父様は、そういう人だった。聖下が立場上全否定するしかないことを平気で言う。

「えーと、それを、聖下には？」

「もちろん、お伝えした。今日からでも止めてもらえば、少なくともこれ以上患者は増えない。白いコメは、それ以外より高価なんだよ？　買うのを止めれば、もっと食生活が豊かになる」

　うーん。それは、理屈は正しいけど、受け入れてもらえないやつ！

信仰心が篤い人は、生活費を削ってでも聖女様の白いコメを食べているんだから！

「何度か手紙のやり取りでお伝えしたんだよ？　テオが持って行ってくれたじゃないか。ちゃんと患者の数とか、病にかかっている人といない人の比較も、数値を揃えた。聖下だって、理解できないほど馬鹿な方ではないはずなのに、私の説を聞いてからは躍起になって『聖者の病』を魔法で治すようになっちゃって、ねぇ」

魔法が使えるから、無理が利いてしまうのかぁ。

「そうだろう！　叔父上はすごいんだぞ、何でも治せる！　おれが転んで泣いた時も、すぐ痛くなくなる」

得意げに自慢するファウス。転んだ傷まで治してもらったらダメだろう。聖下、甘やかしすぎじゃないか？

「シモーネ最高司祭は、歴代でも指折りの魔法使いと聞きます」

「死人以外は治すって聞いたことがある」

「そうそう。彼、優秀すぎるし、獣人だから体力もあるし、死にそうになるまで頑張る根性まであるんだよね。私には真似できないな。疲れるのは嫌いだし、他人のために辛い思いはしたくない」

口々に褒めるアダルとシジスの言葉を聞いて、父様は肩を竦める。

ぼくの手を握って辛そうにしていた聖下に比べて、父様は……何というか、軽いな！　そういうところがあるから、話を受け入れてもらえないんじゃないのかな。

「『聖者の病』の原因を認めたくないのは分かるけれど、いくらなんでも無茶だ。殿下も聖下をご覧になったでしょう？　顔色は蒼いし、急激に痩せてるし、どうみてもあれは魔法の使いすぎによる消耗と疲労だよ。死にそうになるまで頑張れる精神力の強さが、逆に危ない」

聖下が、何かの病気かと思うぐらいやつれていたのは、魔法の使いすぎだったのか。昔の、修行して強くなる少年漫画の主人公みたいな人だなぁ。

「聖下のあんな姿を見たら、無理やりにでも止めさせるしかないだろう。だから、私は皆の前で聖女様の白いコメを食べたら死ぬって言ったんだ」

ああああ。ここにも、極端から極端に走る人が！

父様なりの善意だったと分かったけど、あと一歩気づかいが欲しかった。

「大変だったんだよ。聖下は蒼い顔して倒れるし。周りの司祭は、私を押さえつけて黙らせようとするし。集まってる信徒には怒られてさ。自分で治したけど、押さえられたところが痣になった」

ほらほらここ見て、と父様は腕のあたりをぼくに見せてくれる。

自分で治した、という通り父様も医学者らしく治癒魔法が使える。治してあったから、痕は分からなかった。

ラヴァーリャが、ゆるい宗教観の国で良かったね。父様が暴言を吐いたタイミングで聖下が倒れたから、父様のせいになっているけど、それでも部屋に押し込められるぐらいで済んでいる。

もっと信仰の力が強いところだったら、父様は今頃この世にいないよ？　前世の知識でも、そんなことになりそうな国はいくらでもあるよ。

「では、父様。自分の説は間違いでした、ごめんなさい、と言うつもりはないんですね？」

「私が正しいのに。言わないよ。良いかい？　テオ。私が我が身かわいさで、私の説を撤回したとする。そうしたら、聖堂は私を解放してくれるだろう。でも、白いコメのせいで病に倒れる患者は減らない。それでは私がここに来た意味がなくなる」

「分かりました。父様は、しばらくここでおいしい白いコメを食べててください」

「それでいいのか？　テオドア」

最初に異を唱えたのは、シジス。

白いコメは毒説を唱える父様に、それを食べておけと言ったも同然だからだろう。

「仕方ありません。父様は、危ないことを言いそうだ」

「そうだね。聖下が聞いてくれないなら、次は陛下に申し上げるつもりだよ」

雇用主は王様だから、順番が逆のような気もするけれど、手っ取り早く現場を変えたかったのだろう、父様は。

「叔父上の方を説得するのか？　俺もメディコ博士が正しい気がするからな！」

ラヴァーリャは本当に合理的というか、宗教観がゆるい国だな。

ファウスは父様の言葉を素直に受け入れられるみたいだ。

「『白いコメは毒』はまず無理ですよ、ファウス様。聖下自身が聖女様に傾倒しておられる。

最後の聖女が亡くなったころ、聖下は物心ついたかどうかぐらいだろう？　会っていてもおかしくはないし、国を救った聖女のカリスマ性は強烈だっただろうね」

「分かっていたなら、言葉を考えてください、父様」

「ごめんね。これは今思いついた。だって、私は聖女に会ってないから」

「もー。父様の考えなし！　何とかできないか、ぼくも考えます」

ぼくも、聖女は大昔の人だと思っていた。

でも、十三歳で国に来た人が、百年経ったら百十三歳。二十年前なら九十三歳。長生きだとは思うけれど、生きててもおかしくはないよね。

「でも、テオドア。聖下を納得させないと白いコメを禁止にできないぞ。最高司祭は、聖女の夫候補でもある第一のしもべだ。聖女を否定することはありえないと思うな」

「アダル、それ、どういうこと？」

なんだ？　その新しい設定。

「俺だって、もう十歳遅れて生まれたら、最高司祭候補に挙がる血筋だからなー。父上から聞いたことがある。俺が最高司祭になれたら、借金帳消しだったのにって」

「外国人のテオドアは知らないだろうけど、この国では当たり前のことだよ。

国難の際に神は聖女をこの聖堂に遣わされる。聖女が現れる場所に聖堂を建てたんだけどね。迎えるのは最高司祭の役割で、大抵そのまま聖女と結婚している。シズ様の夫君も、当時の最高司祭で、ええーと……四代前の王弟殿下だったと思う。

退位するまで純潔であるように定められてるぐらいだし。そうですよね、殿下」

「よく知ってるな、シジス。だいたい合ってる。あとは、どこにも書いてないけれど、顔が良くないとダメらしい。未婚であることが条件だから、後継者争いに敗れた王子が一時的に就く地位でもある。聖女に子孫はいないからな」

ファウスが珍しく、王子らしく物騒なことを言う。

ラヴァーリャの宗教観って、ものすごく俗っぽくない？　顔が良くないとダメとか。生々しい条件が付いてるな。

だんだん説得のハードルが上がっている気がする。

でも、ぼくには勝算があった。

『聖者の病』が『脚気』であるならば、やりようがある。

これが感染症だの、遺伝性疾患だの、腫瘍性疾患だの、自己免疫性疾患だのだったらお手上げだったけれど、『脚気』はビタミンの欠乏だ。減らすのではなく、足すのであれば何とかなるはず。

だって、足りないものを食べたらいいんだから。

八

お城に戻ってきたら、女官さん達が蒼い顔で迎えてくれた。

「お帰りなさいませ、殿下。テオドア様、ご無事でよかった。バルダッサーレ殿下が、陛下にメディコ博士の処刑を提案されたと伺いました。テオドア様まで巻き込まれていないか、心配しましたわ」

ぎゅう、とぼくを抱きしめてくれる女官さんは、六歳の時からの顔見知りだ。おにぎりを一緒に作ったり、料理長にぼくのレシピを届けてくれたり、助けてもらっている。

「どういうことだ？」

ファウスが、苛立ったようにぱしぱしと尻尾を打ち付ける。

「殿下。正式に発表された事ではございませんが、バルダッサーレ殿下が、聖下を害したメディコ博士を王宮に収容し、相応の罰を与えよ、と御前会議で発言なさったそうです。テオドア様をこちらでお預かりすることはできませんか？　このままにしておくのは心配です」

「それは、おれから言おうと思っていたことだ。テオは今日からここに住む。ずっと一緒だ」

「承知いたしました、殿下。そのように手配いたします」

深々と頭を下げて、女官さんは引き下がる。

ぼくにも部屋を与えるつもりでファウスはいたんだろうけれど、話はもっと物騒な方に転がっているぞ。

困ったな、と思いながらも、ファウスの部屋まで戻ると、遅くなったお昼ご飯が用意されていて、ぼく達四人はそのまま食事になった。

神殿とは違い、魚介類や肉類がふんだんに入ったパエリア風のご飯がメインだ。

王子様の食事なので、果物や、綺麗に盛り付けられたサラダやら、水で割った果汁やら、とにかく品数が多くて豪勢なのだ。

聖堂のご飯が和風だとすれば、王宮で饗される食事は洋風というか、エキゾチックというか、彩り豊かなのは間違いない。

「テオ。おれがずっと一緒にいて守ってやるから、どこにも行くな」

ぼくを隣に座らせたファウスは、格好いいことを言ってくれる。ぼくは頬が熱くなるのを感じながら、「ありがとうございます」と囁くようにお礼を言った。

ファウスは基本的にはワガママ王子なんだけど、ときどき妙に格好いいんだよ。ドキドキする。

満面の笑みでファウスは、「ほっぺが赤くてかわいいな！」と叫んでぼくを抱きしめた。

手加減なく力いっぱい抱きしめられると、ぼくは口から中身が出そうだ。

いま食べているところなんだけど！　まったく、獣人は力持ちだな。

「ファウス様、苦しい」

「やりすぎですよ、ファウス様」

真っ赤になったぼくを、反対側に座ったアダルがファウス様から引き剝がしてくれる。ありがとう。君も力持ちだな。

ぼくを取り上げられて不満そうなファウスは、ぺちぺちと尻尾でアダルを叩く。獣人の尻尾はけっこう長い。

さっきの格好いいファウスは一瞬の幻だった。

「痛いです、殿下っ。俺だってテオドアは、殿下といつも一緒にいた方がいいと思いますよ」

「よく言った！　アダル。テオ、食事も風呂も寝る時もずーっといっしょだ。ご飯の時は、あーんってしてくれ」

「そういう意味ではなくて、ですね」

「テオ、テオ！　杏が食べたい！」

嬉々として、ぼくと一緒の生活の具体案を出してくるファウスに、アダルは呆れたみたいだった。

ファウス、君と同レベルの脳筋に呆れられるなんて、情けないぞ。

雛鳥みたいに口を開けるファウスに、ぼくはリクエスト通りに干し杏を差し出した。

ぱく、と魚みたいに食いつくファウス。指まで舐めるのは、小さい時と変わらない。くすぐったいなぁ、もう。

「心配するな、アダル。目的はどうあれ、殿下はテオドアをそばに置く」

「そうだな。俺が馬鹿みたいだ」

「テオ、もっと肉を食べろ。こっちがおいしいぞ」とか言いながら、ぼくの皿に山盛りに肉を積み上げていくファウスを指して、遠くでアダルとシジスがヒソヒソと話している。

何だろう。アダル達は仲間外れになった気分なんだろうか。

「アダル達も、こっちが食べたい？」

大皿料理を取り分ける形式なので、ファウスに遠慮して取れないのかと、魚の姿揚げを指すと、生暖かい笑顔で首と尻尾を振られた。

首以上にパタパタと高速で揺れる尻尾がかわいい。

獣人って、感情表現が豊かだな。金褐色の尻尾が二本同時に揺れているのを見ると、ぼくはほっこりしてしまう。

「どうしてアダルを見てニヤニヤしてるんだ？　魚を食べないのか？」

「尻尾がかわいいと思ったんです。獣人の……」

「おれの黒い尻尾の方がかわいい！」

ぼくの言葉を遮って、ファウスが漆黒の尻尾を揺らす。

何でも張り合うんだから。はいはい。かわいいですよ、ファウスの尻尾も。

「女官さん達もアダル達と同じような色ですよね。ファウス様と同じ黒獅子は見たことがありません。というか、ファウス様と聖下以外はだいたい金から金褐色の間ですよね？」

珍しいな、ぐらいの気分でぼくが言うと、えへんとファウスが胸を張る。

「黒獅子はおれの前には、百年ほど現れていない！」

「始まりのセリアンが、黒獅子だった」

付け足してくれたのはシジス。むしゃむしゃ揚げパンを頬張っているのに、はっきり喋るってすごいな。

そういえば、ファウス達は自らを獣人とは言わずに、セリアンって自称する。氏族名なのかな？

「聖女様が、天変地異に見舞われヒトが住めない危機に陥ったこの地に黒獅子の獣人を連れていらして、セリアンと名付けた。記録にも残らないぐらい昔の話。それからこの地はセリアンの地となった」

「以来黒獅子として生まれた者は聖女が伴った始祖の生まれ変わり、と言われてるぞ。とても優秀なんだ。ファウス様が生まれた時は、お祭り騒ぎで大変だったらしい。ちなみにその時、うちの借金は一回帳消しになった。にもかかわらず、今は借金まみれなんだ。なぜだろう」

「アダル、君は私の家で経済を勉強してから、爵位を継いだ方が良いんじゃないかな？」

アダルの将来と、コーラテーゼ公爵の経済観念は気になるけれど、ぼくは突っ込まないように気をつけた。シジスのお家でお勉強したらいいよ。お金持ちらしいから。

「どうだ？　テオ。おれは格好いいだろう！」

「格好いいですね」

ほめて、ほめて！　と、ピンと立った黒い耳も、尻尾も主張しているので、ぼくは素直に褒めた。


そのうち優秀になる予定の黒獅子殿下が「テオ、おれは羊肉が食べたい」とかねだってくる。肉の塊を差し出すと、嬉しそうに食いついてくる。

自分で食べたらいいのに。手が汚れるのがイヤなのか、甘えん坊なのか、どっちなんだよ。

「叔父上の毛色は、魔法使いだからかな？　魔力が強いセリアンは、白っぽい色が多い。同時に体が弱いことも多いぞ。叔父上は大人のセリアンにしては虚弱だ。体力的に軍務は無理だったから聖堂に入ることにしたって、前に教えてくださった」

普段の聖下は、ものすごく元気そうだけど、あれで虚弱なんですか？　セリアンってどれだけ体力馬鹿なんだろう。確かにボナヴェントゥーラ王みたいな、擬人化した獅子みたいな迫力はないけど。

十歳のファウスがぼくを袋詰めにして、塀の上を駆け抜けたことを考えたら、そういうものなのか？

虚弱っていうのは、ぼくみたいにひょろひょろしたのをいうのかと思った。

「テオドアが納得いかないのは、ヒトや混血と比べているからだ」

「純血のセリアンは、ヒトが三人がかりでも止められないから。くれぐれもバルダッサーレ殿下の前にノコノコ出て行かないでくれよ」

口々にアダルとシジスが付け足してくれるので、ぼくは第一王子が父様を罰しようとしていることを考えてしまう。

そうだ。第一王子が、過激な提案をしてたんだよ。女官さんにぼくのことも心配されてしまうぐらい。

「陛下は、父様に重い罰を下すでしょうか？」

心配になって、ぼくの指まで食べる勢いで干し杏を食べるファウスに尋ねると、黄金の瞳が瞬く。

「叔父上に言ったのと同じように、父上にも説明するなら、博士が罰を受けることはない。父上は、公正なお方だ。兄上は、叔父上が倒れたから、博士に八つ当たりしたいだけだ」

八つ当たりで処刑は過激すぎないか？

「おれのことも嫌いだから、おれが好きなテオと、テオの父上に嫌がらせをしたいんだ」

え？　それってかなり無理矢理な言いがかりでは？

本当に、歩く災害みたいな人だな、第一王子。

「殿下。夜を待って、聖堂からメディコ博士を誘拐してきましょうか？」

「袋なら、私の家の蔵にいくらでもあります」

最初に提案されるのが強硬策なあたり、第二王子の側近は脳筋であった。

「そうだな。博士もそんなに重くなさそうだから、アダルなら大丈夫だろう。シジスを補佐としてついて行かせて……」

「真剣に検討しないでください！」

ぼくは慌てて止める。

逃げたら罪を認めたようなものじゃないか。

次に捕まった時は、問答無用で罰せられてしまう。

そして、まだ十歳にすぎないファウスに、父様をかくまい続ける力はない。すぐにバルダッサーレ殿下に見つかる。そんなこと、ぼくでも分かる。

「そうだな。やっぱり大人は重いから、シジスと交代がいいかな」

「方法論ではなくて。もー、逃げるなんて、非を認めたようなものじゃないですか！　聖下は、預かるとおっしゃったんですよ！」

細かく詰めようとするアダルを止めると、蒼い瞳を丸くして「結構いい案だと思っていた」とか言いだす。

筋肉でしか解決できないのか！

「バルダッサーレ殿下が、メディコ博士を殴ろうとしたら盾になれるように、張り付いておこうか」

「ありがとう。でもそうじゃないよ、シジス。幾らバルダッサーレ殿下でも、殴りにわざわざ行くなんて」

「父上がお認めにならなかったら、私刑ぐらいはしそうだ。叔父上が止めてくださらない間は、兄上は野放しだぞ、テオ」

第一王子は野生児なんですか？

しょっちゅう聖堂に行くほど暇なんですか？

「第一王子はそこまで暇じゃないでしょう」

「もちろん、そうだ」

「『聖者の病』を解決する方が先でしょう」

「そっちの方が、難しそうだぞ？　叔父上の説得は大変だって、博士も言ってた。父上がお認めになって……でも、国王に聖堂を抑えつける力は無いからな。お互いに同格という前提だから……」

前提、というだけで、実際は主導権争いがあるのだろう、と思う。だからこそ、王族が最高司祭に立つようになっているんだろう。

今は陛下と聖下が兄弟で、仲が良好だからそれほど激しい争いではないだろうけれど、聖女を擁した際は、聖堂が圧倒的に強い事ぐらいぼくでも分かる。

二十年前に最後の聖女が亡くなって、現在は揺り戻しで王権の方が強いのだろうか。それでも、陛下を納得させただけでは、白米食の禁止には持っていけない。

ぼくは、提案してみた。

「差し入れをしましょう。聖下と聖堂に」

禁止にはしなくていい。

減らした方が良いだろうけれど、まずは足りないものを足すのだ。

『聖者の病』の発症と重症化を減らせば、聖下の負担が減る。

疲労で倒れた聖下が元気になれば、第一王子の怒りも収まるだろう。収まらなくても、ストッパーが復活する。第一王子を殴ってでも躾ける聖下が復活してくれれば、ぼくと父様は安泰だ。

病気も減って、みんな嬉しい。

「さしいれ？」

オレンジの皮を剝いて、手をベタベタにしているファウスが首を傾げる。ぼくは急いで口と手を拭いてあげた。嬉しそうに拭かれるファウスを見ていると、ぼくはお母さんかと思う。

「ええーと、ジェンマではよく食べているんです、豆とか。でも、この国ではあんまり見ないと思って。珍しいし、体にも良いんですよ。聖下のご回復も早くなるのでは？」

　本来足すべきは、豚肉や魚などの蛋白質が良いんだろうけれど、この案は継続することが大事だ。

　聖下が魔法で治した『聖者の病』が再発するのは、食習慣が変わらないからだ。

『聖者の病』の発症者の多くは、白いコメを買うと他の食材が買えなくなってしまうぐらい貧しい人だという。

　庶民が、しかも貧しい庶民が、日常的に肉や魚を口にできるとは思えない。

　その次に必要なビタミンが豊富なのは、豆類だ。豆だったら肉よりは安価だろう。

　白米食の頻度を減らし、豆類をよく食べるように習慣づける。

　まずは、聖下からだ。

　白米しか選択肢がないから、とか、美味しいから食べているんじゃなくて、聖女のために食べているなら、同じく聖堂のトップである聖下が勧めてくれれば受け入れてもらえるだろう。

　王子からの見舞いの品だと言えば、聖堂の人たちも食べてくれると思うんだ。

「豆ぇ？」

　ファウスは眉間に皺を寄せる。

「豆、かぁ」

「豆は、あんまり流通してないんだ」

　どうしてだろう、反応が芳しくないな。

　アダルもシジスも、耳をぺたんと伏せている。嫌いなのは、一目瞭然であった。

「ボソボソして不味いから、止めた方がいい。食べ物の差し入れなら、肉が良いんじゃないか？」

「それは、ファウス様が食べたいものでしょう」

「だいたい皆、肉が好きだ。叔父上だって好きだ」

「それは、そうかもしれませんけど」

　獅子獣人の国だからか、貴族階級ではしょっちゅう肉を食べている。

　別にそれは良いんだよ。昔の日本みたいに獣肉を厭(いと)うことがないから、王族も高位聖職者も『脚気』にならないんだろう。

　いま問題にしているのは、『聖者の病』にかかっちゃうような人たちの、白米食を禁じずに『脚気』を防ぐ方法なんだよ！

　はっきりそう言いたいけれど、説明が難しい。

「ぼくには前世の記憶があって、それは聖女様と同じ国のものです」とか言ったら、完全に頭のおかしい人だ。

　だいたい、「前世の記憶」ということでぼく自身が納得しているけれど、本当にそうだとは誰にも判断できない。

「奇妙な記憶」が、たまたま有益で役に立つし、あっても困らないから使っているけど、それを口に出したらおかしい人だと思われることぐらい承知している。

　だから、ファウス達を納得させるために「前世の記憶が……」はダメだ。ぼくはまだ、ファウスに妄想癖があると思われる覚悟は決まっていない。

　何て言おう。

　ぼくの案が通らなかったら、今夜にもアダル達が父様を誘拐してきそうだ。

「体に良くて、珍しいものの方が差し入れとして喜ばれるでしょう？」

「そうかな。ありきたりでも、美味しければ、それでいいぞ」

　嫌いなものに関しては、頑(かたく)なだな！　ファウス。

「豆だっておいしいですよ」

「それは嘘だな、テオ。いくらテオがかわいくても、おれは騙(だま)されないぞ」

「……分かりました、ファウス様。ぼくと勝負をしましょう。豆を美味しく食べられたら、差し入れは豆です。不味かったら、父様を誘拐してくる案に賛成します」

　何だろう。この流れ、既視感があるぞ。

「受けて立つ！　おれは、テオの料理が食べたい！」

　ん？　目的がすり替わってない？

　というか、ぼくは上手く乗せられたのかな？

九

「豆。豆、まめ」

　ぼくは初めて食料貯蔵庫を訪ねていた。穀類など乾燥して保存できる食料が積み上がっている。

わざわざ訪ねたのは、ファウスの食事にほとんど豆類が出ないからだ。

ボソボソして不味い、と言ったのだから、存在していないわけではないだろう。

食べた経験はあるけれど、習慣的には食べていないのだ。この国には日本から聖女が来ているにもかかわらず、大豆食品が一つもない。つまり、大豆はこの国では流通していないのだ。

九十代まで長生きした聖女様なんだから、わがままを言えば大豆の加工食品だって作り出してしまいそうなのに。作り方を知らなかったのか、この国の生き方に合わせたのか、その両方なのか理由は分からない。

うーん、そう考えると、聖女様の優しい考え方に同情したくなる。聖下じゃなくても傾倒するよ。

「面白いな！　王宮にこんな所があったなんて！」

ぼくと同じく初めて訪れたファウスは、社会見学に来た小学生のノリで楽しんでいる。アダルとシジスも楽しそうだ。

王宮の食料貯蔵庫は、非常時は籠城用の備蓄にもなるし、災害時は市民へ放出される。かなりの重要施設であり、かつ、ものすごく巨大だ。

ネズミ避けに飼われている猫が闊歩していたり、厳つい兵士が守っていたり、いま案内してくれる文官さんは高官だったりと、来てみないと分からないこともある。

来てみないと分からないことと言えば、軍務に就いてる純血のセリアンは、ものすごくデカいことが分かった。平均身長は二メートルを優に超えてるんじゃないだろうか。腕の太さは、ぼくの胴ぐらいはありそうだ。

まじか。これが、ヒトが三人がかりでも止められない、成人したセリアンだというのか。

今はキラキラ美少年で通るシジスをはじめ、ファウスとアダルも、いずれこんな熊みたいなのになるんだろうか。ぼくはその時、おまけとしてでもついていけるんだろうか。心配だ。

「この袋は、何が入ってるんだ？」

「小麦でございます、殿下。小麦粉はパンの材料となります」

「粉がパンになるのか！」

丁寧に答える案内人さん。ぴーん、と尻尾を立ててファウスがびっくりしている。

授業でちゃんと習いましたよー。パンの原材料と、その生産地と、流通経路。そのほかに最近の価格変動とか。現物は見せてもらわなかったけど、統治者として知っておくべき知識だって言われたじゃないか！

ファウス様は、暖かい日差しの中でぐうぐう寝ていましたけどね。

光の中で、フワフワの黒い毛が光っていて、見ているぼくも癒されたけど、叩き起こすべきだったと反省しています。

「そ、それで。どれぐらい経ったら、パンになるんだ？　明日ぐらいか？　それとも、一ヶ月ぐらい先か？」

「ファウス様！」

ぼくは慌ててファウスに飛びついた。

もー、授業を聞いてなかったことがバレるじゃないか！

案内人さんは、笑いを堪えている。

「だって、テオ。気にならないのか？　粉がパンになるんだぞ？　あのふかふかの！　おれはハチミツをかけるのが好きだ！」

「今度パンケーキを焼いてあげますから！　ちゃんと先生方の授業は聞いてください！　もー。小麦粉は原材料の一つで、バターとか、塩とか、卵を混ぜるんですよ！」

「んん？　粉にそんなものを混ぜて、パンになるのか？」

難しい顔をしながら、首を傾げるファウス。想像が働かないのは、料理というものを実際に見たことがないからだな。

「厨房で魔法使いを雇っているのかな？」

「発酵させてから、成形して焼くんだ」

ファウスと同じぐらいアホなことを言ったアダルの隣で、シジスは静かに説明していた。良かった、こっちは庶民派だった。

王子様も、公爵家の坊ちゃんも、調理実習をさせないとダメだな！

「はっこうして、やく？」

「今度、皆でパンを焼きましょう。それはそれで、楽しいですよ」

料理長が竈(かまど)を使わせてくれるのなら。ぼくの提案に、ファウスとアダルが目を輝かせる。

「パンか！　だったら、テオの焼くパンが食べたい！」

新しいグルメを求めているんじゃなくて、パンがどうやってできるのか知ってもらうために焼くんですよ。

この王子様は、もう！

「パンの話は置いといて、ですね。今日は豆を探しに来たんです。豆はありますか？」

「豆は、あまり食べられないので……少しだけですが、こちらに」

案内人さんは、少し離れた部屋へ連れて行ってくれた。

少しだけ、とはいえぼくの背丈より大きな袋に大量に詰めた状態で、部屋いっぱいに置かれている。ただ、王宮の食事半年分、とかの単位で貯蔵されているものに比べれば、確かに少ない。

「手に取っても良いですか？」

「もちろん。どうぞ」

興味深そうにウロウロしているファウスの動きの方が、案内人さんには気になるらしい。

相手は王子様だし注意しにくいけれど、何をしでかすか分からない。口に入るものは厳重に管理するのが当然だよね。

ぼくはそれぞれの袋から一掬いずつ取り出してみる。

全て乾燥させたものだ。保存しているんだから、当たり前だ。

「ソラマメと、ヒヨコマメと、エンドウだな」

後ろから覗き込んで教えてくれたのはシジスだった。

「知ってるの？」

「私の父は貿易商だ。穀類も取り扱っている。豆は国内での生産はほとんどしていないから、手に入れるならば買い付けが必要だな」

「育たない？」

「というより、好まれないから。商用に流通していないだけで、農家が食べるための生産はしているだろう」

なるほど。つまり、一時的な豆食だけでなく、継続的な豆食も、時間さえかければ可能という解釈ができるのか。

うん、とりあえず、試してみよう。

「あの。少し分けてもらっても良いですか？」

「シジス！　テオと何を話している！」

ぼくが交渉しようとすると、すかさずファウスが邪魔しに来た。

もー、しばらくアダルと一緒に、かくれんぼでもしててよ。体より大きな袋がいっぱいで、隠れるところはたくさんあるだろう。さっきは猫を撫でてたじゃないか。

「どうぞ、お持ちになってください。これ以上の量となりますと、申請を出していただいてからの、許可が必要となります」

「分かりました」

いかにもお役所仕事的な返答が返ってきて、ぼくは頷いた。在庫管理をしっかりしているんだろう。この国の官僚機構はちゃんとしているんだな。

まぁ、ちゃんとしているから、バルダッサーレ殿下みたいな歩く災害が後継者でも、何とかなるんだろうけれど。

ぼくが、一掬いずつ袋に入れてもらっていると、背後でシジスがファウスに尋問されている。

「テオと何を話してたんだ」

「豆の話ですよ。買い付けが必要だということぐらいで……」

「なに？　テオは豆が買いたいのか？　だったら、おれが畑ごと買い上げる！　テオが欲しいだけ豆を作らせるぞ！」

「殿下が豆を食べるのでしたら、そうされると良いと思いますよ」

「豆は……。マズいからなぁ」

「私も好きではないです」

「テオ、豆じゃなくて、肉にしないか？」

王子様らしく剛毅(ごうき)な計画を述べていたファウスは、途中から情けない声で訴えている。そんなに嫌いなのだろうか、豆。

「ダメです。ぼくと勝負してくださるんでしょう？」

「豆ぇ」

豆嫌いらしい。

一昼夜明けてから、昼ご飯時。ファウスの食卓には、普段の食事に足して、豆料理を並べてもらった。

豆のスープ。

豆の茶碗蒸しと、豆のプリン。

煎り豆。

ボソボソした食感がイヤだと言われたので、豆の形をなくす方向からアプローチしてみた。六歳の頃よくやった、嫌いなものの克服みたいだな。

蒸して柔らかくなった豆を裏ごしして、ポタージュスープにしてもらう。

同じ要領で、裏ごしした豆を混ぜた茶碗蒸しと、プリン。

スープにしろ、茶碗蒸しにしろ、柔らかくて喉ごしが良くて、病人や老人にも食べやすいだろう。

最終的には『脚気』改善のための一手なので、病人食を見据えてみた。あと、単純に、ファウスが騙されると思ったから。

煎り豆は、いったん水で戻した乾燥豆に、小麦粉をふってから煎って、カラリとさせた上に塩を振った。一番簡単な料理だ。

普及させるにはお手軽さも必要かな、と。スナック感覚のおやつとして食べられたら、もっといいと思うんだ。

「今日は、緑色だな！」

豆料理を前にして、ファウスは眉を寄せる。野菜が嫌いだから、緑色も警戒するんだな、この偏食王子は。

「鮮やかで、綺麗な色でしょう？」

「緑は、青臭いからなぁ」

「ひとまず、食べてみてください。豆料理も用意しましたよ」

「ふふん、その揚げた豆だろう。見れば分かるぞ！　テオ！」

勝ったも同然、という顔をするファウス。ぼくが緑色は豆料理、と言わなかったせいで、そちらは無警戒だ。まだまだ甘いな！　君はお子様なのだよ、ファウス！

「よく分かりましたね。美味しいですよ」

「よし、アダル、先に食え」

「えー、ファウス様、ひどい」

ごく自然に人身御供を選ぶファウス。君って奴は。

ペタンと耳を倒して不満そうにしながらも、アダルは素直に煎り豆を摘んだ。

アダルは、いい奴だなぁ。バルダッサーレ殿下に殴られたことといい、体を張っている。

ポリポリと食べるアダルの表情を、ファウスもシジスも、もちろんぼくも身を乗り出すように見つめてしまう。

「そんなに見られると、恥ずかしい」

たしたしと尻尾で床を叩きながら、アダルが照れる。

さわやかイケメン風の彼が照れている姿はかわいいけれど、それを堪能するためではない。

煎り豆の味はどうなのだ。

「うまいのか、まずいのか？」

「すごくおいしい。テオドア、これはどうやって作っているんだ？　カリカリで、少ししょっぱくて、いくつでも食べられるな！」

にこにこしながらアダルが煎り豆をもう一度口に入れる。

「当たり前だ！　テオは賢くて料理上手なんだ！」

「ファウス様」

なぜかファウスが偉そうにする。

賢くて料理上手なぼくのご飯を、先にアダルに食べさせたよね？　ファウス。

ぼくがじっと半眼で睨むと、慌てたようにファウスは尻尾をパタパタした。

「テオを疑ったんじゃないぞ！　でも、ちょっと、豆は嫌いだから、その。ボソボソかと思って。苦いかもしれないし」

「それを疑ったって言うんですよ、ファウス様。次もアダルに食べてもらいます」

「なんだと！　アダル、テオの料理を食べたらダメだ！　もともとおれとテオの勝負なんだぞ。おれが食べる」

「もー。最初から食べてください。じゃあ、この緑色のスープも飲めますね？」

ずい、とファウスの前に器を寄せると、ファウスの尻尾がゆらゆら揺れた。

迷っている。

「ファウス様。ぼくはこれから、アダルと勝負をすれば良いんですね？」

「ダメだ、テオ。おれは……おれは……！」

迷いに迷っているファウスの口元に、ぼくはスプーンで掬ったスープを突き出した。

条件反射のように、ぱく、と食いつくファウス。雛鳥みたいだな。

「……！」

黄金の瞳が、きらきらと瞬く。

嬉しそうにしているファウスの顔を見るの、ぼくはとても好きだな。

「おいしいな、テオ！　もっと」

口を開けて待っているファウスに、ぼくは「自分で食べてくださいよ」と言いつつ、もう一口食べさせる。

幸せそうに目を細めるファウス。

「この緑色も美味しいのかな？」

シジスは茶碗蒸しとプリンの器を、捧げるように持っていた。

「うん。茶碗蒸しはおかずだから、塩味。もう一つのプリンはおやつだから甘いよ」

「わかった」

シジスは甘い物が好きらしい。プリンの方を選んで、口にする。

「……」

三人のうちで一番華やかでキラキラな美少年の顔が、固まった。無言のままもう一口、もう一口とプリンが消えていく。

口に合わなかった場合も考えて、ぼくは小さな器にしか作っていない。あっという間にプリンを食べ終えたシジスは、呆然とした顔をする。

「テオドア、口の中で、勝手になくなるんだ。こんなに美味しいのに！　なんてことだ！」

作り甲斐のある反応だなぁ。気に入ってくれて、ありがとう、シジス。

ぼくは思わずにこにこしてしまう。

「泣くんじゃない、シジス。この煎り豆もおいしいぞ」

「緑のスープは、ずっとおれの物」

「茶碗蒸しも美味しいなぁ……あああ。すぐなくなってしまう」

ファウス達三人は、素直すぎるほど素直に、パクパク食べてくれた。

「煎り豆にしたら、豆がおいしいのか。さすがだな、テオ。おれの負けだ」

両手を塩でべたべたにしながら、格好よく負けを認めるファウス。口の中一杯に豆を頰張って喋ったらダメです。王子様として。

「いえ、実は、今日の見慣れないスープにも、茶碗蒸しにも、プリンにも全て豆を入れました。どうですか？　聖下に差し上げても構わないでしょうか？」

「なんだと！　てっきり、ついでにおれの嫌いな野菜まで食べさせようと企まれているのかと思ったが」

どうしてそんなにぼくを疑っているんですか、ファウス。

「もちろん、叔父上に豆を差し入れするのは良いと思う。おれの名前で良いんだな？　テオからではなく？」

「はい。一応、父様の助言を受けて選んだ、体にいい食べ物として聖下に差し上げてください。できれば、大量に作って、ファウス様の名前で併設の病院にいらっしゃる方々にも振る舞っていただけると良いかと」

「体にいい食べ物、か」

「はい。『聖者の病』すら退ける、という宣伝もいずれは」

ぼくが踏み込むと、ファウスは思慮深く黄金の瞳を瞬かせる。

「まずは、叔父上のお口に合うことが先だ。さっそく明日、叔父上のもとへ伺おう。料理長にそのように伝えてくれ」

「承知いたしました」

恭しく女官さんが、頭を下げて退室する。この一言で、万事うまく計らってくれるのだから、さすが王子様付だ。

「殿下、豆の流通を押さえねばなりません」

シジスが、ほぼ空のプリンの器を大事に抱えながら声を上げる。そんなに気に入ったんだったら、また作ってもらおうね。

「第二王子のお名前と、聖下の後押しを受けて、あえて広めようとお考えでしたら、この国における豆の流通量では需要に耐えられません。ここはアルティエリ家とコーラテーゼ家にお任せいただけますか?」

いつになくシジスは真面目な顔をする。緊張しているのか、尻尾の動きが止まった。

ファウスは、楽しそうに笑っているけれど、それはいつもの無邪気さとは程遠い。

「お前の親を説得できるというなら任せよう、シジス。予算はおれの侍従官と相談せよ」

「え? どうして俺の家が出てくるんだ?」

きょとんと目を見開くアダルに、シジスはちょっと冷たい目をする。

「公爵様は人脈をお持ちだ。アルティエリ家には、それがない」

「そうかな。父上、社交は苦手だけど……」

「アダル。シジスは、お前の家にも一枚噛ませてやると言っているんだ」

「噛む?」

「新しい商売の種だろう。アダル、君の家が傾く理由が良く分かった。目の前の好機に全然気づかない!」

「え、え? そうか、そうなのか——?」

アダルの代で、また身ぐるみ剝がされそうな予感がした。

十

次の日には再び聖堂を訪れる予定が組まれていた。

メンバーは前回と一緒だ。ファウスとぼく、アダルとシジス。

それから、ぼく発案の煎り豆と豆のスープ、茶碗蒸し、プリンも運ばれてくる。

さすが王族。入れ物がものすごく豪勢だ。宝箱か何かみたいに、キラッキラな入れ物にちょっとだけ入った状態で、恭しく女官さん達が運んでくれる。

事前に通達が行っているようで、聖堂の門をくぐると迎えに出てきた司祭たちが荷物を受け取った。

「聖下はまだ寝室でお休みです。そちらにご案内いたします」

深々と頭を下げてくれる司祭は、先日案内してくれた人と同じだ。第二王子担当、とか決まっているのかな。

「よろしく頼む。叔父上の……聖下の御容態は、悪いのか？」

「いえ、朝から鍛錬はなさっておいでですから、回復に向かわれています」

鍛錬って、何してるの？　大人しく寝てないのか？

「ただ、癒しの御業を施されると、昏倒なさることもあり、大事を取っておられます」

「分かった。おれも短時間で済ませる」

倒れるまで無理させるのを、まず止めようよ。誰も止めないのか、この聖堂では！

信徒の前で「白いコメを食べたら死ぬ」と言ってしまう父様の気持ちが少しだけ分かった。

ぼくは言いたいことがいっぱいあったけれど、言えるような雰囲気ではないので、大人しく口を噤む。直接聖下に申し上げる方がいいだろう。

もー。疲れている時は休息。食事と睡眠をしっかりとらないと、元気な人でも病気になるんだから。

「第一王子殿下の御見舞いも予定されておりますので、よしなに」

「……そうか。分かった。時間は？」

「予定が空き次第すぐ、と伺っております」

先日廊下で騒いだせいで、司祭は気を回してくれたみたいだ。

両王子のお見舞いを断るわけにもいかないし、鉢合わせするとケンカになるし、ということで高貴な人たちの扱いは面倒なんだろうなぁ。

「テオドア、バルダッサーレ殿下の姿が見えたら、すぐ、シジスの後ろに隠れろよ」

「アダル、次は私の番だから」

「当番制は認めないって言っただろう。早い者勝ちだ」

「反射速度で競ったら、純血の君には敵わない。次は私の番だ」

殴られる順番をアダルとシジスが争っている。

そんな不毛な役回りに立候補しないでよ。ファウスが慌てているのは、第一王子と出会わないためなんだから。

台風でも、大雨でも、来ると分かっている災害は、じっと籠ってやりすごすのが一番だ。

移動先が危なそうなら、そもそも行かない。進んで嵐の中に突っ込んでいく必要はないんだよ。


前回と同じように寝室に通されると、相変わらず影が薄くなるぐらいやつれた聖下が待っていてくれた。

先に料理の方が到着したらしく、綺麗な蓋が被せられた器が、傍のテーブルに並んでいる。

「よく来てくれたね。ファウステラウド、テオドア、アダルベルド、シジスモンド。ありがとう」

全員の名前を呼んでくれるのだから、優しい人だ。ファウスの取り巻きとして、十把一絡げには扱わないのだろう。

「叔父上、お加減はいかがですか？　まだ無理は利かないと聞きました」

「今朝はいつも通り鍛錬ができたから、そのうち元気になるよ。体を鍛えれば、おのずと打ち勝つ」

「くれぐれも、ご無理はなさいませんように。すべての国民は、聖下のご回復を願っています。もちろんおれもです」

セリアンという獣人族には、脳筋しかいないんだろうか。当たり前のように流されたけど、筋肉が全て解決すると言ったようなものだ。

「ふふ、ファウステラウド、どうしたんだい、急に大人びたことを言うね？　テオドアの教育の賜物かな」

「……だって、王子らしくしなさいって言われるから。叔父上、テオが作った豆料理です。体に良いし、何より美味しいです！　召し上がってください」

「豆料理か。珍しいね」

「豆なんて、ボソボソしてマズいと思ってたんですけど、テオが料理したらすごく美味しくなって！　『聖者の病』にも効くって！　叔父上にも食べていただいて、美味しかったら聖堂にも振る舞いたいんですが、どうですか？」

勢い込んで言うファウスに笑顔で頷く聖下。

シジスとアダルが、手際よく蓋を開けていく。

「おいしそうだね。いただこう」

ひょいと手を伸ばしたのは、煎り豆だった。

簡単に食べられるからか？　しかも、手づかみで行った。聖下、元王子様じゃなかったのかな。

「ふうん？　豆がこんなふうに変わるんだね。美味しいよ、ファウステラウド。テオドアも、ありがとう」

「たくさん食べて、叔父上も元気になってください」

「うん、美味しいし、たくさん食べられそうだ。次席司祭からは、これはメディコ博士の助言を受けたと聞いているけれど」

「……」

煎り豆が気に入ったのか、またしても手づかみで食べた聖下は、ぼくを覗き込んでくる。その鋭い眼差しに、ぼくは背筋が粟立った。

そう言えば、父様の助言っていう設定にしたけど、父様とは打合わせしてない！

「博士に聞いてみたら、そんな話は出なかったけど、ね？」

「ええええ、と、父からは、ずっと前に、豆は体に良いと聞きました！」

「そう。そういう事にしようか」

見透かされている気がする。

聖下の蒼い瞳に、ぼくの後ろ暗さを見透かされている気がする！

「叔父上、メディコ博士はいつ出してくれるんですか？」

「落としどころ次第だね。博士が間違っていたと言ってくれれば、それで済むんだけれど、嫌だと毎回突っぱねられるし。むしろ僕に治癒魔法は使うなと、説教してくるぐらいだしね」

父様、聖下を止めようとしているところだけは、いい仕事してる！　全然聞いてもらえてないけど！

「時間が経って、ほとぼりが冷めるのを待つしかないかな。メディコ博士も、歴代の聖女様の肖像画を見て回ったり、楽しそうにしているよ。帰りに会っていくといい」

「閉じ込められている、と聞きましたが？」

「じっとしていると運動不足になると言ってきたからね。確かに体が鈍るのは良くない。見張りはつけているけど、博士を取り押さえるのは簡単だから、自由にしてもらっているよ。薬草園の世話の仕方に助言をもらったり、有益な人物だ」

聖堂は、聖女を非難した人に対して緩くないか？

しかも自由を与える理由が「体が鈍るから」って。それでいいのか？

筋肉が思考の根底に根付いている。

「博士の事は心配いらない。ファウステラウド。少し、テオドアと直接話がしたい。借りても良いかい？」

蒼い瞳が、ぼくの心の奥底まで見通すような気がして、ぼくはファウスの後ろに隠れた。

そんなぼくの動きに気づいたように、ファウスの尻尾が揺れる。

「なに、噛みついたりしないよ？　お前たちは、扉の外で待っていると良い。すぐに済む」

「絶対、テオに意地悪したり、泣かせたりしませんか？」

「子供を苛めるほど、僕は意地悪じゃない」

「う――……。叔父上、テオはおれの！　テオのうなじを噛んだのは、おれです！」

尻尾をパタパタさせながら、ファウスが懸命に所有権を主張する。

うなじを噛んだのは、六歳のころだけだけどなぁ。そんなに重要なことなんだろうか。

「分かっているから、心配しない。少しだけだ。アダルベルド、シジスモンドも、少し待っていて欲しい」

アダル達は素直に立ち上がって、一礼すると退室する。

ファウスは最後まで、唸っていたけど、聖下の要請を断るつもりはないらしく、そのまま出て行った。

「テオ。泣かされそうになったら、すぐに逃げてくるんだぞ」とか言ってるけど、何をされると思っているんだろう。ファウスにとって、聖下はおおむね優しい叔父なのに。

「さて。テオドア。今から話すことは、僕の胸にだけ秘めておく。ファウステラウドにも、ボナヴェントゥーラ兄上にも、誰にも言わない。もちろん、聖堂の内でも言わない。君は、聖女様か？」

「……！」

単刀直入に問われる。

ぼくは、心の準備ができておらずにびくりと大きく震えた。

まさか、そう聞かれるとは思わなかった。

ぼくは自分が聖女かも、なんて考えたこともなかった。

でも、聖女様と同じ国の記憶があることも間違いない。

「違います。ぼくは男の子ですし、生まれた国は学都ジェンマで、父はヴィード・メディコ。母はルチア・メディコです」

「うん。そうだね。調べさせたけど、確かにそうだった」

調べられていたのか。

聖下の本気度合いに、身が竦む。

聖下は煎り豆を摘んだ指をぺろぺろ舐めながら、考え込んでいた。お行儀悪いな、元王子。

「では、君はこの料理をどこで知ったのかな？」

「ジェンマで、よく……」

「重ねて問おう。白いコメを握って作る、『おにぎり』はどこで？」

「ジェンマで……」

「コメの生産は、この近隣ではラヴァーリャ一国だけでしか行われていない。この植物の栽培は、本来は湿気の多い土地が向いているんだ。ラヴァーリャでさえ少々合わないんだよ。ジェンマで栽培するのは難しいよね」

「……」

外堀が埋められてる気がした。

心臓がバクバクと跳ねる。

泣いてファウスに助けを求めたい気がしたけど、聖下の追及は緩まないだろう。

ファウスの前で、「前世の記憶があります」と口走ってしまうことを考えたら、ファウスに助けてもらうことはできない。

ぼくは、ぎゅう、と両手を握った。

「怖がらせたいわけじゃないんだ。テオドア、君は、

『聖者の病』を知っているんだね？」

聖下は優しい声で尋ねてくれる。

確かに、頭がおかしいと思われるリスクを除けば、ぼくが告白すると、『脚気』予防に白米を禁止することすらできる。

でも。

黒髪黒目の女の子じゃなくて、こんな貧相な子供の前世の記憶なんて、荒唐無稽な話をするには勇気がいる。

おかしな子供だと思われたら、もう、ファウスのそばにはいられない。

ずっと、一緒にいるって約束したけど。

もういられない。王子様のそばに、こんな変な子供はいられないんだ。

「せ、いか。あの。本当に、ここだけの秘密にしてくれますか？」

ぼくの声は、引き攣って震えた。

「もちろん。神々と聖女に、誓約しよう。サクロ・シモーネの名において、今ここで話される言葉は、決して他には漏らさない」

「ぼくは、生まれる前の記憶が、あって」

口に出してしまうと、なんて馬鹿な話なんだろうと思う。

でもそう言わないと、説明できないんだ。

聖下は、じっとぼくを見つめていた。

「本当かどうか、分からないんですけど。たぶん、生まれる前の記憶なんだと思います。そこは、聖女様と同じ国なんです。だから、聖女様が食べていた白いコメも知っているし、その調理法も知ってます。

聖下を悩ませている病は、ぼくの記憶では『脚気』と呼ばれていました。簡単にいうと、ある種類の栄養が足りなくて起きる病気で、その原因は、精米された白いコメによるものです。つまり、父様の言うことは間違いではありません」

心の中をすべて吐き出すように、ぼくは一息に喋った。

喋ってしまうと、ぼろぼろと心が崩れていく気がした。

聖下が、ぼくを哀れみの目で見たらどうしよう。

甥である第二王子のそばに置くにはふさわしくないと判断されたらどうしよう。

だって、ぼくは。

もっとファウスのそばにいたい。

ワガママを聞いてあげて、でも、ワガママはダメだって言いたい。

あの黄金の目を見ていたい。

可愛い耳にも尻尾にも、触ってみたい。

もっと、ずっと、ずっと、君のそばにいたい。離れるなんて、イヤなんだ。

悲しみと緊張で、ぼくは視界が涙で歪むのを感じる。

メガネを外して、懸命に涙を拭うと、聖下は慌てたようにぼくの髪を撫でてくれた。

「泣かないでおくれ。泣かせるつもりではなかったんだ。豆は、君の考える『かっけ』の足りない栄養なんだね？」

「はい。正確には肉類の方が不足を補えますが、『聖者の病』は貧しい庶民がかかるものと聞きました。無理なく食べるには、豆類の方が良いかと。もっと良いのは、白米を食べる頻度を減らすことです。その上で日常的に豆を食べられたら、きっと『脚気』は駆逐されます」

「テオドア、君がここを訪れたことに感謝を」

ぼくを抱き寄せた聖下が、ぎゅう、と抱きしめてくれる。

泣き止ませるように、あやすように背を撫でられると、溢れていた涙が自然に止まっていく。

「君は、幼いファウステラウドに、白米を食べろと強制もしなかったし、食べなくても良いと甘やかしもしなかった。ただ、食べられるように工夫してくれた」

「……」

歌うように、聖下は続ける。静かで、落ち着いた声に心の揺れが収まっていく。

ぼくは聖下の胸に顔を埋めたまま聞いた。

「病の原因を知りながらも、認められなかった僕のために、君は聖女様を糾弾しなかったし、穏やかに変化させる方法を示してくれた。これは、誰にでもできることではないよ」

「聖下」

聖下はぼくの手を取ると、自分の額に押し当てる。

以前も一度された仕草だ。

聖下は真剣な眼差しで、ぼくを見ている。

「この地に来臨なされたご慈悲に感謝を。我が身の全ては、御身の為に。全身全霊を持って、貴方にお仕え申し上げる。どうか、貴方を愛することをお許しいただきたい。異界より来臨されし、貴きお方よ」

「……」

ぼくが呆然と見上げると、ベッドから身を起こしたままの聖下は、にこりと笑った。

「最高司祭に立つと決まった時に、暗唱するまで教えられる文句だよ。まさか自分が言うとは思っていなかったけれどね」

「ぼくは、ぼくは……聖女ではなくて」

「ここでの話は、どこにも漏らさない。だから、君も忘れていいよ。下手なことを言ったら、ぼくがファウステラウドに恨まれる」

「僕は一生童貞かぁ」とか不穏な呟きが聞こえた気がしたけど、ぼくは聞かないふりをした。

聖下はつまり、ぼくの前世の記憶について全肯定で受け入れてくれたということなんだろうか。

だったら、白米も止めてくれるかな？

いろいろ考えて頭がこんがらがってきた時に、バン、と大きな音がして扉が開いた。

「兄上、聖下は今、テオドアと話しているんです！」

「煩い！　あのインチキ学者の子供ではないかっ。叔父上の前に連れてくるとは、どういう了見だ！　ファウステラウド！」

大声で言い争う声が響き渡った。

バルダッサーレ殿下と、ファウスだ。二人とも声が大きい。

聖下はものすごく疲れたように、溜息を吐いた。

「叔父上、そのような貧相な子供、貴方にはふさわしくありません。摘みだします！」

つかつかと大股で入ってきたバルダッサーレ殿下は、怒っていた。この人に会う時は、いつも怒っているなぁ。

豪奢（ごうしゃ）な黄金の巻き毛が、燃えたつように閃（ひらめ）く。ファウスと同じ黄金の瞳は、じっとぼくの方を睨んでいた。

怖い。すぐそばに聖下がいなかったら、竦んで動けなくなりそうなぐらい怖い。

何とかバルダッサーレ殿下を止めようとしたのだろう。ファウスは腰にぶら下がっていたけれど、ぺし、と尻尾の一振りで振り払われた。

成人したセリアン、強い。

「テオに乱暴はしないでください！」

「この貧相な子供が、身のほどを弁（わきま）えればいいのだ！　叔父上にまとわりつくな、子供！　また得体のしれないものをこしらえたらしいが、貴様の料理など口にされては、叔父上の聖性が穢れる！」

ぼくを庇うように、聖下が抱き寄せてくださる。

ぼくはもちろん、聖下を盾にした。恐れ多いことかもしれないけど、あのファウスを弾き飛ばすような災害級の第一王子と、直接対決なんて怖くてできない。

第一王子は、とことんぼくのことが気に入らないのか、ぼくの料理が気に入らないのか、並べられた料理をじろりと睨む。

おにぎりの時も、投げ捨てられたな。

今度も投げ捨てられるのかなぁ。食べ物を粗末にされるのは、辛いな。

「聖堂で騒ぐなと教えたでしょう、バルダッサーレ」

静かな聖下の声に、いきり立っていた第一王子が、びく、と止まる。

慌ててベッドサイドに膝をついて、聖下を見上げる。その姿だけを見ていれば、敬虔な信徒にも見えるんだけど、直前までが怖すぎたからな。

「しかし、叔父上。得体のしれないモノを口にされたと聞いて、いても立ってもいられず」

「今、私はテオドア・メディコと話をしていたのです。割って入るとは、無礼でしょう」

「非礼に関しては、お詫び申し上げます。けれど、叔父上」

「サクロ・シモーネと呼びなさい。バルダッサーレ、もっと近くへ」

ぼくに対する時とは雲泥の差で、聖下の声は冷ややかだ。

しゅん、としたまま第一王子は膝でにじり寄る。

「口を開けなさい」

「……？」

「早く」

何をされるのか不思議そうにしながらも、素直に第一王子は口を開けた。

聖下は、何と言うか、猛獣使いみたいだな。

きょとんとしている第一王子の口に、聖下は摘んだ煎り豆を押し込む。

怒り狂うライオンの口に突っ込むとは、聖下、すごい勇気だな。ぼくには考えつかない。

口の中に指まで突っ込まれたバルダッサーレ殿下は、怒り出すどころが、火が付いたように真っ赤になった。

「美味しいでしょう？」

「……はい」

「テオドアの料理は問題ないことが分かりましたね？　では、大人しく控えの間で待ちなさい。今はファウステラウドとの時間です。お前はその後」

「……はい。叔父上。お騒がせ、いたしました」

ふらふらと、バルダッサーレ殿下は立ち上がる。どうしたんだ。入ってきた時の勢いがないというか、催眠術にでも掛けられたのか？

床に転がったファウスまで、信じられないものを見るように、大人しく退室する第一王子を見送る。

「怖い思いをさせたね。僕からの話はひとまず終わりだ。『聖者の病』に関しては、対処しよう。ファウステラウド、差し入れはとても美味しかった。近々、聖堂と、併設の病院の入院患者にも食べさせたいのだけれど、頼めるかな？」

「はい、それはもちろん。ところで、どうしてテオが泣いてるんですか！　いじめたらダメってお願いしたのに！」

ぼくの涙の跡に気づいたファウスが、騒ぎ立てる。

聖下は困ったように微笑んだ。

ぼくは、慌てて誤解を解きに床に転がったファウスの下に走った。

「ファウス様、聖下は悪くありません。ファウス様のそばを離れたくないって思ったら、ぼく、自然と涙が出てきて。それだけなんです」

「どうしてテオがおれから離れるんだ？　ずっと一緒だって、約束しただろう」

「それは、そのう……」

ちらりと聖下の方を振り返ると、澄ました顔で聖下は唇に指を押し当てる。

秘密にしてもらえる。

頭のおかしい子供扱いではなく、かといって聖女扱いでもなく。

「ずっと一緒だろう？　寝る時も、食べる時も、風呂も一緒って言ったじゃないか」

「ええと、そこまで一緒はちょっと……。でも、約束しましたね。ずっと一緒です」

「当たり前だ。テオはおれのなんだからな！」

ぎゅう、とファウスが抱きしめてくれる。

ぼくは、なんだかとても幸福な気がした。

ファウステラウド第二王子が、シモーネ最高司祭に体に良い豆料理を献上してから、聖堂を中心に豆菓子が広まっていくのは、それからしばらく経ってからだ。

次第に白いコメは、週に一度、休日に食べるものという習慣に変わっていき、『聖者の病』が珍しい病になっていくのは、もっと先の話。

アルティエリ子爵家が豆の販売で大儲けして、コーラテーゼ公爵家は、豆の栽培地拡大に貢献したのにあんまり儲からなかったのも、同じぐらい先の話だ。

そしてぼくが王宮に部屋をもらったせいか、父様はいつまで経っても聖堂に住んでいる。

おわり

ファウス10歳
おれの一番大好きな人

メディコ博士が聖堂に住むようになった一件から、テオには王宮に部屋を用意した。

博士の家は変わらず王宮の片隅にあるけど、テオをそこに一人で置いてはおけない。テオは子供だからな！　おれのそばにずっと一緒にいて欲しいから、ワガママを言ったんじゃないぞ！　もちろんずっとテオがいてくれるのは嬉しい。テオの部屋があるのに、寝る時も一緒なのは、おれが通したワガママなんだ。

「もー、ファウス様はワガママなんですから」と言いながらも、テオはおれと一緒に眠っている。だからおれは、陽がのぼる頃には、目が覚めるようになった。夜が明け始めると、勝手に目が覚めるんだ。

半分眠ったまま、おれと同じベッドでテオが眠っていることを確認してしまう。

一度テオの家の、テオのベッドに潜り込んだ時は、二人でくっついていないと落ちてしまいそうなほど狭かった。でも、テオのベッドは、テオと同じいい匂いがした。

狭くてくっつくのを恥ずかしがるテオを抱きしめて眠ったのは、楽しかった。

だって、落ちるんだから、くっつかないといけない。ぜんぜん恥ずかしいことじゃないぞ。

恥ずかしいことじゃないのに、恥ずかしがって、白いほっぺを真っ赤にしているテオもかわいかった。

別々に眠るって言いながら、本当は怖くておれにくっついてくるテオもかわいい。

おれのベッドも、もっと狭かったらいいのに。

いま眠っているおれのベッドは、二人で転がってもまだまだ手が届かないぐらい広い。

落ちてしまう危険はないけれど、テオが遠くに行ってしまって面白くないな。

テオがいる所まで転がっていくと、両手を投げ出して眠っていた。

かわいいな。

もっとそばに寄りたくて、寝ているテオを引き寄せる。

「うう、ん、ん、ファウス、さまぁ……」

起こしてしまったかと、動きを止めてテオの顔を覗き込むと、ムニュムニュと唇を動かしているだけで、綺麗な赤い瞳は見えない。

良かった。せっかく寝ているのに起こしたらかわいそうだ。

テオを抱きしめると小さな子供みたいに体温が高い。ぎゅう、と力を入れるとぽかぽか温かくて気持ちがいい。でも、あまり力を入れると、テオは痛がる。アダルやシジスは平気なのに、テオだけ痛がるから、きっとヒトは痛がりなんだ。

「もー、力持ちなんですから手加減してください！」って怒られる。セリアンばかりが周りにいてヒトは少ないから、おれはびっくりしたんだけど、ヒトは本当に小さくて、やわらかくて、非力だ。

「ダメです、止めてください」と言って怒ったテオの顔も、すごくかわいい。

だから、おれは気づかれないように、ちょっとだけ力を入れる。そうしてテオをちょっとだけ怒らせるんだ、すごくかわいいから。

おれがそんな悪いことを考えているのに、テオは気づいていない。

おれよりもテオはずっと賢くて勉強ができるのに、おれが悪いことを考えているなんて、ぜんぜん思わないんだ。

どうして、こんなにかわいいんだろう。

「かわいいな」

テオとくっつきながら、だんだん明るくなっていく部屋を見ていると、おれは胸がきゅう、と痛くなる。

かわいいな。

かわいくて、かわいくて、うなじを噛みたくなってくる。

母上には、セリアン以外を噛むのはダメだと言われているけど、牙が疼く。

「かわいいな」

すうすうと息を立てる小さな唇も、普段はメガネで隠れている長いまつげも全部かわいい。

テオは気にしているみたいだけど、白っぽい髪が日に照らされてキラキラしている。

すごく綺麗だ。もっと小さいころは、テオの髪はおじいさんみたいに白いのかと思っていたけど、今は違うと知っている。

叔父上と同じ、とても明るい金色なんだ。大きくなるにつれ、だんだん黄味が増している。

小さくて低い鼻もかわいい。

嚙みつきたくなるぐらい、かわいい。

おれやアダルみたいな顔とは違ってぼんやりしているのをテオは気にしているけど、おれは誰よりもテオが一番かわいいと知っている。

いつも「かわいい」って教えると、「もー」って怒りながら、ほっぺを赤くするんだ。

ふくふくでやわらかいほっぺもかわいい。

おれと同じ年なのに、どうしてテオはこんなにかわいくて、小さいんだろう。

子供は皆テオみたいにかわいいのかと思ったけど、アダルとシジスも一緒に遊ぶようになって、テオだけが特別だって分かった。

テオを抱きしめると、手も足も、おれの方が長くて、テオは小さくおれの腕の中に入り込んでしまう。

かわいいな。

テオのかわいさを数えると、おれは胸が痛くなる。

胸が痛くなって、白くて細いうなじに、疼く牙を立てたくなる。

一度だけ嚙んだら、テオに怒られたからしないけど。

ちょっとだけ。


襟足に掛かるテオの髪をどけて、白いうなじをぺろりと舐めてみる。

いい匂いがパッと散った。

まだ子供のおれの牙がウズウズする。

「ん、ぅ?」

小さな声がして、テオの目が開く。

血の色みたいな綺麗な赤。

父上の宝物のどれよりも綺麗な赤い瞳。

「おはよう」

おれがそう言うと、うなじを舐めたことなんて知らないテオは、ぱちぱち瞬きする。

「おはようございます。ごめんなさい、ぼく」

「うん?」

おれに抱きしめられたまま、テオは綺麗な赤い瞳をまん丸く見開く。

メガネ越しではなく、直接赤い瞳を見られるのは、今みたいに薄暗い時間だけだ。得した気分で嬉しくなってきたおれとは違って、テオはすごい失敗をしたときみたいに、焦っている。

何を謝っているんだろう。

「ファウス様が起きているのに、ぼく寝ちゃってました」

「おれも今起きた」

「そう、ですか……」

かわいく寝ていただけなのに、どうしてテオは困っているんだろう。そわそわと視線を動かして、抱きしめているおれの腕をどけようとしている。

でも、強い力ではどけようとしない。

困ったように細い眉を下げて、何度もおれの顔を見る。

王子の腕を払えないいんだと気づいて、おれは意地悪したくなった。

「もう起きるのか?」

尻尾の先でふくふくのほっぺを撫でると、テオは
「ふふ、くすぐったいです」と楽しそうに笑う。

すごくかわいいから、もっとこちょこちょとくすぐると、身を捩って笑いだす。

「ふふふ、ファウス様、くすぐったくって、ふふ。やめてください。ぼく、ぼく、ファウス様より早起きしないと、いけないのに……ふふ」

細い指がおれの尻尾を捕まえる。

握った掌の中で尻尾をくねらせると、くすくすとテオは笑っていた。

「どうして、おれより早く起きるんだ?」

テオの笑い声は、いつまでも聞いていたいぐらい心地よくて、おれも笑顔になってしまう。

「女官さんがぼくに、ファウス様はお寝坊だから、ちゃんと起こしてねって言ってたんです。なのに、早起きでびっくりしました」

「……」

おれはテオから目を逸らす。

一人で寝ている時は、女官たちが起こしに来るまで絶対に目が覚めなかった。部屋が明るくなっても、掛布に包まって出て行かないんだ。だって、すごく眠くて起きられない。

どうしてテオと一緒だと、こんなに早く目が開いてしまうんだろう?

「ちゃんと起きられるんですね、ファウス様」

「当たり前だ、おれはそれぐらいできる」

きらきらした赤い瞳で見つめられると、ついついおれはテオの前で見栄を張ってしまう。

「じゃあ明日からは一人で寝られますよね。ぼくは、アダル達と同じようにぼくの部屋で寝ますから……」

おれの尻尾から手を離したテオは、眠そうに目を擦って笑う。

なんだと。おれが起きられることを知られたら、テオは明日から自分のベッドに行ってしまう。

おれのそばに部屋を与えた時、なかなか一緒に寝るとは言わなかったんだ。せっかく苦労して、一緒に眠ることに成功したのに。

「今から、寝る」

「はい？」

起き上がろうとするテオの腹に腕を回して、引きずり込む。あっけなくもう一度ベッドに転がりながら、テオが笑いだす。

おれは馬鹿なことを言ってると分かっているけど、必死だった。

「今から寝るから、テオ、起こしてくれ。明日も、明後日も、起こすのはテオの仕事だ」

「今、起きてるじゃないですか、ファウス様？」

「ぐーぐー」

「もー、ファウス様、朝ですよ」

「おれは寝ている」

「ふふふ、何を言ってるんですか、ファウス様。起きてください。今日はパンケーキを焼きましょう？」

無理矢理閉じたまぶたの上に、小さな手が触れる。

「パンケーキ！」

即座に目を開けてしまう。

おれを見つめるテオの赤い瞳は、すごく優しくて、綺麗で。

胸がきゅう、と痛くなった。

勉強の時間が終わると、庭に即席のかまどが組み立てられた。木炭に火が入り、鉄板が載せられる。

テオは小麦粉と、砂糖、卵、牛乳を混ぜたドロドロの液体を作っていた。

「それが、パンケーキ？」

おれが知っているパンケーキは、薄くてフワフワしている。そんなドロドロではない。

「そうですよ」

にこにこと笑ってテオは頷く。

怪しい。テオはまた、おれをびっくりさせようとしている。

そもそもテオは、野菜を肉に混ぜてハンバーグという料理にしたり、煮込んで分からなくしたり、野菜料理に見せかけて豆スープを飲ませたりと変わったことを仕掛けてくるのだ。

「パンケーキは、どろどろしてない」

「君は、料理するところを見たことがないのか？」

おれと同じことを言ったアダルに、シジスが呆れた目をしている。

むう。シジスもテオのドロドロがパンケーキだと知っているのか？

しかし、信じられない。形が随分違う。

おれの尻尾がゆらゆら揺れているのを見て、テオが首を傾げる。「魚の切り身が海を泳いでいると思っている口だな」とか呟いているのは、聞こえているぞ。セリアンはヒトよりも耳が良いんだからな、テオ！

魚がどんな形をしているかぐらい、おれも知ってる。一緒に魚獲りをしたじゃないか。テオが素っ裸で水に入ってきた時は、どうしようかと焦ったけど。

いきなり脱いだら駄目だ。びっくりする。

だって、テオはおれと同じ男なのに、おれよりずっと白くて、細くて、やわらかそうで……。

思い出してしまったらおれの頭の中がグルグルし始める。

ダメだ、思い出したら、走り出したくなってしまう。嫌な気持ちじゃないのに、心がざわざわしてきて、大声を上げたくなってくる。

「さっそく、焼いてみますね」

おれがジタバタしている間に、鉄板にバターが落とされる。

じゅう、と焦げた良い香りが広がる。

おいしそう。

お腹がぐうぐう鳴る。

匙で掬ったドロドロが鉄板に落とされる。

ふわふわと甘い香りが広がる。

「火は弱い方が焼きやすいんですよ」

説明をしながら、テオは炭の場所を移動させていく。テオを手伝うために女官が控えているけれど、手を出す暇がないほど手際がいい。

「生地にぷつぷつ泡が浮いてきたらひっくり返すんだ。ああ、ダメだよ危ない、アダル。熱いから近づきすぎないで」

木製のヘラと、長い箸（料理用の箸だと言っていた）を持ったテオは、においに惹かれて近づきそうになるアダルを制止する。

「だって、すごく良いにおい」

「ドロドロしてても、焼いたらおいしそうでしょう?」

笑顔のままテオは、魔法みたいにくるりとひっくり返す。

じゅう、と鉄板が音を立てる。

おれの耳は、パタパタと動いてしまう。

ひっくり返ったドロドロは、ちゃんと見慣れたパンケーキの姿をしていた。周りが少し焦げていたけど、綺麗な茶色い焼き目が付いている。

「ね? 料理してみないと、分からないでしょう?」

器用に焼け具合をヘラと箸で確認したテオが、薄く焼いたパンケーキを皿に移す。

でき上がりまで、あっという間だ。

テオはすごいな! 魔法みたいだ。

「アダル、熱いから気をつけて。卵も砂糖も入っているし、このままでも美味しいと思う」

最初に差し出したのは、なんと、おれではなくてアダルだった。

「え?」

皿を渡されたアダルが、ぎょっとしたようにおれを見る。

そうだろう、テオの料理を、どうしてアダルが先に食べるんだ!

「テオドア、まずはファウス様に」

シジスがちらちらとおれを見ながら声を掛ける。

よく言った、シジス! そうだ、テオの料理は全部おれのもの! アダルとシジスは友達だから食べても良いけど、最初はおれだ!

「だってファウス様、ぼくのこと、疑っていたでしょう?」

「疑ってない。ちょっと、パンケーキはドロドロしてないと言っただけで」

「それを疑っているって言うんです」

「テオ、テオ! おれが、一番がいい!」

意地悪を言うテオに、おれは降参することにした。

「ファウス様は、次ですよ」

「テオドア、それじゃあ、俺が怖くて食べられないだろ」

にこにこしたままテオはそう言って譲らず、もう一度焼き始める。

アダルは情けない声を上げると、最初に焼けたパンケーキを四つに切った。

「これで許してくださいよ、殿下」

アダルは一切れ自分の口に入れると、おれに皿を回し、シジスの口にも一切れ押し込んでいる。

おれの手には、大きさの違うパンケーキが二切れ載った皿があった。

「もう、すぐに焼けますよ」

そう言いながらも、分けたおれ達を見てテオは嬉しそうだ。美味しそうなにおいをさせながら、二枚目を焼いている。

「テオ、口を開けて」

両手でヘラと箸を持ったテオのそばに、皿を抱えたおれが近づくと、素直に小さな口が開く。

一口で食べられるように千切って、薄い唇に押し込むのは、なんだか悪いことをしている気分だった。

もぐもぐしているテオを見ながら、おれも口に運ぶ。

いつも食べているパンケーキとは違って、甘くて、いいにおいがする。テオの事だから、きっとおいしくなる方法を知っているんだな。

「美味しいですか？　ファウス様」

「すごく、美味しい！　テオ、もっと！」

すぐさま答えると、パンケーキを焼きながら、テオが嬉しそうに笑う。

「よかった、たくさん食べてくださいね」

テオの言葉通り、たくさん食べた。

ふかふかと温かくて、すごく美味しい。

「もー、焼いても焼いても追いつかない！」

焼けたらすぐ食べていくおれ達にテオはそう言ったけれど、とても嬉しそうだった。

小さなパンケーキを分けたように、アダルとシジスとテオとは、何でも分け合える。それがとても幸せな事だと、王子であるおれは知っていた。

そして。

白いほっぺを赤くして笑っているテオが、誰よりも一番、ずっと好きだ。

疼く牙で、おれはパンケーキを噛み千切ったのだ。

おわり

13歳

ラヴァーリャの
暑い夏

一

その年の夏は暑かった。

ラヴァーリャの気候は、日本より少し暑い。湿気は少なくて、雨も少ない。だから茹(ゆ)だるような暑さでぐったりすることはあんまりない。

今年も同じように暑くなった。

ただ、暑くなる速度が速かった。まだ、日差しが痛くなるほど暑くなる時期じゃないのに、連日カンカン照りだ。

陽の光が眩(まぶ)しく、暑くなってくると、ぼく達は王宮内で水浴びをするのが毎年の事だ。

「今日も暑いですね、ファウス様」

「……んー……」

帽子を被(かぶ)ったぼくが、腰までつかる水場でパチャパチャやっていると、気のない返事が返ってくる。

「入らないんですか？　気持ちいいですよ！」

毎年真っ先に素っ裸になって水に飛び込んでいたのに、ファウスは勿論、アダルもシジスも入ってこない。いつでも水に入れるように上半身裸になった状態で、日陰で寝転がったままだ。

水場に来た時には、水に入るつもりだったのに。

膝丈のトランクスみたいな下着しか着てないのは、ぼくもファウス達も一緒だ。

ズボンではなく下着だと言えるのは、生地が柔らかく薄いからだ。水に濡(ぬ)れれば肌の色が透けるぐらい薄いけれど、全部脱いでいた幼いころに比べれば、配慮している。

水場は、王宮内に引き込まれた水路の水が、少し溜(た)まるように設計されている。だからプールとは違って深くて緩やかな流れがある。

完全に水浴び用だと分かるのは、水場の傍に日陰を作るような東屋(あずまや)が設置されていたり、樹が植えられたりしてあるからだ。用水路とは言えない。

周辺には磨かれたタイルが敷きつめられている。裸足(はだし)で歩き回っても、痛くない。

ファウス達三人が、座らず寝転がっているのは、日差しを遮られてひんやり冷たいタイルで涼を取っているのだろう。

そのための施設だとは分かっているけど、これまではタイルのひんやり具合なんて気にせず水に浸かっていたのに、どうしたんだろう。

「どうしたんですか？　具合が悪いとか？」

ざぶんと肩まで水に浸かれば、痛いほどの暑い日差しに炙(あぶ)られた肌が冷えて気持ちいい。被った帽子も濡れているけど、ぽたぽた落ちる滴も気持ちいいんだ。

「元気だな、テオドア」

「テオドアはお子様だからだ」

ちら、とぼくの方を見たアダルとシジスの蒼と緑の瞳が、すぐに閉じられる。

ファウスに至っては、ぱたんと大きく黒い尻尾を動かしただけだ。

なんだかぼくだけ、はしゃいでるみたいじゃないか。

「もー。ぼくも同じ年だよ！」

みんな、全然入ってこないし、入る気もないと分かったから、ぼくは勢いよく水から上がる。ぐっしょり濡れたまま、ぺたぺたと日陰に転がるファウス達に近づく。

わざと雫を落としながら、一番端にいたアダルの腕を引っ張る。

冷たいぼくの肌とは違って、アダルは熱いぐらいだ。

「去年は、一番先に入りたがったじゃないか！」

「んんん。テオドア。冷たくて気持ちいいなぁ」

腕を引っ張ったはずなのに、逆にぼくの方が引き寄せられる。熱すぎるアダルの腕にくるりと抱き込まれて、濡れた髪に頬をすり寄せられる。

「つめたーい」

機嫌良くアダルの尻尾がパタパタする。

ううう。ぼくは保冷剤じゃないぞ。

「アダルは、熱い！」

ジタバタしながら逃げようとしたけど、手足の長さが全然違うし、筋肉の厚みも比べ物にならなくて、ビクともしない。

この数年でまた、ぼくとファウス達との体格差は開いた。

十歳の時は、中学生の集団に紛れ込んだ小学生男子みたいだったけれど、今は完全に大人と子供だ。本当にファウスと同じ年なのか疑わしくなってくる。

相変わらず細くて虚弱なぼくとは違って、鍛えられたファウス達の体軀(たいく)は若木のようにしなやかに伸びた。

ぼくの頭は一番背の低いシジスと比べても肩の位置にしかないんだ。ファウスとアダルの胸のあたりに頭が来るからちょっと寂しい。

セリアンはすぐ大きくなる種族だなぁ。

熱いアダルの腕を押しのけようとバタバタしていると、パシン、と強くタイルが叩かれる。

怠惰に転がったまま、ファウスが顔だけぼく達の方に向けていた。

眠そうな黄金の瞳は、不機嫌だ。

ぼくの滴が飛んだのかな。

「離してやれ、アダル」

パシン、ともう一度。

長くて黒いファウスの尻尾がタイルを叩く。

「はい、殿下」

怒られた原因に心当たりがあるのか、ぱっとアダルの腕が離れる。褐色の耳が、ぺたんと伏せられる。

ファウスが、そんなに怖かったかな？　何をそんなに怒っているんだろうか。

「濡れましたか？　ファウス様」

「……」

濡らされて怒っているのかな、と思いながらぼくが首を傾げると、ファウスは返事もせずに目を閉じてしまう。

不機嫌なのかと怯んだら、宥めるように長い尻尾がぼくの頬や濡れた髪を撫でる。

怒っている風ではないんだけどなぁ。

肩に届くぐらい長いぼくの髪は、まだまだぐっしょり濡れていて、撫でてくれた尻尾の先も濡れてしまう。

濡れたことに腹を立てたわけでもなさそうだ。

うーん。

最近のファウスは気難しい。

怒ったり、叩いたりするわけじゃないんだけど、なんだか距離を感じる。

今までは、なんでも口に出して言ってくれたのに、黙ってしまうこともある。

すぐにくっついて来て、抱きつかれたりしていたのに、それもない。

ちょっとだけ、寂しい。

ずっと一緒がいいと言ったのは、ファウスの方じゃないか。

食事も風呂も、寝るのも一緒がいいって言ったのにな。

「濡れますよ、ファウス様」

「……ん」

くねる黒い尻尾を捕まえると、低く唸るような返事がようやく返る。その後は、いくら待っても何も言わない。

子供っぽさが抜けて、精悍さが加わったファウスは、見蕩れてしまうぐらい格好いい。

じっとぼくがファウスの傍に座り込んでいると、トントンとシジスの尻尾が背中を叩いてくる。

「眠いんだ、テオドア」

「眠い？」

くあ、と美少年らしからぬ大あくびをしながら、シジスが教えてくれる。

長い金色の髪を鬱陶し気にかき上げる姿も絵になる、ド派手な美少年なのだけど、シジスの仕草はいちいち雑だ。

「ヒトは違うと聞くけど、セリアンは暑すぎると眠くなってね。いつも夏場は昼寝をするだろう？」

「なるほど」

確かに夏は昼寝の時間がある。王宮中のセリアンが、あちこち涼しいところで昼寝をし始める。数は少ないけれど、王宮仕えしているヒトも、ゆっくり休憩している。

前世の日本だったら、眠くても体調が悪くても、仕事中はちゃんと起きてないといけなかったけれど、ラヴァーリャではその考え方はない。

眠すぎる時間なら、眠ればいい。そう言わんばかりに、お昼ご飯が終わったばかりの時間からしばらく、王宮は静かになる。

警備担当の兵士や、王族のお世話を担当している女官さん達ですら、交代で眠っているみたいだから、徹底している。

去年まで子供のぼく達は全然眠くないと言って毎年水遊びしてたんだけど、今年のセリアン三人は、暑すぎるからか、大人の体になってきたからか、眠くて仕方ないようだ。

「テオドアも寝る？　水遊びしたいなら、したらいいと思うけど。ふぁぁ」

眠そうに目を瞬かせたシジスも、再び寝転がって水場を尻尾で指す。尻尾、便利だな！

「皆が入らないなら、ぼくもここにいる。そんなに眠いかな？」

ごろごろと寝転がっている三人を眺めていると、なんだか既視感がある。

ええーと、そう。夏場の動物園で、転がっているライオンだ。

怠惰そうに、長々と無防備に寝そべっているのに、優雅で気品がある不思議な感じ。

その牙と爪はものすごく強い力があって、危険で近寄りがたいのに、抗いがたく魅力がある。そんな感じだ。

若い獅子の獣人たちには、獰猛な肉食獣がくつろいでいるような、不思議な気高さがあった。

すやすやと眠ってしまった三人の傍で、ぼくは膝を抱える。

静かだ。

日陰を一歩外れると、じりじりと照り付ける太陽が地面を焦がしそうに暑い。

鳥の声も、虫の声も途絶えてしまった夏の静けさは、時すらも眠ってしまったようだ。

ぼくがじっとファウスの顔を眺めていると、チラとファウスの瞼が上がった。

黄金の瞳と視線がぶつかって、ファウスの方が驚いたみたいだ。ぼくに見られているとは考えていなかった顔だ。目を見開いた後、もう一度閉じられる。

「テオ。体を拭いてもらえ」

「勝手に乾きますよ。今日も暑いから」

面倒だなぁ、とぼくは渋る。

しばらく放っておけば、濡れた下着も乾くから、また服を着ればいいのだ。

「ダメだ」

「どうしても？」

「どうしても。せめて薄い下着は止めろ。透ける。俺が困る」

「ファウス様が？」

何か困ることがあるだろうかと、ぼくはぐずぐずとためらった。

だって、面倒くさい。この暑い中わざわざ建物の中まで戻って、着替えて、またここに来るんだよ？　じっとしていたら、勝手に乾くのに。

目を閉じたファウスは、たしたしとタイルを叩いている。苛々しているというより、迷っている叩き方だ。

これだけ長くファウス達の傍にいれば、耳と尻尾の感情表現だって何となく分かる。

「テオドア。ファウス様のお腹が空く前に着替えてきた方がいい」

「おやつ、もらってきた方がいい？」

「うん。獅子は空腹じゃないと狩りをしないから」

「ふうん？」

「殿下がお腹いっぱいの間は、我慢なさるよ」

目を閉じたままのシジスが、半分眠った声で言う。

いまいち言っていることがよく分からないのは、シジスが寝惚(ねぼ)けているからかな。

それにしても、なるほど。全然動かず昼寝しているのに、お腹が空くのか。

どこで消費されているのか不思議なぐらい、ファウス達はよく食べる。ぼくよりぐんぐん大きくなるはずだよ。

着替えに戻ったついでに、おやつをもらってきたらファウスのよく分からない機嫌も直るだろう。

「煎り豆にします？　サンドイッチ？　おにぎりがいいですか？」

「全部」

「おやつですよ」

「全部。テオが作ったのを食べたい」

「もー、食いしん坊なんだから」

素っ気ないのか、甘えん坊なのか、最近のファウスはよく分からない。でも、ぼくが作ったおやつが食べたいと言うから、ぼくは素直に建物に戻った。

宣言通り、昼寝から覚めたファウス達は、ぼくの用意したおやつをぺろりと平らげたのだ。

二

「夜、お出かけなんですか？」

夕方になって身支度を整え出したファウスを見て、ぼくは首を傾げる。

女官さん達が手際よくファウスの髪やら、尻尾やらを梳(す)いている。黒獅子らしい漆黒の巻き毛は、いつもより丁寧に撫(な)でつけられて、格好良さが五割増しだった。

ラヴァーリャの貴族男性は、武官は短髪で文官は長髪が多い。ファウスがどの道に進むのか分からないけれど、今は長い髪を一つに編んでいた。

ファウスの取り巻きであるぼくは、肩より短く切るのは許してもらっていない。理由はよく分からないけど、ファウスがダメって言う。ぼくが短くしようとすると「うなじが見えるのはダメだ」と文句を言われるのだ。

なんだろう、このうなじへのこだわり。

自分で髪を下ろしておけって言うくせに、ときどき甘えん坊になると、風呂場でうなじを触ったり舐めたりしたがる。謎だ。

うなじへのこだわりはぼくにしか発揮されないので、アダルは短髪だし、シジスはその時々で長さが変わるおしゃれさんだ。

「ああ。招待が届いたから」

「ぼくは――」

従者としてついていくべきか、待っていて良いのかどっちだろう。

「テオは、先に寝ていろ」

「遅くなるんですか？　起きて待っていますよ」

「いや。先に寝てていい。テオの部屋でいいから」

「……はい」

女官さんが着せやすいように腕を伸ばしたりしながら話すファウスは、ぼくの知らない人みたいだ。あんまり目を合わせてくれない。

最近のファウスは、どうしてしまったんだろう。

いつも煌びやかに装う時は「テオ、かっこいいだろう？」とか言って、ぼくに見せびらかしに来るのに。

出かける時は、ぼくを付属品みたいに連れ歩くのに。

平民のぼくが出席できない催しがあっても、必ず起きて待っててって甘えてくるのに。

先に寝てていいって言われたのは初めてだ。一緒のベッドじゃなくてもいいって言われたのも、初めてだ。

今までがくっつきすぎだったのは間違いないけど、なんだか寂しい。

懐いていた子供が遠くに行ってしまうような、寂しさなのかな？

気落ちしながらぼくは部屋の隅に退く。

「殿下、お支度は？」

「そろそろ時間ですよ」

扉が開いてアダルとシジスが入ってくる。

二人ともファウスと似たようなキラキラした格好だ。

童話の王子様みたいに格好いい。ファウスと並んでも何ら遜色がないほど麗しい。

ぼくと同じ年とはとても思えないほど、三人は大人っぽいのだ。

「ああ。すぐに行く」

「テオドアは連れて行かないんですか？」

長い尻尾を揺らして顔を上げたファウスに、アダルが不思議そうに尋ねる。

「テオは……テオはダメだ」

「ファウス様のお気に入りなんですから、連れて行っても。ああ、お気に入りだから駄目なんですね。うなじを噛んだって言ったらまずいですし――」

「アダル。君は少し黙ろう」

シジスがアダルの口をふさぐのと、ファウスの尻尾がアダルを叩くのは同時だった。

また、うなじ。

どういうことなんだろう。

ぼくのうなじは噛んだら駄目だっていうことなんだろうか。

「テオ。今日は駄目だが、明後日の夜会には連れて行く。今日は、少しまずい」

ぼくを振り返ったファウスは、なぜか申し訳なさそうに言い訳する。

何か理由があるのだろうな、とさすがに分かる。ぼくには言いにくい理由なら、聞かなくても良い。気になるといえば気になるけれど。ファウスがぼくに隠すなら、それなりの理由だろう。

それに、夜会にどうしても行きたいわけでもない。ファウスのようなキラキラした衣装が似合うとも思えないし。

日本より暖かく、かつ、体格がいい獅子獣人が支配層のラヴァーリャの正装は、かなり肌を出すんだよ……。

日本における「豪華な衣装」は、豪華な生地だったり、技巧を凝らした染めだったり、仕立てだったりするけど、ラヴァーリャはストレートに「宝石と黄金」だ。

創作におけるアラブの踊り子みたいな？　露(あらわ)な肌の上に直接ギラギラした宝石がついているのが普通だ。よく鍛えた他人にお見せするような体だと、とてつもなく似合う。ファウスも、重そうな黄金を綴り合わせたネックレスを着けてて、気絶しそうなぐらい格好いいんだけど、この装いは相手を選ぶ。

つまり、ぼくみたいに貧弱で色が白い子供は、致命的なまでに似合わない。ひ弱さが前面に押し出されるだけだ。

辛い。だから、次は連れて行ってくれるというファウスの気遣いも、ご遠慮したい。

「何か、夜食でも作りましょうか？」

「いや、いらない」

「作って待ってて。テオドア」

「シジス、お前――」

「私にじゃなくて、ファウス様に。おにぎりがいい」

「シジス、だから」

「時間が押しています、殿下。テオドアが眠くなる前に帰らないといけません」

何か言いたそうなファウスの背を、シジスが追い立てる。

んー、おにぎりは作った方がいいのかな？　ファウスはぼくに起きてて欲しいのか、余計なお世話なのか。迷うぼくの前で、アダルが元気よく手を上げた。

「俺もおにぎりが食べたい！」

「アダルには、私が、特別に割増し料金で串焼きを売ってあげるから、邪魔をしないように」

「割り増し？　しかも売り物？」

「君の勉強代だ。邪魔をしないことぐらい学べ」

わぁわぁ騒ぎながら三人は出かけて行ってしまう。

「今日は皆、どこに行ったんですか？」

ファウスの衣装を整えていた女官さんに尋ねると「公爵様が主催なさる音楽会にお出ましですよ」と優しく答えてくれる。

音楽会か。夏は昼が暑すぎるので、社交はもっぱら夕方から夜にかけて行われる。昼寝しているから、みんな元気なんだろう。

「殿下も十三におなりですから、たくさんお誘いが来るのでしょう」

「十三歳だから、ですか？」

この国での成人はだいたい十六歳ぐらいだ。

成人したこと自体は、さほど盛大に祝われない。むしろ、結婚したり、子供が生まれたり、初陣を飾った時の方が盛大に祝われる。こっちの方が、大人の仲間入りをしたとみなされるからだ。

十六歳で成人、というのも、十六歳ぐらいになれば結婚したり、家を継いだりできるからという意味だ。もっと早い人もいるし、遅い人もいる。

「我らセリアンは十三歳ぐらいから、急速に大人に近づきます。早い方であれば、結婚なさる人も。恋多き王子でしたら、これぐらいから監視を強めたりしますね」

ふふふ、と女官さんは笑う。生まれた時から見守っている王子の成長が嬉しいのだろう。

ぼくも六歳の時からくっついて回っているファウスが大人びてきて、本当なら「立派になられた」と喜んでいる女官さんと同じ気持ちになるはずなんだ。

ワガママで甘えん坊の王子が、ぼくにくっつかなくなったことを、寂しく思うのはおかしいことだ。

「大人と同じ扱いになったから、ファウス様と、アダルとシジスが音楽会に出かけたと」

三人とも、途中で寝て恥をかかないと良いなぁ、とぼくは思う。

彼らは貴族なので、一応は音楽の授業も受けているんだ。残念ながら、そこでもぼくの独壇場だった。屋根があったら力が出ないのかというぐらい、三人とも野外での鍛錬以外は頼りにならない。

「公爵様には、お嬢様がお二人いらっしゃいますので、できれば殿下の御目に留まりたいお考えなのでしょう」

なるほど！　つまりこれは、お見合いの一種なわけだ。

一番格好良く見せないといけない時だから、ぼくみたいな貧相な従者を連れて行ったら駄目だったのか。すごくよく分かった。アダルとシジスの見た目は素晴らしく良いからな。

「ぼくが邪魔しちゃ駄目ですね」

「そうですわねぇ。テオドア様が一緒だと、殿下の御目がテオドア様にしか向かないので、公爵様は面白くないでしょう」

もしかして、ぼくが何か粗相をしないかファウスにいつも心配をかけているってこと？　礼儀作法だって、ぼくの方が成績良いのに？

「おにぎりは、作った方がいいですか？」

ファウスの足手まといになっている気がして、ぼくがしょんぼり尋ねると、女官さんは上品に笑う。

「もちろん、作って差し上げてください。殿下は一生懸命に大人ぶっていらっしゃいますが、テオドア様ではなく、わたくし共が作ればガッカリなさいますわ」

うーん、ファウスが考えていることは、難しいな。

でも、ぼくはファウスの「おいしい」って言う顔が見たいな。

いつもなら眠っている時間になって、ファウスが戻ってきた。

一緒に寝ないって言うから、ぼくはおにぎりを作って居間で待っていた。この後はぼくの部屋で眠るつもりだ。

「寝てていいって、言ったのに」

面白くなさそうな顔をしたファウスが、起きて待っていたぼくにびっくりしている。

「おにぎり、召し上がられますか？」

「ん」

皿に盛られたおにぎりと、ぼくの顔を交互に見比べて、ファウスは何か迷っている。

ゆらゆらと尻尾を揺らして、なかなか手を出さない。いつもなら、すぐにパクパク食べるのに。

「テオは――かわいいな」

「……ッ」

聞こえないぐらい小さく言われて、ぼくは飛び上がりそうにびっくりした。

あんまり驚いたから、心臓がドキドキしてしまう。

「あ、あの。お茶をお持ちしますね」

「いらない。こっちへ来い。メガネを外して」

「メ、メガネがないと。ぼく」

「暗いから、見えるだろ。テオの赤い目が見たい」

嫌がるのも恥ずかしがるのも、なんだか変な気がして、ぼくはおずおずとメガネを外す。

そんなぼくの手から、すぐにファウスはメガネを取り上げてしまった。

メガネがないと、なんだか落ち着かない。

子供のころは顔の半分ぐらいがメガネだった。今はそこまでじゃないけど、分厚いレンズにさえぎられて、ぼくの感情は守られている気がするんだ。

「ファウス様、メガネ、返してください」

「……」

じっと黄金の瞳がぼくを見ている。

ぼくの何を見ているんだろう？

なにか変？

おにぎりだけ渡したら眠るつもりで待っていたから、もう寝間着姿だけど。寝間着が変なのかな？

「メガネを返してやるから、目を閉じて」

「はい？」

どうして？

疑問符が頭の中に浮かんだけど、最近のファウスはよく分からない事だらけだ。

素直に目を閉じたぼくは、メガネを返してくれるのを待つ。

待つ。

待つ。

待った、けど！

全然返してくれない！

いつまで経っても返してくれないから、ぼくは薄目を開けた。

すぐ目の前に、メガネじゃなくてファウスの顔があった。

綺麗な黄金の瞳が、端正な美貌が、吐息が掛かりそうな距離にいる！

どうして？

びっくりして、慌てて目を閉じた途端、ふに、と唇に触れられる。

ぼくは、ぎゅう、と目が痛くなるぐらい閉じた。

ぼくの髪を払ったファウスの手が、そっとメガネをかけてくれる。

でも、それどころじゃない。今、ぼくの唇に触れたのは。触れたのは……！

指、かな？

掌、かな？

どういう意味だったんだろう。

ぼくは耳までじわじわと熱くなってくるのを感じる。きっと顔は真っ赤だ。

「テオ。おにぎりの具は、肉がいい」

「たまたま切らしていたんです。急におっしゃるから」

恐る恐る目を開けてみると、メガネ越しにファウスがぱくぱくおにぎりを食べている姿があった。

しかも文句まで言っている。

もー、ワガママなんだから！

「明日、午後から仕立て屋が来る」

「何かお作りになるんですか？」

おにぎりを食べながら、幸せそうにニコニコしているファウスは、そんなことを言いだす。

あんまり着る物にこだわらないファウスは、王子として組まれた予算で毎年作られる服以外、自分から追加注文をしたことがない。

珍しいこともあるものだ。お年頃だから、おしゃれに目覚めたのかな？　それとも、公爵家にかわいいお姫様がいたのかな？

「ああ。テオは何色が好きだ？」

「うーん。深い青が良いかと思います」

　黄金の瞳のファウスに、鮮やかな青の衣装は似合う。白も褐色の肌に映えてすごく良いんだけど、アクセサリー類はキラキラ黄金が多いから、青かなぁ。

「青か。俺は、ピンクとか、黄色とかが似合いそうだと思うんだが」

　ファウスとぼくのセンスは違うらしい。

　うーん。黒と黄色は警戒色で、ぼくとしては危険物みたいでオススメしないけどなぁ。ピンクかぁ。かわいい色が好きだとは知らなかった。

　ファウスは素材が格好良すぎるから、なんでも似合うと思うけど。

「宝石はルビーか、ガーネットを見繕わせる」

　宝飾品まで新調してしまうとは、気合が入っている。

「公爵家のお嬢様はお美しい方なんですね？」

「ん？　んー。母上の親戚だから、母上に似ている」

「それならお美しい方でしょうね」

　グリゼルダ王妃は、雌ライオンの威厳というか、辺りを払うような気品のあるお方だ。ちょっと怖いぐらい美人でもある。

　お母さんに似てるっていうのは女性に対しては微妙な褒め言葉だから、お姫様にそんなことを言わないように指導しないと。

「次に会うのはずっと先だから、どうでもいい。俺より三歳年上だから、その時は結婚してるかもしれない。そうなれば家にはいないだろう」

　面倒くさそうにファウスは鼻のつけ根に皺を寄せる。

　綺麗なお姫様に出会って、テンションが上がって服を作る流れじゃないんだろうか。

「テオ。明日から、食事は一緒だが、風呂も寝る時も別々だ」

「はい、承知いたしました。ぼくはもう、下がらせていただきますね」

　淡々とファウスは切り出した。

　別々なのが当たり前なのに、ファウスが我儘を言って一緒になっていただけだ。ぼくは、アダル達と同じ扱いになったわけだ。

　少しの寂しさと共に、主従の区別をちゃんとつけようというファウスの決断を受け入れて、ぼくは部屋に戻ろうとする。

　ぱ、とファウスの手がぼくの手を摑む。

「テオ」

「はい」

「もう一度メガネを取って、良いか？」

「え？　ええ、どうぞ」

さっきもぼくの目を見たのに、また？

ぼくの手を握ったまま、片手でファウスはメガネを取る。

「返してやるから、目を閉じて」

「はい」

何がしたかったんだろう？　今度はすぐにメガネを返してくれるらしい。

大人しく目を閉じると、間を置かずやわらかい感触が唇に触れる。

ファウスの手なのか、指なのか分からないけど、目を閉じるように言われたから、ぼくは我慢していた。

目を開けてはいけない気がしていたんだ。

一度。二度、三度。

やわらかい感触がしてから、ぼくのメガネがかけ直される。

ぼくは耳まで熱くなってきた。

「テオ、おやすみ」

「はい、おやすみなさいませ」

ふらふらしながらぼくは部屋に戻り、なかなか寝つけなかった。

ファウスのあれは、何だったんだろう。

知りたいような。

でも知ってしまってはいけないような、そんな気がした。

三

布、布、布の洪水だった。

ぼくは、おたおたとファウスを見つめる。

「どれが好きだ？　青が良いと言っていたから、青も持ってこさせた」

お昼ご飯の後、ファウスの部屋に呼ばれたら、ニコニコ顔の仕立て屋さんが次々に布を広げていく。

びっくりしているぼくをよそに、ファウスはどっかり椅子(いす)に座ったまま、仕立て屋さんに指示を出している。

ちなみに部屋にいるのは、ぼくとファウス、女官さんが三人ほど。

　途中まで一緒だったアダルとシジスは「昼寝しよう」と連れ立ってどこかに消えた。「ファウス様が、テオドアを着飾らせるのを見てても面白くない」「下手に傍にいると勝手に見るなって怒られる」とかなんとか、興味が無さそうだったのだ。

　どこに行くのか、だいたい知っている。風通しがいい木陰だ。

　以前、ファウスも眠ってしまって、暇を持て余して散歩している時に見つけた。二人とも、折り重なるみたいにしてすやすや寝ていた。

　途中で寝返りを打ったアダルが、シジスの腹の上に乗ってしまい、容赦なく蹴られたところまで見た。

　蹴った方も蹴られた方も何事もなかったかのように眠っていたから、暑い日に眠くなるのは本当らしい。

　涼しくて風通しの良いところでゴロゴロしているって……天敵を知らない飼いネコみたいだな。

「お召し物を脱いでいただいてもよろしいですか？」

　どうしていいのか分からない間にぼくは、上着に手を掛けられて、仕立て屋さんに丁寧に尋ねられる。

　採寸か！　採寸からされるのか。


「は、はい。あの、自分で脱げます。ファウス様、これはいったい……」

「昨日言っただろう。仕立て屋を呼ぶと」

「てっきりファウス様の服かと思って。どうしてぼくなんですか？　ぼくの服はこの間仕立ててもらったから、充分です」

「夜会に着て行くようなものは持っていないだろう？」

「アダルか、シジスに借ります」

　ぼくと同じように、アダルとシジスも服を仕立ててもらっているのだ。ただし、貴族の彼らの服には礼服も含まれる。貴族しか立ち入れない場所まで、ファウスのお供をするためだ。

　服を仕立ててもらっているのは、王子の側近としての給料の一部みたいなものだ。

「シジスに借りても、丈が長すぎる」

「……」

　ぼくは、ちょっと涙が出そうだった。

　手も足も、シジスの方が長い。間違いない。むしろ、シジスの三年ぐらい前の服だったら着られるだろう。

　でも、ぼくだって成長期の男としての意地があるんだ。

「ちょっとぐらい、大丈夫です」

「俺と出かけるのだから、ふさわしい格好をしろ。シジスの派手さは、テオには似合わない」

「……」

ううう。ぼくの顔が平凡で地味でぱっとしないことぐらい、分かっているけれど。

分かっているけれど。

あのド派手な美少年と比べなくてもいいじゃないか。まつげにマッチが三本ぐらい乗りそうな顔は、どこにでもある物じゃないんだよ！

そんな派手派手しいシジスの服は、彼しか着られないような仕立てだ。地味で、地味で、地味なぼくでは似合わないだろう。

「殿下、テオドア様には、テオドア様の良さがございます。白金の御髪も、雪白の肌も、どんな美姫にも望めるものではございません。華奢な骨格は、セリアンにはない美しさですよ」

仕立て屋さんは、がっかりしているぼくに気を使ったのか褒めてくれる。

ぼくは、恥ずかしくなって俯いた。頬が赤くなるのを感じるけど、熱が引いてくれない。

ありがとうございます。優しい人ですね、仕立て屋さん。

褒め言葉の中身が、ちょっと女の子みたいで気に入らないけど、逞しくて格好いいとは嘘でも言えないって、分かります。

「当たり前だ。俺のテオはかわいい。だから、このかわいさを存分に引き立てるようにしろ。宝石は赤がいい。テオの瞳と同じぐらい、美しい石を探せ」

なぜか不機嫌に尻尾をパタパタさせ始めるファウス。先にぼくを地味だと馬鹿にしたのは君じゃないか。

「承知いたしました、殿下。宝飾品に関しては少々お時間をいただきますが、お召し物は明日の午前中にお届けいたします」

「ひとまず三種類ほど先に届けてくれ。後は順次で構わない」

「御意にございます」

ぼくを置いてけぼりにして、勝手に話はまとまっていき、どの色にするかはぼくの肌の色に合わせて、あーでもないこーでもないと言いながら勝手にファウスが決めた。

ファウスが良いと言うなら、何でもいいんだけど。

青はぼくが希望したからと言って、一種類。

薄いピンクやら、濃い赤やら、淡い黄色から、白、オレンジと赤の中間みたいな色まで、ざっくり十種類選ばれていた。

ファウスがぼくには暖色が似合うと思っているのはよく分かった。よく分かったけれど。

十着以上仕立てるつもりなのか。いつ着るんだろう？

そもそもぼくが、青が良いと言ったのは、ファウスに似合うからなんだけどな。

ぼくが疲れ始めたころ、ようやく布見本市は終わり、仕立て屋さんが丁寧に荷物をまとめ始めた。

「明日はカファロ大使が主催の月見だ。外出しても寒くないように、掛け物も合わせてあつらえてくれ」

「御意にございます。テオドア様の御髪のように滑らかな毛皮を手に入れましたので、それでいかがでしょう」

「任せる」

あっさりファウスは頷（うなず）いた。

鷹揚（おうよう）に頷いたファウスに、安心したように仕立て屋さんは笑顔になって、女官さん達に案内されて帰っていった。

ほんのわずかな時間だけ、ぼくとファウスは二人きりになる。ぼくは慌ててファウスを見た。

「ファウス様、ぼくの服をたくさん仕立ててどうされるんです？」

服の代金も経費とはいえ、お金の使い方に無駄がありすぎる。ぼくはファウスに異議を唱えずにはいられなかった。

「着ればいいだろう？　服は着るものだ」

ファウスは黄金の瞳を瞬かせて、首を傾げる。ぼくがなぜ文句を言うのか、分かっていないようだ。

「いえ、そういう意味ではなく。あんなにたくさんの服をいつ着るんですか？　ぼくには多すぎますし、立派すぎます」

「夜会にでも、音楽会にでも、いつでも着ればいい。着る機会もそのうちある」

「ぼくは貴族ではなくて平民です。ファウス様の従者にすぎません。作っていただくとしても、一着か二着あれば十分ですよ」

「俺が作りたいから作るんだ。無駄じゃない」

「でも、ぼくの身分にはふさわしくありません」

聞き入れないぼくに、ファウスは黄金の瞳を真ん丸に見開いて、それから大きく溜息を吐いた。

「頑固だな」

「だって……」

根拠もなく側近を特別扱いする危うさを、前世の知識からぼくは知っていた。

十歳のファウスがぼくのために、父様の罪を軽くしようとして諫めたのと同じだ。

「俺が着せたいから作る。それではダメなのか?」

「ぼくにはそこまでの価値がありません」

「テオに対価の支払いができれば、納得するのか?」

「それは、もちろんです」

ぼくと同じぐらい頑固で引かないファウスは、溜息交じりにそんなことを言う。

ファウスの言う通り、ぼくが買い取れるなら問題ない。でも、ぼくにも父様にも支払い能力はないぞ。

「テオ。メガネを取っていいか?」

「え?　えと、目が見えなくなるので」

「すぐに返す」

ぼくが良いというより先に、ファウスはメガネのブリッジを摘む。ぼくは慌てて目を閉じた。真昼間にメガネを外すと、目が痛くなるぐらい眩しいんだ。

す、とメガネを引き抜かれ、目を閉じた途端にやわらかいものが唇に当たる。

一度触れてから、躊躇うようにもう一度。

今度は少し長く。

ファウスの息がかかる。それぐらい近くにファウスがいるんだ。

何だろう、これ。

昨日もされた気がする。

ぼくが戸惑っている間に、メガネを返してもらえる。

「支払いは、これでいい。だから、もう気にするな」

「でも、ファウス様」

支払い?

ぼくの唇に、何かしたのが?

うなじへのこだわりといい、唇へのこだわりといい、セリアンの価値観は不思議だな。

「明日はカファロ大使が観月の宴を開くと言っているから、一緒にいこう。珍しいものが食べられるらしい」

高価すぎて多すぎる服について納得したとはいえないけれど、ファウスはこれ以上支払いについて話す気はなさそうだった。

せめて、ファウスのために、活用できたらいいな。

「おいしいものだと良いですね」

「ああ。テオにも食べさせてやりたい」

にこにこと笑顔でファウスが頷く。食いしん坊らしいファウスのセリフだった。

久しぶりに素直な笑顔が見られて、ぼくは胸がじわじわと温かくなる。

新しい服を仕立ててくれることよりも、高価な宝飾品をあつらえてくれることよりも、ファウスがぼくに笑いかけてくれることの方が嬉しい。

ぼくに食べさせてあげたいと思ってくれることの方が、ずっと嬉しい。

「楽しみです。カファロの珍しい食べ物でしょうか?」

「あの国は、食べ物に関して有名な物はなかった気がするが……」

カファロというのは、ラヴァーリャよりだいぶ北にある国だ。高い山脈を国内に抱えているので、国土の割に耕作面積は狭い。なので、ラヴァーリャからの穀物の輸入に頼っているところがある。

周辺国はだいたい、何らかの部分でラヴァーリャを頼っているので、カファロ一国に限ったことではないんだ。

「確か、カファロの姫君は、第一王子殿下のお妃候補でしたよね?」

「ん。あぁ、そうだ」

ファウスが難しい顔をする。

「妃候補、という噂自体もカファロ大使が流しているといわれているが。あちらとしては、何としてでも兄上の妃として送り込みたいのだろう」

「なるほど、大使はお姫様の売り込みも仕事のうちなんですね?」

「ああ。だから、テオを連れていける」

なんだか不思議な繋がりだな? どうして歩く災害バルダッサーレ殿下の嫁取り関係者だったら、ぼくが付いていってもいいって言うんだろう? ぼくは関係ないだろう。

「俺の傍に、誰かの娘やら孫やら妹やら姉やらを張り付ける暇はないはずだ。

テオ。テオ。宴の間は絶対に俺から離れるな。俺にだけ酌をしていればいいからな。声を掛けられても返事をしなくていい。俺の世話だけしてくれ」

「はい、承知いたしました」

もちろん、ぼくはファウスの従者として赴くんだから、ファウスの傍にずっといる。

ぼくが素直に返事をすると、ファウスは酷く安心したような顔をする。そんなにぼくは頼りなく見えるんだろうか。

「アダルとシジスも行くんですよね？」

「連れていくが、あの二人では牽制にならない」

「牽制？　バルダッサーレ殿下に、ですか？」

「兄上はどうでもいい。俺に色目を使ってくる者たちだ。テオがかわいいことを思い知らせておけば、身の程知らずな望みは捨てるだろう」

ファウスは妙なことを言う。

ぼくのことを「かわいい、かわいい」と言うのは小さい時からだけど、それとファウスに色目を使う人への牽制は両立するのだろうか。

「ぼくを着飾らせるよりも、アダルとシジスを置いておく方が、効果がありそうですが？」

ぼくよりよほど、派手で見栄えがする二人だ。

ぼくの提案に、ファウスは面白くなさそうにパシン、と尻尾を打ち付ける。

「あいつらに任せたら、俺を放っておいて食い物につられるからダメだ」

「それは、そうかもしれません。珍しい食べ物が出されたら、そっちに注意が行きそうです」

「だろう？　だから、テオがいい。テオが一番いい。テオが一番かわいいんだから」

謎の確信と自信を持ってファウスはそう言い切る。

ファウスは未だにぼくを「かわいい」と思っているらしい。体が小さいからかな。

四

観月の宴、というのは、夜の涼しい時間に集まる口実だ。

先日公爵家が主催した音楽会も似たようなものだ。

あの日は公爵令嬢二人がそれぞれ楽器の技量を披露したり、華やかな舞踊を披露したりしつつ、ファウスの傍にべったり張り付いていたらしい。

アダルとシジスが「ファウス様は乗り気ではなかったから、テオドアは心配しなくていい」と教えてくれた。

お見合いというぼくの予測は間違っていなかったな。ファウス様が妃を選ぶにはちょっと早い気がするから、気が乗らなかったという言葉にぼくも安心した。

最近外見はすごく大人びて格好良くなっているファウスだけど、ぼくと一緒にお風呂に入るのも止めたファウスだけど、まだ甘えん坊のワガママ王子成分は抜けきっていない。今日みたいに観月の宴にわざわざ衣装を仕立ててまでぼくを連れていくぐらい、ワガママなんだ。

でも、ぼくはそんなファウスのワガママがちょっとだけ嬉しかった。

従者として傍にいる者としては、駄目って叱るべきかもしれないけど、ぼくを置いていかないファウスの判断が嬉しかった。

きっと、ぼくも甘えん坊なのだろう。

「テオドア、よく似合っている」

「ファウス様、気合を入れましたね」

ファウスの指示で仕立てられた服を着せられたぼくを見て、アダルとシジスは口々に褒めてくれる。

夜は冷えるという配慮からか、デザインは随分と襟が詰まっていて、袖も長い。ファーコートみたいなのまで付けてもらったけど、夏の夜にそこまでいらないだろう。

肌を出すことの方が多いラヴァーリャの男性の衣装のセオリーからすれば、ずいぶん女性寄りだ。ぼくが小さくて、子供っぽいからか。暖かいからまぁ良いんだけど。

装飾品も、剝き出しの腕や胸に宝石ギラギラスタイルのファウスやアダルとは違って、ぼくは細い金のチェーンにぽつぽつ真っ赤な宝石が滴のように飾られていた。

大人しくて良かった。きっとアダルほど高くついてないはず。

「小さくてかわいいな！　連れて帰りたいぐらいだ」

満面の笑みでアダルが言う。

そこまで言われると、喜んでいいのか、怒るべきか、微妙だ。アダルに悪気がないのは、よく分かっているけど、小さい小さい言うな。セリアンが大きすぎるんだよ。

ぼくは耳まで赤くなりながら「ぼくは小さくないぞ」と抗議しておいた。

「抱っこした時、小さくておさまりが良くて、俺は好きだけど……」

　パシン、とファウスの尻尾がアダルの腕を叩く。

「勝手に触るな」

「触った時のことを言っているのであって、今は触ってないですよ。ファウス様」

「頭の中でもダメなものは、ダメだ。アダル、宴に連れていかないぞ」

「えー。俺も珍しいものが食べたいです」

「だったら、テオに腕が届く範囲に近づくな」

「そんな！　宿題を写す時はどうするんですか！」

「シジスに写させてもらえ」

「シジスは、ときどき間違った答えを教えるんですよー」

　いや、宿題は写したら駄目なんだけどな。

　情けないことを言い出すアダルに、シジスは「私は最初から間違っている」とか、自慢にならないことを自慢げに言う。

　みんな、お勉強は自分の力で頑張ろう。三人とも、ぼくに頼りすぎだろう。

　十三歳になったから大人の社交に呼ばれるっていうことは、アダルにとってもシジスにとってもお見合いの一種だろうに、こんなに食い気に振り切っていていいのだろうか。ぼくは、そこも心配だった。

　体ができ上がっても、中身はお子様じゃないか。

　カファロ大使主催の宴の主目的は、お姫様の売り込み相手のバルダッサーレ殿下のおもてなしだ。

　つまり、バルダッサーレ殿下が出席する。

　ぼくはちょっと気が重かった。

　主賓の席には豪華絢爛な第一王子殿下がつくんだけど、第二王子の席もほぼ隣と言ってもいいぐらい近いんだよ。二人とも王子様で、兄弟だからね。ふつうは近いよね。

　仲が悪い、というか、バルダッサーレ殿下が一方的にファウスを毛嫌いしていることを、カファロ大使は知らないんだろうか。

　ぼくはなるべく第一王子殿下の視界に入らないように、小さくなっていた。急に怒りだすから怖いんだよ。

　ファウスが傍にいることに気づいたバルダッサーレ殿下は、一度ギロリと視線を動かしたけど、その後はそっぽを向いて何も言わない。

ファウスは礼儀正しく会釈をしたけど、兄弟のやり取りはそれだけだ。

ワガママ王子のファウスも礼儀を弁(わきま)えており、バルダッサーレ殿下も場所も弁えずに喧嘩を売るほど子供ではなかったようだ。

相手がこっちを見ないようにしているから、ぼくの方は第一王子を観察できるんだけれど、本当に、見た目だけは、華やかな美男子なんだよね。

黄金の巻き毛を長く伸ばした姿は豪勢なライオンみたいだし、ファウスと同じ黄金の眼差(まなざ)しは怖いほど威厳がある。不貞腐(ふてくさ)れた顔をしていても、優雅に見えるんだから、容姿が良いのはお得だ。

あれこれと話しかけてくるカファロ大使に対しても、鷹揚に頷いている。彼なりに気を使っているらしい。

ぼくは何もかもが物珍しくて宴席を見回した。

観月の宴、と銘打っているから、会場はテラス状に張り出した月が綺麗に見える場所だ。夏の夜風が心地よく吹き抜けていく。

控えめな音量で楽団が音楽を奏でていた。

適当に間隔が空けられた寝椅子みたいなのがそれぞれ招待客の席だ。アダルとシジスも従者扱いというよりお客様扱いで、席がある。

ぼくはファウスの付属品だ。

ローマスタイルというか、寝転がっているわけではないけれど、体が沈み込みそうな大きな寝椅子みたいなところに、姿勢を崩してゆったり座る招待客たちに、料理や飲み物をそれぞれ給仕していくのがラヴァーリャ式だった。

その給仕の役はなかなか重要で、音楽会では公爵令嬢がファウスの分を務めたそうだし、王宮で実施された今は、女官さん達が務めている。

主賓のバルダッサーレ殿下には、ほぼ大使が張り付いているから、綺麗な女性でないと駄目ってことはないらしい。

一人の客に専属でつくという縛りはないみたいで、アダルやシジス、他の招待客につく給仕役は次々と替わる。ここで見初められて始まる身分違いのロマンス、というのが定番だ。

ファウスが、ぼくに張り付いておけって言ったのは、この給仕役をやれっていう意味だった。

そして、ぼくがくっついているから、近寄りたくても他の人は近寄れない。

なるほど。確かに従者の仕事でもあるし、アダル達に任せられないのも分かる。

「テオ。次はあの干し杏が食べたい」

「杏、好きですね、ファウス様」

座ったままぼくにあれこれ持ってこさせるファウスに、ハイハイとお母さんみたいに返事をしながら取り分けていく。

十三歳でもお酒が出されるから、ファウスはほろ酔いで良い気分みたいだ。バルダッサーレ殿下にも絡まれなかったしね。目元を薄赤く染めながら、最近の素っ気なさを忘れたみたいにぼくに甘えてくる。

ぼくは慣れないファウスが酔い潰れないように、せっせとお酒を果汁で割っていた。もちろんぼくは口にしていない。

頑丈なセリアンではなく、ヒトとしても虚弱気味のぼくは、慣れないアルコールに手を出す自信はない。気分が悪くなりそうだ。

「食べさせて、テオ」

「子供じゃないんですから、ダメですよ」

「大人の方が皆やってる」

嘘ばっかり、と思って周りを見渡すと、恋人同士なのか、たまたま気が合ったのか知らないけれど、あちこちで手ずから食べさせてもらっている。

は、恥ずかしい習慣だな、ラヴァーリャ！

女性客についた男性の給仕役もいれば、その逆もある。同性同士も……当然あった。

ぼくは恥ずかしいぞ。

皆がやれば、恥ずかしくないのかな？

「ほら、テオ。あーん」

「え？　え？」

なぜかぼくから皿を取り上げたファウスが、干し杏をぼくの唇に押し付けてくる。

逆じゃないの？

ぼくに食べさせてくれるの？

酔っ払っているから、どっちでも良いのか？

あまりにぎゅうぎゅう押し付けられるので、ぼくはしぶしぶ口を開く。

ファウスの長い指が、奥まで杏を押し込んでくる。

ちょっと一口にしては大きくない？

あたふたしながら頬張ろうとすると、そのままファウスは指をぼくの口の中まで入れてきた。唇を内側からなぞられて、ぞくぞくっと背筋が震える。

な、なに?

今の、不思議な感覚。

なんだか、イケナイことをされたみたいな。

ぼくは、かぁっと耳まで熱くなった。

ぼくの口からゆっくり指を引き抜いたファウスが、そのままぼくの唇を撫でてくる。

そんなことされたら、そんなことされたら、落ち着いて食べられないじゃないか!

「テオ。かわいい」

満足そうにファウスが笑っている。

酔っ払っているんだろう!

子供のくせに、お酒なんか飲むから!

必死で杏を嚙(か)み砕こうとしているぼくの、いっぱいになったほっぺをプニプニ押してくる。

止めて。出てきたら、どうするんだ。

「もう一つ食べるか? 干し杏よりほかの物が食べたいか?」

「んん」

そのほかの物だって、ぼくが取ってくるはずなのに。ファウスの視線から逃れられない。

黄金の瞳が、酔っ払っているくせに妙に鋭い。

飛び掛かる前のライオンに睨(にら)まれた、獲物のような気分になってしまう。

「それとも、何か飲むか? テオは全然酒を飲まないな。嫌いなのか? まだ宵の口だから、強い酒は出ない。大丈夫だ」

いやいやいやいや!

全然大丈夫じゃないです。

ぼくの顎に指を掛けて、顔を上げさせるのは止めてください。ファウスの顔が近すぎて恥ずかしい。

今にもキスされそうな距離ですよ!

ぼくが注いだ盃(さかずき)を片手に迫ってくるファウスを、ぼくは真っ赤になって押しのけようと頑張った。

水だ、水! おかしくなってるファウスを正気に戻さなければ。

「楽しんでおられますか、ファウステラウド殿下」

急にカファロ大使が話しかけてきた。

バルダッサーレ殿下の相手はもういいのか、主賓の次に身分が高いファウスを放っておけないのか知らないけれど、ぼくはほっと息を吐く。

助かった。今すぐごくイケナイことが始まりそうな雰囲気だった。

ずっと小さいころから知っている相手なのに。

ファウス相手なのに！

胸がドキドキする。

「今、面白くなくなった」

ファウスはぼくに押し付けようとしていた盃を手に、ゆったりと向き直る。

大使と話しながら、片手でぼくの髪を撫でてくる。

やめなさい、酔っ払い。

ぼくはそっとファウスの手を押しのけて、少し後ろに下がった。

恰幅(かっぷく)の良いカファロ大使はニコニコしているけど、ぼくを見る目は冷ややかだ。話しかけるのに、邪魔だと思われたんだな。

「それは、私の不徳の致すところ。どうか、ファウステラウド殿下、カファロ公国が誇る、奇跡の氷菓をお召し上がりください。ご機嫌も麗しくなられるでしょう」

声に合わせて、楽団の音楽が変わる。次々と女官さん達が入って来て、それぞれ招待客の前に小さな器を並べていった。


「氷菓か。珍しいな」

ファウスは興味深そうに見つめている。

ぼくの目には、丸く盛られたカキ氷に見える。氷の周りには様々な果物が盛り付けられて、中心のかき氷には蜜が掛けられていた。

「いかがでございましょう？　この暑い夏に、さわやかで甘く、冷たい氷。バルダッサーレ殿下も、是非お召し上がり下さいませ。一口で虜(とりこ)になってしまう、美味でございます」

バルダッサーレ殿下とファウスへ交互に向き直りつつ、芝居がかった口上で、カファロ大使は勧めてくる。

会場は少し興奮したざわめきに包まれた。

ラヴァーリャは暖かい国だけど、氷を見たことがないわけではない。でも、お菓子として出されるのは珍しい。

ファウスはひと口食べてから、次の一口はぼくに差し出してきた。

「テオ、冷たいから、気をつけて食べろ」

「ぼくは――」

「ほら、溶ける前に、はやく」

強引に匙(さじ)を押し付けられて、ぼくはぱくりと口に入れる。

つめたーい。

前世の記憶では珍しくもないかき氷だけど、この体では初めての感覚だ。

そもそも常温以下の食べ物自体が珍しい。冷蔵庫だって一般的には存在しないんだから。

「どうだ？　美味しいか？」

「はい、ファウス様」

素直にぼくが頷くと、ファウスはますます嬉しそうな顔をする。

次の一口も、ぼくに差し出してくる。

良いんだろうか。それは君やバルダッサーレ殿下を楽しませるために出されたお菓子なのに。

「ファウス様がお召し上がりにならないと」

「じゃあ、次は俺で、その次はテオだからな」

そんなことを言って、ファウスとぼくは交互に一つのかき氷を食べた。

冷たくて、甘くて、すごく美味しい。

「いかがでしょう、バルダッサーレ殿下」

「悪くない。珍しくも美味だな、大使」

横柄な口の利き方でも格好良く見せてしまうバルダッサーレ殿下は、満足そうだった。

カファロ大使も手ごたえを感じたのか、嬉しそうだ。

良かったね。

「左様でございますか。ありがたきお言葉です。このような珍しい菓子を御用意できるのは、カファロ公国に溶けぬ氷を頂く霊峰が存在するためです。我が姫を正妃となさった暁には、いくらでも氷をお取り寄せいたしましょう。暑いラヴァーリャでは考えられない贅沢でございましょう」

「我が国で、氷菓を食せぬ、と？」

機嫌が良さそうに見えたバルダッサーレ殿下が、黄金の瞳を細める。

声が一段低くなり、ぼくはちょっと怖くなってファウスの後ろに隠れた。

このひんやりした感じは、かき氷で体が冷えたせいじゃない。

「大国ラヴァーリャでも、おいそれと手にすることができぬものは、氷でございます。しかし、小なりといえども、我がカファロ公国には豊富にございます。我が姫を正妃として迎えると確約くだされば、いくらでも……」

「我が国で、この程度の物が用意できぬと愚弄するか！」

獅子の咆哮の如き一喝に、その場にいた全員の動きが止まる。

もちろん、とうとうと喋りつづけていた大使の口も止まる。

楽団の演奏も止まり、静かすぎて虫の音が聞こえるぐらいだ。

ぼくは間近で怒鳴られて、ファウスの腕にしがみ付いてしまった。ぼくに怒っているわけじゃないけど。

「で、殿下。けっして、侮辱する意図はございませんでした。どうか、御寛恕くださいませ」

「料理長を呼べ」

「はい？」

「料理長だ」

唸るようなバルダッサーレ殿下の声に、誰かが素早く反応して走り去る。本当に呼びに行ったのだろう。

カファロ大使は腰が抜けたのか、座り込んでいる。

その気持ちはよく分かる。この歩く災害殿下の怒りが爆発するところにいるのは、とても怖いよね。ぼくも何回か怒られたから分かる。

ファウスは怖いぐらい表情もなく、怒鳴った兄王子とへたり込んだ大使を見ている。怯えた素振りもないのは、豪胆なのか、慣れているのか。

王宮内で開かれた宴とはいえ、料理長の登場は早かった。どこから現れたのか分からないぐらい、早かった。

料理長は、筋骨隆々とした壮年の大男だ。小さいころから、何度もお世話になっている。

料理人とムキムキの因果関係は良く分からないけど、セリアンではなく、ぼくと同じでヒトで、ものすごく緊張しながらバルダッサーレ殿下の前に跪く。

「お召しにより参上いたしました、バルダッサーレ殿下」

「カファロ大使より、わが国では氷菓が作れぬと誹りを受けた。違うと証明してみせろ」

「……殿下。お言葉を返すようですが」

「できぬと申せば、お前の首が飛ぶと思え。我が国の氷菓が優れていると分かれば、大使よ、貴様は国外追放だ。以降カファロと大使の交換は中止する」

「御意にございます」

「興がそがれた。私は戻る」

この暑いのに、料理長の額に浮かんだのは冷や汗だろう。顔色も悪い。

腰を抜かしていたカファロ大使は、さっさと席を立つバルダッサーレ殿下と、ファウスを見比べている。

「ファウステラウド殿下、どうか、おとりなしを……」

掠れた声で縋られて、ファウスは溜息を吐いた。

ここでファウスが間に入ったら、絶対怒らせるだけでいい結果にはならない。でも、彼が第二王子であることも間違いない。

この場の招待客全員の視線が、ファウスに向けられていることを肌で感じた。

「兄上。バルダッサーレ兄上」

ファウスは、面倒くさそうに立ち上がる。

歩き出したバルダッサーレ殿下の後を追っていく。

いつの間にかシジスとアダルが、ファウスの左右に並ぶ。

殴られる恐れがあるんだ、と気づいたぼくは胸が苦しくなる。

「たかが宴の余興一つで、お怒りがすぎるでしょう。料理長が可哀想です」

「カファロ程度に侮られて看過せよというのか？」

「大使は確かに言いすぎました。我が国の技術力を思い知らせるのは結構ですが、国外追放も、処刑も恐れを買うだけです。この度の無礼に対しては、カファロ公国の姫君とのご婚約を、一度白紙に戻す程度で良いのでは？」

「ふん。慈悲を見せることも必要か。だが、料理長。次の宴で必ず氷菓を並べるように。命までは取らんが、できぬとは聞かんぞ」

大きく黄金のしっぽが床を叩く。

そのまま、バルダッサーレ殿下は退室してしまい、ファウスは面倒そうに、アダルとシジスは青ざめた顔で席に戻ってきた。

カファロ大使は、泣きそうだった。

宴はグダグダのまま終わった。

五

「おいしかったなぁ、あの冷たい氷」

勉強の時間が終わって、昼寝が始まりそうな時間。

アダルが幸せそうにそんなことを言う。

「珍しい味だった」

「もう一回食べたい。料理長は作ってくれるかな」

重々しく頷く、シジス。アダルはそんなシジスに、猫みたいにじゃれついた。

「アダル、暑いからくっつくな」

「アルティエリ家では作ってないのか？」

「金だけではどうにもならないこともある」

二人はごろごろと床を転がっている。

なるほど。大金持ちのアルティエリ家には、氷菓があるのではないかと期待しているのか。

アダル。公爵令息が、そんな食い意地の張ったことで良いのか。ぼくは情けないぞ。

「そんなことを言って、本当はあるんだろう。もう一回食べられるなら、俺はコーラテーゼ公爵の名前を捨ててもいい」

「簡単に捨てるな」

「だって、借金と抱き合わせだぞ。ポイッと捨てて身軽になりたい」

「私が知ったことか。無いものは無いし、暑いものは暑い。くっつくな！　もっと暑くなるだろう」

体格のいいアダルに組み付かれて、シジスがジタバタしている。力で押しのけられない辺りが、時々シジスの言っている「純血と混血では、どうあっても敵わない」というやつなのかな。

そういえば、シジスのご両親のうち、どちらがセリアンで、どちらがヒトなんだろう？「爵位と母を金で買った」とまで言っていたから、セリアンの子爵令嬢をヒトの男爵が買ったとみるべきなのかな。

伯爵以上はおしなべてセリアンだけれど、子爵以下になってくるとヒトだったりセリアンだったり様々だ。

「本当に、バルダッサーレ殿下は、カファロ公国以上の氷菓を作らないと怒ると思いますか？　ファウス様」

「んー」

バタバタと仲良くじゃれているシジスとアダルから少し離れて、怠惰に椅子に座っているファウスをうかがうと、気のない返事が返ってくる。

もっと気にしようよ！　いつもお世話になっている、料理長が大変な目に遭っているのに。

「形式上は怒ると思う。料理長は職を失うかもな」

「そんな」

ゆらゆらと漆黒の尻尾が揺れる。

「だが、兄上は本気で怒っているわけではない。怒ってみせただけだ」

「はい？」

「そうじゃなかったら、俺がちょっと口を挟んだだけで考えを翻すような人じゃない。テオも知っているだろう？　兄上が怒り出したら手を付けられないところ」

「ええ、まぁ」

第一王子の名誉のために違うと言ってあげたいけれど、言えない。ファウスも、アダルも殴られているもの。

「兄上は、カファロの公女と結婚したくないんだ」

「えー？」

なにそれ。嫌なら嫌って言えばいいのに。

バルダッサーレ殿下は、自分の意見が言えない人じゃないだろう。むしろ、自己主張しまくるだろう。

「カファロの姫の何が気に入らないのか、はっきり言わない。では意中の相手がいるのかと問えば、それも言わない。とにかく結婚したくないの一点張りで、父上も、大臣も困っている。俺のところまで誰なのか知らないか話が来るぐらいだ。俺が兄上の意中の人なんか、知るわけがないだろう」

自己主張はすでにしまくった後なのか。

うん、その我儘さ、バルダッサーレ殿下らしくて、ぼくは納得した。

「父上は、とにかく一人目の妃を持てと言って、誰か好いた相手がいるならセリアンだろうが、ヒトだろうが良いとまで言っていた。セリアン以外なら男でも良いとまで言っていた」

「え？　男の人だと、嫡子が得られないのでは……」

王族の子女が結婚する究極の理由は、血脈を維持するためだろう？

ヒトでも良いと言った段階で、伯爵以下でも良いという意味で、身分を問わないと言ったも同然だ。

すごい譲歩だな。国王は第一王子に甘いんだ。この国の王子は甘えん坊ばかりか。

「テオは知らないのか？　いや、セリアンがいない国では知られていないのか。セリアンの男は、セリアン以外の種族の男を孕ませることができる。ヒトが一番相性が良くて、成功率が高い。すべての獣人の祖はヒトである、という所以だな」

「え、え…？　え？」

ぼくは理解が追いつかなくて、首を傾げる。

男が孕むって。どこに？

「同性同士でも子が生まれるのは、聖女の奇跡によるものだと伝わっている。もちろん、他氏族とも婚姻は可能で、その場合産まれるのはセリアンである確率が優位に高い。いちばん子が生まれにくいのは、純血のセリアン同士だというのは皮肉なもので、セリアンの両親の元では、二人産まれれば多産だといわれるほどだ。

このため、セリアン男性の同性婚は珍しくても、忌避されることはない。

そういう事情だから、父上の妃が母上一人なのは、男子を二人も王家にもたらし、黒獅子である俺を産んだという名誉あるお方だからだ。誰も母上をないがしろにすることはできない。故によほどのことがない限り、父は第二妃を迎えることもない」

「そう、ですか」

いきなり開示されたセリアンの種族的な特徴に、ぼくは頭がグルグルしてきた。

考えてみれば、アダルもシジスも一人っ子だな。ファウスも二人兄弟。幼児の死亡率が高そうなこの時代で、兄弟が少なすぎる気もする。

国王が第一王子に甘いのも頷ける。

「ラヴァーリャでは、妻を複数持つんですか？」

「平等に愛せるならば」

平然とファウスが頷くので、そうなのだろう。

ぼくがラヴァーリャで暮らし始めてから長いけれど、自分には関係ないと思っていたから、婚姻制度に詳しくはない。正妃とか、第二妃とかの言葉が出てくるという事は、存在するという事なのだろう。

「だから、父上は一人目として好きな相手を迎えて、それで子が得られればそれで良し。得られなければ、第二妃を迎えろと言いたいみたいだ。

兄上がはっきりしないから、父上がカファロ公国に打診なさった。こちらから申し込んだせいか、カファロは姫を正妃にしろと強気な態度だ」

この間の観月の宴が始まる前に、いろいろ揉め事があったわけだ。

「全く。兄上にしては珍しいぐらい結婚したくないとしか言わないんだ。好いた相手なら、相手の同意なしでも強引に妻にしそうな人なのに。一生独身でいたいのか？　王位継承権を放棄する気もなさそうだし、全然分からん」

ふう、とアンニュイにファウスが溜息を吐く。

大人に近づいたということは、そういう政治向きの話も聞かされる立場になっているんだな。

「カファロ公国も、絶対正妃にしろと妙に頑固だ。だから大使の失言にかこつけて、進みそうになっている話を止めさせた。俺はそれを後押ししただけ。兄上が頷くと分かっていて言ったんだ」

なるほど。それであっさり嫌いなファウスの意見を受け入れたんだ。

でも、それじゃあ料理長が可哀想だ。完全なとばっちりだろう！

「結婚話は白紙に戻したから、氷菓の件はなしに」

「それは無理だ。だって、あの兄上が大勢の招待客の前で言ったんだぞ。何か理由がないと、取り消さないだろう。料理長が失職しても、兄上は困らない」

バルダッサーレ殿下の話をしながら、ファウスもあまり困っていなさそうだ。

ファウスの心には共感とか、同情とかいう感情はないのかな？

王子様には分からないんだろうか。

料理長は王宮にお仕えするぐらい、自分の技術を磨いてきた人だ。仕事に誇りを持っているだろう。

努力に努力を重ねた結果を、たかが第一王子の見栄とか、外国の大使との駆け引きに巻きこまれて失うなんて、あまりにも酷い話だ。

「そんなの、酷いです！　ファウス様。料理長は、ものすごく綺麗な蝶(ちょう)の飾り切りを作ってくれたり、ぼくに会ったこともないのに、ぼくの言うことを信用してレシピ通りに作ってくれた人ですよ！　それが無理難題を解決できなければ解雇なんて。彼のせいではないのに。

ファウス様、バルダッサーレ殿下に進言しましょう？　無駄なことは止めるべきだと」

パタン、とファウスは尻尾を軽く打ち付ける。

「テオドア、頭を冷やせ。バルダッサーレ殿下は第一王子で、料理長は平民にすぎない」

静かにシジスが言った言葉は、全面的に正しい。高貴な方の些細な気まぐれに巻き込まれるのは、王宮に仕えるならあり得る話なんだろう。

　分かっている。

　ぼくに前世が日本人だったという記憶がなければ、きっと納得できた。

　人間の命はみんな平等で、貴くて、誰もが尊重されるべきだという考え。

　弱者を虐げてはいけないという、価値観。

　無法がまかり通った時に、引きさがるべきではないという正義観は全て、前世の記憶に引きずられた考え方だ。

　ラヴァーリャの法律でも、ジェンマの法律でも、平民と、貴族の権利は平等ではないんだ。

　でも。

　でも、料理長がこのままだったら不名誉な解雇をされてしまう。

　ただ一言、バルダッサーレ殿下が「やっぱりやめた」って言えば済むことなのに。

　困ったようにファウスはぼくの頬に、長い尻尾を寄せる。ふかふかの漆黒の毛が、ぼくの肌を優しく撫でていく。

「すまないな、テオ。兄上は、俺の言葉を受け入れたりはしない。昨日はたまたま、俺が都合の良いことを言ったから聞いてくださっただけだ」

「……はい」

「一回殴られるぐらいで、バルダッサーレ殿下が前言撤回してくださるなら、殴られても良いんだけど」

「それは、止めよう。アダル」

　セリアンの驚異的な膂力は何度も見ている。わりと細身なシモーネ聖下だって、一人ぶっ飛ばすぐらいできるんだから、体格のいい第一王子に殴られるなんて、危険すぎる。

「そもそも料理長は、氷菓を作れないんでしょうか？」

　シジスが尋ねると、ファウスは頭を振る。

「氷を残している場所はあるだろう。ただ氷を出すだけなら、何とでもなる。だが、薄く削って蜜を掛けても溶けてなくならない量を確保するのは、難しい。できるなら、とっくに俺の口に入ってる。冬の間から支度をしていたというなら、ともかく」

　ぼくはラヴァーリャの地図を思い浮かべる。

　カファロ大使が自慢したような、高い山脈は抱えていない。夏でも溶けない雪を頂いた山はないはずだ。

しかも時間がない。「次の宴」がいつなのかは知らないが、数週間以内であるのは間違いない。

「氷使いの魔法使いはいるにはいるだろうが、食べる氷を作るために抱えているわけではないからな。テオ、優しいお前の望みを叶えてやりたいが……」

無理だというのか。

今まであんなに助けてもらったのに、料理長が困っているのを助けられないんだろうか。

「よし、ここは気分転換に、風呂に行きましょう！」

「風呂？」

突然アダルが立ち上がる。

ファウスが不思議そうな顔をする。ぼくにもその繋がりは良く分からないぞ。

「シジスとくっついて汗だくになったんで、流しに行きましょう。身を清めたら、何かいい案が浮かぶかも。料理長が解雇された後の紹介状を書いておくとか、殿下がそのまま雇用するとか。俺の家は駄目です。給金が払えないから」

身を清めるというアダルのセリフに、ぼくははっとする。

ファウスの言うことは、確かに聞いてもらえないだろう。バルダッサーレ殿下と仲が悪いから。

でも、聖下だったら？

シモーネ最高司祭の言葉なら、あの歩く災害王子だって、ちょっとは聞くんじゃないのか。

殴られても怒ってなかったし、倒れたと聞いたら飛んできたし。少し、いや、だいぶ懐いてるじゃないか！

すごくいい案だ。お風呂に入ったら、身支度を整えて聖堂に行こう。

ぼくは身を乗り出して提案しようとした。

ファウスはあまり乗り気ではなさそうだ。椅子から立ち上がる気配もなく、ゆらゆら尻尾を揺らしている。

「水場で充分だろう」

「体を洗いたいんですよ。テオも好きだろう、風呂」

「うん、好きだよ」

日本人だったという記憶は関係あるのかないのか、ぼくはお風呂が好きだ。水場での水遊びとは違って、石鹸も使えるからね。

「よし。今から行こう、すぐ行こう。殿下もご一緒に」

にこにことアダルがぼくの肩を押す。

「ダメだ」

怖い顔で引き止めたのは、ファウスだった。

つい先日一緒に寝るのも、お風呂に入るのも止めると宣言されたばっかりだった。それまで一緒にお風呂に入って、体の洗いっこだってしていたのに、最近はぼく一人だ。

アダル達と一緒でも、ぼくは断られてしまうのだろうか。

「テオは一緒に入らない」

「俺と、シジスは良いんですか？」

「お前たちはどうでもいい。テオはダメだ」

ファウスは頑（かたく）なだった。

シジスとアダルが思わせぶりに視線を交わし合う。二人の間で、ファウスの反応は想定内だったということだろう。

だけど、ぼくには分からない。

だって。

一緒にお風呂に入らないのも、一緒に寝ないのも、ぼくをアダル達と同じ従者として扱うっていう意味だろう？

もう、ぼくに甘えないっていう意味だろう？

なのに、どうしてぼくは駄目で、アダル達は良いんだ？

平民だから？

何か、ぼくの事が気に入らなくなったから、素っ気なくなってしまったのか？

料理長に対する態度と、ぼくに対して妙に素っ気ない態度を思い出し、ぼくは堪（たま）らなく不安になった。

ずっと一緒だって言ったのに。

それはもう、子供の口約束として、なかったことになったのだろうか。

「どうして、ぼくはご一緒してはいけないのか、教えてください。ファウス様。ぼくは何か、粗相をいたしましたか？」

御学友という立場で、君と一緒に勉強はしたけれど、体を動かすこととなったら全くついていけない。

護衛の役にも立たない。

従者として、君の身の回りの世話をしたりもするけど、見様見真似（みようみまね）でやっているだけで専門の教育を受けたわけでもない。

ぼくは、何もかも中途半端で。でも、誰よりも親しく君の傍にいた。

傍にいすぎてしまったんだろうか？　ぼくよりも先に大人になってしまう君には、ぼくはもういらないものになってしまうんだろうか？

「一緒に入らないと、前に言った」

唸るようにファウスは答える。

ぱたぱたと苛立たし気に尻尾が揺れていた。丸い耳をぺたんと伏せている。

「アダル達は許されて、ぼくだけ駄目な理由です。何か粗相をいたしましたか。教えてください。直しますから！」

だって、君がいらないって言っても、まだぼくは君の傍にいたい。

ずっと一緒の約束を、ぼくはまだ反故にしたくない。

ぼくは。

ぼくは君を、ただの幼馴染みじゃなくて、友達じゃなくて、誰よりも特別だと思っている。

ファウスは王子様なのに、ぼくは君に——。

突然名前が付いた自分の気持ちに、ぼくは息が詰まりそうだった。

「とにかくダメだ。アダル、シジス、ついてこい。テオはもう、部屋に下がっていい」

「……承知いたしました」

漆黒の耳をぺたんと伏せたまま、ファウスが立ち上がる。

ぼくは、そう返事するしかなかった。

聖下にお願いしに行こうなんて、とても言い出せなかったんだ。

六

部屋に下がっていい、と昼間からファウスに言われることは少ない。

部屋に下がっていいということは、もう今日のお仕事は終わり。あとの時間はお休みだ。

ぼくはしょんぼりしながらも、出かけることにした。

ファウスに素っ気なくされて、寂しい気持ち。

もっと傍にいたい気持ち。

触られるとドキドキしてしまう気持ち。

それらは全部一つの答えを指しているけれど、同時に叶わないこともはっきりしている。

相手は王子様で。

ぼくはたまたま出会った平民で。

すごく小さい時から傍にいるから、ファウスもぼくも、大好きって何回も言ってきた。ずっと一緒って約束してきた。

「だけど、もう言えない」

今でも、大好きでずっと傍にいたいって思っているけど。それは小さな頃みたいな、ただ相手が好きっていう気持ちとは少し違う。

傍にいて。

独占して。

ぼく以外誰も好きになって欲しくない、そういう気持ちだ。

ぼくは残念ながら、前世の十三歳以上の記憶を持っている。だからこれが、どんどん強欲に、強く育ってしまうことも、知っている。

「ぼくは昨日まで、どうやってファウスの傍にいたんだろう」

気づいてしまったら、きっと顔に出てしまう。

ファウスが一緒にお風呂に入らないし、寝ないって言ったのは、ぼくにとって幸いだったのかもしれない。


寂しいけれど、きっとこれが正しいし良い事なんだ。

ぼくと同じ「好き」な気持ちを返してもらえないけれど、学友として、彼を助ける側近として、彼が立派な王子として成長するのを傍で見守る立場は、手に入れている。

今回のバルダッサーレ殿下の騒動みたいに、遠くない将来ファウスだって結婚しないといけない。

その時、平気な顔をしていられるか自信はないけれど、まだ時間があるから良かった。

これからゆっくり蓋をしよう。平気な顔を作る練習をすれば良い。そうすれば、少なくとも傍にいることは叶うんだから。

「まずは、料理長のことだ」

うん。先に解決するべきは、そっちだよ。

すごくお世話になっているんだ。

わがまま放題、好き嫌いもいっぱいだったファウスが、嫌いなものも美味しく食べられることを知ったのは、料理長が手伝ってくれたからだ。

ぼくが得体のしれない料理を作ろうとしても、料理長は受け入れてくれた。

ぼくが彼を手伝うのは、当然だ。

女官さんに聖堂を訪ねたいことを伝えると、ぼく一人なのにもかかわらず、聖下に連絡を取ってくれて、送迎の手配までしてくれた。

この国のセリアンが子供に優しいのは、種族的に子供が少ないからだろうか。


聖堂にやってくるのは久しぶりだ。

父様はときどき王宮の家に戻って本を読んでいるから、王宮で会っている。

昼餐会のために聖下は毎月王宮を訪れるし、ファウスのお供で会う機会もある。

バルダッサーレ殿下との昼餐会の時ですら、いちいちぼくに声を掛けてくれるのは、「ぼくが聖女様かも？」と聖下が考えているせいだと思う。

ぼくが聖女様だとはとても思えないけれど、彼女達がやってきた国と同じ記憶があるなら、ほんの欠片ぐらいは意味があるのかもしれない。

ぼくが聖女様だったら、こんなバカげた勝負事は止めさせるのに。

そう思ったところで仕方がない。

話に聞く聖女は、この世界に来たら戻れないことを承知の上でやって来るそうだ。ぼくは聖女のように、家族も友達も捨てて見ず知らずの他人のために異世界に行く、なんて優しさは持ち合わせていない。だからぼくは聖女じゃないんだ。

ぼくはせいぜい、知り合いが幸せになって欲しいだけだ。

ファウスとか、父様とか、聖下とか、アダルとかシジス。料理長はもちろん、いつもお世話になっている女官さんとか……。数えたら結構たくさんの人になっちゃうなぁ。

ゴトゴト馬車に揺られて聖堂までやって来て、ファウスとは違う門に通される。聖堂の敷地内で騎乗が許される身分は限られる。ぼくは平民なので、馬車が使えるのはここまでだ。

初めて通る一般信徒用の門は、広くて、そして、活気があった。真っ直ぐ作られた大聖堂への通りを見渡すと、門前町って言うんだろうか、祭りの出店みたいな露店がいっぱいある。

お守りだとか、記念品だとか、美味しそうなパエリアの屋台もあるし、煎り豆を売っている店もあってぼくはキョロキョロしてしまう。

「今日はお祭りでもあるのかな」

お店を冷やかしている人たちも楽しそうだ。

『聖下直伝！　ありがたい豆菓子』とか『聖女様の姿絵』とか宣伝文句が書かれている。

併設の病院で振る舞われている豆菓子が、いつの間にか聖下直伝ってことになったんだろうか？

豆を煎る香ばしい香りが通りに漂い、すごくお腹が空く。

『豆菓子を食べれば、病気にならない』とか、過剰な宣伝もある。

よく観察すれば、豆菓子を売っているのは子供が多い。豆を煎って塩を振るだけの料理だから、誰にでもできるからかな？

「テオ！　テオ！」

「父様！」

ぼくがふらふら歩いていると、ドタバタと父様が人ごみをかき分けて走って来た。

「王宮から、こっちに来るって聞いたから、探しに来たよ。この門はあまり通ったことがないだろう？」

「はい。人が多くてびっくりしました。今日は何かお祭りでも？」

「この辺りはいつもこれぐらい賑（にぎ）やかだよ」

「すごいなぁ」

いつもファウスのお供でしか来ないから、一般信徒用の人ごみでうまく歩けなかったのでありがたい。

父様が、ぼくの手を引いてくれる。

「歩きにくいけど、店がいっぱいで楽しいだろう？　父様は、この辺りにある豆菓子屋が好きなんだ。テオにも一袋買ってあげよう」

「ありがとう、父様」

慣れた足取りで、幼い兄弟が営んでいる豆菓子屋で煎り豆を一袋買ってくれる。はい、と渡されたそれは、麻の袋に入れられて、でき立てなのかホカホカしていた。

「テオが献上した煎り豆は大分広まったね」

「はい」

「この三年で『聖なる病』にかかるのはとても稀（まれ）なことになった。誇るべきことだ。例え名前が出なくてもお前の功績であることを、私は知っている」

「はい」

ぼくは、どんな顔をしていいか分からなくなってしまう。

　父様は、ぼくが物心つく前から、不思議な記憶の話をしていたことを覚えているだろうか。

「どうしてそんなに心配そうなんだ？　人の役に立っているのだから悲しそうな顔をしなくていいよ。私も豆栽培の方法を指導して広めるのに、忙しいからね」

「どうしてぼくが、そんなことを知っているのかと聞かないんですか？」

　ざわめきに紛れて、ぼくは小さく尋ねた。

　父様が一度も聞かないから、ぼくも一度も言えなかったことだ。

「おや？　私が言ったことにしてくれたんじゃないのかい？」

「……」

「『ジェンマで豆は身体に良いと言われているから』それが理由で良いじゃないか。うちのテオは、私の知らない間にもたくさん勉強しているんだ。私の自慢の息子だよ」

　父様が本気で、ぼくが独学で身に着けた知識を、父様の名前で発表していると考えているとは思えない。

　父様の深い青い眼差しは聡明だ。飄々（ひょうひょう）としてつかみどころがなくて生活はだらしない父様だけど、本当は偉い医学者なのだと物語っていた。

　父様は、ぼくに前世の記憶があるとは思っていないだろう。でも、何か不思議なことが起きているとは勘付いているだろう。

「父様」

「私の名前がテオの役に立つなら、それでいいよ。私はこの通り、適当に楽しくやっているんだから。一人息子なのに、ろくに世話もしないで世話になりっぱなしだしね」

「父様、そんなことはないんです。ぼくは、色々あって……」

　何と説明したらいいのか、良く分からない。

　きっと父様にも分からない。

　でも、まるごと父様は「いいよ」って言ったのだと思う。

「君が思いついたことの理由を話すとき、ジェンマでも、私の名前でもいくらでも使うと良い。事前に連絡をくれたら口裏ぐらいは合わせるからね」

　楽しそうにウィンクしながら、父様はぼくの抱えた豆菓子を、ぼくの口に押し込んでくる。小さい子供に食べさせるような仕草に、ぼくは笑ってしまった。

そして、メガネの奥が湿っぽくなった。塩気を強く感じる。

「テオ。せっかくだから、ちゃんと言おう。私は医学者だ。事象を調べ、分析し、言葉に記すのが仕事だ。

君は他人の命を助けたんだよ。直近では、聖下のお命を。あのまま聖女の名誉のために衰弱死しそうな、聖下のご負担をやわらげた。広くは、信心深い正直な人たちの命を。これは数えられないけれど、大きな数だよ。

そうそう。私の命も助けたようなものだね？　風土病を解決できずに、聖下を侮辱した外国人なんて、どこで暴行に遭うか分かったものじゃない」

「はい、父様。ありがとうございます」

お礼を言いながら、ぼくはもう一口豆菓子を食べる。

素朴で簡単な味なのに、いくらでも食べたくなる。

「私がお礼を言われるようなことじゃない。テオのおかげで、新しい仕事にも就いたしね」

「豆の栽培を指導できるんですか？　父様」

「そうだよ。薬草を育てるのと似たようなものだ。『聖者の病』に効く、という話もあって豆は急速に広まっているし、聖下がお祈りの後に煎り豆を振る舞っていることに加えて、貧しい層には豆の栽培を奨励しているからね。

収穫した豆をそのまま食べても良いし、聖堂に納めて対価を得ても良いし、出店も許可が出やすい。さっき買った豆菓子屋の兄弟は、昨年ご両親を亡くしてね。ああやって自立している。

聖下は、政治家でいらっしゃる」

豆料理を聖下に提案して三年。健康問題だけではなく、生活まで変わるような大きな変化が起きていたんだなぁ。

ぼくはただ聖下に献上しただけだけど、こんなふうに人の役に立てるようにするなんて、聖下はすごいな。

ぼくは、前世の記憶のことに関しては、少し心が楽になった。

父様が、何の説明もしてないのに受け入れてくれたからだと思う。

「聖下は病院の方でお待ちだ。癒しの魔法を使うのに忙しいみたいだよ」

「ぼくが訪ねても、良いんでしょうか？」

「面会してくださると思うよ？　お前のことは気に入

っておられるようだし。ほら、行っておいで」

　騒がしい区画を外れて、聖堂が立ち並ぶ見慣れた場所まで送ると、父様は笑顔で手を振ってくれた。

　ぼくは温かい豆菓子の袋を抱えたまま、笑って手を振り返す。

　いつもファウスやアダルみたいな大柄な相手に囲まれていて気づかなかったけど、ぼくと父様の背はもう拳一つ分ぐらいしか変わらない。ぼくもちゃんと大きくなっていたんだ。

　大人になるっていうことは、今まで知らなかったことを知ることでもあるんだろう。

　前世の記憶に『恋』もあるけど、今、ぼくが感じている気持ちは、ぼくのものだ。

　記憶じゃない。

　でも、気づいたら失恋してたなんて、苦すぎるほど苦いな。


　辿り着いた病院で尋ねると、ぼくが来ることは知らされていたので、応接室に通された。

　陽が長いので、まだまだ昼の暑さが残っている。涼しい風が吹くように、窓は大きくとられていた。

　出されたお茶は熱い。

　前世の記憶では、氷が入っていたり、冷やされているのが当たり前だけど、思い返せばこの世界には常温以下の食べ物は殆どないなぁ。

「よく来たね、テオドア。元気にしていたかい？」

「突然お邪魔してしまって……て。聖下、どうなさったんですか？」

　朗らかに入ってきた聖下は、もろ肌を脱いでいた。いくら暑いからって、それは許されるのだろうか？長く伸ばした白金の髪を無造作に括り、腰から下だけは今まで通りの格好だ。

「暑いから。王宮に参上するときは、流石に怒られるけれど、この暑いのに詰襟長袖なんて、狂気の沙汰だよ。テオドアはお行儀の良い格好だね」

　ラヴァーリャの男性装束は、暑くなればもろ肌を脱ぐぐらい許されるけれど、ぼくに作られた服は全て短くても七分袖ぐらいの長さはある。先日ファウスが作ってくれた服も、だいたいこんな感じだ。

「ファウス様が作ってくださったので。すみません、お忙しいと聞きました」

「いや、テオドアが訪ねてきてくれたのなら、僕は何をおいても駆けつけるよ。君に誓った言葉は今でも有効だ」

　ぼくが聖女ではないかと問われた後、ぼくと聖下だけの時に告げた言葉のことだろう。全身全霊をもって仕えるとまで言われてしまった。

　こんなに偉い人に、本気でそう言われているとは受け取っていなくて、ぼくは戸惑ってしまう。

「僕と君との間だけの話にするから、君は気にしないように。どうしたんだい？　何か気落ちするようなことでも？　ファウスと喧嘩でもしたとか？」

「……」

　とっさに違うとは言えなくて、ぼくは唇を噛んだ。

　聖下は蒼い瞳を瞬かせて静かにぼくの顔を見ている。すべてを見通すような眼差しに、ファウスが素っ気なくて寂しいことも、ぼくのファウスへの気持ちも喋ってしまいそうになる。

　涙が滲んでしまいそうで、それは情けなくて、ぼくは慌てて息を吸い込んだ。

「聖下。今日はお願いがあって来たんです！」

「ふむ、ファウスと喧嘩したのは、間違いないわけだ」

「そんな。ぼくは、ファウス様と喧嘩するような身分ではありません。そうではなくて、聖下にしかお願いできないことで……」

「君の願いは、全力で叶えてあげよう。あのちびっ子から僕に乗り換えるのでも全く構わないけれど、そういう話ではないようだね？」

　聖下の大きな手が、ぼくの髪を撫でる。

　小さな子供扱いだったけれど、とても安心した。

　聖職者だからか、大人だからか、何でも許してくれそうな包容力に頼ってしまいそうだ。

「本当に、お願いに来たんです。聖下のお言葉なら、第一王子殿下も聞いてくださると思って」

「バルドのことか。あの子はまた、しようのない……。観月の宴で、怒鳴り散らしたとは聞いているけど。また君を怖がらせたのかい？　お仕置きしておこうか？」

　聖下は、ぽんぽんとぼくの頭を撫でながら「怖かったね」と言ってくれる。

　第一王子は身が竦むほど怖い人だけど、聖下はそう思っていないのだろう。困ったように溜息を吐いただけだ。

「バルダッサーレ殿下が、カファロ公国よりも優れた氷菓を作らないと料理長を罰するとおっしゃって。そんな馬鹿なことはお止めになるように、窘めていただきたいんです」

「……なるほど」

少し難しい顔で聖下は頷く。

すぐに止めてくださると思ったのに、反応は芳しくなかった。

「僕にお願いしたことは聞き届けよう。バルドの坊やは僕が言うことを聞かせるから、心配しないように。君が気落ちしている理由も聞いておこうか。僕は全面的に君の味方だ。君が望むなら、誰にも口外しない」

「ぼくは、気落ちなんてしていませんよ。父様にも会えました。豆菓子も買ってもらえて……」

「僕の知っているテオドアは、もっと無邪気に笑ってくれる子供だったけれど？　ファウスが何か、君を怖がらせるような失礼なことでもしたかな？　あの子にもお仕置きがいるなら――」

「違うんです！　聖下。ファウス様は、何も悪くなくて。ただ、ぼくがちょっと寂しくなっただけなんです」

「ほら、寂しくなっているじゃないか」

優しい声でそう言われると、ぼくは胸に溜まった寂しさが溢れ出してくる気がした。

本当はファウスが正しいと思っている。

「好き」を自覚してしまったのだから、適度な距離を保つべきだと、ぼくの理性は判断している。

でも、寂しい。

ぼくの気持ちは、まだうまく蓋ができていない。

どうして、聖下は上手に聞き出してしまうんだろう。

優しく髪を撫でられただけで、ぼくの強がりはかんたんに崩れてしまう。

「ファウス様は、ぼくのこと、いらないって思っているんです。だから、一緒に寝ないって。一緒にお風呂も入らないって。アダルとシジスだったら、一緒に行くのに。ぼくはダメって。もうぼくのこと、いらないんだ」

口にしたら、すごく子供っぽい不満だ。でもそれが正直な気持ちだった。

「この年で一緒に寝ていたのか、あの子」とかボソボソ聖下は呟いているけど、ぼくは溢れそうな涙を堪えるので精一杯だった。

「ファウスには、どうして駄目なのか聞いたかい？」

「聞きました。ぼくが粗相をしたなら、直しますってお願いしたのに、ファウス様は何も教えてくれなくて。ファウス様は、ぼくのことがいらなくなったんだ。でも、ぼくはファウス様の傍にいたい。もっと必要とされる人間になったら、ファウス様はまた傍に置いてくれますか」

ファウスがぼくのことを好きじゃなくても、ぼくはファウスのことが好きだ。

アダル達と同じ扱いなんて嫌だ。

もっと近くに、ずっと一緒にいたい。

これは、口に出してはいけない望みだと知っている。だから、ぼくの喉の奥に声にならずに詰まってしまう。

苦しくて、苦しくて、涙が出てくるんだ。

子供みたいに涙を落としながら訴えるぼくの言葉を聖下は辛抱強く聞いてくれた。

宥めるように、頭を撫でてくれる。

「ファウスが君をいらなくなるなんてことは、ありえないと思うけれど。こればかりは、あの子が言わないといけない事だね」

「ごめんなさい、聖下。泣いたりして。このことは、誰にも言わないでください」

「もちろん約束しよう。君の願いは叶えると約束したからね」

穏やかにそう言って、聖下は微笑(ほほえ)んだ。

吐き出すとすっきりしたのか胸がざわつく気持ちは、収まってきた。

罪の告白とか、きっとこんな感じなんだろう。

ぼくがぎこちなく笑顔を浮かべた時、バタバタと騒がしい足音が響いた。

「聖下！　こちらにおいででしたか」

入室の許可も得ずに、司祭が駆け込んでくる。この人ももろ肌を脱いでいる。夏の聖堂はこんな感じなのか。

「来客中だ。何かあったか？」

「急病人が。聖下の魔法でないと対処できないと医師らが申しております」

「行こう。すまないね、テオドア」

「ぼくも一緒に。何かお手伝いできるかもしれません」

人の役に立ちたいぼくは、駆けつける聖下についていったのだ。

七

聖堂の病室に入ったのは初めてだ。

魔法という治療手段がある世界だからなのか、そもそもこの時代の病院とはこういうものなのか、入り口からすぐは大きな広間だった。

そこに担ぎ込まれた人が三人、簡易なベッドに横たわっている。

この暑いのに青白く変化した肌。荒い呼吸。ぐったりと脱力した四肢から、意識がないことが分かる。

命が危ない。

「この三人か」

足早に広間に駆け込んでいった聖下は、近くにいた男の人に尋ねている。聖下や他の司祭とは少し違う格好をしている。医者と聖職者はまた別なのだろう。

「はい。手の施しようがなく、聖下のお力に縋るほかありません」

「分かった。皆を下がらせなさい」

治癒魔法を使うのかな。

付き添っていた医師や、司祭、病院を頼って来ていた信徒たちが少し離れる。

聖下は、躊躇なく患者に近づくと、跪きその手を取った。

距離を取るように指示はしたけれど、見学していること自体は問題ないみたいだ。

『この者に癒しの奇跡を』

囁くような聖下の言葉と同時に、聖下と、手を握られた患者の身体が淡く光る。

荒い呼吸がゆっくりと落ち着き、青白い肌に赤みが戻っていく。

瞬く間の変化だった。誰の目にも、患者の容態が好転したのが分かる。反面、元気そうだった聖下の顔色は悪い。

聖下は微笑んで、手を握った患者の額を撫でた後に「神のご加護がありますように」と聖句を唱える。

「これで持ち直すでしょう。容態の確認を」

医師に指示を出すと、すぐに隣のベッドに移動する。

聖下が離れた患者の方を先ほどの医師と司祭が取り囲み、脈をとったり話しかけたりしている。頷いている姿から、意識は戻ったらしい。

病院に来ていた人々から微かなどよめきが起こる。

伏し拝んでいる人までいる。

目の前でこんな奇跡を起こされたら、そりゃあ拝むだろう。ほぼ死にかけていた人が、生き返ったようなものだ。

「では、次の者を。近づかないように。命が混ざるから」

聖下は周りで見守る人々にさえ、微笑んでみせた。

そして同じように手を取り、癒しの奇跡を行使する。

患者の容体は劇的に改善するけれど、同時に聖下は生命力を削られたように疲れ果てている。

「聖下。あの……」

ざわざわと、やや興奮気味に奇跡に感謝し、聖句を唱えている人達を横目に、ぼくは今にも倒れ込みそうな聖下の方に駆け寄った。

どうして誰も、聖下を止めようとしない？　せめて少し、休憩を入れるべきじゃないのか。

「どうした、テオドア。病人を見て、怖くなったかい？」

ぼくの髪を撫でて、微笑んでくれるけれど。

そういうことではなく！

癒しの魔法って危険なのでは？

周りの信徒さんやら司祭さん達は、聖下がすごい魔法を使うのは当たり前って顔をしているし、奇跡を喜んだりありがたがったりしているけれど、誰も止めようとはしない。

「違います。そうではなくて、聖下。聖下のお体の方が心配です」

「優しいことを言ってくれるね」

よしよしとぼくの頭を撫でてくれる。でも、止めようとはしない。

聖下は微笑んだまま立ち上がろうとする。

足元がふらついていた。

たぶん足を引っかけたら、簡単に転ぶぐらい危なっかしい。

「聖下、魔法は――」

「僕が今、癒しを行わなければ、人が死ぬ」

表情一つ変えずにそう言ってしまう聖下の強さが、ぼくは怖かった。

そうかもしれない。

ぼくの目にも、担ぎ込まれた急病人の命は危うく見える。

時間がない。待っていられない。

分かる。

だけど。

人が死んでしまうなら、聖下は命を削らなければならないのだろうか。

そこまでしないといけない理由は何？

父様が、聖下を止めるために信徒の前で聖女を非難した気持ちが分かる。

「皆、離れて」

最後の一人の前に膝をついた聖下は、同じように癒しの魔法を行使してみせた。

そのまま、血の気の引いた真っ白な顔で立ち上がる。

「引き続き医師の診察を受けるように。皆に神のご慈悲がありますように」

「神のご慈悲に感謝を」

聖下の言葉に、バラバラに拝んでいた人達が、一斉に唱える。

そこには聖下への感謝と、喜びと安堵があった。

奇跡を起こせる人の傍にいるのだから、自分達が守られているという安堵だ。

そう思ってしまう気持ちも、ぼくには分かる。

聖下はいつも余裕があって、ニコニコしていて、優しい。集まった信徒にとって、聖下は神と聖女の慈悲を体現した人なんだろう。

いくら体力のあるセリアンとはいえ、人にすぎないことをぼくは知っている。本当は、ここにいる全員が知っているはずなのに、誰もそんなことは思い出さないんだろうか？

笑顔のまま、聖下は踵を返した。

聖下を呼びに来た司祭が、さり気なく腕を差し出す。エスコートするような仕草に、聖下は自然に寄り掛かった。

顔色が目に見えて悪くて、足元もおぼつかないぐらい苦しそうでも、誰もそれをおかしいと思わないぐらい、聖下は平然としてみせるんだ。

ぼくは立ち去る聖下の後ろに、慌ててついていく。

案の定、笑顔でいたのは虚勢にすぎなくて、近くの部屋に用意された寝台に横たわってしまう。

「休んでいれば、元に戻るから。大丈夫だよ」

近寄ったぼくに、聖下はまだそんなことを言う。

カサカサに乾いた唇。青白い顔。呼吸は少し速く浅い。

さっき寝ていた患者と、今の聖下はどれぐらい違うというのか。

「聖下。ぼくは魔法のことはよく分からないんですが、治癒魔法ってどんなことをしたんですか？」

聖下の腕を取って脈をとれば、ずいぶんと速い。脱水症状に見えるんだけど、休んでいて、治るものなんだろうか。

「流石はメディコ博士のご子息だ。博士と同じようなことを言う。簡単に説明すると、彼らの症状を引き受けて、健康な状態へ戻すと言ったところかな」

それは、命を削っているって言わないのかな。

ぼくは、堪らなく切ない気持ちになった。

聖下がしていることは、優しくて、良いことなんだろうけれど、続けて欲しくはない。

「……お水を飲んでいただきます。ちょっと待ってくださいね」

ぼくは近くに控えている司祭に、綺麗な水と塩、砂糖を持ってきてもらうように頼んだ。

聖下がぼくを贔屓してくれるからか、問いただされることもなく用意してもらえた。

ぼくは器に目分量で塩と砂糖、水を混ぜ合わせる。

ぐったり横たわったままの聖下の傍で作っているのだから、ただの塩砂糖水だと見て分かるだろう。簡単な経口補水液だ。作り方さえ知っていれば、誰でもできる。

「聖下。一匙ずつで結構です。飲めますか」

掬って差し出すと、聖下は弱々しいながらも苦笑する。

「テオドアに飲ませてもらったとなったら、ファウステラウドに怒られるな」

「冗談を言っている場合ではありません。まず一口」

叱りつけると、しぶしぶ口を開けて飲んでくれる。

「おいしいね」

「本当においしいと思っていますか？　ぼくへの遠慮ではなく？」

「ああ、身体に沁みわたるようだよ」

では、駄目だ。どういう経緯かよく分からないけれど、聖下の体内バランスは崩れているらしい。治癒魔法の弊害と考えるのが妥当だろう。

「聖下。治癒魔法の危険性について申し上げたいことはありますが、まずはこのお水を一匙ずつでもいいので、ゆっくり、お椀三杯ぐらい飲んでください」

「なぜ、と聞いても？」

「聖下のお体からは、水分や塩分など必要な物が不足しています。元気な時にこの水を飲んだら、すごく不味いので」

「すごく不味いのか」

「はい」

「君はそんなものを僕に飲ませたのか」

「はい。美味しいと感じるのは、病人です。つまり、聖下は病人です。良薬は口に苦いと思ってください」

「それは面白いね」

全然面白くない。

楽しそうに聖下は笑って、ゆっくりとぼくの方に寝返りを打つ。

緩慢な動きは、聖下の体が蝕まれているからだ。

ぼくは聖下が素直に口を開けてくれるので、また一口水を差し出した。

「やっぱり、おいしい」

「体に不足したものを入れているので、そう感じるんだと思います」

「ふうん？　ジェンマの医術かい？」

「……表向きはそれで。本当は、ぼくの記憶です」

隠す必要のない相手なので、ぼくは素直に説明した。

寒そうに聖下が身を震わせたから、近くにいた司祭に掛け物を取ってきてもらう。

暑いから、聖下も含めて皆上半身裸だものな。体温や体液のバランスが崩れたせいで、寒く感じたのだろう。発熱しなければ良いんだけれど。

上掛けに包まって、完全に病人仕様になった聖下は、時間と共に少し顔色が良くなってきた。

ぼくはゆっくり、一匙ずつ聖下の口に流し込む。

ファウス相手にいつもやっているから、上手くなったんだ。

「今年の夏は、急に暑くなっただろう？」

「はい」

「今日は多い日だけれど、数日に一度はああいう症状の病人が担ぎ込まれてくるんだよ。ああまで重症ではなくても、体調が悪い人が増えたね」

熱中症のたぐいなんだろうなぁ、たぶん。

もともとラヴァーリャは、暖かい国だ。でも、記憶にある日本ほど湿度は高くない。夏のすごし方も、それぞれみんな分かっている。例年この時期に、病気になるほど暑くはならないんだ。

だが今年はずいぶん早くから夏日が続いた。

ぼくが水場で涼んでいる間に、市街で暮らす人はもっと暑い思いをしていたんだろう。

「陽の下で働いているんでしょうか」

「おそらくは。今日来た三人は、家の外壁を塗っている最中に、意識がなくなったと聞く」

「休むように、聖下からおっしゃっては？」

「僕が言って聞くならば言うけれど、王の法ほど効力はないよ。生活を維持するために働いているんだからね。もうしばらくして、本格的な夏の季節になれば、当然昼間は出歩かなくなるんだけど、ねぇ」

いつもと違う気候に、普段通りの生活をしようとして適応しきれていないのか。

暑くなったら眠くなるセリアンは、本当に便利な種族だな。暦とは関係なく、危ない時は寝るんだから。

ヒトは暑くても眠くはならず、いつも通り行動して体調を崩してしまう。

しばらくはこの状態が続いてしまうのだろうか。

「体に良い飲み物として、聖堂で振る舞っていただけますか？」

「僕が飲んだ水を？」

脱水症状改善に、少しぐらいは役に立つはずだ。そして、重症化を避けられたら、聖下が無理な魔法を使う機会も減るはずだ。

「はい。もちろん一番大事なのは、暑いさなかに無理をしないこと、木陰で休むこと、体調が悪くなったら、できるだけ衣服を緩めて体温を下げること、ですが。暑さで体液が失われた時に、この水は重宝します」

「塩はともかく砂糖を使うから、これも僕が振る舞う方が、うまくいくだろうね」

聖下はそう言うと、目を閉じる。

何か考えておられるのだと思う。

砂糖は高価だ。砂糖を使った料理を食べられるのは、あくまでも富裕層だけ。一般市民にとって甘味は、干した果物が主体だ。ファウスも干し杏が好きだからな。

「ひとまず、今、病院に来た者達に振る舞いとして一杯ずつ飲ませよう。塩と砂糖しか入っていないのだから、害はあまりないだろう」

目を閉じたまま話す聖下は、ぼくを甘やかしてくれる優しい人ではなく、大勢の人を導く最高司祭だった。父様が「政治家だ」と評した言葉は正しい。

「明日以降は……そうだね、市街の小さな教区ごとに、僕からの指示で配らせよう。原料をそれぞれ渡してしまうと、横流しの危険があるから、溶いた状態がいいな。塩も砂糖も高く売れるからね。体に良い豆が普及し始めているから、体に良い水も受け入れやすい。そうだね、名前は『アクア・ヴィダ』ぐらいで」

命の水、とは大きく出たなぁ。経口補水液、では、味気ないかな。

ぼくの心の中二病が疼きそうな名前だ。実際十三歳だし該当年齢だ。

すぐに決めてしまう聖下の傍で、ぼくはもう一匙掬って差し出す。

「聖下。ぼくの知識が役立つと嬉しいんですが……。ぼくとしては、皆が元気になることで、聖下のご負担が減らせればいいと思っているんです」

ぱち、と聖下の蒼い瞳が見開かれる。

何かびっくりしてるみたいだけど、根本はそこだ。治癒魔法の仕組みは良く分からないけど、どう見ても聖下は無理をしている。

死人以外は治すって、アダルが言っていた気がするけれど。治せたら、どんなに大変でも治さないといけないのか？

セリアンは頑丈だって言うけれど、そんな人がほんのわずかな時間で、歩けなくなるまで憔悴するほどのことを、しないといけないのか？

それならいっそ、魔法なんて使えなかった方がいいじゃないか。

ぼくは血統だけは一応貴族だから治癒魔法が使える。でも、「痛いの痛いの飛んでいけ」ぐらいの効果しかない。プラセボなのか、治癒効果なのか分からないぐらいちっぽけな魔法だから、使おうとも思わなかった。

父様も、少しの出血なら止められるぐらいの魔法を使える。でも、魔法なんか使わなくても、出血は適切な処置をすれば止まるんだよ。

魔法使い、と呼ばれる人たちは、ぼくよりも遥かに強力な魔法を使う。例えば目の前の聖下のような。

稀な才能を持った人が、こんなに苦しんでいるなんて、ぼくは知らなかった。

「塩も砂糖も、お金がかかるのは分かります。でも、体液の不足を補うのは、いろんな病気に対して有効なんです。この暑い時期は、頻繁に配ってあげてください。夏場以外でも、薬みたいに聖堂が配布してくだされば色んな人が元気になって、回り回って聖下の治癒魔法を頼る人が減るんじゃないかと……」

一生懸命ぼくが必要性を説明すると、青白かった聖下の頬が、あっという間に真っ赤になった。

体温調節がうまくいって、暑くなってきたのかな？

「僕に……魔法を使うなという人は時々いるんだが」

「あのお姿を見れば、誰でも言いますよ」

「僕が使わずに済むよう、助言してくれた人は誰もいなかった」

真っ赤になったまま、聖下は小声で呟いた。

思いついた人がいないだけじゃないかな？

ぼくは前世の知識という、ちょっと卑怯なものを持っている。

「どうして君は、先にファウステラウドに出会ったんだろう。僕が先であれば……。

テオドア。君の提案を受け入れよう。君がこの場にいることに、深く感謝申し上げる」

頬を染めたまま、熱っぽい目で聖下はぼくの手を取った。

ただでさえ色が白いから、肌を紅潮させた聖下はやたら色っぽい。ファウスが、赤くなっているぼくを弄りたくなる理由がちょっと分かる。

聖下に手を握られた、ぼくの方も赤くなってしまう。

「そんな。ただの塩と砂糖の水ですよ」

「君しか知らないことだ。知識は宝であり、武器だよ、テオドア」

「それは……そうですね」

それは間違いない。

「君ならば、本当は氷菓も知っているんじゃないのか？」

体調が良くなったのか、聖下はごそごそと体を起こしながらそんなことを言う。

急に話題が飛んで、ぼくは首を傾げた。

聖下は、第一王子を止めさせるのではなくて、カファロ公国よりも優れた氷菓の方に興味があるんだろうか？

「知ってはいますけれど、ぼくの知識とここの環境があまりにも違って、再現できる自信がありません。第一王子を止めればいいと思うのですが、それではいけませんか？」

「そうだね。そもそもカファロ公国と縁を結ぶ兄上の判断を、僕は疑問視している」

「え？」

ぼくの願いを叶えると言いながら、聖下がはっきり返答しないのは、そっちが理由？　なるほど。思考が政治家なのか。

「おそらく兄上も、バルドがカファロの姫を娶ることを承知するとは思ってない」

それはカファロのお姫様と大使が可哀想すぎませんか？　何のために打診したんだ？

ぼくが不思議がっているので、聖下は説明してくれる気になったようだ。

長い白金の尻尾が、優雅にくねる。

「ラヴァーリャとカファロの国力差を知っているかい？　無礼を承知で言うなら、ラヴァーリャの一地方の方がまだ豊かだ。地理的に考えても、国土のほとんどが山地で、併合してもあまり意味がない。山だけれど、鉱脈も無いし」

併合前提で考えているのか？　案外怖い人だったんだな、聖下。

「金髪碧眼が多くて、美人が多いと言われているから、まず姫君は美女だろう。それは間違いない。婚姻で国を持たせている側面もあるからね」

「じゃあ、美人のお姫様をバルダッサーレ殿下が好きになっちゃえばいいのでは？」

肖像画の交換ぐらい終わっているだろう。

綺麗なお姫様を見ても、バルダッサーレ殿下はその気にならなかったのかな？

「バルドが相手を気に入れば誰でもいいんだけれど、その程度の国が我が国の正妃の座を要求する感覚がまずい。義姉上のように国母ともなれば、当然の地位だが。まだ婚姻すら結んでいない段階で烏滸がましいにもほどがある」

そう言って聖下は不快そうに眉を顰めた。パタンパタンと大きく尻尾がベッドを叩いている。

その尻尾の動きは知っている。ファウスも不機嫌な時、そんな感じだ。

駄目なんですね、その要求。

突然垣間見た、優しげな聖下の中の矜持の高さと『この人、王子様だったんだな』という側面に、ぼくはちょっと怖くなった。

「鼻を明かすためなら、多少の無理も厭わない。金とコネで解決できるなら、僕が何とでもするから。テオドア、何か思いつかないかい？」

シジスは「金だけではどうにもならないこともある」って言ったけど、聖下はどっちもあるらしい。

持ってそうだなぁ。金とコネ。

そして、話を聞く限り実行力もありそうだよな。

「で、では、遠慮なく。氷を作る、もしくは氷を溶けない温度で維持できる魔法使いを用意できますか？ それから……」

もちろんぼくは、やる気になっている聖下に逆らうつもりはなかった。

この国にない氷菓を作ってみせればいいなら、心当たりがある。

ほら。小学生の時、誰もが実験でやった、アレだ。

ぼくは思いつくままに、必要そうな材料を挙げた。

料理長を助けるためにぼくは聖下のところに来たのに、第一王子を止めるのではなく、煽る方向に進路転換することになったのだ。

ちなみに。

ぼくが提案した経口補水液、改め、アクア・ヴィダを振る舞ったところ、病院に来ていた大半の人が元気になった。

みんな、脱水症状だったのか。

ぼくは不味い水だと思っていたけど、砂糖が貴重なので、みんな喜んでいた。

甘味って偉大だな。

聖下の体調回復を待ったり、司祭さん達と一緒に経口補水液を作ったり、ただの美味しい水として飲みたがる子供達に、内緒で多めに飲ませてあげたりしている間に時間は経って、いつの間にか陽が落ちてしまった。

女官さんが手配してくれていた、王宮からの迎えの馬車は、アクア・ヴィダを配っている間に帰ってしまっていた。

聖下が「時間がかかるから」といって、ぼくの知らない間に返したそうだ。

迎えの馬車の代わりに聖下が登城する際に使う馬車を貸してくれた。「僕の馬車だと登城の手続きが楽だ」と教えてくれたけれど、そんな理由で借りて良いんだろうか？　手続きが楽なのは、乗っているのが最高司祭だとか、元王弟殿下だと決まっているからでしょう。

特別扱いすぎて恐縮していたら、さらにファウス宛てにお説教と、取り成しの手紙まで書いてくれたのだからすごい。

しかも「ファウスに愛想が尽きたら、いつでも僕のところに来るんだよ。父親と一緒に暮らすと良い」とまで言ってくれた。ぼくを甘やかして、どうしたいのだろう？

ぼくは不思議で堪らない気分で、日の暮れた王都をものすごく豪華な馬車に乗って走っていた。

聖堂と王宮はとても近くに建っているんだけど、移動の間は王都のメインストリートを通る。豊かな国だからか、防犯目的らしい街灯っぽい照明が付いているのだ。松明でもガス灯でもなくて、何らかの魔法が働いているそうだ。ぼくも詳しくは知らない。

街の灯りが綺麗だなぁ、とのんびりしていた時。

いきなり馬車が停まる。

「テオ！　テオ！　無事か！」

停めたのはファウスだった。

アダルとシジスをお供に連れて、騎馬で来たらしい。

無事って何だろう。ぼくはちゃんと、聖下のところに行きますって言ってから出てきたんだけど。

ガンガンと馬車を壊しそうな勢いで扉を叩くので、慌てて御者さんが扉を開けてくれる。

「テオ！」

不思議な気分でのんびり顔を出したぼくを、馬から飛び降りたファウスが抱きしめてくる。

ぎゅうぎゅう力いっぱい抱きしめられて、ぼくは骨が折れるかと思った。セリアン、本当に力持ちだよ。

息が詰まりそうなぼくを、なぜかアダルもシジスも助けてくれない。二人とも「これはしょうがない」っていう顔をしている。

勝手に納得してないで、助けて。友達のピンチなんだ！

「ファウス様。どうしたんですか？」

「叔父上から連絡があって！　テオが王宮を去ることにしたから、迎えを返したって聞いて！」

「今、帰り道なんですけれど。なにか、行き違いがあったのでは？」

「そんなはずない！　俺は、もうテオが帰ってこないのかと思って。テオが俺のことを嫌になったのかと……！」

「ぼくが帰るところは、ファウス様のところですよ」

ファウスがぼくをいらなくなっても、ぼくが帰る場所はファウスの隣がいい。

「本当か？　嘘をついてないか？　叔父上に、何か言われたんじゃないのか？」

　ものすごく疑心暗鬼になっているらしい。

　抱きしめる力こそ緩んだものの、ぼくを離そうとしない。

「聖下に何か言われたと言いますか。ファウス様宛ての手紙は預かってきましたよ」

　せっかくだから今、渡してしまおう。

　立派な紙に書かれた手紙をファウスに渡す。

「灯りを」

　焦って引きちぎりそうになりながらファウスは手紙を開き、シジスに差し出させたランプの灯りに翳す。

「な、なんだって！　テオ、テオ……そんな……馬鹿な」

　愕然としたファウスは、震えている。

　たぶん一緒に読んだのだろう。シジスはちょっと笑っていた。

　何？　何が書いてあるんですか、聖下。

　二人の反応が違いすぎて気になる。

　ファウスにお説教と、取り成しを書いたって言ってたのに。

「ファウス様、何が書かれていたんですか？」

　大慌てで手紙を閉じたファウスは、手紙をシジスに押し付けると、ぼくを抱き上げてしまう。

　強引にぼくを馬に乗せて、びっくりしている御者さんに向かって宣言した。

「テオを送ってくれてありがとう！　だが、ここから先は俺が連れて帰る！　聖堂に戻っていいぞ」

　何が何だか分からないけれど、ぼくはお城に着くまでファウスにしがみ付いていた。

　ちょっと得した気がしたのだった。

八

　ぼくの手を摑んだまま歩いていくファウスは、何も言ってくれない。

　王宮のうち第二王子の区画に入ったところで、シジスとアダルはついてこなくなった。

　ぼくとファウスの二人だけで、ファウスの部屋に閉じこもる。女官さんに対してまで「呼ぶまで来るな」と命令している。

尻尾がパタパタ揺れていて、耳もピンと立っている。ファウスの緊張が伝わってきて、ぼくも緊張してしまう。

勝手に出かけたから、怒っているのかな？　もしかして、ファウスも聖下にお会いしたかったんだろうか。

「ファウス様――」

「テオ！」

「はい」

話しかけようとした途端、慌てたように名前を呼ばれる。ぼくの言葉を封じるように。

「座って。その椅子。俺はこっち」

「はい」

ぎくしゃくとファウスが椅子に座るのを見てから、ぼくも指定された場所に座る。

すぐ隣ではなく、少し離れた場所だ。

手を伸ばしても触れないぐらいの距離。

心の距離のような気がして寂しい。

いつもすぐ隣にいたのに。

すぐに手を繋いで、大好きって抱きついてくれたのに。

「怒っているのか？　テオ。俺は、お前を怒らせたくないんだ。怒っていることがあるなら謝る」

ファウスは両手で頭を抱えるようにして、ぼくを見ないまま囁くように切り出す。

いつでも王子様然として自信に溢れている彼らしくもない。

聖下のお手紙は、一体何が書いてあったんだろう。

ぼくが怒っているとでも書いてあったのかな？

「いつも鍛錬の方にかまけているから、怒っているのか？　ちゃんと勉強も頑張ったら、怒らないか？　サボったり居眠りしたりしないし、本に落書きしたりもしないから。強い酒を飲んでみるのも止めるし、シジスにカードゲームを教えてもらうのも止めるから」

一生懸命、ファウスは自分のやった悪事を思い返しているようだった。

ぼくの知らないところで、サボって、居眠りして、本に落書きして、酒とカードもやってみたのか。

特に落書き。本が貴重なこの国で、何をしているんだ、この王子様は。

それからシジスも、変なことをファウスに教えるのは止めてよ。カードゲームは最終的にはお金を賭けるんでしょう。

「怒っていませんよ。でも、過度の飲酒とカードはダメです」

「大人みたいに、やってみたかったんだ」

「子供なんですから、止めてください」

「分かった。止める」

「知りませんでしたよ、ファウス様が、そんな悪の道に嵌まろうとしていたとは」

「俺に呆れて、叔父上のところに行ってしまったんじゃないのか？　テオは、叔父上のことが好きだろう？」

黒い耳をぺたんと伏せて、ファウスはしゅんと項垂れる。

飲酒と賭け事とは、分かり易く悪の道を行こうとしていたんだな、ファウス。ラヴァーリャに喫煙の習慣があれば、これに煙草も加わっていたんだろう。

褒められたことではないけれど、ラヴァーリャの法で飲酒と賭博が規制されているわけではない。あまり良くない、と言われるだけなので、ファウスがぼくに謝ることでもないのだ。

ファウスは、隠していたのにバレてしまって、ぼくが怒ったと思っているんだろう。怒って、それで聖下のところに行った、と？

確かに、聖下のところに行く目的は言付けなかったけど。

「違いますよ。聖下はぼくのことを気にかけてくださいますし、大変頼りになるお方ですが、好きとはまた違います。ぼくみたいな小さな子供を相手になさる方ではありません」

ファウスは「でも」と呟く。まだ何か言いたそうだ。

「それより、どうしてぼくは大人っぽいことに誘ってくれなかったんですか？」

話題を切り替えるために、尋ねてみる。

六歳のころから何をするのも一緒だった。少し前までなら必ず誘ってくれたのに。やっぱりぼくは、いらないと思われてしまったのかな。

「だって、テオが一緒だったら、意味がない」

ちらりとぼくを窺うようにファウスは顔を上げる。

薄暗い室内で、黄金の瞳が瞬いた。とても綺麗だ。

「テオは小さくてかわいいのに、すごく賢いだろう。俺はもっと大人になりたい」

「ファウス様の方が大きくて大人っぽいじゃないです

か」

　外見だけなら、大人と変わらない。いつまでもちびっ子のぼくとは違う。

「セリアンは大抵のヒトより大きい。大人になるっていう意味はそういうことじゃなくて。大人の方が……」

　ぱたぱた、とファウスが耳を動かす。微かに褐色の肌が紅潮していた。

「大人の方が？」

「カッコいいだろう？」

　ファウスの表情は真剣だった。

　つまり、微妙な悪の道を進みだしたのは、格好良くなりたいだけなのか？

　すごく馬鹿馬鹿しくもかわいらしい理由に、ぼくは胸が痛いような温かいような気持ちになる。

　だから、ぼくはファウスから離れられないんだ。

　こんなに格好良いのに。中身はやっぱり甘えん坊で、ワガママな王子様のままで。

　しょうがないな、と思うのに、大好きだ。

「大人は格好良いですけれど、お酒をたしなまれても、大人にはなれませんよ」

「でも、酒を飲む子供はいない。つまり酒を飲んだ人は、子供より大人に近い」

　分かったような、分からないような、不思議な自説を展開するファウス。

「よって、酒を飲まないよりも、飲んだ方が格好いい。違うか？」

　途中までは合っている気がするけれど、結論は間違っている気がする。

「……？」

「叔父上は大人だ。早く俺も大人にならないと、叔父上にテオを取られる」

「さっきも言いましたが。それは、ないと思います」

　ぼくが否定しても、ファウスは難しそうな顔をしたまま首を振る。

　聖下がぼくを気にかけてくれるのは「聖女かも？」という気持ちだからだ。

「ある。さっきの手紙にも『テオは聖堂の神学校への進学を考えている』って書いてあった。そんなところに入ったら、司祭になってしまうじゃないか！」

　さらっと嘘八百書いたらダメですよ、聖下。ファウスが真に受けているじゃないですか。

　いや、「考えている」としか書いてない辺りが、聖下の食えないところだ。綺麗で優しそうな外見に騙されていた。考えた結果「行かない」という選択肢もあるんだ。

「ぼくは信仰心は薄いので、司祭にはなりませんし、神様も嫌がるでしょう」

「本当か？　良かった。良かった……テオが遠くに行ってしまうかと思った」

心底ほっとしたように、ファウスが椅子に凭れる。もしかして。

ぼくが悪事を働くファウスに怒って聖下のところに行って、その結果神学校に入ってしまうかも、というだけで焦っていたのか？

王宮から馬を飛ばして、自分で迎えに来るぐらいに？

「ぼくからもお聞きして良いですか？」

「ああ」

「ぼくはまだ、ファウス様にとって必要な人間ですか？」

「必要に決まっているだろ！　当たり前だ。テオは、テオは……俺のだからな！」

目を真ん丸にしてファウスが身を乗り出す。ぶわっとブラシみたいに逆立った尻尾の毛からファウスの興奮度合いが分かる。

感情を隠せない獣人の性が愛しくて堪らない。

間髪入れずそう言われて、ぼくは喜びが染み入るような気がした。

それは、ファウスの所有欲なのかもしれない。

王子様がお気に入りの人間を抱き込む感覚なのかもしれない。

でも、ぼくはそれでも良かった。

必要だと思ってくれているなら、ぼくはずっと傍にいられる。

「ありがとうございます」

込み上げてきた涙が、ぼくの瞳を濡らす。

とても、嬉しくて、安心で。

素っ気ないファウスの態度に募っていた不安が、たった一言で雪のように溶けていく。

メガネを外して、涙を拭う。

後から後から涙が溢れてきて、なかなか止まらなかった。

「どうして泣くんだ？　嫌なのか？」

「嬉しいからですよ、ファウス様」

離れていた椅子から降りて、ファウスがぼくの傍に来てくれる。

いつだって、ファウスは近くにいてくれた。

三年前、父様が帰ってこなかった夜。ぼくのベッドに強引に潜り込んで、一緒に眠ってくれたのは、ファウスだった。

涙が止まらないぼくの髪に、ファウスは力加減を窺うように、遠慮がちにぎこちなく触れてくる。

「俺は、テオがいらないなんて、一度も言わなかったぞ。どうしてそんな事を考えるんだ」

「だって、もう一緒にお風呂に入らないし、一緒に寝ないっておっしゃったじゃないですか。ぼくはいらないからだって、思って」

「いらないからではない」

「では、どうしてですか？」

「教えない」

その一言は、頑なで冷たかった。

素っ気なかったファウスの態度が解けてきたように感じていたのに、急に突っぱねられた気がする。

ぼくの髪を撫でてくれたファウスの手が止まってしまう。

「ぼくが、傍にいるのは、お嫌ですか？」

その可能性ぐらいしか思いつけない。

必要だと思っていても、傍には置きたくなくなったのだろうか。

王子の従者としては、見劣りする外見が嫌なんだろうか。

そもそも平民の身分が悪かったのか。

セリアンではなく、脆弱（ぜいじゃく）なヒトにすぎないから駄目なんだろうか。

考えれば考えるほど、胸が痛い。

どれも生まれ持ったもので、ぼくには解決できない。

情けないほど涙が止まらない。

しゃくり上げてしまうぼくの手から、ファウスはそっとメガネを取り上げた。

片手で頤（おとがい）を摑まれ、泣きすぎて腫れた顔を上げさせられる。

みっともないと分かっているぼくの顔を、泣いてさらに惨めになった状態で、まじまじと眺められるのは辛かった。

「ファウス様――」

「お前が傍にいて嫌なはずがない。テオ。テオは泣いていてもかわいいな」

顔を背けようと頑張っても、セリアンの腕力にはかなわない。

ぽろぽろと落ちていく滴を、一つずつファウスの唇が吸い取っていく。顎から段々目元に唇が上ってきて、ぼくはびっくりして目を閉じた。

涙で熱くなった瞼に、ファウスの唇を感じる。

壊れた蛇口のように溢れ続けていた涙は、驚きすぎてぴたりと止まった。

「涙は、止まったか?」

すぐ傍で囁かれると、ぼくの心臓は破れそうなほどドキドキしてしまう。

だって。

だって、ぼくは今、ファウスにキスされている。

「はい」

辛うじて返事をしたぼくは、夢見心地だった。

どうやって椅子に座っているのか、自分でも分からなくなりそうだ。

身体が宙を浮いている気がする。

「びっくりしたら、涙は止まるらしい」

静かにそう言うと、ファウスはぼくの涙を指先で拭った。

メガネを丁寧にかけてくれる。

「……」

ぼくは、硬直したように座ったまま動けなかった。

びっくりしたら、涙が止まるって。

だったら、瞼に口づけたのは、単に、びっくりさせただけか!

ぼくは勘違いと羞恥で顔が熱くなっていく。

びっくりさせるためだけにキスしたのか!

ドキドキしたぼくの馬鹿。

泣き止ませるためにキスされただけなのに、緊張したり、喜んだりしたなんて。

ファウスは、自分がキスしたら相手をどんな気分にさせるのか、無自覚すぎる。

キスは、お手軽に、驚かせるための手段にしていいものじゃない。

だって、ぼくはすごく嬉しかったんだから!

王子様だからって、ぼくが恋をした相手だからって、ぼくの恋心を弄(もてあそ)んでいい理由にはならないぞ。

ぼくは、そういう意味で好きですなんて、一回も言ってないけど。言ってなくても駄目なものは駄目だ。

「ファウス様、今のは――」

「今のは、その。テオが驚いて泣きやむかと思った」

言い辛そうに、ファウスはそう言って少し視線を逸らす。

「気にするな」

ぼくがびっくりした以上にドキドキしていたことには気づいていないみたいだ。

言い訳のように付け足される。

気にするよ！

ファウスにキスされて、気にせずにいられるほどぼくは無感動じゃないよ！

ファウスにとっては、ぼくにキスするなんて、気にするほどのことじゃないという意味か。そうか。

「はい、びっくりしました。すごく」

ドキドキした分だけ腹が立ってきた。

無自覚に誘惑してくるファウスに、仕返しをしてやる。

頑なに言わない、ぼくと一緒に寝ない理由を聞き出してやる。

言いたくないなら、絶対に聞く！

絶対だ。


そして、簡単にキスしたら駄目だと思い知れ。

ファウスみたいに格好いい相手からキスされたら、好きになっちゃうだろう。そうでなくても、好きなのに。

ぼくは、メガネの位置を直しながら、泣き止ませて安心しているファウスに向けて罠を設置しはじめた。

「ファウス様。ぼくは聖下に第一王子を止めてもらうようにお願いに行ったんですが」

「そうだったのか。叔父上のおっしゃることなら、兄上も聞くだろうな」

機嫌良くファウスは頷いている。さっきまでぼくを怒らせたと焦っていたのが嘘みたいに、泰然と尻尾を揺らしていた。

歩く災害、暴発気味のバルダッサーレ殿下は、冷たくされているのに聖下のことが大好きだよね。

聖下は、ぼくの見ていないところでは、バルダッサーレ殿下に優しいのかな？

「聖下から、むしろ新しい氷菓を作ってはどうかと提案されました。ぼくの言う通りに材料を集めてくださると」

「そんなことができるのか？」

びっくりしたようにファウスは身を乗り出す。

最初から諦めていたものな。ぼくが料理長を助けて欲しいって言った時も、乗り気じゃなかったし。

よし、料理長の分も、意地悪してやろう。

キスされて舞い上がったぼくの恨みに、さらに上乗せだ。

「ジェンマでも研究されているお菓子ですから、大丈夫です」

しれっとそんな言い訳を使う。

ファウスは疑う様子もなく、ジェンマの情報を記憶から浚っているようだ。

「ジェンマは金のない国だと思っていたが。そうか、すごいな、テオは」

「もし成功し、第一王子が満足した時は、ご褒美をくださいますか?」

「もちろんだ。俺にできることはないか? 手配でも手伝いでも」

ファウスが簡単に了承した瞬間、ぼくは勝ちを確信した。

第一王子に対しても、第二王子に対しても。

ニヤついてしまいそうな唇を噛んで、真面目な顔を取り繕う。

「では、失敗して第一王子のご機嫌がよろしくない時は、料理長を庇って差し上げてください。ファウス様がいらっしゃれば、とても心強い」

「分かった。任せろ。テオならできる。今までだって、誰も知らないようなすごい事を、実現してみせてくれたんだから」

ファウスが、少し口角を上げるような格好いい笑みを浮かべる。

全幅の信頼が感じられて、ぼくは、ちょっとだけ復讐の決意が揺らいだ。

九

一回目の実験は、七日に一度の休日だった。

一回目という言い方をしたけど、何回必要なのかはよく分からない。ぼくが知っている方法で実際にできるのかどうかを確認したかったんだ。

「カファロよりも優れた氷菓」という条件なので、試しに作るにも氷が必要だった。それだけですごくお金がかかる。今回はたまたま聖下という大金持ちのスポンサーが付いたから、実現できたのだ。

聖下というお財布がいなかったら、ぼくの実験は冬まで待って寒い地方に旅に出ないと、実現できないんだよね。

暑くて堪らない夏の日差しを遮る、風通しのいい場所は王宮のあちこちにある。そのうちの一つ、よくアダルやシジスが昼寝をしているところに、ぼくは料理長に来てもらった。

昨日のうちに届いた大量の氷も、大きな瓶に入れられた状態で、ドカンと鎮座している。

氷ができるだけ溶けないように派遣してもらった、宮廷魔法使いも同席している。所属は近衛隊というエリート魔法使いは、氷と炎の魔法が得意だそうだ。

さすがは近衛に取り立てられるだけあるというか、魔法使いさんは、氷の温度を固定していた。溶けもせず、けれど、それ以上固まることもない。

氷と炎が得意、という聖下からの紹介だったけれど、本当は「温度変化」に干渉しているんじゃないかな。だから氷が溶けないように固定できるんじゃないかな。

そう思うけど、詳しく聞くのはやめておく。魔法の原理は非公開かもしれないからね。

料理長。ぼく。氷。氷を守っている魔法使い。

ここまでは、必須人員。

なぜか追加で、ファウス、アダルとシジス。

朝っぱらから元気に、ワクワク集まってきた。

今日はお休みだから、無理に来なくてもいいのに。

暇なのか？

「テオドア、テオドア。美味しいものが食べられるんだろう？　今から作るのか、もうできたのか？」

ぱたぱた、ぱたぱた、とアダルの尻尾が高速で動いている。

せめて少し格好をつけてくれ。公爵令息。食欲が前面に出すぎだ。

「これから作るんだよ。できたら分けるから、ちょっと落ち着いて」

「言っておくが、テオ。俺よりアダルが先に食べるのはダメだからな」

アダルを宥めるぼくに、ファウスは静かに主張してくる。

口調は静かなんだけど、尻尾はアダルと同じぐらいパタパタしているので、格好つけようとしてるのに、台無しだ。

「私はちゃんと手伝う。何でも言ってくれ」

「狡いぞ、シジス。俺も手伝う」

「ダメだぞ、お前たち。俺に遠慮しろ。テオ、頼るなら、俺を頼れ」

積極的に手を上げるシジス。慌てたように役に立とうとする、アダルとファウス。

本当に、朝から元気だなぁ。さっき朝ご飯を食べたところじゃないか。

「テオドア君。こっちの準備は大体できているよ」

バタバタ騒いでいる三人をよそに、料理長はせっせと簡単な竈を組み立てて、火を入れてくれていた。

騒いでいる三人を怒ることもなく、微笑ましげに眺めている。

厳ついムキムキなのに、良い人だなぁ。

「ありがとうございます。料理長。では、まず——」

「間に合った！　僕も混ぜてくれ」

ぼくが早速始めようとしたところで、ぱたぱた、と軽い足音と声が響いた。涼むために作られた場所なので、音は結構響くのだ。

まだ誰か参加するのかな、と思って声の方を見たら、長い髪を揺らして駆けてくる——聖下がいた。

いつもの煌びやかな祭服ではなく、ファウスと似たような格好だ。

「叔父上？」

さすがに驚いたらしいファウスが目を丸くしている。パタパタしていた尻尾が、ピン、と立っているのだから、ファウスも聖下の登場は知らなかったんだろう。

料理長と魔法使いさんが慌てて膝をついたので、ぼくと、アダル達も倣う。

「すまない。驚かせるつもりではなかったんだ。皆、僕の事は気にせず立ちなさい」

かなりの速度で走ってきたのに、息も切らさず優雅に立ち止まるのは、さすがセリアンだ。

立てと言われても、そうはいかない。ぼく達子供よりも、料理長達大人の方が困っている。

「誰でも驚きます。どうされたんです？」

「テオドアが、何か面白いことをするんだろう？　せっかくだから、せっかくだから、変装して見にきた」

せっかくだから、とかいう理由で簡単に来られるものなのか、聖下。

変装って言っているけど、誰が見ても聖下だよ。白金の髪に蒼い瞳のセリアンは、滅多にいない。いつも下ろしている長い髪をおさげにして、服装が変わっただけに見えるけれど？

「叔父上、まったく変装になっていません」

「誰が見てもすぐ分かりますよ、シモーネ様」

「そうかな？　なかなか良くできたと思ったんだが。もちろん、誰にも見つからないように、屋根の上を走ってきた」

手厳しい批評をする甥っ子と親族に、首を傾げて笑って誤魔化そうとする聖下。あざとく、かわいいふりをしても駄目ですよ。どこでそんな誤魔化し方を覚えてくるのか。

小さい時、ぼくも袋詰めにされて屋根を走って運ばれたけど、セリアンは屋根を走らずにはいられない種族なのだろうか。

獅子じゃなくて、猫なんじゃないか？

「大人しく見学するから、僕も参加させてくれ」

帰る気はさらさらなさそうな聖下は、笑顔でそんなことを言う。

ぼくは構わないけれど、周りの人たちはとても困るんじゃないのかな？

「構わないのですが。でも、聖下、聖堂を留守にして良いんですか？　周りに迷惑が掛かるのでは？」

「今日は聖女様の定められた休日だから良いんだよ。それに今回は僕の手配なんだから、見学ぐらい良いだろう？」

ぼくの常識的な意見を、聖下は財力をちらつかせて押し切ろうとしてくる。食えない人だなぁ。

「分かりました。あんまり周りを心配させないでくださいよ」

「満足したら帰るから、問題ない」

輝くような笑顔で、聖下は言い切った。満足するまで帰らないつもりか。

問題だらけだが、スポンサーの要望は聞いておく方がいい。今日失敗したら、また氷の手配をお願いしないといけないんだから。

「では、これから二種類の氷菓に挑戦しますね」

「二種類？」

不思議そうにファウスが反応する。

ぼくは重々しく頷いた。

ラヴァーリャで好まれる味は、濃厚なものだ。だから、かき氷みたいな氷菓は珍しくても、とてつもなく美味しいとは感じない。

それに、砕いた氷にシロップを掛ける氷菓で対決すると、シロップの珍しさや味で競うことになって、「カファロより優れた」とは言いにくい。

「ただ氷菓を作れと言われれば、いろいろな方法はあるんですが、カファロより優れていないと駄目なので」

「確かに兄上は、優れたものをと言ったな」

ファウスが唸ると、料理長が自信なさげに首を竦める。本当に彼はとばっちりを受けただけで気の毒だ。

「ですから、まずはちょっと変わったもので作ります。赤ワインに蜂蜜を入れますね。冷たいと味が感じにくいので、濃い目にします」

竈の上で、料理長は少し温めたワインに、蜂蜜を入れていく。あらかじめ説明しておいたので、実際に作ってくれるのは料理長だ。ぼくよりずっと手付きは鮮やかだ。

「ファウス様、お酒は平気ですね。聖下はいかがですか？」

聖下以外のメンバーは、ぼくを除いてお酒は平気だ。セリアンは肝臓も強いんだろうなぁ。

聖下は聖職者だし、飲んだら駄目かと思って確認しておく。

「僕は好きだよ」

聖下も、ただのセリアンであった。

「では、少し温める程度で。お酒が苦手な人や、子供が食べるのでしたらもっと温めて酒精を飛ばした方がいいですね」

蜂蜜とワインが程よく混ざったところで、銅製の入れ物に移してもらう。熱伝導率がいい素材だから。

微かに香るアルコールだけで、ぼくはちょっとだけ酔ったような気分になるんだけど、それはぼくだけだった。

「このまま飲みたい」

「テオドアは、更においしくするんだから、我慢だ、アダル」

「さらにおいしい物……」

背後で不穏な囁きが聞こえる。

頼むからシジス、アダルを捕まえておいてくれ。途中で飲んじゃったら駄目だからね！

「甘いワインにしかならないんじゃないのか？」

「ええ。ですから、これから凍らせます」

「……この氷で？」

「この氷で」

ファウスは不思議そうな顔をし、ぼくをマジマジと見つめてくる。その後ろにいる聖下は、楽しそうだった。聖女と同じ国の記憶を持つぼくの事情が分かっているだけに、面白がっているんだ。

「魔法使いさん。氷を別の入れ物に移します。残した氷の温度はそのままで維持していただけますか？」

「それぐらいは簡単だ。取り出した方には、魔法を使わなくても良いのか？」

「ひとまずは」

氷を溶かさないために呼ばれたつもりでいる魔法使いも、不思議そうだ。でも、氷の温度を維持されては困るんだ。だって、もっと冷たくならないといけないんだから。

「アダル、シジス。手伝ってくれるんだよね？　氷を小さく砕いて、こっちの器に移して」

「分かった」

「簡単すぎる」

ぼくは綺麗な立方体に切られて積み上がった氷を、ピックで砕いて別の器に移動させるように依頼する。

氷を砕くのって、結構力がいるんだよ。自分でできる自信がない。

アダル達は嬉々（きき）として取り組んだ。びっくりするぐらい速かった。氷じゃなくて、本当は砂のブロックだったんじゃないかという速さだ。

「ファウス様は、砕いた氷に塩を入れてください」

「塩？　味付け、か？」

「いえ。より冷たくするためです」

氷の体積の三分の一を目安に、どんどん塩を投入してもらう。

塩の値段なんて気にしないファウスは、ぼくに言われるがまま入れてくれるけれど、横で見ている料理長は、とても勿体ないものを見る目をしている。

すまない、料理長。でも、これが必要なんだ。

ぼくは、雪に塩を入れて冷やす実験をした前世の記憶を持っている。その再現なんだから。

塩が入り、砕いた氷が溶け始める。それに伴い温度はどんどん下がっていく。零度以下になっているのだ。
塩と氷が入った器には結露が生じた。

「そろそろ、ですね」

「なんだ？　ずいぶん、冷たく変化しているな」

塩が入った氷水の器を覗き込むぼくに、魔法使いさんが声を上げる。この人は何らかの方法で、温度を測っているのかな。

「そうですよ。砕く前の氷よりも、この塩の入った氷水はずっと冷たい。魔法使いさん、この温度を維持してください」

「わかった。だがいったい、どうやって。魔法じゃないのか？」

「見ていたでしょう？　氷に塩を入れただけですよ」

物が溶ける際にエネルギーが必要とか、そういう理由だった気がするけれど、詳しく説明するほどの知識はなかった。

ぼくは笑って誤魔化しつつ、蜂蜜ワインの器に蓋をして、氷よりもずっと冷たくなった塩入りの氷水に慎重に浸ける。蜂蜜ワインに塩入りの氷水が混ざったら大変だ。

「凍るまでに、次はもう一種類の方を作ります。牛乳に、卵黄、砂糖を加えて混ぜてください、料理長」

ぼくの指示に料理長は素直に従ってくれる。

そしてぼくはもう一つの氷菓、アイスクリームも同時に作ってみたのだ。

氷を砕いたり、塩を混ぜたり、少し固まり始めたワインシャーベットとアイスクリームを攪拌したりする作業を、ファウスをはじめ、皆面白がって手伝ってくれた。

ゆっくりとはいえ凍っていくのが楽しいみたいだ。
結構な力仕事なのに、セリアンにとっては簡単だったみたいだ。
力持ちだな、セリアン。

ぼくもちょっとだけ一緒にしたんだけど、腕が痛くて痺れて、全然役に立たなかった。

「テオは口だけ出してくれたらいい」

一生懸命ワインシャーベットをかき混ぜようとするぼくの手から、ファウスはあっさりフォークを奪い取ってしまった。

痺れるぼくの手を撫でてくれるんだから、格好良くて困る。

もっと好きになっちゃうから、困る。

料理長はびっくりしっぱなしだったし、聖下はずっと楽しそうにしている。

ぼくは、記憶通りの実験結果が出そうで、すごく安心した。もしうまく行かなかったら、ちょっと困った事態になる。かき氷に大量のフルーツを入れたりする、デコレーションに逃げるしか思いつかないもの。

十

何回か攪拌して、固まるのを待つだけになる頃には、ずいぶん時間が経っていた。

太陽が高くのぼり、日差しは強くなっている。

薄暗い日陰とは対照的に、屋根の外は眩しいほど明るい。

その眩しい日差しの中を、さらに一人近づいてきたんだ。


先に気づいたのは、セリアンであるファウスや聖下、魔法使いさん達だ。ぴく、と丸い耳を動かして一斉に外に注目する。

足音が聞こえた段階で、正体にも気づいていたんだろうか。

ぼくの前にアダルとシジスが立ったのと、眩しい日差しの中から見覚えのある大柄な影が抜け出てくるのは同時だった。

「こんなところで何をしている、お前達!」

威圧するような低い声に、ぼくは背筋がひやりとした。

不機嫌さが滲み出ているバルダッサーレ殿下の声だ。なんでこんなところに、第一王子が来るんだ?

王宮は広いし、滅多に鉢合わせすることはないのに。

ぼくは緊張でドキドキしながら、そうっとアダルの背後から様子をうかがう。

「ちょっとした実験だよ、バルド。大声を出さなくても聞こえるから、止めなさい」

「叔父上っ、こんな所にいらっしゃったんですか。聖堂では、叔父上を探していますよ。そのお姿はどうされました！」

静かに窘める聖下に、バルダッサーレ殿下はますます大声で怒鳴る。

人の話を聞かないなぁ。

「似合わないかい？」

「似合う、似合わないではなく！　もしや、還俗なさるおつもりですか？」

「まさか。僕は退位するつもりはないよ。テオドアの支援ができないじゃないか」

「……」

あっさり否定されて、第一王子はちょっとがっかりした風情だった。聖下の聖性を崇めているのに、がっかりするとは不思議な人だな。

聖下がぼくの名前を出したせいで、ぼくの存在に気づかれてしまった。聖下、余計なことを！

第一王子は忌々しそうにぼくを睨み、さらに視線を移して料理長を睨む。

ぼくと同じぐらい、料理長は緊張している。額に汗を浮かせて膝をつき、床を見つめたまま顔を上げようとしない。

「料理長、こんなところで何をしている？　子供と遊んでいるほど暇なのか！」

「……それは、その」

答えることもままならない料理長の前に、ファウスが立った。

ファウスは、ぼくが頼んだ通り、料理長を庇ってくれる気なんだと気づく。

ぼくが言わなくても、そうしてくれたとは思うけど。でも、嬉しい。

「退け、ファウステラウド」

ぱし、と第一王子の尻尾が床を叩く。

「退きません、兄上。兄上が料理長に、氷菓を作るようにお命じになったのでしょう？　彼は、その命令を果たそうとしているだけです」

言うことを聞かないファウスに、第一王子の視線はますます鋭くなる。

「氷菓だと。どこにそんなものがある？」

「それは、こちらの容器に。テオドアが手伝っています」

「また、お前か。インチキ学者の子供如きが！」

怒鳴られて、ぼくはびく、と肩を震わせた。

どうしてファウスまで、ぼくの名前を出すんだよ。

聖下もファウスも、ぼくの寿命を縮めるような真似はやめて。お願い。

「メディコ博士を貶めるのはおやめください、兄上。博士は父上の依頼通り、『聖者の病』を駆逐した功労者です」

「……」

言い返せないのか、バルダッサーレ殿下は再び、ぱしん、と尻尾を打ち付けた。いろいろあって、表向きは全て父様の功績になっているんだ。

「得体の知れぬものばかり作り、王族を誑かしているのか、卑しい子供のくせに。ファウステラウド、お前も下賤な子供に惑わされるとは、黒獅子として生まれた意味もない」

ほぼ言いがかりのような罵倒に、ファウスは冷やかな苛立ちを見せた。

ファウスはいつも、第一王子を止めようとはするけれど、積極的に反抗はしない。それが兄に対する敬意なのかは分からないけど、対立を自分から深めるつもりはなさそうなのだ。

だけど、今ははっきり怒っていた。

「兄上。兄上といえども、テオドアを貶すことは許せません。取り消してください」

ぱし、と鋭くファウスの尻尾が床を叩く。

鋭い炸裂音から察するに、あれで叩かれたらかなり痛そうだ。

「高貴な王族が、卑しい子供に頭を下げるはずがない」

「誰が、卑しい子供だと！」

パァンッ、と激しい打擲音が響く。

ぼくを庇うアダルとシジスの背に緊張が走る。

セリアンの動きは速すぎて、ぼくには何が起きたのかよく分からなかった。

激高した二人の王子の間に、割って入ったのは聖下だったらしい。

二人の拳を聖下の掌が止めている。すごい神業だな。

「バルド。バルダッサーレ、止めなさい、口が過ぎます。ファウステラウドも、怒りを鎮めなさい」

「叔父上。でも……。兄上は、テオドアを侮辱しました。許せません！」

「お前が暴力的になると、テオドアが怖がるだろう」

「……」

確かに怖い。セリアンが暴れると、破壊力が大きすぎて怖い。

苛立ちを抑えきれないファウスは、ぼくの顔色をうかがって、ようやく拳を下ろす。

「叔父上、お怪我は……」

あからさまに狼狽えているのは、第一王子の方だった。摑まれた拳を引くこともできずに、オロオロしている。

「大事ない」

冷ややかに返されて、さらに落ち込んでいる。

「テオドアが、お前の無理な要求に応えようとしてくれたことは、真実だ。いわれのない中傷をするものではない」

「叔父上まで、あの子供に誑かされたのですかっ」

どうしてそんなに、ぼくは嫌われるんだろう。ドキドキするぼくとは裏腹に、聖下は平然と「誑かされたんだよ」とか言う。

やめてください。ぼくは、第一王子に暗殺されてしまいそうです。あの視線だけで、殺されそうな気がします。

聖下がバルダッサーレ殿下の拳を握って押さえている間に、ファウスはぼくのところまでやってきた。アダルの背後にいるぼくの肩を抱き寄せてくる。

「怖かったか？　ごめん。我慢できなかった」

「大丈夫ですよ、ファウス様」

謝られると許すしかない。だって、ファウスはぼくのために怒ったんだから。

「テオ、あの氷菓はもう食べられるのか？」

「はい、時間は経っていますので、凍ったと思います」

「じゃあ、不本意だが。すごく不本意だが。ものすごく不本意だが、アレを兄上にも食べさせてやってくれ。兄上は、テオがどれぐらいすごいか思い知るべきだ」

「……」

不本意って三回言ったな、ファウス。ものすごく嫌な様子が伝わってくる。

ぼくとしては、それで納得してもらえるなら食べてもらうのは構わない。

むしろ、ぼくが差し出したものをあの殿下が食べるのかな？

その辺りが一番心配なんだけれど、ぼくはファウスに頼まれるまま、塩入り氷水の中で凍っているワインシャーベットとアイスクリームの容器を取り出した。

初回なので、大した量は作っていない。そのぶん早く凍ってくれたんだ。

「料理長、お願いします。バルダッサーレ殿下。赤ワインのシャーベットと、アイスクリームという氷菓です」

あらかじめ冷やしておいた器に、料理長が綺麗に丸く盛り付けてくれる。

鮮やかに赤いシャーベットと、クリーム色のアイスクリーム。どちらも、ファウス達は見たこともないもののはずだ。

案の定第一王子は、嫌そうな顔をしてぼくと器を交互に睨んだ。

「兄上が作れというから、テオドアが作ってくれた氷菓です。文句は食べてから言うべきでしょう!」

ファウスに迫られると、苛々とバルダッサーレ殿下は尻尾を揺らす。

「誰が、こんな卑しい子供の作ったものなど。これのどこが氷だというんだ」

「凍らせて作ったんですから、氷菓に決まっているでしょう」

パシパシ、と苛立ちを隠さずファウスが尻尾で床を叩く。

ぼくとしては、早く食べてくれないと溶けるのが心配なんだけどなぁ。

一人焦って、ちらちらとアイスクリームの溶け具合をうかがっていると、ぼくの様子に気づいた聖下は、さっさとファウスの手から、器を取り上げる。そのまま匙でアイスクリームを掬って食べてしまう。

「おいしいよ、テオドア。冷たくて、甘くて、とてもおいしい。僕は、赤い方が好きだよ」

「ありがとうございます?」

先に食べちゃったよ、この人は。

「バルド。口を開けなさい」

「叔父上、こんな……んぐっ」

聖下の指示に従ったのではなく、文句を言おうと開けたバルダッサーレの口に、有無を言わさず匙を突っ込む。

冷たいものを口に入れられたからなのか、それ以外の理由なのか、バルダッサーレ殿下の目が真ん丸に見開かれた。ようやく大人しく黙り込む。

「おいしいだろう？　アイスクリーム。甘くて、冷たくて、すぐに口の中で溶けてしまう」

「……はい」

「バルド。口を開けなさい」

今度は、おずおずと開かれた唇に、聖下はワインシャーベットを突っ込んだ。

またもや、無言。

無言だけど、大人しく味わって食べている。

「おいしいだろう？　赤い方は、ワインの味と蜂蜜の甘みが絶妙だ」

「はい」

聖下の問いに、大人しく第一王子は頷いた。

微かに頬が赤いのは、ぼく達の前で恥をかかされたと思っているのか、それともアルコールが回ったのか。

バルダッサーレ殿下の口から匙を引き抜いた聖下は、「お前にはもうあげないよ、バルド」とか意地悪く笑いながら、残りは自分で食べてしまう。

「兄上！　テオドアが、すごい知識を持っていることを認めてください！　カファロの氷菓よりも優れていると」

大人しくなってしまった第一王子に対して、ファウスは譲るつもりはなかったらしく食いついていく。

「……」

「兄上、認めてください！」

「……。認めよう。次の宴で、この氷菓を出すように。カファロの氷菓など、これに比べればただの雪だ」

認めたのが悔しいのか、早口でそれだけ言うと、バルダッサーレ殿下は足早に立ち去ってしまう。

残されたぼく達は、顔を見合わせてしまった。

突然のバルダッサーレ殿下の登場に、とても驚かされたけれど、せっかくできたワインシャーベットと、アイスクリームだから、分け合って食べてみることにした。

甘くて、冷たくて、とてもおいしい。

記憶通りの味にできて、ぼくはとても嬉しかった。

ファウスもアダルも、シジスも、手伝ってくれた魔法使いさんもみんな、口に入れた途端、笑顔になってしまう。

美味しい物を食べるのは、とても幸せなことだ。

料理長は、驚いたり安心したり、一人忙しそうだった。

そして。

「あああ！　どうして兄上にまで、食べさせたんだろう！　もったいない！　テオ。テオ。もうないのか？　お代わりは？」

バルダッサーレ殿下に逆らった気概はどこへやら、

情けない声を上げて悔しがるファウス。

「俺のは、溶けてなくなったんじゃないのか？　もうないなんて、そんな馬鹿な！」

「テオドア。次はいつ作るんだ？　また作ろう」

実験的に作ったため、総量が全く足りないという、嬉しくて楽しい悲鳴が上がったのだ。

十一

バルダッサーレ殿下が主催の観月の宴は、第一回アイスクリーム実験から一月後に実施された。

お月様がもう一度満月になるまで待っていたんだろう。

その間に、料理長は三回アイスクリームを作る実験をしていた。もちろんぼくも立ち合った。

本当はもっと練習したいところだけど、一回氷を運ばせる度にどれぐらい費用が掛かるのか聖下に尋ねたら、ニコニコ笑顔のまま「家が三軒建つくらいかな？」と答えてくれたので、まぁ、そういう事情で三回だったんだ。

聖下はぼくのために家を十二軒建てる余裕があるらしい。犬小屋だったら気楽に頼めるんだけど、たぶん、そうじゃない。

試食が目当てのファウスと、アダル、シジスも同席していた。なぜか「食べるためにはお手伝いしないといけない」と思っているらしく、三人ともせっせと動いてくれるから面白い。

料理長は戸惑っていたんだけど、ぼくは心置きなく怪力のセリアンをこき使った。

三人とも、身分的に手伝いなんてしなくても、食べられることには気づいていないのが素直でおかしくて、かわいい。とっくに気づいている料理長が、困ってしまうのはそのせいだ。

聖下が変装して抜け出してきたのは、初回だけだった。

いやまぁ、あれが変装だと思っているのは聖下一人で、バレバレだったしね。

一回目の実験の時も、バルダッサーレ殿下が退場した後、しばらくしたら聖堂の司祭さんやら警備兵やらがワラワラ登場して聖下を捕獲していた。

急に聖堂から消えたので、誘拐でもされたかと大騒ぎだったらしい。ダメじゃないか、聖下。周りに心配をかけたら。

「バルドが知らせたのか。裏切り者め」とか「今日は休日だから好きにさせなさい」とか抵抗する聖下を、あっさりセリアンの警備兵が取り押さえていた。

セリアンとしては虚弱という話は本当らしい。大人げなく屋根まで逃げようとした聖下を捕まえるまでは、一瞬だった。

バルダッサーレ殿下に対する態度を見ていたら、どこが虚弱なのか疑問だったけれど、あれは第一王子の方が手加減しているのかな？

ぼくから見れば充分すごいシジスですら、純血のセリアンには敵わないってよく言うし。ファウスやアダルは、ぼくの前で抑えているだけで身体能力はもっと高いんだろうなぁ。

観月の宴にファウスのお供として出席したぼくは、料理長の芸術作品をすぐ近くで見ることができた。

本当に、その道のプロってすごい。味付けや舌ざわりも、ラヴァーリャ好みに改良されていた。

あっさりした味わいのシャーベットは、料理途中の口直しとして提供された。

ぼくは蜂蜜ワインで良いかと思ったんだけど、料理長は、ご婦人にはもっと甘みのある果実酒で、甘味を好まない人たちには辛口の火酒でシャーベットを作ってしまった。

アルコール度数が高い火酒は完全には固まらず、半分ぐらいトロリとした液体のままだったけれど、新しいお酒の楽しみ方として喜ばれていた。

ぼくが作ったアイスクリームは牛乳が材料だったけれど、料理長は生クリームを使用してもっと濃厚な味に改良し、盛り付けも冷やしたフルーツを器にしたりと、工夫が凝らされていて目にも楽しい。砕いたナッツをアクセントに混ぜたり、何故か豆のペーストを混ぜたりしていた。豆、ここでも流行(はや)ってるの？

招待されたカファロ大使は、シャーベットの登場で気の毒なぐらい顔色が悪くなっていき、デザートとして大皿に盛り付けられたアイスクリームが出てきた時には、完全に顔色を失くしていた。

反対にいつも無愛想なバルダッサーレ殿下は、今日は尻尾がパタパタしていた。ご機嫌だったのだ。

「大国ラヴァーリャの繁栄に、驚くばかりです」と大使が全面降伏した時には、珍しくバルダッサーレ殿下も笑っていた。

笑顔を見せてくれたら、黄金の鬣も鮮やかな、煌びやかで格好良い王子様なのになぁ。

「カファロと縁を結ぶのは、時期尚早のようだな」と偉そうに宣言して、機嫌よく退出していった。

そんなにお姫様と結婚したくなかったのか。面倒くさい人だな。さっさと意中の人とやらを王様に会わせればいいのに。

ぼくは、せっせとファウスにアイスクリームを食べさせながら、料理長の名誉が無事に守られたことを確認できて嬉しかった。

ちょっと舐めるだけでもいいから火酒のシャーベットを味見してみたかったのに、ファウスがそれだけは許してくれなかった。

ぼくにはくれなかったくせに、自分だけトロリとした火酒を口に含み「ふうん？　これもなかなか良い」とか、味が分かるようなコメントをしていた。

悔しい。


果実酒のシャーベットは、思った以上にアルコールが残っていたらしく、ぼくは少し気が大きくなっていた。

観月の宴は主催者が第一王子だったので、ファウスもそれなりに緊張したらしい。ぼくを連れて部屋に戻ると、礼服を脱いで寛いだ顔をする。

座面がほぼ床の高さと同じぐらいのソファに、いくつもクッションを敷いて、その上にもたれかかる。

怠惰に寝そべった格好すら優雅に見えるんだから、美形はお得だ。

「アイスクリーム、美味しかったな」

にこにこと素直な笑顔を向けられて、ぼくもつい笑ってしまう。

脱ぎ捨てられたファウスの礼服を、皺にならないように畳んでおく。こうしておけば、いつの間にか女官さんが片付けてくれるのだ。

「ええ、とてもおいしかった。さすがは料理長ですね」

「テオが教えたからできたことだろう」

「たとえそうでも、料理長の確かな技術があるからできることです。ぼくが作れるのは、珍しい物。バルダッサーレ殿下のお口に合うように磨き上げるのは料理長でないと無理ですよ」

「テオはすぐ、そう言う」

「そう、とは？」

首を傾げて尋ねると、ファウスが手招きする。

いつも遠ざけようとしてばかりの彼から呼ばれて、ぼくは嬉しくなって近づいた。

漆黒の尻尾が、月明かりに照らし出されてとても綺麗だ。

ゆらゆらと誘うように動く尻尾に気を取られながら、ぼくはファウスのすぐ傍に膝をつく。

す、とメガネを取られた。

夜も更けて月明かりしか差し込まない部屋は、ぼくの目にも優しい。

ぱちぱち瞬きすると、ファウスは黄金の瞳を細めて笑う。

「自分の功績だけを誇ることはなく、誰もの貢献を等しく扱うという意味だ。もっと誇ればいい。兄上のわがままを叶えたのはテオだって。叔父上を悩ませていた病を取り払ったのは、テオだって」

ファウスの手が、ぼくの髪に触れる。

優しい手つきで撫でられると、ぼくは飼いネコみたいにすり寄りたくなった。

最近の素っ気なさが嘘みたいに、ファウスが優しいのも、ぼくが甘えたくなるのも、きっとお互い酔っぱらっているからだ。

「ぼくは、きっかけにすぎませんよ。アイスクリームを完成させたのは料理長ですし、聖者の病のために豆を普及させたのは聖下とぼくの父です」

「テオは、本気でそう思っているんだろうな」

ファウスはそう言うと、また笑う。

客観的な事実だからね。

「ええ」

「俺がわがままで甘えん坊の、どうしようもない王子に堕ちなかったのも……」

「今でも、わがままで甘えん坊でしょう？」

酔って気が大きくなっているぼくは、遠慮なく言ってみた。

「テオ、ひどいな。俺はこれでも、結構我慢してるんだぞ」

ぼくの一言に、ファウスは黄金の瞳を丸くして笑い出す。

ファウス、我慢してるのか？

面倒なことはすぐにアダルに押し付けようとするし。何を考えてるのか、最近ぼくに冷たいし。

なのに、宴では「食べさせて」とか恥ずかしいことをねだってくるし。勝手気ままに振る舞ってるじゃないか。

「テオの赤い瞳を見たいって思うけど、あんまり見てない」

「今、見てるじゃありませんか。ぼくのメガネを返してください」

メガネを取り戻そうと手を伸ばすと、ひょいとファウスは高く掲げる。

なんだ、その意地悪は。子供か。

自分の方が大きいからって、もう。

「そういうことをする人は、わがままで甘えん坊で充分ですよ！」

ぼくはさらに取り戻そうと腕を伸ばす。

これ以上重心をファウスに寄せたら、ファウスの上に倒れ込んでしまいそうだ。

「メガネを返すのが、氷菓の褒美で良いか？」

「ケチなことを。それでも大国ラヴァーリャの王子ですか！」

「じゃあ、返してやるから目を閉じて」

「もー、ご褒美は他にくださいね？」

前もメガネを返してもらうとき同じことを言われたな、と思いながら目を閉じる。

前髪をファウスの指が払う。

ファウスの指かな？

唇に、やわらかい感触が触れる。

少し触れて離れたそれは、躊躇うような時間を置いてからもう一度触れてきた。

ファウスの掌かな？

ファウスの手は、いつの間にかぼくよりずっと大きくなっていて、節の目立ち始めた長い指はかっこいい。

目を閉じていても、細かくファウスの手を思い描ける。

手だけじゃない。

美しい黄金の瞳も、フワフワの丸い耳も、よくしなる尻尾も、みんな。だって、ぼくはずっとファウスの姿を追いかけているんだから。

「テオが欲しいものは、何でもあげたい。テオが俺に物をねだるなんて、珍しいな。何が欲しいんだ？」

　すぐ傍で低くファウスの声が聞こえる。

　いつの間に声変わりしたんだっけ？　囁かれたら、背筋がぞわぞわする。

　メガネを返してもらっていないので、ぼくは目を閉じたまま答えた。

「ぼくが欲しいのは、物ではなくて。教えて欲しいんです、ファウス様」

「何を？」

「どうして、ぼくと一緒にお風呂に入るのを止めてしまったんですか？　一緒に寝るのは、いやになったんですか？　ぼくは、ファウス様の傍にいるには見劣りする子供だからですか？」

　平凡で貧相な見た目を変えろと言われてしまったら、ぼくにはどうすることもできない。

　悲しいけれど、でも答えを聞きたい。

「テオ」

　不意に腰を強く引かれて、ぼくは寝っ転がったファウスの上に倒れ込んだ。

　ぎゅう、と痛いほど強く抱きしめられる。

「テオ、テオ」

　瞼の上に、こめかみに。

　酷く甘ったるく名前を呼ばれながら、触れられる。

　抱きしめる腕の強さは、子供の力ではなくなっていた。

　手加減されているんだろうけれど、成人すればヒトが三人がかりでも止められないセリアンの強さを感じる。

「テオ、目を開けて」

　メガネは返してくれないまま、そんなことを言う。

「ファウス様？」

　素直に応じると、酷く真剣な黄金の眼差しがすぐ傍にあった。

「テオは、俺と一緒に風呂に入って、寝たいのか？　最初は嫌がってたじゃないか」

「一緒に入りたいというか。ぼくは駄目なのに、アダル達は良いって狡(ずる)い。一緒は恥ずかしいけれど、アダル達が一緒に行くなら、ぼくだって……ぼくだって、一緒がいい。ぼくを置いていかないで」

　わがままな子供みたいな言い分を告白するのは恥ずかしかったけれど、ぼくは縋らずにはいられなかった。

　だって、ご褒美なんだから。今日は逃げずに教えてくれるはずだ。

「テオの馬鹿」

ぐるりと視界が半回転する。

ファウスの上に乗っていたぼくは、一瞬で上下を入れ替えられた。

体が積み上がったクッションに沈みそうで、慌てるぼくの両手をファウスが押さえ込んでくる。

月明かりの陰になって、ファウスの表情は見えにくい。

「こんなにかわいいテオが傍にいたら、怖がらせそうだから我慢してるんだ」

「ぼくは、ファウス様が怖くなったりしませんよ！」

急に力の差を思い知らせるような扱いをされたから、それは驚いたけれど。

「怖くなる」

「なりません！」

「怖くなる、テオ。だって、こんなにかわいいと、俺に食べられちゃうだろ」

台詞の内容は冗談のようなのに、口調が真剣すぎる。

食べるって、食べるの？

ぼくは料理するけれど、食材ではなくて……。


ぼくが慌てている間に、ファウスとの距離はどんどん近づいて。

そして、ゼロになった。

「ん……」

ファウスの唇が、ぼくのそれに触れる。

さっきから何度か触れた感覚に似ている。

これって。

キスされてるんだよね？

なに？

びっくりさせるために瞼にキスしたから、今度はぼくを食べるためにキスしたのか？

バクバクと跳ねる心臓が、口から出てきそうな気分でぼくは目を見開いた。

焦点が合わないほど近くに、目を閉じたファウスの端正な顔がある。

緊張のあまり固まっていると、息が苦しくなってきた。

そろそろ、退いてくれないかな……。

ぼくの呼吸が限界だ。

キスするならするって先に言ってくれたら、思い切り深呼吸しておいたのに！

「ん、んんっ」

もう無理、という意味を込めてぼくは身を捩る。押さえ込まれた両手がほとんど動かない。馬鹿力なんだから。

さすがに気づいたファウスが、ぱち、と黄金の目を開いた。驚いたように少し離れてくれる。

「ぷはっ。窒息するかと」

ぜえぜえと息をすると、ファウスは心外そうに眉を顰めている。

「テオ。キスするときは、目を閉じるものだ」

「目を、閉じる……？」

「作法のようなものだろう。ほら、目を閉じる」

「はい」

反射的に目を閉じると、ファウスの手がぼくの頬を撫でる。

「口を開けて」

「へ？」

どうして？　と聞くより先にファウスの唇がぼくの唇に触れた。

ぬるりと舌が口の中に入り込んでくる。

味見？

いや、キスってこんな感じだったたっけ？

前世の記憶を思い出すんだ。

ここで役に立たなきゃ、何のためにあるんだよ、前世の記憶。

落ち着いて。落ち着いて。

「ん、んぅ」

ぞろりと舌を擦り合わされて、思わず声が出てしまう。

ぞくぞくする。

全然落ち着かない。

だめ、口の中、舐めたらダメ。

舌を擦りながら吸われると、初めての落ち着かない感触に、ぼくは閉じた瞼に、ぎゅうっと力を入れてしまう。

体が熱くなってくる。

心臓がドキドキと走り出す。

喉奥に舌を入れられたり、口蓋の前から奥にかけてを舐められると、酔いだけではない熱に頭がぼうっとしてくる。

唇を塞がれているのに、苦しくはなくて。

怖くなるぐらい、気持ちいい。

舌をぺろぺろされると、蕩けてしまいそう。

体がグニャグニャになってしまって、ぼくはキスしてるファウスに、必死でしがみついた。

ファウスに掴まっていないと、ぼくが崩れてしまいそうな気がする。

「ん、ふ、あ、ぁっ」

ひどく甘えた情けない声が、自分のものだと気づくのに、少し時間が掛かった。

恥ずかしいぐらい、淫らな声だ。

口の中を舐め回したファウスが、離れてくれた頃には、ぼくの唇はじんじんと痺れたように熱を持っていた。

「かわいいな、テオ」

「んんぅ」

腫れて痺れた唇を、ファウスがゆっくり舐めてくる。

びくびくっと震えながら、ぼくは身を反らした。

じっとしていられない。触られたら、跳ねてしまう。

「俺と一緒に風呂に入ったら、テオの全部が見えるだろう?」

「ひゃい」

びくんびくんと震えながら、ぼくは舌ったらずな返事しかできない。ファウスの手は、もうぼくを押さえつけてはいなかった。

「細い首も、白いうなじも」

「ん……ん……ファウス、さまぁ」

大きな掌がぼくの唇、頬をたどって、首に触れる。うなじを撫でた後、体のラインを確かめるように触れていく。

その一つ一つに、戦くように震えてしまう。

ファウスの手に触られるのは、気持ちがいい。

ぼくがぼくじゃなくなってしまいそうなぐらい、気持ちが良いんだ。

「小さい乳首も、見たら触りたくなる」

「あ、ぁっ」

ぼくの胸のあたりを撫でまわしていた手が、乳首にたどり着く。

女の人じゃないんだから、服の上から触ったって、分かるはずがない。

分かるはずがないんだけど。

爪の先で擦られると、むずむずとくすぐったい。

くすぐったいだけなのに、とてもイヤラシイことをしてしまっている気がする。

ぼくは、耳まで沸騰しそうなほど熱くなってきた。

ファウスの目は、恥じらって身悶えるぼくから全然逸れないんだけど、きっとみっともなく情けない顔をしているんだろう。

「子供みたいにかわいいテオの体の、気持ちいい所を探したくなる。テオ。精通したか？」

「せいつう？」

「そう。ここから、精を吐けるようになったか？」

「ひぅっ」

頭の中で単語が繋がらない間に、ファウスの手がぼくの股間に触れる。

精通は、知っている。

まだだけど、知っている。

体が大人になって、作られた精液が出てくること。

「ぼく、あ、ぁ。ふぁうす、さま、だめ」

吐精できるか尋ねながら、性器の形を探るように撫で回されると、ぼくは腰が快楽に炙られるような気がした。

ボウッとした頭でも、これはいけないことだと分かってしまう。

だって、王子様にこんな恥ずかしい所を、触らせるなんて。

しかも、それで気持ち良くなっちゃうなんて、絶対駄目だ。駄目。駄目だけど、ごしごし擦ってくれる手が、気持ちいい。

ぼくの性器は、布越しにあやされて、少し硬くなってしまう。

「硬くなってきた。精通してるのか？　一緒に風呂に入ったら、こんなふうにテオの大事なところが硬くなるのか、調べてみたくなるだろ」

「はぁ……あ、ぅ。ふぁうすさま、手が、ンん、手が」

いつの間にかぼくの下着がずり降ろされて、未使用なぼくの性器はファウスの指に見つかってしまった。

直接撫でられると、どくどく血液が集まってしまう。だって、すごく気持ちがいい。

本当は、王子様のファウスに触らせていい物じゃないし、撫でられて快感を得るなんて、駄目に決まっているのに。

大好きなファウスに触られてると思うと、それだけで気持ち良くて堪らなくなってしまう。

先端の粘膜を探るように、ファウスの指が弄ってくる。

精通はしてないはずなのに、感じやすい先っぽを擦られると、ぼくの性器はぬるぬるに濡れてしまう。

恥ずかしい。

ぼくの体が、こんなに我慢できないのをファウスに知られてしまう。

「気持ちいい？　テオ」

「……」

ぼくは堪らない恥ずかしさと同時に、隠しようもなく感じてしまっていて、声もなく頷くことしかできなかった。

「かわいい。テオ。すごくかわいい。気持ちいいことされたら、真っ赤になって蕩けた顔するのか。かわいすぎて、狡いだろ。一緒に風呂に入るなんて、許されるはずがない」

「ふぁうすさま、いっしょは」

アダル達には許されることが、ぼくには駄目なのかと思うと、涙が溢れてしまう。

やっぱり、ぼくでは駄目なんだろう。

性器で感じる快楽にぐちゃぐちゃになった頭でも、一緒は駄目だということだけは理解できた。

「一緒にベッドに入ったら、泣いても逃がしてやれない。テオのここは、何回精を吐いたことがある？　大人になっていたんなら……、うなじを」

ファウスは何か迷うように尋ねてくる。

質問している間も少しずつ先端の皮を引き下ろしては元に戻して、露出していなかった粘膜を苛めてくる。

ピリピリとした痛みと、同時に湧き上がるような快楽に、ぼくは振り回されっぱなしだ。

経験したことのない快感が、腰が熔け落ちてしまいそうなほど込み上げてくる。

「まだ。ごめんなさい。ふぁうすさま。ぼく、まだ、したことない、れす」

はぁはぁと熱い吐息を零しながら、ぼくは必死で告白した。

ぼくの精通の有無がどれぐらい重要なのか知らないけれど、偽ってはいけない気がする。

「……ッ」

ファウスが鋭く息を吐く。

ぼくの身体が軋みそうなほど強く抱きしめられた。

密着したせいで、ファウスの性器が硬くなっているのが分かる。

今まで感じたこともない性的な匂いに、ぼくは少し怯(おび)えた。

　ぼくの体が触れるたびに、ふうふうとファウスの息が荒くなるのを感じる。

　肌の温度が酷く高い。

　火照(ほて)った僕と同じぐらい熱い。

「かわいい、テオ。テオ。大好きだ。愛してる」

　ぼくの顔じゅうにキスしながら熱っぽく掠れた囁きは、興奮に濡れていた。

　その熱量は、ぼくには理解し難いほど大きくて、受け止めきれない気がしたけれど、ファウスから離れたくなかった。

　どれぐらい「怖い」ことなのか、よく分からないけれど。

　抱きしめられるまま、融け合うぐらい近くに行きたかった。

「ぼくも、大好き」

　ぎゅうと腕を回してしがみつく。

　両腕をファウスの背に回せば、ファウスとぼくの間に差ができたのが分かってしまう。

　体の厚みも、筋肉の付き方も、ぼくとファウスでは、子供と大人だった。

「テオ。今は、噛まないから。まだ、噛まないから」

　余裕のない仕草で、ファウスがぼくの首筋に口づけ、歯を立てる。

　ピリピリと時々痛いのは、力加減ができないからか。痛いけれど、ファウスの執着が怖いほど伝わって、ぼくはこんな時なのに嬉しかった。

　ぼくの硬くなった性器に、布越しのままファウスのそれが擦りつけられる。

　股間を擦り合わせるような、淫らではしたない動きに、ぼくのぐちゃぐちゃに濡れた性器が捏(こ)ね回され、もっと硬くなってしまう。

　とめられない。

　気持ち良くて、もっと気持ち良くなりたくて、ぼくは自分から腰を擦りつけてしまう。

「ふぁうすさま、ふぁうすさま……」

「テオ。テオ、テオ、かわいいな」

「あ、ァッ」

　たくさん名前を呼んで。呼ばれた。

　苦しいほど高まった体が、耐えきれずに、弾(はじ)けるような快楽に貫かれていく。

　濡れていたぼくの性器は、びくびく震えながら初め

て精を吐いた。

虚脱してしまいそうな快感に、ぼくはぐったりとファウスの胸に頭を預けてしまう。

王子様相手にしてはいけないと、頭の片隅にはあるんだけど、とても動けない。

ファウスも果てたのか、しどけなく色っぽい表情で、僕を覗き込んでくる。

「怖かったか？」

「……ちょっとだけ」

どうなってしまうのか分からなくなるぐらい、気持ちが良かった。

ファウスの手でさせることじゃないと思っているのに、どんどん深まる欲望に引きずられてしまった。

優しく抱きしめながら、ファウスはぼくの額に口づけてくる。

「アダルやシジスが裸になったって何にも感じないんだが、テオがそうなったら我慢できる自信がない。だから一緒には、入らない。俺は結構我慢してるって、言っただろ」

不貞腐れたような口調だ。

「格好悪いから、黙っていたかった」と小さく付け足される。

「ぼくが嫌われたんじゃなくて、良かった」

「何回でも言う。テオを嫌いになるなんて、ありえない。かわいすぎて、かわいすぎるのが困るぐらいだ」

「それは、ちょっと言いすぎですよ」

「足りないぐらいだ」

ファウスが馬鹿なことを大真面目に言っている。

ぼくはすごく安心した。

ファウスは、ぼくのことが嫌いになってもいないし、ぼくが不要になってもいない。

ぼくの体に欲情してしまうから、格好悪くて遠ざけただけ。

大人に近づいたファウスは、格好悪いことを恐れているんだ。

ちょっと前も、格好つけたがって、変な行動をしていたな。格好良い大人になるために、酒を飲んだりカードゲームを始めたり、微妙な悪に染まりそうになってたものなぁ。

ああ、良かった。

まだぼくは、ファウスの傍にいられる。

いても良いんだ。

安心した上に、初めて射精してとてつもなく疲れたせいで、ぼくはうとうとと微睡(まどろ)んでしまう。

「テオ。テオ？　眠いのか？」

ファウスが髪を撫でてくれると、もっと眠くなってしまう。

「テオは大人になったのか？　ヒトの成熟は分かりにくいな。大人になったら、うなじを噛んでも……でも、こんな小さい体に無茶させるなんて。だが……」

ファウスは何やら悩んでいるみたいだったけれど、ぼくは睡魔に勝てなかったのだ。

結局。

ぼくはファウスと一緒に寝たり、お風呂に入ったりはしなくなった。もうお互いそんなに子供じゃないと言われれば、とても納得できた。

最初からそう言ってくれたらいいのに。

ファウスの、妙な格好良さ追求熱はぱったり落ち着き、ぼくに素っ気なく冷たい態度は取らなくなった。

そして時々。

ほんの時々だけれど。

ぼく達は誰にも見つからないように、大人のえっちなキスをする仲になった。

もちろん、誰にも言ってない。

ぼく達だけの秘密だ。

おわり

ファウス13歳
俺の一番大好きな人

兄上のわがままを、テオの知識が鮮やかに解決した夜。珍しくテオは俺にご褒美をねだってきた。

今までも、褒美に相当する功績はたくさん上げてきたのに、テオが何かねだったのは初めてだ。

何でも聞いてやりたい。

テオが喜ぶなら、理由なんてなくても良いから贈り物をしたいと思っている俺に、テオが切り出したのは些細なことだった。

物ではなく、理由が聞きたいと。

あまりにもかわいらしいおねだりに、俺は胸を刺されたような気がした。

同時に俺自身のことで精一杯で、寂しがらせたことにも気づかされる。

俺の態度一つで、テオを悲しませたことを反省した。

そんなつもりじゃなかった。ただ、いつもテオに頼りっぱなしでは、テオに格好良いと思ってもらえないから、俺なりに頑張ったつもりだったんだ。

「ファウス様は格好良いですね」って言ってもらいたかっただけなんだ。

叔父上みたいに、頼りにして欲しかったんだ。

なのに。

「一緒は恥ずかしいけれど、アダル達が一緒に行くなら、ぼくだって……ぼくだって、一緒がいい。ぼくを置いていかないで」

悲しそうに、辛そうに、けれど遠慮がちにテオが言った途端、胸が締め付けられるような後悔と同時に、滾(たぎ)るような情欲が突き上げてきた。

俺は理性が蒸発するかと思った。

テオがかわいくて、かわいくて堪らない。

小さな唇にも、やわらかい頬にも、細い首にも口づけて、噛みついて、すべて俺のものにしてしまいたい。

大事にしたいのに。

怖がらせたくないのに。

抱きしめた体を押さえ込めば、小さな体が腕の中に納まってしまう。

俺が無理を強いれば、逃げることもできないと分かっているから、我慢していたのに。

そんなにかわいいことを言うなんて、狡い。

衝動のままに口づけても、「怖くない」としか返ってこない。

せっかく何度も歯止めを掛けようとしているのに、テオの方から簡単に自制心を破ってくるのだ。

ただでさえ我慢は苦手なのに、俺は苦しくて堪らなくなった。

もう我慢なんてしない。

綺麗な赤い瞳を見つめながら口づけても、テオは拒まなかった。

やわらかくて小さな唇をこじ開けても、中を犯すように弄っても、必死でしがみついてくるばかりで、拒もうとはしない。

温かくて、やわらかくて、貪るように舌を舐めたり吸ったりするたびに、かわいらしく甘ったるい声を上げる。

かわいい。

かわいくて、堪らない。

俺に触られる度に、テオの体からとても良い匂いがする。

頭がくらくらして、このまま最後までシテしまいたくなる。

ダメだ。

ヒトはセリアンよりも成熟が遅い。

テオの小さな体を見れば分かる。

まだ早い。

でもテオは拒んでない。

少しぐらいなら、許されるんじゃないのか？

俺がどこにキスしても、真っ赤になってトロトロに蕩けた顔をしている。気持ちいいんだ。

やっぱりダメだ。

頭の中で悶々（もんもん）とした性欲が箍（たが）を外しそうになるのを、必死に堪える。

テオが気持ち良さそうにしているのも、俺を拒まないのもすごく嬉しいけれど。

ダメだ。

俺はテオで気持ち良くなりたいんじゃなくて。

テオが好きだから、テオとキスすると気持ち良くなってしまうんだ。

はき違えるな。

セリアンの力で押さえつけたら、テオが壊れてしまう。

興奮しすぎて火がついたみたいに熱くなっている頭

に、必死で「テオに嫌われるかも」という冷水を掛けながら、留まる。

せめて体は成熟したのか知りたくて、精通したか聞いたら、舌足らずな甘えた声で「まだ」って言うんだ。

手を出したらダメだ。

でも我慢できない。

細くてやわらかい体を撫でまわしてしまう。

俺に触られる度に震えるのが、かわいくて堪らない。

快楽に蕩けた赤い眼差しの色気が、強烈すぎる。

俺のモノより未熟な性器を擦ってやると、どんどん硬くなっていくのも愛しい。俺の手に触られて喜んでいるのがかわいい。

今にも弾けてしまいそうなほど興奮したテオの性器に、堪らず俺のモノも擦りつけてしまう。

頭が馬鹿になりそうなほど、気持ちいい。

かわいいテオが俺の腕の中で喘いでいるのも、怖がっているのに逃げようとしないのも、嬉しくて、気持ちいい。

「ふぁうすさま、ふぁうすさま……」

縋るように俺の名前を呼ぶのも、かわいくてもっと呼んで欲しくなる。

快楽に戸惑うテオのかわいい顔をじっくり堪能しながら、最後まで追い詰める。

細い体がビクンと大きく跳ねた。

「あ、ァッ」

小さな赤い唇が、丸く開かれる。

快楽を極める顔は、淫らで綺麗だった。

初めての射精は、まだ完全な精液にはなっていないらしい。ごく少量だ。

テオの初めてが俺のモノ。

この満足感は、悪い薬のように俺を酔わせる。

射精して、とろんと蕩けた顔を無防備に晒しているなんて、なんてかわいいんだ。

眺めていたら、かわいすぎて俺まで我慢できなかった。

直接触ったわけでもないのに、出してしまう。

気持ちいいんだけど、ちょっと気まずい。

「怖かったか？」

暴走した自覚があるので、俺は恐る恐る尋ねた。興奮しすぎて怖がらせた気がする。

「……ちょっとだけ」

白い頬を真っ赤にしたテオが、とろりと笑う。

俺はその場で倒れ伏したくなった。

かわいい。

色っぽいのに、すごくかわいい。

いい匂いのする首筋に齧りついて、今すぐ俺の牙をうなじに突き立てたい。

ふうふうと興奮して荒くなる息を押し殺すのが辛い。

腕に力が入りすぎないよう、細心の注意を払って抱きしめる。

怖がらせないように、唇にキスしたいところを額で我慢している。

小さくて柔らかい唇にキスしてしまったら、甘い舌を引き出してさりさりと擦り合わせて、もっとイヤラシイことを始めてしまう。

「ぼくが嫌われたんじゃなくて、良かった」

嬉しそうにテオが笑う。

テオを嫌いになるなんて、ありえない。嫌われないように、俺がどれぐらい我慢しているのか、逐一報告したいぐらいだ。

テオは安心したような顔をしているけれど、逆だ。

俺は今、とても危ない。

すぐ続きを始めそうになるところを、必死で留まっているんだ。

ずきずきと痛いぐらい興奮している俺をよそに、安心しきったテオが、うとうとと微睡み始める。

淡い色の髪を撫でると、心地よさそうに俺の掌にすり寄ってくる。

俺は音を立てないように、尻尾をバタバタ振り回した。そうでもしないと、かわいいテオのかわいさに、殺されそうだ。

「テオ?」

腕にかかる体重が重く感じられたので、もう一度確かめるように声をかけると「んー」と眠そうな声がかかる。

「テオ、かわいい。愛してる」

愛している。

俺のただ一人のヒト。

兄上の婚姻が決まったら、次は俺が父に申し出よう。

俺が伴侶として迎えたいのはテオだけだって。

異国の平民というあたりで、多少は文句を言われるだろうが、第二王子が気にする問題ではないだろう。

どうしても駄目だと言われるなら、テオを攫って逃げればいい。

世界は広いんだから、俺とテオが生きていく場所ぐらいあるはずだ。

「テオ。かわいいな」

ぐっすり眠ってしまったテオは、気を張っていたせいかひどく疲れていたようだ。俺が起き上がっても目覚めない。

衣服を乱されたテオを見下ろし、俺は少し考えた。

女官を呼んで衣服を整えさせるのが正しい。

正しいけれど、せっかく際どい格好をしているテオを、見逃すことになる。

「もったいない」

そう、もったいない。

テオは一緒に寝てくれないだの、一緒に風呂に入ってくれないのは狡いだの言っていたけれど。

そう言っていたけれど。

俺の前で肌を晒して、いつまで無事でいられると思っているんだろう。

何でも知っていて、先生方に褒められてばかりなぐらい賢いくせに、本当は馬鹿なんじゃないだろうか。

水浴びなんて、絶対ダメだ。

明るい日差しの中で、濡れて透ける下着一枚になるなんて、卑猥すぎる。

肌に張り付く下着から透ける小さな性器はまだ毛も生えてないんだな、などと俺が考えているのに気づいていないのか？

気づくだろう。

俺にどれぐらいイヤラシイ目でじろじろ見られているか、気づかない方がおかしい。

少なくとも俺の頭の中で、濡れた下着を引きずり降ろされて、小さな尻を剝き出しにされてしまうのは仕方がないだろう。

薄い尻の肉を揉んだら柔らかいかな、とか。後孔を弄ったら泣いちゃうだろうか、とかいろいろ考えてしまうんだ！

結果として股間が痛いぐらいに張り詰めてしまうんだから、男には隠すべき事情がたくさんあるんだよ。

俺はかなり隠しているつもりだが、シジスにしょっちゅう揶揄われる。

「勃起しているところを見られたら、嫌われますよ」と風呂上がりに言われた俺の気持ちが、テオには分かるか！　分からないだろ！

すぐさまテオと風呂に入るのは止めた。

嫌われたら困る。

テオに、「ファウス様が我慢できない獣だとは知りませんでした」とか冷たい目で言われたら、俺はきっと立ち直れない。

だって、勝手に勃起するんだから仕方ないだろう。

湯船に入ってぬくぬくしてる時に、テオが無邪気に「髪を洗ってあげますね」とか全裸で言うんだぞ？

髪を洗うかどうかよりも、温まってピンクになった乳首に目が行くだろう。

俺の頭の中では、その場で押し倒されて、小さい乳首が腫れ上がるまで舐め回されているんだが、もちろん現実のテオはニコニコしているだけだ。

湯船から上がれず、のぼせたことが何回あると思っているんだ。女官には「殿下が長湯とは存じませんでしたわ」とか笑われたんだぞ。

「テオ。悲しませたのは、悪かった」

無防備に眠るテオの頬をつつく。

やわらかくて、子供みたいにかわいい。

「俺にもいろいろ、たくさん事情があるんだ」

主に下半身的な事情が。

乱れた上着から、白い肌がのぞく。

俺はつい我慢できずに、首筋から胸元に手を差し入れてしまった。

「ん、ん」

テオが起きてしまわないかドキドキ見ていると、微かな声を上げただけだ。

やわらかくて滑らかな肌。

骨まで細いと分かる華奢な体だ。

掌で撫で回すと、ぷつんと、乳首の突起が引っかかる。

ダメだと分かっているのに、つい触ってしまう。すりすりと指で摘んで弄ると、テオの細い眉が寄る。

「ん。ふ。ぁ」

溜息みたいに微かな甘い声。

俺は、息を呑（の）んだ。

まずい。

妄想では何回も、それこそ何十回も俺に弄られて穢（けが）された乳首だけれど、現実では性的な意図で触ったことはない。

見たことはある。

むしろジロジロと見ていた。シジスに呆れて叩かれるぐらいは見ていた。

「テオ、すまん。先に謝る」

ちょっとだけ。一回だけだ。

服を開け、つん、と尖った小さな突起に舌を這わせる。

「あ、ん」

テオの白い頬が紅潮する。

唇で挟んで、吸い上げると、もっと頬が赤くなる。

くすぐったそうに、身を捩り、俺の髪を撫でる。耳に触ると、毛の感触が気に入ったのか、何度も撫でてくる。

俺の唇に挟まれたままの乳首が、硬くなっていく。

イヤラシイ。

もっと舐めて、気持ちの良い場所に作り替えたい。

「ん。ふふ。くすぐったい。ふふ」

寝言が聞こえて、俺は慌てて飛びのいた。

起きてしまったかと、恐れて顔を覗き込むが、すやすやと眠ったままだ。

唾液に濡れて、淫らすぎるほど淫らな赤い乳首が堪らなく気になるが、俺は奥歯を噛みしめて視線を引き剝がす。

はだけた衣服を整える。

「眠っている相手に悪戯するなんて、卑怯だ」

握りしめた拳が痛い。ついでにちょっと興奮してしまった股間も痛い。

もうちょっとだけ。

さっき初めて射精したテオの性器を触ってみたい。

いや、ダメだ。

そういうことは、テオがもっと大人になって、俺と伴侶の誓いを立ててくれてからするべきだ。我慢できない男として、テオに軽蔑されるのは嫌だ。

深く深く、深呼吸する。

テオに触れないようにじりじりと距離を置いてから、俺は痛いほど興奮してしまった下半身を宥めた。

その時、無防備に眠るテオを見てしまったのだけは、見逃して欲しい。

格好悪い所は全て、テオには見せたくない。

叔父上よりも頼りになる、格好良い男だと思ってもらいたい。

だって、俺の一番大好きな、大切な人なんだから。

俺のたゆまぬ努力は、まだまだ続きそうだった。

おわり

16歳

東方の翼が運んだもの

ラヴァーリャの春は華やかだ。

暖かい国なので冬は厳しくはないのだけど、それでも寒々とした無彩色の景色から、次々と新芽が芽吹き花が咲き、明るく輝かしい季節へ鮮やかに変化していく。

広々とした王宮の庭にも、たくさんの花が溢れている。

王宮内を縦横に巡る水路の水も温かくなった。

春の日差しが水面にキラキラと反射してとても綺麗だ。

「暖かいなぁ」

「良い天気で、気持ちいいですね」

昼食後、ラヴァーリャ式の座面の低いソファに思い思いに座ったぼく達四人は、窓辺から差し込む日差しで日向ぼっこをしていた。

冬の間は午後の日差しが暖かい時間に鍛錬に精を出していたんだけど、暖かい春になると鍛錬に出る前に寛いでしまうのだ。

「眠くなりますね、ファウス様」

「……」

半分落ちかかった瞼で、アダルがそんなことを言う。

アダルの隣に転がっているシジスに至っては、目を閉じている。穏やかすぎる呼吸は、寝息じゃないかな？　主君の前で、主君より先に昼寝ができる豪胆さがすごい。

「んー。眠くなるな」

「ぼくも眠くなります」

欠伸(あくび)をしているファウスの言葉に、ぼくも追随する。

お昼ご飯を食べたら眠くなるのはよく分かる。

春の暖かい日差しはお昼寝に最適だ。風がやわらかくて、暖かくて気持ちいい。お腹がいっぱいになると、特に。

ぼくの前世の記憶にもあるよ。眠くなるんだよね、午後の授業とか、会議とか。

「眠いのか、テオ。テオ、テオ、こっちに来い。ここ」

お行儀良く座っていないといけないのに、ファウスは強引にぼくの腰をさらって引き寄せる。

ファウスの胸に凭れるように引き寄せられて「寝てても良いぞ。俺も寝るから」などと言われてしまう。

「ダメですよ、ファウス様」

王子様を枕になんてできない。丁重にお断りして、ファウスの体から離れようとすると、途端に真っ黒い耳がぺたんと倒れる。

「俺の隣が嫌なのか」

「ファウス様を枕にはできないという意味です」

「俺はテオの枕でもクッションにでもなりたい」

ぼくの腰に回した腕を離さず、ファウスは不穏なことを言い出す。

ぼくを傍に置きたいという意味だとは分かっているけど、内容が残念すぎる。なんだよ、クッションって。王子様の自覚と誇りを忘れないで！

「やめてください。王子としての品位が疑われます」

「俺がいいと言っているのにか？」

「ダメなものはダメです」

めっ、と強い口調で断ると、パタパタッと黒い耳が動く。ファウスは納得してない顔をしている。

パタン、パタンと長い尻尾がクッションを叩く。

何やら考え込んでから、ようやく結論が出たみたいだ。

「……分かった。テオが枕になれ」

「はい？」

ぼくを座らせたまま、ファウスがごろりと横になる。頭はぼくの膝の上。いわゆる膝枕というやつだ。

「うん。これでいい。こうしよう」

ぼくのお腹に顔をぐいぐい押し付けながら、ファウスは満足そうだ。

高い鼻先が擦りつけられて、くすぐったいやら居たたまれないやら、ぼくはとても困ってしまう。

「ファウス様っ、こんなの恥ずかしいです」

「俺は枕になれないなら、テオがなればいい」

「そういうことじゃなくて、もー。甘えん坊なんですから！」

ぼくの苦情を聞き流して、ぼくの腰に腕を回したファウスはさらに顔を押し付けてくる。

あんまり下腹辺りで喋らないで。落ち着かなくなってきちゃうから！

「テオ、テオ。テオはいい匂いがする」

「ファウス様、恥ずかしいことばかり言わないでください！　アダル達に呆れられますよ」

鼻の利くセリアンにどこの匂いを言われているのか分からないけど、ぼくを赤面させるには充分だ。満足そうにグルグル喉を鳴らしているファウスをおいて、アダル達に呆れられてないか確認してしまう。

ぼくが赤い顔を自覚しながら居間を見回すと、アダルもシジスもとっくに夢の中だった。

二人とも、長い尻尾がだらんと伸びている。寝たふりではなく完全に熟睡したな。

ファウスもそうだけど、みんな、自由すぎるだろ！

「ほら、誰も見てない」

「えっ」

ぼくの動きを察知していたのか、ファウスの長い腕が伸びる。

肩を引かれたと思った途端に、天地がぐるりと回転した。確かにぼくの膝に頭を乗せていたはずのファウスは、瞬く間にぼくを移動させていた。

気がつけば、ぼくの体はファウスの上に乗り上げていたんだ。

「テオ。真っ赤になって、かわいいな」

「……っ」

「かわいい。キスしたくなるぐらい、かわいい」

反論しようと開いた唇を塞がれる。

ちゅ、と微かな音が立つ。巧みに引き出された舌が擦り合されて、ぞろりとした快楽が甘く背筋を舐める。

「あ、ぁ、だめ……ん」

ぼくが戸惑っている間に何度も唇を吸っては離し、ちろちろといやらしく舐め回したファウスは、広い胸にぼくを抱き込んでしまう。

ここ数年、ファウスは人目がなさそうな時はこうやって、ちょっと淫らなキスをしてくる。

本当は良くないことだ。

ぼくとファウスは恋人になれない。身分が違う。

でも、ぼくは嬉しくて、完全には拒否できずにいた。

ぼく達の秘め事が、誰にも知られない間だけ、と自分に言い訳する。

ファウスがぼくを好きと言ってくれる間だけ、後ろめたく思いながらファウスの好意に甘えてしまう。

「かわいい。大好き。このままでも、誰も気にしない」

「気にしますよ」

「大丈夫、大丈夫。テオはいい匂いがするな」

ぼくの頬にファウスのそれが擦りつけられる。

グルグルと機嫌よく喉が鳴っているのが分かる。

フワフワの耳の毛まで当たってくすぐったい。

「もー。甘えん坊なんですから――」

さも仕方がないとばかりに溜息を吐いて、ぼくは力を抜いた。がっちり抱きしめているファウスの腕に身を預けて、胸に頭を寄せる。

穏やかな心臓の鼓動まで聞こえそう。

ゴーン。ゴーン。ゴーン……。

すっかり油断してファウスに甘える体勢になった途端、普段は鳴らない時間に大聖堂の鐘が鳴り響いた。

「え!」

「なんだ!」

昼寝していたアダルもシジスも飛び起きる。

アダル達にファウスに甘えている姿を見られたぼくは、心臓が飛び出しそうなほど驚いて焦ったけれど、ファウスは何事もなかったかのようにぼくを抱き寄せたまま体を起こす。

「鐘が鳴る予定があったか?」

「さぁ――」

ファウスの問いに、ぼくとアダル達は顔を見合わせる。

答えを見つけられない間にも、大聖堂の鐘に合わせて王都内のあちこちにある聖堂の鐘が鳴り始める。

少しずつ音色の違う鐘の音は、どこか楽し気な響きだ。

「警告じゃないな」

「はい。祝い事の鐘ですね」

聖なる日にお祝いで鳴らされる音と同じだ。

ぼくは答えながらも、思い当たるお祝い事が思いつかずに首を傾げるばかりだ。

アダルも不思議そうな顔をして、尻尾を揺らしている。

「隊商の到着、では?」

は、と思い至ったようにシジスが顔を輝かせる。

隊商、というと、大人数で寄り集まって、移動しながら商売をしていく一団だよね。中心は商人なんだけど、護衛や、隊商の人員相手の薬師とか料理人とか、商品ではなくて踊りや音楽を売る芸人とか、いろんな人が所属しているんだ。

ラヴァーリャの王都にももちろんやって来るんだけど、わざわざ聖堂が鐘を鳴らすだろうか。

「隊商?」

シジスの言葉に、ぼくもファウス達も納得できずに首をひねるばかりだ。

「少し前に父から、西の果てより大隊商団が近々到着すると聞きました。その到着の合図だと思うのですが……」

「大陸交易路を通ってきたという意味？」

ぼくはざっくりと描かれた世界地図を思い浮かべる。

前世の知識で覚えているような、正確に測量された地図というよりは、人づてに聞いた言い伝えとか人が歩いた範囲をまとめた、虚実入り混じった地図だ。

地図の端っこには、流れ落ちる海を飲み込む巨大な魚が描かれているたぐいの。

その地図によると大きな大陸の東端の大国がこのラヴァーリャ。西端辺りは曖昧に描かれているけどリーミンっていう国があることが知られている。

東西を結ぶ交易路があることも知られているんだ。

前世の知識を参考にすると、シルクロードが近いかな？

「そう。前に来たのは、私が五歳ぐらいの頃です。詳しくは覚えていませんが、父にねだって買ってもらったリーミンの茶器が私の宝物です」

興奮した様子でシジスは前のめりになっている。さっきまでの眠気は吹き飛んだみたいだ。

シジスが五歳っていうことはぼくも五歳で、まだジエンマにいたから知らないなぁ。

同じく隊商の到着を体験しているはずのファウスとアダルを見ると、二人ともさっぱり覚えていないみたいだ。

「そんなの、来たかな。覚えているか、アダル？」

「全然覚えていません。商人は俺の家とは相性が悪いので。西の果てからの隊商ですか……」

「ファウス様はお会いになったかもしれませんよ？当時、リーミンからの隊商は国王陛下との謁見も許されていましたし、最高司祭聖下とも直接言葉を交わすほどの歓迎ぶりだったと聞いています！」

ピンときた様子もなければ、興味も薄そうなファウスに、シジスはもどかし気に言葉を重ねる。彼にとっては大事件だったのだろう。

シジスの言葉通りとすれば破格の待遇だ。いくら大商人だとしても、あくまでも商人は商人。本来なら国王や最高司祭と直接会える身分じゃない。

ましてや大聖堂が到着を歓迎して鐘を鳴らすはずもない。

「そうか？　悪いな、全然覚えてない」

「俺もです、ファウス様」

ファウスの言葉にアダルまで深く頷いた。シジスは残念そうに肩を落とす。

「私の周辺では、かなり話題に上がっているのですが……」

大きな商談に繋がる機会だから、シジスの実家は盛り上がっているのかな。

「珍しいものが沢山見られそうですから、楽しみにしている人は多いでしょうね」

商売に興味はないけれど、どんな様子かぼくも気になる。

東西交易路を踏破してきた隊商なら、品物だけではなく情報もたくさん持っているだろう。外国の話なんて、すごく面白そうだ。

「テオも気になるのか?」

「ええ。だって、すごく珍しそうですから」

「分かった。見物に行こう」

シジスの言葉には反応が薄かったくせに、ぼくの何気ない一言にファウスが即断する。

極端だなぁ。

「見物って、おっしゃいますけれど」

お忍びで隊商の宿営地を訪問するつもりかな? 隊商だって商売のために逗留するんだから行けば会えるかもしれないけど、ファウスが王宮の外まで行くとしたら手続きが面倒になると思うなぁ。

呼びつけるほうが簡単だと思うけど、それでも時間はかかる。

「大聖堂が鐘を鳴らしたんだから、叔父上にお願いしに行けばいいだろう? 父上に会いに来るときは公式の表敬訪問で格式張るはずだが、大聖堂の中で『偶然』出会うなら、もっと簡単だ。よしすぐに行こう、アダル、シジス! 商人が大聖堂にいる間に!」

ぼくがあれこれ考えている間に、ファウスはあっさりコネで解決する案を出してきた。

「面白そうですね!」

「ぜひ隊商の長に会いたいです!」

乗り気な二人は、ファウスを止めるそぶりが全くない。良いんだろうか、そんな突発的な行動を起こして。

いや、まあ。出かける先は大聖堂だし、会いに行くのはシモーネ聖下なんだから、良いのかな? たまたま話題の商人がいれば良いな、ぐらいで。

勢いづく三人に引きずられながら、ちょっとだけぼくも浮かれていたんだ。

いつも静かな大聖堂は、今日に限ってはふわふわと浮き足立っていた。

ファウスのような王族が使う門は静けさを保っていたけれど、一般信徒が使う門は見慣れない服装の人たちで溢れかえっていた。

もともと一般信徒用の門は門前町の風情で賑やかなんだけど、さらに人通りが多い。

見たこともない動物が闊歩(かっぽ)している。

茶色くてごわごわした毛で足の長いあれは、ラクダかな？

ぼくは初めて見たよ！　背中に大きな瘤(こぶ)が一つある。瘤の上にはタッセルで飾られた布が掛けられている。

「テオ、なんだかすごく変な生き物が来てるな！」

「え、ええ。あれは、ラクダでしょうか」

「ラクダ。ラクダって？　あのへんな生き物を、テオドアは見たことがあるのか？」

「見たことはありませんけれど、本で読みました。砂漠を旅するには馬よりも便利だそうです」

「さすがテオドア、勉強家だなぁ」


ぼく達は馬車の窓を全開にして、わぁわぁ騒いでいた。

ファウス達がはしゃぐのにぼくも同調してしまう。分かっているんだよ。ぼくはファウス達を宥める役目だって。

でもぼくだって、前世の知識で似たような物を知っていたとしても、実際に見るとワクワクしてくるんだ。

そうこうしている間に、聞き慣れない音楽が響き始める。

異国風の衣装を着た人達が、見たこともない楽器をかき鳴らしたんだ。やがて人の輪が広がり、ダンスが始まる。単調なリズムなのに、なんだかとても楽しくて、お祭りみたいだ。

ぼく達は興奮冷めやらぬまま聖下の元へ到着した。

「おや。もう来たのかい？　僕の方から呼びにやろうと思っていたのだけれど」

そう言って聖下は穏やかにぼく達を迎え入れてくれた。

通された庭がよく見える広間には、先客が二人いた。

聖下の右隣には見慣れない小柄な男性。ぼくと同じぐらいの背丈じゃないかな？　服装は色鮮やかな刺繍(ししゅう)が施された派手なものだ。派手なのは服だけじゃなく容姿もだ。青みがかった長い髪に、鮮やかなピンク色の髪が混ざっていてとても人目を引く。一度見たら忘れないだろう。

ぼく達と目が合うと、にこにこと楽しそうな笑顔で、会釈をしてくれた。

聖下の左隣には、バルダッサーレ第一王子。

今日も豪奢な金髪が印象的な美形ぶりは変わってないんだけど、人当たりの良さは無い。

第一王子の黄金の眼差しは、不機嫌そうにぼく達を睨む。正確には先頭に立っているファウスを睨んだんだろう。

ファウスへの怒気だと分かっていても、ぼくは居心地が悪くなった。

「何をしに来た、ファウステラウド」

「異国の商人がやって来たらしいと聞いたので、叔父上がご存知かと思いお訪ねしました」

ファウスは臆することもなく第一王子の眼差しを受け止める。

ぼくなんて怖くて落ち着かないのに、ファウスは肝が据わっているなぁ。

「耳が早いね、ファウステラウド。確かにリーミンの商人であるジュ・フェオン殿と僕は親しい。こうして歓迎するほどに。

ファウステラウド、こちらがジュ・フェオン殿。鳥を祖とするカラヴィゆえに、渡り鳥のように方角を見失うことなく、西の果てから我が国まで真っ直ぐ進むことができる」

正式に紹介されて立ち上がったジュ・フェオンは、嬉しそうにくるりと回転してお辞儀をして、再び座った。

鳥のように軽やかな身のこなしだ。でも、ヒトと違う所といえば派手な色彩ぐらいで、羽が生えているとか、嘴(くちばし)があるとか、鳥っぽいところはないんだ。

「お目にかかるのは二度目ですな、黒獅子王子殿下」

やはりファウスは会ったことがあるんだ。

「そうか？　悪いな、子供すぎて覚えてない」

「物覚えが悪いだけだ」

悪びれず白状したファウスに、第一王子の冷やかな声が被さる。

　ジュ・フェオンは気を悪くすることもなく、笑みを深めただけだ。

「バルド、止めなさい」

　呆れた聖下に叱責されて、第一王子は拗ねたようにそっぽを向く。ファウスも不機嫌そうに尻尾を揺らしながら目を逸らすんだから、この兄弟は仲が悪い。

「よくジュ・フェオン殿の到着に気づいたね。情報の出どころはシジスモンドかな？」

「はい、叔父上。アルティエリ家からです」

「従者に教えられるまで価値に気づかぬファウステラウドを、なぜ同席させるのです、叔父上」

　ファウスの答えにいちいち第一王子が噛みついてくる。

　ぼくはハラハラしてしまうんだけど、聖下は困ったように笑っただけだった。

「子供は学ぶものだ。もちろん、お前も。だからこそ、同席する価値がある」

「私が、子供だとおっしゃるのですか？」

　黄金の瞳が、不満そうに細められる。

「違うとでも？　苦手な相手が混ざった程度で動揺するようでは、成熟した獅子の王とは言えまい。子供ではないというならば、僕の客を不愉快にさせるものではないよ」

「……はい」

　不満はありありと顔に出ているのに、第一王子は小さく頷く。

「良い子だね。バルド」

「……」

　聖下がそう言って微笑むだけで、第一王子は頬を染めて黙り込む。鋭いファウスへの眼差しすら和らぐんだから、聖下は優秀な猛獣使いだ。

「待たせたね、ファウステラウド、テオドア、アダルベルド、シジスモンド、お前達も座りなさい。誰が、ファウステラウド達にお茶を」

　にこやかに聖下がぼく達を手招く。

　ファウスが促されるままに用意された席に座ったので、ぼく達もいつも通りファウスを囲むように席に着く。

　待っていたかのように現れた司祭さんが、ぼく達の前にお茶とお茶菓子を用意してくれたけど、いつも用意されるお茶とは違う。

聖堂で出されるお茶は緑茶が多くて、ときどき紅茶だ。でも今回はもっと香りが濃い。

ぼくよりずっと鼻がいいファウス達は、不思議そうに耳をパタパタさせている。

「これは？」

「ジュ・フェオン殿の土産だ。普段とは少し違うお茶かな」

「ええ。その通りです、シモーネ様。こちらはリーミンでも生産量が少ない珍しいものです。紅茶よりもさらに時間をかけて作ります。味は濃く癖も強い」

ファウスの問いに聖下に代わって答えたのは、ジュ・フェオンだった。

にこやかな彼に対して、ファウスは鼻のつけ根に皺を寄せている。

嗅ぎ慣れない匂いに閉口しているらしい。

ちらりと視線を動かすと、聖下も第一王子も既に味を知っているのか、平然と口に運んでいる。

ここは、ぼくのような従者が先に動くべきだろう。

「いただきます」

ファウスより先に手を出すのも気が引けるんだけど、毒見の一種だと思って目を瞑ってもらおう。

お茶が注がれたのは、小さな器だ。

白磁なのかな？　薄くてとても綺麗な白。縁にも朱色の飾り模様が緻密に描かれている。

お茶の香りは、薬っぽい独特のもの。色は澄んだ黒。

口に含むと、鼻へ香りが抜けていく。決して嫌な匂いではない。

「独特なお味ですね」

美味しいとも言い切れずぼくが呟くと、青とピンクのオッドアイを丸くしたジュ・フェオンが笑う。

「大人の味かもしれませんな」

「不味くはないが、慣れない味だ」

やや憮然とした口調でファウスが呟く。

いつの間に手を出したのか、ファウスも飲んだらしい。

「大人になられましたな、殿下。以前お目にかかった時は、見慣れないものを怖がって泣いていらした」

「俺は泣いてない！」

ジュ・フェオンが快活に笑い声を上げると、ファウスの頬に血が上る。ぴん、と丸い耳が立っているから怒っているなぁ。

「私がお持ちした呪い人形が不気味で恐ろしいと、泣いて逃げ回っておられましたよ」

「誰がそんなことで泣くか！」

ぱん、とファウスが尻尾で床を打つ。

「昔の話だよ、ファウステラウド。そうむきになるな」

聖下まで否定しないので、泣いたのは本当のことかもしれない。本人は覚えてないことで揶揄われるのは可哀想だけれど、変な人形が怖くて泣く小さいファウスはかわいかっただろうなぁ。

見慣れないものに警戒して、耳と尻尾の毛を逆立てるファウスを想像して笑ってしまいそうになる。

「ジュ・フェオン殿、ほかにも面白いものを持ってきてくれたんだろう？」

ファウスの苛立ちを逸らすように、聖下が話題を変える。

これ以上ファウスを怒らせるつもりはなかったのか、ジュ・フェオンは大きく手を打った。

「ええ。もちろんです、シモーネ様。聖女様がお喜びになった布もお持ちしました。

バルダッサーレ殿下には、ご依頼の品を。王子様方、従者の方々には東方の刀剣はいかがでしょう？　鋼の質が大変良く、切れ味は鋭い。珍しい玉もお持ちしました」

ジュ・フェオンの言葉が合図になったのか、門の近くで見た異国風の人達がしずしずと現れる。

輪になって座っているぼく達によく見えるように、複雑な模様を織り込んだ布や、刀剣、磁器を並べてくれた。宝石もたくさんあって、半透明な緑色の玉もある。獅子の意匠が彫り込まれているのは、きっとセリアンが獅子の獣人だからだろう。

カラヴィが鳥を祖とした獣人だからか、鳥の形の玉もいくつもあった。

ガラス玉を連ねた首飾りもたくさん。ラヴァーリャで見る宝飾品とは、また少し味わいが違う。

「どうぞ、バルダッサーレ殿下。こちらがご依頼の『博物誌』でございます」

珍しすぎる品々に圧倒されて、目を見開くぼく達をよそに、ジュ・フェオンは第一王子に分厚い冊子を差し出していた。

「長く待った甲斐があったというものだ」

手書きの紙を綴じただけの冊子を、パラパラッとめくって第一王子は満足そうに頷く。王子に献上するものだったら、豪華な装丁になっていそうなものなのに、質素でも喜ばれるってことは中味にそこまで価値があるのかな？

「ご満足いただけて光栄です、殿下。いかがでしょう、私はこのような刀剣も扱っております。切れ味鋭く、頑丈ですよ」

「いや、お前達が扱う武器は軽すぎる」

続けて商品を売りつけようとするジュ・フェオンに、第一王子は珍しく笑って拒否していた。機嫌がいいな。

見た目の美しさだけでなく実用に耐えると勧めているジュ・フェオンは怪訝（けげん）な顔をする。

「試してみよう。アダル、持ってみてくれ」

「はい。なんでも良いのでしょうか？」

「ああ。握ってみて、使えそうなら買い上げよう」

第一王子とジュ・フェオンのやり取りを聞いたファウスが、隣に座るアダルに命じている。

「では、これを」

立ち上がり広間の真ん中まで進んだアダルは、迷いなく一番長い槍を手にした。アダルの身長よりも長い柄に、短剣ほどの長さの穂先が付いている。突く用途以外にも、斬ったり叩いたりするつもりなのか、ハルバートみたいだ。

ブン、とアダルの握った槍が、音を立てて風を切る。

アダルが手にした途端、青光りする美術品のような刃に圧倒的な迫力が加わった。

狭い室内だというのに危なげない動きは、優れた剣舞のように優雅だ。

槍の型を一通り披露してくれた後、アダルは苦笑しながら槍を置いた。

「バルダッサーレ殿下がおっしゃった通り、確かに軽すぎます」

「セリアンに売りつけるには、物足りないようだな。ジュ・フェオン」

「これは、これは……申し訳ございません。では、料理をお楽しみくださいませ」

アダルの動きを笑顔で見守っていたジュ・フェオンは、落胆することなく次を勧める。小柄なカラヴィと大柄なセリアンでは、求める武器が違うことぐらい初めから分かっていたみたいだ。

「美味な料理が腹を満たせば誰しも笑顔になる。この真実に国境はありません。我がリーミンから運んだ食材と器、途中の国々で仕入れた珍味をお持ちしました。どうぞ温かいうちに、ご賞味くださいませ。

音楽も奏でましょう。東方の調べをお聞きになったことは？　砂塵の国の熱い音色、湖の国の甘い響き、我が祖国の深淵なる旋律をどうぞお楽しみください」

　かなり芝居がかった表現なのは、ジュ・フェオンの商人らしさなんだろうか。思わず引き込まれそうになる。

　広間の端に並んだ楽人たちが、聞き慣れない旋律を響かせる。

　目の前に並べられたのは、お茶とお菓子、食事もあった。

　見た目は中華料理っぽいのかな？　カトラリーとしてフォークやナイフが準備されていたが、箸も添えられていた。

　料理の種類は様々だ。煮込んだ肉や魚のほか、蒸したお饅頭（まんじゅう）もある。具だくさんのお粥（かゆ）も、小さい器に盛られていた。黒っぽい板状のものが添えられているけど、あれは焼き海苔（のり）だろうか。

　ぼくの前世の記憶にあるものと同じかどうかは食べてみないと分からないけれど、すごく気になるなぁ。

　食いしん坊のセリアン達は、食事に対しても遠慮はなかった。

　聖堂で饗（きょう）されるんだから、当然聖堂のチェック済みだという安心感もある。

　次々と料理の皿に箸が伸びる。

　ぼくは気になっていた焼き海苔っぽいものに挑戦してみた。

　添えられた小皿の黒い調味料は、想像通り醤油だ。ワクワクしてきた。前世の記憶と同じ味かな。

　お粥に、醤油をつけた海苔を入れてみる。本当は炊きたてご飯だと最高なんだけど、リーミンの文化は日本よりも中国に似ているみたいだ。

　口の中に広がる香ばしくて塩辛い味。ほのかに磯（いそ）の香りまでする。

　うーん。これは記憶通りの焼き海苔の味。

　おいしいなぁ。

「気に入ったのか？　テオ」

「え？　ええ。はい。美味しいな、と思って」

　幸せに海苔を堪能しているぼくの姿を、気づかないうちにファウスがじっと見つめていた。恥ずかしい。

「美味いのか？」

「はい。すごく！」

「この紙みたいなのが？」

確かにペラペラだけど、食卓に紙は並びませんよ、ファウス様。

眉を顰めるファウスに、ぼくはつい笑ってしまう。

「とても薄いんですけど、香ばしくて、海の匂いがして、美味しいんですよ！」

「ふうん？」

怪訝そうにしながらもファウスは箸で海苔を摘む。パクリと口に入れた途端、ぴん、と尻尾が立った。丸い耳を伏せている。

あ、美味しくなかったんだ。

「いかがですか？」

勧めた立場上、ぼくは恐る恐る感想を尋ねる。

「ん、ん、ん、独特な味だな」

苦渋の末と分かるファウスの評価に、ぼくは申し訳なくなってしまった。ぼくと、ジュ・フェオン両方に、ファウスなりに気を使ってくれたのだろう。

「ぱりぱりしてますね」

「……牙にくっついて取れない」

好奇心からアダル達も手を出したみたいだ。隣に並んだ二人も微妙なコメントをしている。美味しいと言わないあたり、口に合わなかったんだろうけれど、文句も言えないのだ。

「異国の味というものですね、黒獅子殿下。なにも海苔ばかりが私の商品ではありません。砂礫(されき)の国秘伝のタレで焼いた肉はいかがでしょう？　海苔がお好きな従者殿は、何か気に入った品はございましたか？　いくらでもご用立てしますよ」

ぺらぺらとジュ・フェオンが話し続ける。長広舌なのに煩くないのは、独特な話口調だからだろう。

なぜかぼくにまで売り込んでくれる。

「ぼくは、別に……」

「テオ、何か欲しいものがあるのか？　何が気に入った？」

とんでもない、と断ろうとしたのにファウスの方が身を乗り出す。ジュ・フェオンはぼくではなくてファウスに笑顔を向けた。お財布がどこにあるのか、よく分かっているなぁ。

「こちらの布はいかがでしょうか。素晴らしい刺繍でしょう？　湖の国の女たちが、一冬かけて刺した逸品です。図案は豊かな実りですね」

「いえ。ファウス様、ぼくは何も――」

「欲しいものがあるなら、遠慮するな。テオはいつも、無欲すぎる」

「そうです。贈り物をしたい気持ちを受け取るのもまた、主への『忠誠』というもの。この磁器はいかがでしょう。これほどの大皿、運べるのは我が隊商だけですとも」

示されたのは、朱色の華麗な鳥が一面に描かれた、とても綺麗な絵皿だ。見事な品だけど、立派すぎる。博物館にでも飾っておきたいぐらいだ。

「綺麗だな。欲しいか？　テオ」

「いりませんよ、そんな高価そうな物！」

妙に乗り気なファウスの腕を、ぼくは慌てて摑む。どうして君は、ぼくにお金を使いたがるんだ。

「いただくようなことは、ぼくは、何もしていませんよ」

「本当に何か欲しい物はないのかい？　ファウステラウドに何か買ってもらうと良いよ、テオドア。そうでないと、いつまでもジュ・フェオンが値の張る商品を出してくるからね」

埒が明かないやり取りを続けるぼくとファウスの間に、笑いを含んだ声で聖下が入ってくれる。

「でも」

ファウスを見ると、力強く頷いている。君の財布に、紐はついていないのか。

「珍しいものが欲しいんだろう？」

「見たかっただけですよ」

見たから満足しました、ではファウスが納得しないみたいだ。

「……では、この調味料を分けてください。とても気に入りました」

ぼくはしぶしぶ海苔と一緒に置かれていた醬油を指す。

「ほう。ほう。これですか」

ジュ・フェオンが面白そうに眉を上げる。珍しいものを観察されるような眼差しに、ぼくは居心地が悪くなった。

「ダメですか？」

非売品だったら困るな、という思いでぼくが首を竦めると、ジュ・フェオンは楽しそうに頷く。

「いえいえ。樽一つほどでよろしいですか？」

「そんなにいりません、ちょっとでいいんです」

「承知いたしました。これは、聖女様もお好きな調味料です。そうでしたね、シモーネ様」

「ああ、懐かしいな。海苔と醤油と、白い『コメ』がシズ様の好物だったよ」

「……」

ひやりとぼくの背中が冷たくなる。

ジュ・フェオンは、ぼくと『聖女』について何か勘づいただろうか。

オロオロしながらジュ・フェオンをうかがっても、商談成立にほくほくと笑っているだけだ。ぼくはちょっとでいいと言っているのに、ファウスは「売れるだけ売ってくれ」とか言い出した。それはやめて。扱いに困る。

「ジュ・フェオン殿は若く見えるけれど、シズ様とお知り合いでね。シズ様がお好みになった食材を聖堂に届けてもらっているんだよ。シズ様の故郷の味に、とても似ているそうだ」

優雅にお茶を飲みながら、聖下は解説してくれる。

蒼い目はそのまま、ぼくの記憶にも似た味があるだろうと言っていた。大当たりすぎて、海苔の味が分からなくなりそうだ。

「ラヴァーリャに着くたびに新しい聖女にお会いできるかと期待しているのですが。今回もいらっしゃらないようで」

「聖女降臨は亡国の危機と同時だ。不謹慎だぞ、ジュ・フェオン」

残念そうに肩を竦めるジュ・フェオンに、第一王子の鋭い声がかかる。

「申し訳ございません、バルダッサーレ殿下。もちろん私は、ラヴァーリャの平和と繁栄を願っております。お詫びに、お望みのものを調達いたしますよ。何かご入用のものは？」

「私は、別に――叔父上、何か必要なものは？」

いつの間にか、第一王子にまで取引を持ち掛けているジュ・フェオン。隙のなさは、シジスが二人いるみたいだな。

「僕は、シズ様の墓前にお供えする品があればそれでいいんだ。わざわざ聖堂まで呼びよせているのもそのためだよ」

貢ぎたがっている第一王子の言葉を、聖下は微笑んで退ける。兄弟揃ってプレゼントするのが好きなのか。

聖下の説明で、どうしてカラヴィの商人が大聖堂で鐘を鳴らして歓迎され、最高司祭や国王にまで会えるのか、ぼくにもやっと分かった。

この国は今でも変わらず、救国の聖女を慕って、感謝を捧げているんだ。

とても優しくて温かい感情だと思う。

「そうおっしゃらずに、シモーネ様。こちらの髪飾りはいかがでしょう。玉(ぎょく)をリーミンの名工が研磨したものです。御髪に良くお似合いかと。そう思われませんか、バルダッサーレ殿下」

ぼくは聖女への想いに感動していたのに、当事者のジュ・フェオンは気にせず商売を進めていた。

売りつける相手というか、財布を開きそうな相手をよく見極めている。本当に、シジスが二人いるみたいだな。

「そうだな。叔父上の髪の色によく似合う。他にも幾つか見繕うように。色合いの良い生地があるなら、それも。

叔父上、外出着を仕立てましょう。今からなら夏に間に合うでしょう」

「バルド、僕はいらないと――」

「私が贈りたいのです。受け取ってください、叔父上。ジュ・フェオン、私の宮殿へ届けさせるように」

「承りました、バルダッサーレ殿下」


お金持ちの買い物は、無造作というか、値段を聞かないんだなぁ。ぼくは変なところで感心してしまった。

第一王子も相当なプレゼント好きだ。いつも聖下の言葉には逆らわないのに、強引に推し進めている。

当然ジュ・フェオンは上機嫌だ。

商人気質が似ているシジスは、バルダッサーレ殿下に首尾よく高価な装飾品を売りつけたジュ・フェオンに、その後で頬を染めて話しかけていた。

憧れが前面に出たキラキラした眼差しだけど、二人が話している内容は、先ほどの絵皿の売値と売買可能な在庫数だから面白い。

隣のアダルは、黙々と美味しいものを食べているだけなのに。

ぼく達が聖堂から帰るまでの短い時間に、シジスはカラヴィの大商人と取引を成立させている。アルティエリ家の後継者はしっかり者だ。


帰りの馬車で、ファウスは真剣な顔で宣言してきた。

「テオ、テオ。俺は泣いてないからな。あれはジュ・

フェオンの嘘だ」

ぼくはほとんど忘れかけていたのに、ファウスにとっては大問題だったらしい。

聖下やファウス自身の反応から察するに、カラヴィが運んだ呪い人形で泣いたのは本当の事なんだろう。でも、ファウスのためにぼくは真実を闇に葬ることにした。

「はい。ファウス様が泣いたりするはずがありませんよね」

「うん。そうなんだ。分かってくれたら、それでいい」

ぼくが頷くと、ファウスはあからさまにホッとした顔をする。

ぼく達と向かい合わせに座ったアダルとシジスは、堪えきれずに肩を揺らしていた。笑っているのがファウスにバレたら、怒られるのになぁ。


カラヴィの商人ジュ・フェオンとの邂逅(かいこう)はとても楽しかった。

珍しいものをたくさん見たし、懐かしい醬油も手に入れた。

とはいえ、これから先の接点はないだろうと思っていた。ジュ・フェオンの目的は商売だし、国王に謁見を許されるだろうけど、ファウスの従者にすぎないぼくとは関係がないと思っていた。

思っていたんだけど。

「なんだ、これは？」

昼食の席についたとたん、ファウスが難しい顔で皿を睨んで唸る。

ぼくは、メインとして出された皿のうち一つに、海苔巻きが載っていることに驚いた。記憶にはあるけれど、今生では初めてだ。

シジスとアダルも、尻込みしている。

「真っ黒、ですね」

「似たような色の食べ物は、カラヴィの商人の元で味わいましたが……」

黒光りするほど黒くて、円筒形の食べ物。ファウス達は初めて見ただろうが、そんな海苔巻きがドーンと、ピラミッド型に積み上がっているのだ。

シジスはこの黒が海苔の色と同じだと気づいたらしい。

アダルは不思議そうに耳をパタパタさせていた。

「……」

ぼくだけは、心の中で「海苔巻きだな」と呟く。知っている理由が説明できないので、分かっていても言えないのだ。

でも、どうして急に海苔巻きが出てきたんだろう？ 今まで食べたことがないのに。

「とても珍しい食べ物が大量に手に入ったと、料理長が申しておりましたわ。ファウス様方に、ぜひ、珍味をご賞味いただきたいとのことです」

給仕のために控えていた女官さんが嬉しそうに教えてくれる。

「珍味、だと」

三人の尻尾がいっせいにピン、と立った。警戒する猫みたいな動きがとてもかわいいな。言ったら怒られるから、言わないけれど。

「はい！　先日王都に到着したリーミンの大商人が大量に献上したそうですわ。ご存知でしょうか、ファウス様。今、宮廷でも城下でも、リーミンの品を手に入れるのが大流行ですよ」

いつもにこやかだけど、余計なことは喋らない女官さんは興奮気味だ。

「あ、ああ。そうか。流行っているのか。だが、俺は――」

いらない、とファウスが続けようとすると、察知したらしい女官さんは退けられそうな皿を押さえる。昔から偏食のファウスに対して、女官さんは厳しいのだ。

「なりませんよ、殿下。近く開かれるリーミンの商人ジュ・フェオン殿の歓迎の宴で出される珍味です。残してはいけません」

「なんだと？　必ず出るのか？」

ぎょっとファウスが金色の目を見開く。

歓迎のために大聖堂が鐘を鳴らして、王宮が宴を開くんだから、ジュ・フェオンは重要人物なんだなぁ。

聖女と関わりがあるせいだと分かっているけど、ぼくは感心してしまう。

「はい。少々癖のある食べ物と聞きますが、聖女様がとてもお好きだったそうです」

「……」

みるみるファウスの耳がぺたんと倒れる。

長い尻尾が苦悩するように、ゆらゆらとゆっくり揺れる。

　本当にまずかったんだろうなぁ、海苔。一度食べているから、余計に嫌なんだと、皿を睨むファウスの横顔を見ていれば分かる。

　アダルもシジスも、同じ表情をしていた。

「殿下、とてもありがたい『海苔巻き』という食べ物ですよ。滅多にお望みはおっしゃらない聖女様が、『海苔巻き』はもっと食べたいとおっしゃったそうです」

「そうか」

　どうやら女官さん、それほど美味しくないことを知っているらしい。説得しにかかっている。前回リーミンの隊商が到着した時に、体験したのかな？

　ファウスは何事もなかったかのように、出された海苔巻きを引き寄せる。

　主が嫌だと言わない以上、アダルとシジスも従うしかないのだろう。微妙な表情の三人は、丸一本の海苔巻きをモソモソと口に運んでいた。

　ぼくももちろんいただく。

　具材として使われているのは、卵とお漬物だ。生魚は使われないらしい。酢飯の加減も、ぼくの記憶通りで美味しいと思うんだけど、ファウス達は違うようだ。噛み切りにくい海苔に辟易(へきえき)しているのが分かる。鼻のつけ根に皺を寄せつつも、もくもくと海苔巻きに噛みついている。

　ヒトより発達した犬歯が見えるぐらい口を開けているから、相当頑張っているんだろう。

　酢飯も苦手なのかな？　食べ慣れていないだけかな？　獅子獣人だから酸味が嫌なんだろうか？

「味は、まぁ、それなりだな」

　一本食べきったファウスは、感想を呟いてから別の皿に手を伸ばす。

「料理長にお伝えいたします」

　女官さんは安心したように笑顔で頷いていた。嫌いな食べ物から逃げ回るファウスの幼少時を知っているだけに、心配していたのだろう。

　ファウス、嫌なのに我慢できるようになったんだなぁ。

「テオ、テオ。どうした？　俺の顔に何かついているか？」

　ぼくがほのぼの感心して見ていることに気づいたファウスが、黄金の目を細めてぼくを呼ぶ。

「いいえ。何も」

「そうか。俺が格好いいから見蕩れていたんだな。いくらでも見て良いぞ」

「ファウス様が格好いいのは本当ですが、見蕩れていたわけではありません」

「……！」

ファウスの成長を微笑ましく見ていただけなのに、ファウスは自惚れたことを言う。

ぼくがきっぱり否定すると、なぜかファウスは丸い耳をピンと立てた。さらに立てた尻尾の先がピルピル小刻みに震えている。

「ファウス様？」

「そうか。俺は格好いいか」

「ええ、もちろん。ファウス様はいつも格好いいですよ」

「……」

どうしてそんな当たり前のことを聞くんだろう。

ファウスが格好いいことなんて、当たり前すぎて、ぼくは躊躇いなく同意する。

ぼくの返事を聞いたとたんに、ファウスはぱっと顔を赤くした。一度は遠ざけた海苔巻きの皿を引き寄せる。嫌いなはずの海苔巻きをもう一本わし摑みにした。

むしゃむしゃと食べ始めるので、ぼくは首を傾げてしまう。

「テオドア、ファウス様を乗せるのがうまいな」

しみじみと感心した風に、アダルは頷いている。彼は二本目の海苔巻きに挑戦することなく、好物の肉を手にしていた。自分に正直だ。

「そうかな？」

「ああ、ファウス様が気の毒になるぐらいだ」

「きのどく……」

アダルの代わりに返事をしたのはシジスだ。ぼくはなんだか、釈然としなかった。

ぼくはまだ、海苔巻きに関して何もしてないし、言ってない。

嫌いな物でもちゃんと食べるのは、ファウスが努力しているだけだと思うんだけどなぁ。


ファウス達が我慢して海苔巻きを食べた日から、毎日昼食に海苔巻きが出るようになった。中の具材は少しずつ変わるんだけど、海苔巻きには違いない。

ファウスは海苔巻きピラミッドを見るたびに「うっ」と顔をしかめるけれど、文句は言わない。嫌いな白米から逃げ出して、茂みに隠れていたころとは大違いだ。

でも、嫌いなのは間違いないんだよ。ファウスの態度を見ていれば分かる。

アダルもシジスも微妙な表情をしているから、セリアンの好む味ではないんだろう。

どうしたら、もっとおいしく食べられるかな。

ぼくは白米から逃げていたファウスのことを思い返した。あの時は、聖下に相談したら「白いコメ」という条件を守ることで「おにぎり」を認めてもらった。だったら、「海苔巻き」ひいては「海苔」も工夫する余地があるんじゃないだろうか。

味とか、見た目とか。

特に見た目。白いご飯に、黒い海苔。色のコントラストがはっきりしていて、ぼくの前世の知識でもいろいろ工夫されていた。

よし、料理長に相談してみよう。

ファウスが努力しているんだったら、ぼくは応援してあげたい。

それに、ぼくは海苔巻きの懐かしい味が好きなんだ。ファウスも好きになってくれたら嬉しいよね。

十六歳になったファウスは、成人した王族として貴族議会に席を持っている。お勉強期間とはいえお仕事もある。だから、遅くまで書類とにらめっこしている日もあるのだ。時たまだけど。

ぼくはそんなファウスに夜食を運んでいた。

アダルやシジスもぼくと同じ御学友の延長で側近なんだけど、二人ともそれぞれの家の次期当主としての仕事もあって、今日は屋敷に戻っていた。

ぼくとファウスの二人きりの夜なのだ。

「ファウス様。そろそろ休憩しませんか？」

「ああ、休憩にする。テオ、テオ、こっち」

何やら書き物をしていたファウスは、ぼくの顔を見たとたんに大きく尻尾を振る。

真剣に仕事をしていた横顔は凜々(りり)しいのに、ぼくに向ける笑顔は子供みたいに無邪気だ。

「なんだ、また海苔か？」

ぼくが手にした皿はまだ蓋がされているのに、セリアンの鼻は誤魔化せない。憮然と眉を下げる。がっかりしたことを隠すことなく、情けない顔をしている。

「ええ。貴重な海苔を、料理長がたくさん使わせてくれたんです」

「じゃあ、今日の夜食は海苔巻きか。……まぁ、いいか。考えごとをすると腹が減るからな」

「空腹は最高の調味料と言います。お茶を淹れますよ」

空腹だから我慢できると考えているファウスに、ぼくも笑ってしまう。

「違うんだ。そういう意味じゃない！　テオが作ってくれるものは、なんでもおいしいぞ」

言い訳しようとするファウスに、ぼくはちょっと拗ねてみせた。

「ファウス様が、ときどきぼくの料理を疑っていることぐらい、存じています」

「そんなことはない！」

「煎り豆を最初にアダルに食べさせたのに？」

「う」

「パンケーキも、生地から焼いたら疑ったのに？」

「うう」

夜食の準備をするぼくの腰に抱きついているファウスを苛めると、丸い耳がぺたんと倒れる。

「勘弁してくれ、テオ。早くその海苔巻きをくれ」

機嫌を取るように、長い尻尾がぼくの腕に触れる。もちろんぼくは、追及を止めた。喧嘩しにきたんじゃないんだから。

「ふふふ。どうぞ、召し上がってください」

ぼくは笑って執務机の上に敷布を広げ、お茶と夜食の皿を並べる。

蓋を外すと、豪華な食器の上におにぎりと海苔巻きが現れた。ただし、おにぎりにも海苔がついている。

「これは、テオが作ったのか？」

「ええ。料理長に手伝ってもらいながら。おにぎりの具はファウス様のお好きなお肉ですよ」

「ありがとう。それで、これは――動物なのか？」

ファウスがぼくの作ったおにぎりを取ると、不思議そうに聞く。

「そうですよ！　黒獅子です！　ほら、ちゃんとここに鬣（たてがみ）があるでしょう？」

気づいてもらえてよかった。ぼくははしゃいで解説する。

ぼくが作ったのは、いわゆる「キャラ弁」で作るおにぎりだ。

海苔アートとでも言うべきかな。

海苔自体が苦手そうなファウスが、少しでも楽しんで食べられるように工夫してみたんだ。

料理長に手伝ってもらいながら、海苔で獅子の鬣と、目、鼻、口を作り、醤油で白いご飯に張り付けたのだ。ちゃんとライオンに見えると思うんだけど……。ちょっと目と鼻の位置が歪んでるかな？　分かりにくいかな？

「あぁ。ん？　んん？　この点が目で、この丸が鼻か。それで、この長い紐が重なっているのが獅子の鬣か」

「……似ていませんか？」

あまりにもファウスがマジマジと見るので、ぼくは恥ずかしくなってくる。

ぼくは本職の料理人じゃないから、下手だし、絵心もないよ！　みっともなくて悪かったね！

「似ている。俺そっくりの黒獅子だ」

「嘘つき。ぼくが言うまで分からなかったのに」

「こういう料理は初めて見たからだ。似ている。すごくかわいい。この口が歪んでいるところとか」

ぼくの失敗にもちゃんと気づいている。ぐぬぬ。そこは気づかなくていいのに。

「もういいです。不出来なモノは、ファウス様に召し上がってもらえません。ぼくが作ったので責任を取って食べます。ファウス様は料理長の海苔巻きを食べてください」

「いやだ」

「返してください」

ファウスの手から取り上げようとすると、ファウスはわざわざ立ち上がり、ぼくが届かないぐらい高くおにぎりを持ち上げる。

なんてことだ。自分の方が背が高いからって、子供みたいな意地悪をするとは！

ぼくが爪先立って手を伸ばすのを、ファウスは目を細めて笑っている。

「俺のために作ったんだろう？」

片手がぼくの腰に回る。おにぎりは返してくれないのに、耳元で囁くのはずるい。息がかかってくすぐったい。

「下手で恥ずかしいですからっ」

「テオの料理は俺の。テオでも俺から取り上げるのは駄目だ」

ちゅ、とリップ音が鳴ったと思ったとたん、ぺろりと耳殻を舌で辿られる。ぞくぞくとした震えが背骨を甘く舐めていく。

ちょっとしたことだと分かっているのに、ぼくの体にはどこか、いけないスイッチでもついているんだろうか。

ファウスの大きな掌が、ぼくの体を思わせぶりに撫でていく。

「んぅ」

ぼくは堪らず、ファウスの胸にしがみついた。膝から力が抜けてしまう。本当に、ファウスの悪戯は意地悪で、気持ち良くて、ずるい。

「テオ、テオ、かわいい」

「ファウス様、ずるい」

「なにが?」

ゆっくりとぼくの耳元に牙が押し当てられる。痛みを感じるギリギリの強さで食まれて、ぼくは熱が顔に集まってしまう。痛いハズなのに、気持ちいい。これは淫らで、気持ちの良いことだと、ファウスはぼくに何度も教え込んだんだ。

だからぼくの体は、こんなに些細なことで熱くなってしまう。

「だって、お仕事も終わってませんし、ちょっと休憩するだけなのに」

「大丈夫、ちょっとだけだ。テオ、テオ、いい匂いがする。海苔巻きよりもテオの方が美味しそうだ」

「もう！　休憩は、終わりにしますよ！」

不埒なことを言い出したファウスに、ぼくは理性を総動員した。危ない危ない、ファウスの誘惑に流されてしまいそうだ。

「テオは厳しいなぁ」

ファウスは淫靡な空気を霧散させると、楽しそうに笑って頬に口づける。

今度はあいさつみたいな軽いキス。

ぼくも、冷静さを取り繕うことができた。

抱き寄せていた腰は離してくれたものの、代わりに座り直したファウスの片膝に、ぼくを強引に抱え上げる。

「ファウス様っ」

不敬な体勢に慌てて降りようとするんだけれど、ぼくの腹に回った腕は頑丈でビクともしない。

「これぐらいは許してくれてもいいだろう？　もうキスはしないから」

「……っ」

「膝から降りるなら、キスの続きをする」

「ダメですよ」

ファウスの口調から、少し前までの淫らな雰囲気が漂い、ぼくは真っ赤になって首を振った。あれ以上いやらしいキスをされたら、ぼくは動けなくなってしまう。

大人しく固まったぼくに、ファウスは満足そうに頬をすり寄せてくる。機嫌が良さそうにグルグル喉を鳴らしている。

もー。仕方のない人だ。

ぼくが呆れている間に、ファウスは片手で持っていたおにぎりをあっという間に食べてしまう。行儀悪く指を舐めながら、快活に笑った。

「美味しい！　やっぱりテオは料理上手だな！　俺の好きな肉を入れてくれたんだろう？　辛味も甘さもちょうどいいぞ」

「調子がよろしいことで」

つん、と顔を背けてみせても、ぼくがファウスに甘えられると弱いことぐらい見抜かれていた。

「ありがとう。嬉しい。俺のために、テオが作ってくれたことも、すごく嬉しい」

ファウスの素直な言葉に抵抗できるはずもない。ぼくは照れながらも頷く。

「喜んでいただけてよかった。ファウス様は海苔がお好きではないと思っていたんです」

「テオには隠しごとができないな」

苦笑と共にゆらゆらと尻尾が揺れて、ファウスは肯定してくれる。

ファウスを始めアダル達もみんな、感情を隠すことが下手だ。それに、ぼくはいつもファウスを見ている。小さいころから、ずっと傍にいるんだ。

わがまま王子の好き嫌いぐらい、すぐに分かる。

「お好きではなくても、大事な聖女様のお料理ですからね。少しでも美味しく食べられるように、工夫をしてみようと思ったんです。こちらの海苔巻きを切りますね。料理長の力作ですよ」

「切るのか？」

不思議そうなファウスに、ぼくは笑った。ぼくの記憶では、海苔巻きは切って食べるものなのに、なぜかラヴァーリャでは丸ごと一本で出てくるんだよなぁ。ごはんの乾燥を防ぐためだろうか？

海苔巻きをナイフで切り分ける。膝に乗せられているとやりにくいのに、ファウスはやっぱり離してくれないのだ。

料理長に教えてもらったんだけど、聖女様のレシピは具材に漬物やゆでた野菜が多い。きっと聖女様に馴染みのある具材なんだろう。

ぼくはあえてラヴァーリャでよく食べられている食材に変えてみた。酢飯から白いコメに切り替えて、塩気の多いチーズやハムを彩りよく配置する。切ったらちょうどお花の形に見えるはずだ。

もちろんぼくは説明しただけで、実際に巻いてくれたのは料理長なんだけど。

「これは、綺麗だな」

ファウスが感嘆の声を上げる。耳も尻尾もピンと立っていて、心底感心してくれていることが分かる。

切り分けた海苔巻きの真ん中にチーズの黄色、周辺にハムのピンク色がきちんと収まっていて、お花の形は成功だ。よかった。さすが料理長だ。

「料理長が作ってくれたんですよ。お味も、ファウス様のお好きなお肉ですから。召し上がってください」

「ん、美味しい」

勧められるまま素直に口に入れたファウスは、幸せそうに目を細める。パクパクと立て続けに三つ食べてしまった。

おにぎりと同じように、白いご飯にハムやチーズの塩気がよく合うんだと思う。小さく切っているせいで、海苔の嚙み切りにくさや、歯にくっつく不快感も減る。

「すごく美味しいな。明日の昼食にも出すように伝えてくれ」

「ええ、分かりました。気に入っていただけて良かった」

ぼくはニコニコと返事をしたけれど、最後の一切れを口に入れたファウスはふと、すごく真面目な顔で言った。

「テオの黒獅子も作ってくれ。美味しかった」

「ふふふ。承知しました」

ファウスなりに気を使ってくれたのがおかしくて、かわいくて、ぼくは心が温かくなる。

「おいしく作りますね」

「テオが作るものは何でも美味しい。期待している」

全部食べ終わったファウスがとても幸せそうなので、ぼくは胸が温かくなる。ぼくに前世の記憶があることはファウスには言えないけど、役に立てて良かった。

美味しいものは、食いしん坊の王子を幸せにしてくれるんだから。


セリアンにとって馴染みのない海苔巻きへの対策が見えてきたので、ファウスの希望通り昼食に出してみることにした。

ぼくも作ったんだけど、ぼくのおにぎりよりも、料理長の作る海苔アートの方がすごかった。

ぼくのおにぎりが素人の作品だとすれば、まさにプロの仕事。もともと生の人参やキュウリを蝶の形に切ってしまうぐらい器用な人なので、黒い海苔で影絵のように綺麗に仕上げてしまうのは当たり前だった。

おにぎりに海苔でできたラヴァーリャ王家の紋章が張り付いているのを発見したアダルが「これ、食べて大丈夫なんだろうか?」と真剣に悩む。


確かに、悩ましい。ぼくも困る。ファウスは平然と口に運んで、中の具が肉だったことに満足していた。長い尻尾が高速でパタパタ揺れだしたから、とても美味しかったんだろう。

「昼食なんだから、食べたらいいだろう」

「そうはおっしゃいますが、ファウス様……。私は、こっちの皿にします」

王家の紋章付きおにぎりという、高貴なのか庶民的なのか分からない皿から逃げたシジスは、別の皿へ手を伸ばす。

「これは……模様、いや、呪いなのか?」

「黒獅子です!」

「え? 黒獅子?」

シジスがきょとんと緑の瞳を見開く。

シジスが選んだ皿には、彩りとして添えられた葉野菜の中に、ぼくの握った黒獅子おにぎりが並んでいた。昨日よりは上手に目も口も張り付けられたと思ったのに、不思議そうな顔で、おにぎりとぼくの顔を見比べている。

恥ずかしくて顔が赤くなってきた。

ぼくとシジスのやり取りを聞いていたファウスは、

面白そうに笑っている。

「シジス、それは俺みたいだろう？」

「はい。そうです、ね。この黒い海苔の紐は何なんだ？　テオドア」

「鬣です」

「この黒い丸は？」

「獅子の鼻です」

「な、なるほど。そうか。確かに、ファウス様のように立派な獅子ですね。では、この隣のかわいそうなおにぎりは、黒獅子の獲物か？」

「そっちも黒獅子です。下手で、分かりにくくてすみませんね！」

「いや。そんなことは、ない。ちゃんと獅子に見える。本当だ、テオドア」

料理長の芸術的な海苔アートを見た後で、ぼくの拙い黒獅子おにぎりを見たら、シジスがびっくりするのも当然だろう。

ぼくよりもファウスに気を使って、黒獅子を褒めてくれる。

オロオロするシジスをよそに、アダルは「すごく綺麗だ！」と歓声を上げていた。


たぶん、アダルが開けた皿は料理長が作った海苔巻きだ。

「海苔巻きって、野菜しか入ってないのかと思っていた」

肉やチーズ、焼き魚をほぐしたもの、卵などなど、たくさんの具材を綺麗な花弁のように配置した海苔巻きに、アダルが嬉しそうな声を上げる。料理長は、味はもちろん、見た目にもこだわって巻いていた。

野菜が多い具材だったのも、セリアン達が嫌がる理由だったのかな？　野菜に関しては気づいていなかったよ。

「一切れずつ切ってあるから、食べやすいと思うよ」

断面が美しい海苔巻きだから、切って並べられているのだ。

ぼくの解説に、シジスは安心したように「おいしそうだな」と笑う。下手なぼくの黒獅子おにぎりから話題が逸れたから、ほっとしているな。

「すごく美味しい。もっと食べたい」

海苔巻きを美味しそうに食べるアダルを見るのは、初めてだ。ぱくぱくと箸が進んでいる。

「そうだろう、そうだろう。テオは料理上手だからな。

なんでも美味しくできるんだ」

　なぜかファウスが得意げだ。

「ファウス様はあまり驚いていませんね」

　ぼくの不格好なおにぎりを口に運びながら、シジスが尋ねる。見た目はともかく、おにぎりとしては美味しいみたいだ。海苔の食感に顔をしかめることもなく食べてくれる。

「俺は、もう食べたことがあるからな！」

「ああ。なるほど、テオドアが」

「甘やかしているんですね」

　味見済みであることに胸を張るファウスの姿から、ぼくに視線を移すアダルとシジスの目が生暖かい。

「甘やかしたんじゃなくて、ファウス様が……アダル達もそうだけど……我慢しているのなら何とかしたいなって思っただけです！」

　分かっている、と言わんばかりの二人の態度に、ぼくはしなくてもいい言い訳をしてしまう。

「ファウス様が食べやすいようにしたんだろう？　テオドア」

「ファウス様だけ特別扱いなんだろう？　俺たちがいない間に作ったんだからな、テオドア」

　ファウスのためだけ、というつもりはなかったけれど、二人がいない夜に作ったから、結果的には特別扱いしたことになる。

　海苔と酢飯が苦手なのはアダル達も一緒で、二人とも同じように我慢していることも分かっていたんだから、ますますぼくは居たたまれなくなった。

「ち、ちがいます！　それに、今日はファウス様も食べてない料理も用意しました！」

　これは本当のことだ。

「そうなのか？」

「無理しなくても良いんだ、テオドア」

「本当ですよ。今、用意しますからね！」

　妙にニヤニヤしていたアダル達が、ファウスの顔色を窺う。ファウスはいつの間にかちょっとだけ機嫌を損ねていた。丸い耳がそっぽを向いているから間違いない。

　どうして拗ねるんだ。ぼくに特別扱いされたかったんだろうか。

「テオ。俺も食べてない料理って、何だ？」

　不機嫌そうな気配を漂わせながらも、ファウスは好奇心を隠せなかった。

ぼくは用意されたお皿を、女官さんに運んでもらう。海苔巻きに入っていた具材がお皿に綺麗に盛り付けられ、ご飯のおひつや小さく切った海苔の皿もある。

ぼくの前世の記憶で、食べたことのある料理だ。

「手巻き寿司、と言います。この海苔に、好きな具材を巻いて食べるんですよ。自分で作って食べるので、楽しいと思います」

海苔の食感や味は変わらないけれど、自分で巻いて食べる、という形式が珍しくて楽しいかと思ったんだ。中の具材も好きな物にできるからね。

「まずは海苔を取って、ご飯を少し載せます。あまり多いと巻きにくいですよ。それから、好きな具材を載せてから巻いて、食べるんです。面白いでしょう?」

ぼくが実演すると、アダル達が目を輝かせる。

「肉だけたくさん載せたい!」

「私はこの卵の味が好きだ。綺麗に巻くのはなかなか難しいんだな」

面白がって、二人とも真似をしてくれた。

好きな具材をどうやってたくさん入れるか、わいわい検討しているところが面白い。

でもファウスだけは「テオが作って」と言い出すのだ。

まったく、甘えん坊め。王子様だから、他人にやらせるんだな。

「分かりました、ファウス様。どの具材にしますか?」

「肉がいい」

肉が好きだなぁ、セリアン。

正直すぎる希望に沿って、ぼくは手巻き寿司を作ってあげる。肉の種類も、甘辛いそぼろから、砂礫の国のタレで焼いたピリ辛味までいろいろ味があって、選ぶのは楽しいんだ。

彩りも考えて、茹でたほうれん草を載せた途端、ファウスの耳がペタンと倒れる。

「テオ、葉っぱが載ってるぞ」

「野菜と一緒に食べたら、美味しいんですよ」

「うう。テオが食べさせて」

アダル達の前なのに平気でねだってくるファウスに、ぼくは仕方ないなぁ、と言いつつも口元に差し出す。

ファウスの耳がピンと立って、尻尾がパタパタ揺れているから、不機嫌は治ったみたいだ。

「おいしい。葉っぱが入っていても、美味しいな!

テオは料理上手だ」

幸せそうに目を細めてくれる。喉が機嫌よくグルグル鳴っていた。

「ぼくはただ巻いただけで、具材を作ったのも、酸味を抑えた米酢で酢飯を作ったのも、料理長ですよ」

「でも、テオが巻いたから美味しい」

ファウスに嬉しいことを言われると、単純なぼくは喜んでしまう。たくさん、たくさん巻いてあげたくなっちゃう。

甘やかしていると分かっているけど、このわがまま王子は甘え上手なんだ。

海苔巻きとおにぎりに工夫をしてみて、ファウス達三人のセリアンは珍しい海苔という珍味も楽しく味わえるようになった。

ぼくの工夫は大成功だった。


ぼくが海苔巻きの工夫をしたのは、本当にファウス達のためだけだったんだけど、綺麗な彩りの海苔巻きも、海苔アートのおにぎりも、ジュ・フェオン歓迎の宴に採用されてしまった。

ラヴァーリャ王家は、新しい料理に対して柔軟だなあ。

ぼくが十三歳の時に提案した、アイスクリームやシャーベットも、王家主催の宴や、第一王子主催の宴の目玉料理として定着してしまった。

セリアンは、種族全体で食いしん坊なのだろうか。

ぼくは聖女様と縁があったジュ・フェオン歓迎の宴に、ファウスの従者としてお供をした。

そこで、ぼくの提案した料理が料理長の手によって、芸術にまで極められた姿を目の当たりにしたんだ。本当に、プロってすごい。

超絶技巧が凝らされ、影絵のように美しい海苔が巻かれたおにぎりが出たり、色とりどりの具材で幾何学模様が作り込まれたすごい海苔巻きが出されたりしたんだ。

黒くて円筒形の食べ物が海苔巻きだと思っているセリアン達は、おにぎりが出てきたり、海苔巻きが切られるたびにどよめきを上げていたんだから、面白い。

セリアン達の海苔巻きに対する評価は「聖女様がお好きだった、あんまりおいしくない変わった食べ物」だったようで、その概念を打ち壊したらしい。

自分で巻いて作る手巻き寿司まで、大好評だった。

高貴な人ばかりが出席しているので、巻くのは従者や女官さん達の仕事だ。ぼくはせっせとファウスのために好きな具材を巻いて食べさせてあげた。

みんな初めて食べるせいか、ファウスのために手巻き寿司を作るぼくの手元に、注目が集まっていた気がする。

主賓のジュ・フェオンは終始ニコニコと楽しそうだった。

ジュ・フェオンからすれば、ラヴァーリャで様変わりしてしまった海苔料理だったはずなのに、「ところ変われば料理も変わるものですな！　これは楽しくて、面白いですね」と喜んでくれていた。

変化を楽しむのは、旅する獣人カラヴィの価値観なんだろう。

ぼくが作った海苔巻きやおにぎりは、ラヴァーリャの海苔料理として、受け入れられていた。

カラヴィ達の隊商は、いろんな影響をラヴァーリャに与えながら、春が終わる前に北へ旅立っていった。

次に会えるのは、また何年も先のことだろう。

別れの宴の興奮も冷めやらぬ夜、ぼくはファウスの部屋に呼ばれた。

アダルとシジスは、実家の屋敷に戻っている。だから今夜もファウスと二人きりだ。

「テオ、テオ。母上から、ご褒美をいただいた。テオドア・メディコに、と」

「王妃様からですか？」

意外な言葉にぼくは驚いてしまう。

六歳の頃、グリゼルダ王妃様からご褒美をいただいたことがある。ファウスが嫌いなものを食べられるように手伝った時のことだ。

でも、今回は特に褒めていただくほどの事はしていない。

「そうだ。母上は、テオが海苔巻きにした工夫を大変喜んでおられた」

「とても光栄ですけれど。でも、料理長が作ってくれたものですし」

「料理長にも褒美が出ている。まぁ、これは、客人を期待以上にもてなしたことに対して、父上からだがな」

「陛下が料理長をお認めになったんですね、よかった」

ぼくは嬉しくなってしまう。

料理長が料理をするのは当たり前だろうけど、ぼくの変わった提案を馬鹿にせずに受け入れてくれて、さらにラヴァーリャで喜ばれる素敵な料理に進化させてくれるのは、いつだって彼の寛容さと研究熱心さの賜物だ。

「なんだ、テオ。料理長が褒められるのが、そんなに嬉しいのか？」

ファウスは不服そうだ。

むす、と唇を歪めるとぼくに腕を伸ばす。抵抗する隙がないほど素早く抱き寄せられて、ラヴァーリャ式の低いソファに座るファウスに抱えこまれた。

「料理長が好きなのか？」

ぼくの耳に、ファウスの鋭い犬歯が当たる。急に齧らないで欲しいなぁ。

「好きですよ。だって、ぼくが小さい時からお世話になっているんですから」

実際にお世話になっているのはファウスだけれど、それは置いておこう。

大人が六歳の子供の言うことに従うなんて、なかなかできないよ。しかも、料理長は王宮で厨房を任されるほどの人なんだ、プライドも自分の流儀もしっかり持っているだろう。

「なんだと。俺よりもか」

「ふふふ。どうしてファウス様と比べるんですか。違いますよ。すごい人だな、って尊敬しているんです」

「俺はすごくないのか」

「ファウス様も、もちろんすごいです。嫌いな海苔も我慢されて、えらいですね」

苦しいほどぼくを抱きしめる腕の中から見上げると、夜の暗がりでも分かるほどファウスは顔を赤くする。

「それぐらい、当たり前だ。子供じゃないんだからな」

「ふふふ。そうですね」

「でも、そうだな——。母上は、実は海苔巻きがお嫌いだったそうだ」

「へ？」

ぼくの耳を齧らんばかりに唇を寄せて、ファウスが囁く。耳がくすぐったい。

そうそう。ご褒美を王妃様からいただく話だった。

「海苔が歯につくから優雅に食べるのが難しいし、酸味のあるコメは嫌いだし、中の具材が野菜ばっかりで嫌だったそうだ」

「こ、子供みたいですね！　王妃様、全然嫌そうなお顔をなさっていなかったのに」

　笑ったら失礼なんだけれど、あの、ライオンのプライドで姉妹たちを率いる女王みたいに、優雅で威厳のあるグリゼルダ王妃の言葉とも思えなくて、おかしくなってしまう。

　王様の隣にいた王妃様は、いつも通り優雅で、愛想も良かった。セリアンは耳と尻尾が正直すぎるほど正直だけど、全く嫌がっているように見えなかったんだ。

　ファウスの言葉が本当だとしたら、王妃様はすごい自制心を持っているんだな。

　息子二人には、あんまり受け継がれていないのに。

「母上は、偉大な王妃だからな。お顔には出さない。でも、宴の最初は憂鬱（ゆううつ）な気持ちだったそうだ。だけどテオが海苔巻きを小さく切って見た目を楽しむようにしてくれたり、肉や魚をたくさん入れるようにしてくれたりしたから、本当に嬉しかったって。だから、これがご褒美」

　ファウスは綺麗な透かしの入った紙の包みを差し出す。

　ぼくの前で、開いてくれた。

　中に入っているのは、親指の爪程はある大きな金平糖が五個。

　ぼくは胸が熱くなった。懐かしさと嬉しい思いが溢れてくる。

　ちゃんと覚えている。王妃様から以前いただいたのも、金平糖だった。嬉しくてずっと持っていたら、ファウスに見つかって、二人で食べたんだ。ファウスと一緒に食べたことまで含めて、ぼくにとって大切な思い出だ。

「なんだ、菓子か。母上は、俺もテオもまだ子供だと思ってるんだな」

　覚えていないのか、ファウスは金平糖を見ると拍子抜けしたように笑う。「十六歳になったんだから、もっと良いものがあるだろうに」とか文句まで言っている。

「いいえ。ぼくはとても嬉しいです。いただいても？」

「ああ。テオのだから、食べたらいい。そんなに好きなのか？　テオが好きなら、いくらでも――」

　またぼくにプレゼントをしようとするファウスに、金平糖を一つ口に入れながら笑う。

「六歳の時にも、同じものをいただきました。ぼくはとても嬉しかった。だから、これは素晴らしいご褒美なんです」

「そうだったか？」

「ええ。嬉しくて、ずっと持っていたら、ファウス様に見つかって」

「……っ」

「ふふふ。くすぐったいですよ」

ようやく思い出したのか、ファウスがぼくの首筋に頭を寄せてくる。

フワフワの耳が頬に当たってくすぐったい。ぼくは金平糖を舐めながら、身を捩った。

「テオ、テオ、大好きだ。金平糖で喜ぶような、料理長の功績を喜ぶような、テオが好きだ」

ファウスの声に、熱が籠もる。耳朶を唇で食まれて、ぼくまで熱が移ってしまう。

ぼくも大好きだと言いたい。身分差がありすぎて言えないけれど。

代わりにぼくも、抱きしめてくれる腕を握った。

「テオ、昔みたいに俺にも分けてくれるか？」

「はい。どうぞ。また二人で、半分こしましょう――ん、んぅっ」

頤を摑まれ、顔を上げさせられる。

メガネが取り上げられた。

どうして？　と問う間もなく、ぼくの唇にファウスが嚙みついてきた。

唇を開くように舌でなぞられると、抵抗できない。

熱い舌先が、ぼくとは違う温度で口蓋をなぞる。

舌が動くたびに、ぞわぞわと甘い熱が上がっていく。

口の中の金平糖を探るように、ファウスの舌が動き回る。舌と舌がどうしようもなく擦れ合って、絡んでしまう。ぼくは、金平糖を舐めることを忘れて、ファウスの舌の動きに翻弄されていた。

気持ちいい。

淫らな感触が、気持ち良くて堪らない。

くちゅくちゅと響く淫靡な水音すら、恥ずかしいのに、快楽の火種にしかならないんだ。

指先まで熱が上がったように熱くて、ぼくは抱きしめてくれるファウスの首筋に縋った。口の中で転がる金平糖が、どんどん小さくなっていく。

「ん。ふぁ……っ」

呼吸を助けるためか、ファウスがようやくぼくから離れてくれた。喘ぐように空気を求めるぼくは、涙が滲んだ目を開けた。

いつの間にか必死で目を閉じてしがみ付いてしまっていた。

近すぎて焦点の合わない距離に、捕食者のように輝く黄金の眼差しがあった。

「テオ、可愛いな」

唇をくっつけたままファウスが笑う。何度も吸われて敏感になった唇に、その振動すら甘ったるく響く。唇だけじゃなくて、ぼくの恥ずかしいところまで熱くなってしまいそうで、とても困る。

「半分こじゃなかったんですか？」

性的に興奮してしまったことがバレないように、こっそりファウスから距離を取ろうとした。

「うん。半分は、俺が食べる。もう半分はテオが食べろ」

「はい」

ファウスはもう一つ、金平糖を口に入れる。ぼくにもくれるのかな、と待っていると、そのまま口づけてきた。

距離を取ろうとした体をもっと引き寄せられる。

硬くなって腫れているぼくの性器に、ファウスのそれが押し付けられる。

「あっ」

堪らなく強い快感が走り抜け、ぼくは必死でファウスの胸を押した。

駄目だ。だめだめ。気持ち良くなっちゃう。

「テオ、半分こ」

「んン――っ」

ぼくが慌てていることに気づいているだろうに、ファウスは唇を解いてくれない。逃げようとするぼくを捕まえると、もっと深く口づけてくる。

甘い金平糖と、甘苦しい快楽が、ぼくの頭を熔かしにくるんだ。

だめ。ズボンの上からだけど、ぼくの性器にこれ以上くっついたら、だめ。逃げようと腰を引くと、もっと近づけられる。

座面の低いソファの上に押し倒される。

床と高さが変わらないから、ぼくの体に弾かれて転がっていくクッションが視界に映る。

恥ずかしい。

すごく、恥ずかしい。逃げたいのに、快感からは逃げられなくて。もたもたしているぼくをよそに、ファウスはぼくの膝を器用に押し広げてくる。

服の上からだって分かるぐらい勃ってしまったぼくの恥ずかしい部分を苛めるように、ファウスが動く。

感じやすい性器を弄られたら、ぼくに我慢できるはずもなかった。気持ちいい。もどかしい。……もっと気持ち良くなりたい。下着の中にぬるぬるとした感触がある。ファウスが擦る度に、ぬちゃぬちゃと淫らな音を立てて、ぼくを追い詰めてくる。

体中の血が、沸騰するぐらい熱くなった。

「だめぇ、ふぁうす、さまっ」

一生懸命唇をずらして、ファウスを止めようと声を上げると、ファウスはその吐息すら奪うように口づけ、震える唇を舐めてくる。

「まだ金平糖は残ってるぞ、テオ」

「ンんぅ。ちが、う。ファウスさま、ぼく、ぼく、あ、ぁあっ」

小さくなった金平糖をぼくの舌に押しつけながら、ファウスが意地悪くぼくの性器を握った。

ファウスは、ぼくを捕まえておくのに片手しかいらなくなっているんだ。

長い指先が、ぼくの腫れ上がった性器の形を辿っていく。敏感な先端の粘膜を布越しに弄られると、たまらずねだるように腰を動かしてしまう。恥ずかしいと分かっているのに、止められない。

「触って良いか？」

「……だめ」

なけなしの理性が、従者として正しい言葉を選択したのに、ファウスの手はそろりとぼくの肌に直接触れる。

いつの間にはだけられたのか分からないけれど、とにかくファウスの手は無遠慮にぐちゃぐちゃに濡れてしまったぼくの性器を握っていた。

「だめ、だめって……あ、あっ。ふぁうす、さまっ。よごれちゃう、だめですっ」

もう、金平糖なんてどこに行ったか分からない。

ぼくの性器を握って、容赦なく擦ってくる悪いファウスの手を押さえることに、必死になった。

ぼくが懸命になってファウスの腕を止めようとしてるのに、大きな掌は熱く腫れて剝き出しになった先端を、もっとぬるぬるになるように撫でまわしてくる。

腰から蕩けてしまいそうな快感に、ぼくは喘ぐばかりだ。

喉を焼くように吐息が熱い。

もっと気持ち良くなりたい。快楽を貪りたい衝動に歯止めをかけるなんて、きっとできない。

「真っ赤で、可愛いな。テオ」

「あ。んん」

「気持ちよさそうだな。ぐちゃぐちゃだ」

興奮して掠れたファウスの声が、すごく色っぽくて、ずるい。ファウスが口にするのは、全部本当のことだから、恥ずかしくても否定できない。

ファウスの手の中で苛められているぼくの性器は、今にも弾けそうなほど追い詰められている。早く手をどけてくれないと、とんでもないことになってしまう。

「ふぁうすさま、おねがい。おねがい…あ。あっ」

今にも果てそうな快感にドロドロに蕩けたぼくの頭は、手を離してもらうことしか考えられなかった。

「気持ちいい？　いいなら頷いて、テオ。そうしたら、許してあげる」

「ん。いい。きもち、いい。もっと。もっと、ふぁうす、さま」

言われるがままに、ぼくは頷いた。どれだけ淫らな言葉を口走っているのか気づく余裕なんて、どこにもない。

王子様の手をぼくの精液で汚すなんて、考えられない。とんでもない粗相をしてしまう恐れで、ぼくの甘ったるく崩れた理性はいっぱいになってた。

許してもらうために、ぼくはとても頑張ったのに、ファウスは意地悪を加速させただけだった。

「かわいい、テオ。もっと気持ち良くなって、かわいくなれ」

素直に感じてしまう性器全体を、甘く嬲(なぶ)られる。必死で我慢しようとしても、全然足りない。狂おしい快感が、弾けそうなほど溜まっていく。

「ひぅッ。アッ、ぁアッ。だめって、ふぁうすさま、うそつき。ん。んぁっ、あ、あ、ぁアッ」

喘ぐ唇にキスされながら、苦しいほど快楽を送り込まれる。

ぼくよりずっと大きいファウスに押さえ込まれると、ぼくは快感を逃がす方法を全て封じられてしまう。

追い詰めるだけ追い詰められて、ぼくはひくひくと全身を震わせながら決壊する快感に身を委ねたのだ。

高貴で意地悪な手は、ぼくの吐き出した精液で汚れるのもかまわず、淫らで酷い快楽を与え続けていた。


「テオ」

一瞬意識が飛んだのか、ぼんやりしていたぼくは、ファウスが頬に口づけた刺激で正気に戻った。

汗で湿った髪に口付けながら、ファウスはぼくのメガネを掲げる。

「テオ、これは退けておくぞ」

「……！」

ファウスは、最初から分かっていてメガネを取ったんだ。

ぼくは夢中で全然頭が回らなかったけど、その意図に気づくと、顔が熱くなる。

「返してくださいっ。メガネがないと困ります」

「だめだ」

楽しそうに、ファウスの尻尾が揺れている。

ピンと立った丸い耳は、満足そうだ。恥ずかしくて堪らないぼくとは裏腹な態度に、なんだか悔しい。

「どうしてですか。もー。ファウス様っ。ぼくは、何回もダメって言いました！」

「でも、気持ちいいって言ってた」

「それは、ファウス様が言えって！」

「俺は頷けって言ったんだ」

「……」

そうだっただろうか。違っただろうか。

果ててしまいそうでいっぱいいっぱいだったぼくは、ファウスの言葉がどこまで真実なのか自信がない。

「一生懸命我慢してるのに、トロトロに蕩けた顔をするテオは可愛かった」

「そういうことは、言わなくていいんです！　早くメガネを」

「金平糖は、あと三個ある」

「はい？」

「俺はまだ気持ち良くなってない」

「はい？」

「テオ、半分こ。いいだろう？」

丸い耳が、ピンと立ってぼくの方を向いている。長い尻尾も機嫌よく揺れていた。

そして、黄金の眼差しは怖いほど綺麗に輝いてぼくを捕らえている。

「ファウス様、だめって、ぼく、だめって……！　あ。あぅ。気持ちいいの、ダメぇ」

捕食者の眼差しで飛び掛かってくる黒獅子に、ぼくが逃げられるはずもない。

ぼくは、自分で思っているよりずっと、快楽に弱かった。

どれぐらい弱かったかは、金平糖三個分としか、言えない。

おわり

16歳

恋の季節

一

ラヴァーリャにおける十六歳は「だいたい大人」という微妙な位置だ。

年齢よりも、結婚していたり、家を継いでいたりといった社会的な立ち位置が重視されるせいか、十六歳は大人扱いだったり、子供扱いだったりとその時々で扱いが違う。

ぼくは「ヒト」のせいで未だに身体が小さくて、子供扱いされているのに、同じ年齢のファウスやアダルは大人扱いされつつある。

例えばファウスは成人した王族として貴族議会に席ができた。

アダルは、お見合いを繰り返している。いわゆる婚活中なのだ。

アダルの家、コーラテーゼ公爵家は「結婚したら当主の座を譲る」と決めているらしく、アダルは家を継ぐ準備に入ったそうだ。

ちなみに同年齢のシジスはぼくと同じく子供扱いだった。純血のセリアンほど早く成長しないせいなのか、単なるアルティエリ家の方針なのかはよく分からない。

あと数年で商会を任されて、時機を見て当主になるのは決まっているそうだ。既に十歳の時、豆の販路独占という業績を上げているから形だけ、と笑っていた。アダルとはずいぶん違って余裕がある。

「アダル、今日は大丈夫でしょうか」

「無理だろう」

お見合いに出かけたきりまだ戻らないアダルを話題に出すと、ファウスはバッサリ切り捨てる。ぼくも、無理だろうとは思うけど、そんなあっさり。

アダルの婚活は、十五回お見合いをして十五回全敗だった。

変な習慣なのだけど、基本的に女性側から断わることになっている。アダルが相手を好いているかどうかも聞かないうちに「コーラテーゼ公爵家に、当家の家格は釣り合いません」とか言われるそうだ。

家格なんて初めから分かっていることなのに。

貴族同士のお見合いなので割り切っているとはいえ、断られ続けるアダルはちょっとしょんぼりしている。

でも、四人で一緒に肉を食べると、翌日には元気になっているんだから、精神が頑丈にできているのだ。

セリアンは肉が好きだなぁ。

「今夜も肉を好きなだけ食べさせてやろう」

「ファウス様、肉さえ食べておけば、アダルが納得すると思っているんでしょう?」

「だいたいあってるだろ?」

「……大体あってますね」

ぱたん、ぱたんと尻尾を揺らしながら、ファウスは怠惰に寝っ転がっている。

ぼく達とお喋りしながら手にしているのは、貴族議会での議題の資料だった。真面目に出席するつもりなのだ。

ぼくに「先に読んで、俺に簡単に説明してくれ」と言っていたのは秘密だ。

要約してあげた後は「ふうん」とか何とか頷いて、自分でも調べ始めたから気になることがあったんだろう。あれこれとぼくに追加で資料を取り寄せるように指示してくるあたりは、とても王子様っぽい。

「でも、今日のアダルのお見合いは、向こうからのお話なんでしょう?」

「コーラテーゼ公爵家の借金が莫大すぎるから、私も無理だと思う」

「シジスまで」

「先日アダルから相談されて、ざっくり帳簿を見せてもらったんだけど、公爵家の領地収入は莫大なのに、それ以上の借金を背負っていた。既に、特殊な才能だと思う。私には無理だ。すぐに返済してしまう」

キラキラ美少年が、そのままキラキラ美青年になったシジスは確定事項として教えてくれる。

ぼくはおやつとして準備したおにぎりとお茶を並べながら、切ない思いに目を閉じた。

お金関係は、ぼくも他人事ではない。父様の方が借金の規模が小さいだけで、収入よりも支出が大きいのはぼくの家と同じだ。

父様、気になる本をどんどん買い込むのは止めてください。この世界の本の値段は、前世の記憶の感覚からすれば軽く十倍はします。それだけ貴重なんだ。

「アダルの見合いは、つまり相手の女がちょっとアダルに会ってみたい、というだけだろう」

「はい?」

資料を読み終わったのか、ファウスが適当に書類をサイドテーブルに積み上げるので、ぼくは慌てて整理に向かった。

ファウスに任せるとグチャグチャにされる。後で担当部署に返しに行かなきゃならないんだから。

寝椅子から体を起こしたファウスが、せっせと資料を分類整理しているぼくの胴に、腕を絡めてくる。

抱きつかれると動きにくいので、止めてください。もー。こんな時、ぼくも獣人だったら尻尾で叩いてやるのに。

「アダルは、個人的には悪い奴じゃない」

「そうですね。ぼくもアダルは良いやつだと思います」

多少考えなしで、欲求が食欲に振り切れているところはあるけれど。

ヒトであるぼくを気遣ってくれるぐらい優しいし、バルダッサーレ殿下に立ち向かうぐらい勇敢だし、傍にいてくれると空気が明るくなるぐらい朗らかだ。

一緒にいて楽しい気分になれる個性は、才能だと思う。

「テオは俺よりアダルの方が好きなのか」

「そういう話ではないでしょう？　友達として、すごく良い奴だという意味ですよ」

「友達までなら許す」

子供っぽい独占欲を全開にしたファウスがそんなことを言う。

ぼくの背中に押し付けられた耳が、パタパタ動いているのが分かる。

「アダルは好かれるんだが、コーラテーゼの借金が尋常じゃない。結婚相手としては、誰でも躊躇う」

「そうですね、ファウス様。コーラテーゼ公爵は呪われているんじゃないでしょうか」

「そんな馬鹿な」

大真面目にシジスまでこんなことを言うので、ぼくは呆れた。

「コーラテーゼ公爵は、ものすごくお人好しだと父から聞いています。借金を背負うことになった理由の一つが、四代前の祖先から分かれた親類を名乗るセリアンが尋ねてきて、困窮しているので助けて欲しいと言われ、援助したらその全てを持って蒸発された、とか」

「……四代前って」

ぼくは眉を顰めて体をねじる。

「コーラテーゼ公爵として臣籍降下する前。つまり、王族だったころだな」

ぼくの背中に顔を押し付けたままのファウスが頷く。

動くとくすぐったい。柔らかい耳の毛が、背中を撫でてくるのだ。

　ぼくはくすくす笑ってしまいながら、腕の資料を抱きしめる。

「話が本当なら、王家に相談でもすればいいものを。公爵は、相手を気の毒に思って気前よくお金を渡したそうで」

　オレオレ詐欺みたいなのに引っかかったのか。

　実家が商家であるシジスは理解し難いようで、首を傾げている。

「他にも、素晴らしい布を生産できるという触れ込みでやってきた詐欺師にも引っかかったそうです」

「ああ、いきなり布に手を出したと思ったら、頓挫した奴だな」

「何でも『馬鹿には見えない布』と言ったそうで」

「好き勝手なことを言うやつがいるものだ」

「ええ、殿下。公爵は大笑いして許したそうですよ。私の父なら地の果てまでも追いつめて搾り取りますが」

　信じ難い、とシジスは首を振るけれど、ぼくは笑ってしまいそうになるのを頑張って堪える。リアル「裸の王様」を聞かされるとは思わなかった。

「投資した金は回収できないようですが、それなりに新しい産業にはなったようです。とにかく、何事にも計画性がないのでしょう」

「アダルと結婚するということは、コーラテーゼ公爵夫人になると同時に、莫大な借金が突然増える生活が始まるからな」

　大国ラヴァーリャでも、公爵の称号を持つ貴族は十家に満たない。アダルの家は名誉だけはものすごく沢山持っているんだけどなぁ。それだけじゃ結婚できないのか。

「結婚問題はややこしい。議会の議題にまで上がっている」

　ふう、とぼくの背中にファウスの溜息が掛かる。

くすぐったくて笑ってしまいながら、ぼくも真面目に思い出す。

　ファウスが読んでいた資料の大半は、バルダッサーレ殿下の花嫁候補の資料だったな。王家の婚姻は貴族議会の承認がいるから、私事だとは言えないのだ。

「兄上も、さっさと結婚すればいいのに。長引かせるから、ややこしくなっている」

　真面目な声でそんなことを言いながらも、ファウスはぼくの背中にぐりぐり頭を押し付けてくる。

くすぐったい。

ぼくのお腹に回った手が、ごそごそ動く。

初夏なので薄着だ。布越しにおへそを撫でられて、ぼくはまた笑ってしまう。

もう、くすぐったい。

「ファウス様、悪戯しないでください」

「テオ、もっとこっち」

文句を言ったぼくの体を、ファウスはヌイグルミでも抱き寄せるように引きずり寄せる。軽々と腕の中に収めてしまうぐらい、ファウスとぼくの体格差は大きくなった。

資料の束を抱えたままのぼくの首筋に、ファウスは顔を埋めてくる。甘えん坊がすぎる。

「シジス！　助けて！」

「気づかなくて済まない」

ファウスに背後から抱きつかれて撫で回されているぼくに、シジスは呆れたような笑顔を見せる。

ひょい、と資料の束をぼくの手から取り上げる。

「そっちじゃなくて、ぼくを助けてよ」

「私は、ファウステラウド殿下の従者だから」

ファウスの機嫌を取るのが当然だと言いたいわけだ。

シジスは澄まして微笑むと、「資料を返却してきます」と告げる。

あっさり出て行ってしまったせいで、ファウスの手から逃げる手段を失った。

「シジスは気がきく」

ファウスは満足そうだ。

後ろから抱えていたぼくをくるりとひっくり返し、膝に抱え上げる。小さな子供じゃないのに、これは恥ずかしいぞ。

「テオ、俺は今、真面目に頑張っている。テオはそんな俺を褒めるべきだ」

「褒めてあげますから、もう恥ずかしい事をしないでください」

「おにぎりを食べさせてくれたら、離してやる」

「ご自分で食べられるでしょう」

「俺は今、手が離せない」

ああ言えばこう言う。要するにファウスは、シジスが席を外している間にぼくに甘えたいわけだ。ぼくはファウスのお母さんじゃないんだけどなぁ。

膝に乗せられたまま、乞われるままに食べさせると、ファウスはとても嬉しそうに笑う。

尻尾をぶんぶん振っている辺り、どれだけ格好良くなっても、ファウスは甘えん坊だ。

「テオ。テオは料理上手だな」

「ぼくが作ったのはおにぎりだけじゃないですか。甘えん坊がすぎますよ」

「テオが一番好きだ。ラヴァーリャで一番かわいい」

「……」

二人きりになると、ファウスはすぐそんなことを言う。

ぼくは嬉しくて、切なくて顔が赤くなってしまう。

ぼくも好き。

一番好き。

友達として楽しいアダルやシジスとは違った意味で、ファウスが好き。

「テオは？」

おにぎりを握ったぼくの手ごと食べそうなファウスが、俯いたぼくを、黄金の瞳で射るように覗き込んでくる。

これ見よがしに伸ばした舌で、ぼくの指を舐める。

ぞくぞくとした震えがぼくの背中を這い上る。

「はい」

「俺は、一番テオが好きだ。かわいくて、食べてしまいたい」

かぷ、と食べかけのおにぎりごと、ぼくの指までファウスの唇に食まれる。

ぼくは震えながらおにぎりをファウスの口に押し込んだ。

指を抜こうとするのを、ファウスの手が握って離してくれない。

米粒一つすら舐め取るように、指を、その先のつけ根まで舐められていく。

尖らせた舌先が、手首まで及ぶと、ぼくは顔が熱くて堪らなかった。

かくん、と力が抜けてファウスの胸に頭を預けてしまう。

はふ、と漏れた溜息は恥ずかしいほど濡れていて、ぼくはまともにファウスを見られなかった。

「テオ。テオは俺が一番好きか？」

「はい」

「好きだと言え」

「……」

一番好き。

だけど、言えない。

ぼくがファウスのことを好きで好きで堪らないことぐらい、見抜かれている。

言葉に出せない理由も見抜かれているだろう。

ファウスは、王子様で。

ぼくはあくまでも従者にすぎない。

アダルがせっせと結婚相手を探しているのと同じぐらい熱心に、ファウスも探していておかしくないのだ。

そうなっていないのは、十歳年上のバルダッサーレ殿下が独身だからだ。

「テオから、キスしてくれるか?」

赤くなって俯いたままのぼくに、ファウスはそんな譲歩をする。

「……はい」

ぼくはファウスの首に縋りつくように腕を回して、唇を寄せる。

触れたとたん、強引なほど深く唇を結び合わせてくるのはファウスだ。

抱きしめられ、ファウスの一部になりそうなほど肌が近づく。

ぼくは目を閉じたまま、口を開けて入り込む舌に、必死で応えた。

息が詰まりそうなほど、激しくて、それだけぼくを好いてくれているのだと思うと嬉しくて、苦しい。

恋しくて、苦しい。

先がない恋をするのは、とても苦しい。

「テオ、テオ、兄上の妃が決まったら」

ちゅ、ちゅ、と艶(なま)めかしい音がぼくの耳に響く。

擦り合わせた唇が甘く熱を持っている。

「次は俺が願う。お前を俺の伴侶にしたいと」

「……ファウス様」

それは嬉しいけれど、苦しい約束だ。

できるだけ長く先に延ばしたい。

恋をしているこの瞬間を、長く長く引き延ばしたい。

だって。認められるはずがない。

ファウスは、本気で国王と議会に訴えるだろう。

口約束だけではない真っ直ぐで真摯な性格であることを、ぼくは知っている。

ぼくのために戦ってくれる。

ぼくも戦う。

ぼくはファウスが好きだと言う。

でも、好きだけじゃ駄目って、ぼくは知っている。

ぼくは、「好き」しか持っていないのだから。

前世の知識があっても、多少賢しく頭が回っても、この恋の成就はぼくには見えない。

しがみ付くようにキスをねだる。

ファウスが応えてくれるのは、とても幸せだった。

何度も唇を合わせ、舌を擦り合わせると、腰がむずむずするような性感が募っていく。

伸ばした舌先が、口蓋を擦るのはとても気持ちがいいと、ファウスが教えてくれたのだ。

息ができないぐらい抱きしめられて、ぼくも抱きついて、ぼくはキスに夢中になった。

言葉にできない大好きを、もっとファウスに伝えたかった。

「テオ！　テオドア！」

バン、と乱暴に扉が開く。

ファウスの膝の上で抱きついていたぼくは、飛び上がりそうなぐらい驚いた。

はぁはぁと荒い息を吐いて、髪を振り乱したシジスが立っている。

「どうしたんだ?」

ずいぶん恥ずかしい所を見られたのに、ファウスは平然としている。

こういう所が王子様なのだ。人目を気にしない。

「バルダッサーレ王子が、お前を伴侶に指名した！」

「なんだと！」

さすがにファウスも驚いた。シジスがもたらした情報に腰を浮かす。

「どういうことだ?　兄上は、テオとほとんど関わりがないだろう」

厳しい表情のファウスの膝から、ぼくは慌てて飛び降りる。ベタベタ抱きついている場合じゃない。

離れようとするぼくの腰を、ファウスは強く引き寄せた。

長い尻尾まで絡みついてくる。ファウスの執着がそのまま表れているようで、ぼくは逆らわずにファウスに抱き寄せられた。

ぎゅう、と強く抱きしめられる。

「そのはずです、殿下。私もそう思っていました」

不思議そうに答えて、シジスは髪を撫でつける。

シジスの言う通り、ぼくはバルダッサーレ殿下と個人的に話したことはない。何回か直接喋っているけれど、全てファウスのおまけとして認識された時だけだ。

怒鳴りつけられた時だって、第一王子が怒っているのはぼくに対してではなく、ファウスに対してだった。つまり、ぼくは彼にとってどうでもいい存在にすぎない。

伴侶に指名、ということはつまり、お妃さまとして望まれたんだけど、いきなりどうしてだろう。さっぱり分からないぞ。

「貴族名鑑の編纂を行っている部署まで資料返却に行って来たのですが」

ファウスが取り寄せるように言った資料を、借り受けてきた場所だ。

「テオドア・メディコはどんな人物か、と私が聞かれました。どうやら、つい先ほどから問い合わせが殺到しているようです。テオドアがファウス様の側近であることはすぐ分かるのですが、それ以上の情報は出てこないようで、たまたま訪れた私に聞いてみた次第です」

苛立っているのを隠そうともしないファウスを宥めるように、シジスが説明する。

貴族名鑑を編纂する人たちは、当然ぼくのことは知らないだろう。だって、ジェンマ出身の平民だから。

ぼくの父様は王様に招聘されてこの国に来たんだけど、もうそのお仕事は終わっている。その後父様は聖堂に入り浸っているから、親の情報だって集まらないに違いない。

「という事は兄上が馬鹿なことを言い出したのも、つい先ほどか」

「おそらくは」

「抗議しに行く」

すく、と立ち上がるファウス。

ぼくは慌てて止めた。

「待ってください、ファウス様。まだ噂の段階ですよ？　はっきりしないうちから、バルダッサーレ殿下に直談判なんかしたら、喧嘩しなくてもいいのに喧嘩になります」

「俺の顔を見たら兄上の機嫌が悪くなるのは、いつものことだ」

「それは、そうですけれど」

バルダッサーレ殿下はファウスの全てが気に入らない様子で、顔を見るたびに言いがかりをつけてくる。それに対してファウスは、バルダッサーレ殿下を立てるように、ほとんど言い返さない。

幼いころは十歳という年齢差から喧嘩にならないのかと思っていたけど、ファウスは自由奔放に見えて、派閥争いを気にしているみたいだった。

大きくなるにつれて、ぼくにも、王宮には第一王子派と第二王子派という派閥があることが分かってきた。

ぼくに対してはわがままで甘えん坊に振る舞うファウスだけれど、自分がバルダッサーレ殿下と敵対すると、派閥争いが激化すると弁えているのだ。

だから理不尽な目に遭っても、あくまで兄が王太子であり、自分は臣下に下るといった姿勢を崩さない。

でもぼくを伴侶に指名したことは、我慢できる内容ではなかったらしい。

苛々と尻尾を振り回している。

「兄上の機嫌なんか気にしていられるか。いくら自分が結婚したくないからって、テオを口実に使うなんて許せない」

「ぼくが口実に使われているだけなら、しばらくすれば収まりますよ。ちゃんとバルダッサーレ殿下は、ふさわしいお姫様と結婚なさいます」

さすがにファウスも、バルダッサーレ殿下が急にぼくを見初めたとは考えていないようだ。

ぼくが宥めても、尻尾をバタバタさせて怒っている。

「今は口実でも、いつか本気になったらどうするんだ！　テオはこんなにかわいいんだぞ！」

吠えるようにファウスはそう言うと、ウロウロと部屋の中を徘徊し始める。

ぼくがかわいく見えるのは、ファウスの目限定なので、その辺りは心配していないんだけど。ファウスは違うらしい。大袈裟なぐらい心配してくれている。

客観的なぼくの容姿は、貧弱でひょろひょろしたちびっ子だ。白い髪も、赤い瞳も、物珍しいけれど、絶賛されるほど美しくはない。

線の細い美形っていうのは、目の前にいるシジスとかだよ。

ぼくの髪や肌の淡い色は、バルダッサーレ殿下が懐いている聖下に似ているけれど、彼のような白金の髪と蒼い瞳の美貌とは違う。似ている部分の方が少ないんだ。バルダッサーレ殿下がぼくの外見を気に入ったとは思えない。

「ファウス様。ぼくにそういう心配はいらないかと……」

「心配に決まっているだろう！　テオみたいに小さく

てかわいいのが、兄上に捕まったら逃げられないじゃないか！　俺が、どれだけ大事に大事にしてきたか！」

　あんまり大声でそういうことは言わないで欲しい。

　ぼくは、大事にされている自覚があるので、顔が赤くなって困る。

　いつだって恥ずかしいぐらい「大好き」って言ってくれるし、大人のキスは何回もした。身体に触れられることもあるけれど、それから先に進もうとはしない。

　快楽を得ることはあったのに、身体を繋げるような負荷がかかることはしないと、ファウスの方から宣言してくるぐらいだ。

　ぼくはファウスが考えているほど初心（うぶ）ではないので、同性でもどこまでできるのか理屈は知っている。自分の身に置き換えると正直怖い。

　でも、ファウスは王子様だ。従者にすぎないぼくは、求められれば拒めない。そこまで分かっているから、ファウスはそんな素振りも見せない。

　わがままで甘えん坊のくせに、肝心なところではぼくをとても大切にしてくれるんだ。

「落ち着いてください、ファウス様。テオドアはバルダッサーレ殿下の好みではありません」

　きっぱりシジスが断言すると「テオはラヴァーリャで一番かわいいのに！　好みとか関係ない！」とファウスが怒る。

　うーん、ファウスもだいぶ混乱している。

　シジスが言う通り、バルダッサーレ殿下の遊び相手として噂に上るのは、成熟した大人の女性ばかりだ。ぼくとは似ても似つかない。全然心配いらない気がしてきたな。

「テオドアは、好みを超越してかわいい」

「失礼ながら、それはファウス様だけかと……」

「シジスはテオを馬鹿にするのか！」

「違います！」

　とても客観的な意見を述べるシジスに、ファウスはどこまでも主観的な価値観で反論するので、全然噛み合わない。

　そんな二人を見ていると、ぼくは段々冷静になってきた。

　最初にファウスが言った通り、まだ結婚したくないバルダッサーレ殿下の口実だろう。

　仮にぼくを本気で望んだとしても、平民で男のぼくが、簡単に認められるとは思えない。

時間稼ぎだな。

……時間を稼いで何がしたいのか分からないけど。

「大丈夫ですよ、ファウス様。バルダッサーレ殿下のいつもの我儘だと思えば。そのうち……」

「他部署に話が行くということは、水面下では進んでいるということだ。父上は了承されたのか？　了承しそうだからこそ、問い合わせが来るんだろう？　兄上め。今度ばかりは、黙っていられるか」

ぼくの声も聞こえていない様子で、ファウスはぶつぶつ言っている。

丸い耳は剣呑（けんのん）にぺたんと伏せられていた。

「ファウス様。まだアダルが戻らないので、殴り込みの護衛が私だけというのは、心もとないのですが」

「アダルを待っている暇はない！」

本気で悩んでいるシジスは、相変わらず腕力で片付けようとしていた。

純血のセリアンはヒトが三人がかりでも止められないとは本当のことで、混血のシジスと純血のアダルでは明らかに身体能力に差ができている。ぼくに至っては、護衛としては全く役に立たない。

「分かりました。ファウス様。バルダッサーレ殿下に、ものすごく言いがかりをつけられるとは思いますが、直談判に行きましょう」

ぼくは、頭に血が上ってしまっているファウスを宥めるつもりでそう言った。

「兄上を殴りに行くんだな！」

「違いますよ。ぼくを伴侶に指名したという不名誉な噂が流れていますよ、と教えに行くんです」

指名されたぼく自身が知らないんだから、表沙汰になっていない話なのだろう。うやむやになかったことにできれば、それでいい。

「不名誉な噂？」

訝（いぶか）し気に眉を顰め、ファウスとシジスは揃って首を傾げる。

「そう聞いてみれば、本当に指名したのか、デマなのか分かりますよ。初めから抗議しに行くと、喧嘩にしかなりません」

「面倒だが、テオが言うなら、分かった。シジス、ついてこい。テオは――」

危ないからここにいろ、とファウスが言うより先に、ぼくは「お供します、ファウス様」と立ち上がる。

ファウスもバルダッサーレ殿下も成人しているのだ

から、人目のあるところで殴り合いにはならないだろうと、ぼくは思ったのだ。

それに、ぼくの知らないところでファウスが喧嘩したら、何を口走るか分からない。

ぼくが従者の領分を超えて大切にされていると、バルダッサーレ殿下に知られるのは、ファウスの立場上良くないことだ。

ファウスがうっかり口を滑らさないように監視するつもりで付いていくことにしたのだ。

ぼくの見通しは、甘すぎるほど、甘かった。


「ああ、指名した。陛下の了承も得ている。テオドア・メディコ。本日付けで、私の宮へ移動しろ」

「……」

思いのほかあっさりと面会が実現したバルダッサーレ殿下は、澄ましてそう言った。

ぽかん、とぼくは口を開けてしまう。

びっくりしているぼくの前で、大人しく座っていたファウスの耳と尻尾が逆立つ。

「了承できません、兄上！　テオドアは、俺のものだ！」

ファウスが椅子を蹴って立ち上がる。

執務途中でファウスを迎えたバルダッサーレ殿下は、悠然と嗤（わら）う。

黄金の瞳が嬉しげに輝いたので、ぼくは万が一にもバルダッサーレ殿下に見初められたのではなく、ファウスを怒らせるためだけに選ばれたんだと分かった。

わざとらしくバルダッサーレ殿下は黄金の髪を掻（か）き上げ、視線を落とす。嬉しそうな笑みを隠せていない。

「そうだな、ファウステラウド。お前には悪い事をした。テオドア・メディコを取り上げる代わりに、ヒトの従者を見繕う。それで許せ」

「そんなことを言っているのではありません！　テオドアは、俺が子供の時から一緒にいる大事な人だ。兄上の玩具になんてさせない！」

激高するファウスが、バルダッサーレ殿下の執務机を叩く。

ぼくは、はらはらしながら見守った。

ファウスが怒れば怒るほど、バルダッサーレ殿下を喜ばせるのだと分かってしまう。

ぼくを指名したのは、ただの嫌がらせだ。本当に、下らないことをする人だな。歩く災害殿下は、何を拗(こじ)らせたのか、以前より面倒くさい絡み方をしてきたわけだ。

「玩具とは心外だ。妃に召し上げ、大切にするとも」

「テオドアに指一本触れることは許さない！」

「私の子を産ませるのだ。孕むほどに抱かねばならんのだから、指一本触れぬわけにいかんな」

「テオドアは、俺のものだ！」

ニィ、と嬉しそうにバルダッサーレ殿下が嗤う。

ぼくは恐怖に背筋が粟立(あわだ)った。

「良く言った。この私が望んだモノに手を出そうというのか、ファウステラウド」

ゆっくりとバルダッサーレ殿下が立ち上がる。

獲物を嬲る猛獣じみた眼差しに、ぼくはどうやって止めて良いのか分からなくなった。

シジスも緊張した様子で、拳を握っている。

怖い。

すごく、怖い。

興奮しているファウスは、どうしてバルダッサーレ殿下の圧迫感を無視できるのか、ぼくには分からない。

「剣を取れ、ファウステラウド。お前の挑戦を受けよう」

「分かりました、兄上。俺のものは、自分で守ります」

バルダッサーレ殿下が、本当に壁に掛けられた剣を手にしたので、ぼくはそれが比喩ではなくそのままの意味だと知った。

ぼくは慌ててファウスとバルダッサーレ殿下を見比べる。

どちらも退く気はない。

でも、完成された大人の体をしたバルダッサーレ殿下に比べて、成長途中のファウスは体格で劣る。それをひっくり返せるようには見えない。

ぼくは心臓が痛いほど走り出すのを感じる。

「発言をお許しください、バルダッサーレ殿下」

真っ青になったシジスが、ファウスの前に飛び出した。強引にファウスを押しのけようとするが、力及ばず振り払われそうだ。

「私、シジスモンド・アルティエリに主の代理をお許しください」

「ならん」

「退け、シジス。俺がやる」

バルダッサーレ殿下とファウスは、同時にシジスの申し出を退ける。

ぼくはどうしていいのか分からなくて、息がつまりそうだった。

ファウスが心配でたまらない。

なのに、どうやって止めて良いのか分からない。

「献身的な従者を持ったな、ファウステラウド。温情だ。刃を潰した剣で相手をしよう」

「……」

バルダッサーレ殿下は、愉快そうにそう言うと、握った剣を変える。その自信は、実力に裏付けられていた。

ファウスはギラギラと怒りを湛えた眼差しで睨みあげていた。

王宮内にある砂地の修練場で行われた勝負は、何の準備もなく唐突に始まった。

監視人もいなければ、二人の王子の突発的な動きについていけた従者も少ない。

ぼくと、シジス、そしてバルダッサーレ殿下の侍従が辛うじて二人ついてきただけで、王子達は刃を潰した剣を抜き、挑み合った。

そして、あっという間に一方的な戦いに切り替わる。

ファウスが弱かったんじゃない。バルダッサーレ殿下が強すぎた。

ファウスやアダルが行う、人間離れしたセリアンの鍛錬を見てきたぼくでも、二人の王子には実力差がありすぎるのが分かる。

剣速の速さも、膂力も、剣技の正確さも何もかも、バルダッサーレ殿下はファウスを上回った。十歳年長なのだから、当然といえば当然だ。

剝き出しの地面に叩き伏せられたファウスの動きが、繰り返すたびに鈍くなっていく。

バルダッサーレ殿下に弾き飛ばされる度に、跳ね起きていた速度が落ちていくのは、疲労と衝撃が蓄積されていくせいだ。

ぼくは、胸を掻き毟られるような気分で、二人の争いを見つめていた。

怪我が増えていくファウスを、見つめるのが苦しい。でも、目を離すこともできない。

涙が溢れそうになりながら見守るぼくの前で、バルダッサーレ殿下は歪んだ笑みを浮かべていた。

ファウスが諦めずに立ち向かう姿を、バルダッサーレは愉しんで嬲っていた。

ぼくを口実にして、ただファウスを痛めつけたいだけだ。いかに自分の方が優れているのか、見せつけたいだけなんだ。

鬱屈したファウスへの苛立ちと怒りを、ぶつけるためだけの行為にしか見えない。

何度も剣の腹で殴られ、浅く皮膚を裂かれながら血を流したファウスは、それでも諦めようとはしなかった。

ファウスがこの絶望的な勝負に食らいついていくのは、ひたすらにぼくのためだ。

ぼくのせいだった。

剣で殴られ、蹴られたファウスが、土埃を上げて転がる。

いつも圧倒的に強いファウスが倒れ伏す姿に、ぼくは堪らなくなった。

引き留めるシジスの手をすり抜けて、バルダッサーレ殿下の前に走り出る。

シジスがぼくを行かせたのは、おそらくワザとだ。なりふり構っていられない。

今止めるしかない。

ファウスがもう一度立ち上がる前に、ぼくが止めるしかなかった。

「どうした」

愉悦を抑えきれないバルダッサーレ殿下の声が掛かる。気味が悪いほど上機嫌だ。

「バルダッサーレ殿下。すでにお二人の勝負はついたも同然です。これ以上は、勝者の名誉を汚す、行きすぎた行為です。強者としての慈悲と余裕をお見せください」

恐怖と怒りで震える息を抑えて、ぼくは声を張り上げた。

ぼくの背後に、傷だらけになったファウスがいる。

何とか起き上がろうと、砂地に爪を立てる音がする。

お願いだから、もう起き上がらないで欲しい。これ以上傷つかないで欲しい。

「ファウステラウド。お前の従者が命乞いをしているが。どうする？」

「……いやだ」

聞こえないほど小さく、ファウスが拒否している。

ぼくの耳にも聞こえづらいけれど、バルダッサーレ殿下には聞こえたらしい。耳がパタパタ動いていた。

「まだ、足りないそうだぞ。テオドア・メディコ。主の意向を汲み、そこを退け。惨めに這いつくばる姿を眺めてやれ」

がん、と鈍い音を立てて、大剣が地面に叩きつけられる。

ぼくは暴力への恐怖に、心臓が縮み上がる気がした。

剣の形をしているけれど、刃を潰したそれは巨大な鉄板を振り回しているのと大差ない。

当たり所が悪ければ、命にかかわる。

ファウスはこんなもので何度も殴られたのだ。

ぼくは悲しみで震えそうになる。

ファウスが挑んだとはいえ、こんなに痛い思いをさせたくはなかった。

「お慈悲を、バルダッサーレ殿下。ぼくを御指名いただいた名誉をありがたく受け取らせていただきます。身命を賭して、貴方様にお仕え申し上げます。ですから、どうか、ファウステラウド殿下にご慈悲を賜りますように」

ぼくのすぐ傍に打ち付けられる剣に怯えないように、真っ直ぐ顔を上げてバルダッサーレ殿下を見上げる。

酷薄な黄金の瞳が、細められた。

「テオ、だめだ」

囁きよりも小さなファウスの声が聞こえる。

ぼくは振り返ることができなかった。

ぼくがやったことは、ファウスの献身に対しての裏切りかもしれない。

ファウスが諦めていないのに、ぼくが先に諦めたことになるのかもしれない。

けれど。

これ以上の我慢はできなかった。

「興が醒めた。ファウステラウド、もう良い。テオドア・メディコ。今日中に宮を移るように」

面白くもなさそうな顔で、淡々とバルダッサーレ殿下は言い捨てると、手にした剣を近くの侍従に投げ渡す。

どっと冷や汗が流れ落ちる。

背後でシジスがファウスを助け起こす気配がする。

騒ぎを聞きつけて、人が集まってくる。バルダッサーレ殿下の従者が、人を呼んだのだろう。

ファウスとバルダッサーレ殿下が打ち合ったのは、時間にすれば短かったのかもしれない。

でも、ぼくは魂が抜けたように座り込んで動けなかった。

ファウスはシジスの手を借りて立ち上がった。

体のあちこちから流れ出した血は止まり、固まり始めていた。けれど、剝き出しの腕や、破れてしまったズボンから覗く足にも打撲痕ができていて、とても痛々しい。

すぐに歩き出すことができたのは安心したけれど、ぼくは付き添うことも声をかけることも許されなかった。

近寄ろうと立ち上がった途端に、バルダッサーレ殿下に肩を摑まれたからだ。

ファウスよりもさらに一回り大きな手が、力任せに摑んだせいで肩が軋むように痛かった。でも、ファウスはもっと痛い思いをしたんだ。

「身命を賭して仕えるのではなかったか？」

静かで冷ややかな声に引き留められると、ぼくは何も言えない。

ぼくは勝手にファウスの下を離れたのだから。

黙って項垂れたぼくを、バルダッサーレ殿下はそのまま侍従官に引き渡した。

部屋を与えるように指示を出していたけれど、全て他人事にしか思えない。

ぼくが黙って見つめていることに気づいた様子で、ファウスも顔を上げてぼくを振り返った。

ファウスは黄金の瞳を悲しそうに細めたけれど、勝手にバルダッサーレ殿下に下ったぼくのことを怒ってはいないようだった。

切れて腫れ上がった唇を微かに歪めて、囁く。

テオ

ファウスの声は音にならなかった。

唇の形だけで、ぼくの名前を呼んだことが分かる。

ぼくは、溢れそうになる涙を懸命に飲みこんだ。

六歳の時から、ずっとファウスの傍にいたのに。

ずっと傍にいると、何度も約束したのに。

もう、その約束は果たせない。

ぼくから破った。だからぼくには、泣く資格もないんだ。

ぼくはファウスの怪我の具合を確認する時間も与えられず、あっという間に第一王子の宮殿に移動させられた。

侍従官の人たちも、ぼくをどう扱って良いのか戸惑っているのが分かる。

名目上は、ぼくは第一王子の妃として望まれたことになっている。

嘘なのか本当なのか、バルダッサーレ殿下は、国王も了承済みだと言った。だが、貴族議会で承認を得た婚約者ではない。

ぼくの身分は平民のままで、役職もファウスの私的な御学友だ。王国の中で確かな地位は何もない。

「バルダッサーレ王子殿下がお渡りになるまで、こちらでお待ちください」

「ありがとうございます」

ぺこりと頭を下げて、ぼくは与えられた部屋に入る。

通された部屋も、客間なのか、妃の間なのか、実に微妙な内装だった。

バルダッサーレ殿下に、愛人として熱烈に愛されていたのであれば、男だろうが妃として迎えるべく部屋を整えるだろう。

シジスみたいに、誰の目にも印象が残るような美貌で見初められたというのなら、それはそれで納得できただろう。

全く話題にも上がらなかったぼくが、いきなりバルダッサーレ殿下が強く望んだ伴侶だというのはあまりにも無理がある。

にもかかわらず、ぼくみたいな平凡でちっぽけな子供のために、二人の王子が剣を交えて争ったんだ。

バルダッサーレ殿下がファウスに嫌がらせをしようと思っていることは分かるけれど、どうしてこんな極端に馬鹿なことをしたんだろう。

ファウスに怪我までさせて。

今までだって、手を上げたところを見てきたけど、怪我をさせることはなかったのに。

「ファウス様の怪我の具合はどうだろう……」

途方に暮れて、ぼくは窓辺に寄ってみる。

四階にあるこの部屋の窓からは、遠く離れたファウスの宮殿が見えた。

王宮が政治向けの表と、王族の私的な住居である奥に分かれているのは、昔の日本とよく似ている。

父様が家をもらったのは、奥側の隅っこだ。

ファウスも、バルダッサーレ殿下もそれぞれ奥に別棟の住居がある。いうなれば、小中学校の校舎みたいな分かれ方だ。

全く別の棟に分かれていて、往来はあるし、渡り廊下や回廊で繋がっている部分もあるけれど、基本的にはそれぞれの宮殿で物事が完結する。

バルダッサーレ殿下は成人した王族なので、住居の中でも表に近い場所に執務室があった。

「痛かったよね」

争いになっても口喧嘩までだと思っていたぼくの甘さが悔しい。

ファウスの腫れ上がった唇や、傷ついた頬、色の変わった打撲の痕。全て頭から離れない。

ガラスが嵌め込まれた豪勢な窓から、じっと宮殿の方を眺めてしまう。

「飛び降りるのか?」

突然声が掛かって、ぼくはびく、と飛び上がった。

「名実ともに私の妃となるのを恐れて、飛び降りるのかと思ったが」

振り返ると、当然のことながらバルダッサーレ殿下が立っている。

いかにも面倒くさそうな、怠惰な表情で、扉に凭れて立っているのに様になるのだから、美形というものは得だ。

輝くような黄金の髪の色以外、じっくり見るとよく似た兄弟だった。

「……バルダッサーレ殿下」

慌てて膝をつくぼくの傍まで、すたすたと大股でやってくる。ぼくは全身の毛が逆立ちそうなほど緊張した。

この歩く災害みたいな殿下と一対一で向き合うのは初めてだけれど、逃げることもできない。

何の冗談なのか、ぼくを伴侶に指名したらしいんだから。

「取って食うつもりはない。そんなに怖がるな……と言っても無理だな。分かっている」

途中から独り言に変わる。

膝をついて顔を伏せるぼくの髪に、バルダッサーレ殿下の手が触れた。

手触りを確かめるような触れ方をした後、肩を覆うほど長い白金の髪を横に寄せられ、うなじを撫でられる。

少し触れられるたびに、ぼくはどうしようもなく緊張してガタガタ震えてしまった。

「噛み痕は、まだか。あの、阿呆め」

「……」

不満そうに呟くと、ぼくのうなじから手を離し、寄せた髪を元に戻すように撫でられる。

突然殴られたらどうしようかと、ぼくの心臓はバクバク跳ねていたけれど、そのままバルダッサーレ殿下は離れていった。

全身から力が抜けそうなほど安堵する。

椅子を動かす音がして、バルダッサーレ殿下は随分離れたところに座ったのが分かる。

「顔を上げよ。テオドア・メディコ」

「はい」

「ビクつくな。鬱陶しい！」

「は、はい。申し訳ございません」

おどおどしているぼくの態度に苛立ったのか、バルダッサーレ殿下の声が大きくなる。

余計に怖くなったけれど、ぼくは勇気を振り絞って顔を上げ、バルダッサーレ殿下の黄金の眼差しを受け止めた。

ファウスと同じ色の目だ。

「怖がるな。これだけ離れれば、お前まで手も足も届かない。分かるな？」

「……はい」

ほぼ部屋の端と端ぐらい離れたところで、バルダッサーレ殿下は足を組んで座っていた。

確かに、殴られそうになっても全く手が届かない。急に機嫌が悪くなっても、少しの時間なら逃げ回れそうな気もする。

「先に言っておくが。私はお前に閨（ねや）の相手をさせるつもりはない」

まぁ、そうだろうな、とは思った。

ファウスの目にぼくはかわいく見えているみたいだけれど、客観的に見れば、ぼくはわざわざ食指が動くような容姿じゃない。

ファウスへの嫌がらせの延長で、ぼくに乱暴しようとするほど物好きではないらしい。

「お前みたいに小さくて弱そうな子供に相手をさせたら、その気がなくても壊しそうだ。安心しろ。だが、私の婚約者になるつもりでいろ。そのように振る舞え。分かるな？」

「御意にございます」

ぼくは再び深く頭を下げる。

バルダッサーレ殿下は、意外なほど分かりやすくぼくに説明することに驚いた。

何というか、こう、怒鳴り散らしてくる人かと思ったんだ。ファウスと一緒にいる時は、いつも怒っているし。

「殿下に望まれた者として、誇り高くあるようにお仕えいたします」

「それでいい」

「質問をお許しいただけますか?」

「今は機嫌がいい。お前に教えてやれる程度であるならな。言ってみろ」

ぼくは少し考える。

次の議会で、バルダッサーレ殿下は何人かのお妃候補の内、数人に絞るよう迫られるはずだった。それが嫌で、こんな面倒くさくて迷惑な行為に及んだのだろうとは思う。

誰が妃になるかで、ラヴァーリャ国内の権力の構図が変わる。

ファウスもそれを見越して、お妃候補の資料を読み込んでいたのだろう。

どの候補者を退けたいと思っていたんだろう。その理由は何だろう。

ぼくは、誰に対して警戒をしなければならないんだろう。

「殿下は、高貴な姫君を差し置いて、私をお選びになられました。私は、どなた様と争うことになるのでしょうか」

「それが気になるのか」

意外そうにバルダッサーレ殿下は目を見開き、面白がるように唇を歪める。

「お知らせいただければ、ありがたく存じます」

気になって当然だ。ことと次第によっては、ぼくの命に関わる。

ぼくは、死にたくない。もう二度とファウスに会えなくても、諦めたくない。

「そうか。てっきり、何故お前を選んだのか問われるかと思ったんだが」

「……ッ」

ぼくはつい睨んでしまいそうになって、慌てて目を伏せた。

ぼくを選んだ理由？

そんなの、ファウスに対する嫌がらせ以外に、何かあるのか？

あれだけ楽しそうにファウスを痛めつけている姿を見て、ぼくが気づかないほど間抜けだとも？

ぼくは怒っているんだ。

ファウスに怪我させたことを、すごく怒っているんだ。

怪我をさせたバルダッサーレ殿下に対してはもちろん、そんなことをさせてしまったぼく自身にも、叫び出したいぐらい腹が立っているんだ。

「時が来れば、分かる。故にお前の質問には答えない」

「承知いたしました」

「お前を選んだ理由には、興味がないのか？」

ぼくは唇を噛みしめて、突き上げてくる怒りを堪える。握った拳が震えた。

「おっしゃりたいのでしたら、お伺いいたします」

「ふん。お前の美貌に目が眩んだわけではない。閨の楽しみ程度ならば、アルティエリ家の息子を侍らせた方が面白そうだからな」

「身の程は弁えております」

「誰でも良かった。誰でも良かった故に、一番効果的なものを取り上げることにした」

「……」

「王族に生まれながら、たかが平民の子供一人に執着し、無様に叩きのめされる姿が見たかった。それを私の手で行えるなら、これほど愉快なことはない」

「ファウス様は！　ファウス様は、お優しいから！　ぼくを心配してくださっただけです！」

バルダッサーレ殿下の声が、余りにも楽しそうだったので、ぼくはつい叫んでしまう。

我慢しなきゃダメだと、分かっていた。

どれだけ理不尽で、酷いことをされても、ぼくは平民で、バルダッサーレ殿下はこの国の第一王子。次の王だ。

でも、ぼくのために戦ってくれたファウスを馬鹿にされて、黙っていられるほど、ぼくは理性的じゃなかった。

あまりにも腹が立って、目に涙が滲んでくる。

涙を浮かべてバルダッサーレ殿下を睨むと、面白がるようにぼくを見つめるバルダッサーレ殿下と目が合ってしまう。

「——まだ子供だな、テオドア・メディコ」

「……」

獰猛な笑みを向けられて、ぼくは腰が抜けそうなぐらい怖かったけれど、謝らなかった。

ファウスのためにこの男に慈悲を乞うことはできたけど、自分のために願うつもりはなかった。

「シモーネ叔父上が、もうすぐここまで来る。お前も同席せよ。それから、これを」

いきなり聖下の名前が出て来て、ぼくはびっくりした。

どうして、急に？　元からそういう予定だったのかな？

聖下が王宮に来られるなら、ファウスの怪我を治してもらえるのかな、と期待してしまう。

聖下の治癒魔法の性質を知っていても、ぼくは浅ましく願ってしまった。

ぼくの驚きには興味がないのか、バルダッサーレ殿下は自分の中指から指輪を引き抜いている。

「どうせ、どの指だろうがお前には大きい。この紅玉はお前の瞳の色と近い。これを私の寵の証(あかし)とせよ」

「はい」

いきなり話が飛んで戸惑うけれど、わざわざぼくに渡すということは、他のお妃候補の前でつけて見せておけという意味なのだろう。

名目上は、二人の王子がぼくを求めて争ったことになったんだから。

「お前は男だったな。では、これもやろう」

帯から下げた短剣を、ゴトリと近くのテーブルに置いた。

その音だけで、重いことが分かる。黄金の柄飾りは、純金だ。

「お前がファウステラウドよりも私を選ぶなら、もっと良いものをやろう」

「私は、身命を賭してお仕えすると申し上げました」

どういう意味なんだろうかと思いながらも、ぼくは表面上の言葉を口にする。すると、機嫌が良さそうだったバルダッサーレ殿下の目の色が変わる。黄金の瞳が燃えるように明度を増した。

「流石にジェンマの学者は賢しいな！　テオドア・メディコ」

吐き捨てるように怒鳴られたけれど、ぼくを殴ろうとはしない。椅子を蹴るように立ち上がり、足音も高く部屋を出て行ってしまう。

指輪と短剣はその場に残される。

彼がいなくなって、緊張が解けて座り込んでしまったぼくは、彼が「くれる」と言った指輪も短剣もその場に置いたのは、ぼくに近づかないようにするためだと気づく。

変なところで気遣いをするんだな。

ファウス以外は、どうでもいいってことなんだろうか。

ぼくが置き去りにされた指輪と短剣を見つめてどうしようか迷っている間に、ここまで案内してくれた侍従官が現れる。手には細いチェーンを持っていて、指輪に通してネックレス状にしてくれた。

本気でぼくにくれたんだ。手に取ったら泥棒呼ばわりされるかな、と少しだけ警戒していたのだけど、大丈夫そうだった。

二

聖下がバルダッサーレ殿下を訪ねてくるまで、ぼくは全身を磨き上げられ待機させられた。

ぼくの服はファウスがしょっちゅう仕立ててくれるんだけど、もちろん仲の悪いバルダッサーレ殿下がそれを着せるはずがない。どこから登場したのか分からない数のお針子さんたちが、瞬く間に一着仕上げた。

観察していると、元からあった衣装をぼくのサイズに縮めただけらしい。

それでもすごいよね。お金と権力ある人は、大抵のことが叶うんだなぁ。

バルダッサーレ殿下の寵姫（ちょうき）のような、従者のような、客人のような、なんだか分からない立ち位置のまま、ぼくは夕食を一人でモソモソ食べて、まだ聖下を待っていた。

もしかして、来ないのかな？　と思った頃。

時間にして夜の八時ぐらいかな？

夏の夜を楽しむ貴族たちは起きているけれど、健全な庶民はそろそろ横になるような時間になって、ようやく聖下が来られた、らしい。

静まり返っていたバルダッサーレ殿下の宮殿が、急にざわめきだしたのだ。

ファウスの住んでいる宮殿は、主の性格を反映しているのか、賑やかで朗らかで、どこか緩い。

対するバルダッサーレ殿下の宮殿は、静かでどことなく緊張感が漂う。威厳があるとでも言うのだろうか。

仕えている従者も、子供のファウスには女官さんが多いのだけど、バルダッサーレ殿下の周辺を固めているのは侍従官だ。

女性は本当に、着替えや入浴、食事と言った身の回りの世話のためだけにいるらしく、調べ物など仕事の手伝いや、話し相手になるのは男性ばかりのようだ。

初対面の時に女官さんとイチャイチャしていた印象が強いし、何人もの女性と浮名を流しているから、女性が大好きなのかと思っていた。

公私の区別がついているというか、今までは、怒鳴り散らして、時には手を上げる暴君ぶりしか見てなかったから、余りにも普通すぎて驚いている。

深い青に銀糸で刺繍された衣装に、バルダッサーレ殿下から賜ったばかりの短剣と指輪をつけた状態で、ぼくは呼ばれた部屋へ案内された。

侍従官の後ろについて入っていくと、既に到着していた聖下が弾かれたように立ち上がる。ぼくの顔を見ると、心配そうに眉を寄せた。

向かいに座っていたバルダッサーレ殿下の表情は優れない。

どうしたんだろう？　もう聖下のお説教が始まっていたのかな？

「テオドア！　大丈夫かい？　怖い思いをしたね」

大股でやってきた聖下が、大仰な仕草でぼくを抱きしめる。

密着されて初めて知ったんだけど、聖下は良い匂いがする。聖堂で焚かれている清めのお香みたいな匂いだ。さらさらした白金の髪が、頬に当たってくすぐったい。

「どこも怪我はしていない？　バルドが無理をさせていないだろうね？」

「何もしていないと、申したところではありませんか。叔父上」

ぼくを心配するお母さんみたいに、ぼくの顔を覗き込んでくる聖下の背後から、不機嫌そうなバルダッサーレ殿下の声が届く。

ぎゅうぎゅうに抱きしめられたぼくは、辛うじて目だけを上げて聖下の肩越しにバルダッサーレ殿下の様子をうかがった。

不機嫌の塊がそこにいた。

まだぼくと一対一で話していた時の方が、冷静そうだ。

冷ややかな黄金の眼差しが、聖下の背中を貫いてぼくに刺さりそうだ。

ぼくは思わず首を竦める。

そんなぼくの反応を敏感に感じ取った聖下は、さらに強くぼくを抱きしめた。ううう、苦しい。セリアンの馬鹿力は侮れない。

でも「大丈夫だよ、テオドア」と優しく言ってもらうと、何でも大丈夫な気がしてしまう。

「お前の言う事は信用ならない。テオドア、バルドの事は気にしなくて良い。辛い事があったらちゃんと、僕に教えておくれ」

「……」

ちらりとバルダッサーレ殿下を見ると、相変わらず刺さりそうな目をしつつも、ふい、と顔を背ける。

好きにしろ、という意味だろう。

ぼくがバルダッサーレ殿下の方に視線を向けたのが気に入らなかったのか、間近に迫る聖下の蒼い瞳が険しくなる。

「バルド。テオドアを脅すような真似は許さない」

「私は何も言っておりません」

「明らかにお前の方を気にしているだろう。テオドア、僕が付いているから心配はいらない。バルドが無理を通すようなら、必ず助ける。何もされていないかい？」

拗ねたように返事をするバルダッサーレ殿下を見ることもなく、とうとう聖下は床に膝をついてぼくの顔を覗き込んできた。

嘘を見破る強い視線に、ぼくは逃げずに頷く。

「ありがとうございます、聖下。ぼくは何もされていません。心配なのは、ファウスです。酷い怪我をされて。今も痛がっていないかと……」

傷だらけになったファウスの事が心配だ。

聖下は何か聞いていていないかと尋ねてみると、優しく微笑みかけてくれた。

小さな子供にでもするように、髪を撫でてくれる。

「優しい子だね、テオドア。君の方がよほど怖い目に遭わされただろうに。ファウステラウドの事は心配いらない。先に会ってきたけれど、元気だったよ。かすり傷ぐらいだ」

「痕が残るような痛めつけ方はしていません」

ムス、と不機嫌そうに唇を引き結び、バルダッサーレ殿下は口を挟んでくる。

痛めつけた自覚はあるのか。暴力に慣れているというか、どれぐらい怪我をさせれば影響があるのか、把握しているらしい。

それはそれで怖いんだけど、バルダッサーレ殿下の言うことは真実だとぼくにも分かる。

ファウスさえ絡まなければ、意外なほどマトモな態度なんだよ。ファウスさえ絡まなければ。

兄弟の一方的な確執は……根が深そうだ。

「十も年の離れた弟を、容赦なく痛めつけるだけで充分問題だ。なぜそのような酷い事ができるんだ、バルド」

ぼくの肩を抱いたまま、聖下は元の席へと戻る。

バルダッサーレ殿下の傍に行くべきかと思ったんだけど、当然のように聖下はぼくを隣に座らせた。安心させるように、握ったぼくの手を軽く叩いてくれる。

こういう弱者への気遣いが、ファウスにもバルダッサーレ殿下にもできないところだ。聖下は大人なのだと思う。それとも、聖職者だからだろうか。

「私から仕掛けたのではありません。あれが挑んできたので、受けたまでです」

「お前がそう仕向けたのだろう？　テオドアの事を、ファウスが大切にしている事ぐらい知っているはずだ。取り上げようとすれば、当然反発される。お前はあえて、反発させて返り討ちにしたかっただけだろう？」

聞き辛いことを聖下はズバズバと切り込んでいく。否定できないバルダッサーレ殿下が気の毒になるほどの追い詰め方だ。

いつもは聖下に怒られるとしょげてしまうバルダッサーレ殿下なのに、今日は慇懃無礼な笑顔を維持したままだった。

「違います、叔父上。テオドア・メディコは、記録に残る事はないとはいえ、大変有用な人物であると私も知っています。ラヴァーリャ王の伴侶にふさわしい」

「バルド」

聖下の声が低くなる。

嘘を吐くな、と声音が物語っている。

ぼくだって今初めて、もっともらしい理由を聞かされたところだ。そんな話は、ぼくにもファウスにも言わなかったじゃないか。

「貧民の病を過去二度も癒しています。一度目は『聖者の病』、二度目は『夏の病』を。どちらも貧しい者ほどかかり、手の施しようがなく、打ち捨てられてきた。まさに、聖女のような慈悲深い功績と言えましょう」

「確かに、テオドアには聖女と見紛うほどの功績がある。だが、男の子だ。お前の妃とする必要はないだろう」

「三年ほど前、私とカファロ公国との間で婚姻を結ぶ話が持ち上がった時も、テオドアの機転のおかげで、我が国はいらぬ侮辱を回避できました」

バルダッサーレ殿下は、澄まして三年前の氷菓対決を持ち出す。

「あれ以来、我が国の晩餐会でのもてなしに欠かせぬ氷菓となりました。それにテオドア・メディコは、セリアンと相性の良いヒトの子です。良い子を孕むことができるでしょう」

「テオドアは、子を産ませる家畜ではないぞ、バルド！　ファウステラウドの傍に置き、テオドアの才能を発揮させれば、それで良い事だ。お前が王となった時、弟の傍に有用な人物がいる事は喜ぶべき事だろう？　ファウステラウドの反発を買い、本人の意向を無視してまで、伴侶として迎える必要はない」

バルダッサーレ殿下の言い訳を、聖下は即座に否定する。聖下はぼくが抱いているファウスへの恋心をご存知の上、すごくぼくを贔屓にしてくれるからだ。

取り付く島もない聖下の態度に、仮面のように取り繕っていたバルダッサーレ殿下の端正な美貌が、怒りと失望に歪む。

聖下の前で、こんなに怒りを露わにしたのを初めて見た。

どれだけファウスに辛く当たっても、聖下の前に出た途端に大人しくなる人だもの。

「貴方(あなた)が、私に妃を娶れとおっしゃったのですよ！」

「ああ。言った。セリアンは子ができにくい種族だ。妃を娶るのは早ければ早い方がいい。バルド、お前はもう二十六になるんだ。聞き分けなさい」

「貴方が……！」

ぎゅう、とバルダッサーレ殿下の拳が握りしめられる。

言葉にならない激情を飲み込むように、黄金の瞳がぎらぎらと強い光を宿す。

ぼくは自分に向けられた激情ではないのに、身が竦む。その視線を受け止める聖下は、残酷なほど平然としていた。

「貴方が、私に結婚しろとおっしゃるから……！　誰でも良いとおっしゃったではありませんか。幾らでも選べば良いと！　だから、私は選んだのです。なぜ今更、貴方からお叱りを受けなければならないのですか！」

「お前の花嫁候補は十人以上いたはずだ。僕も資料を見たから、隠せないと思いなさい。彼女達を全て退けて、弟の側近を指名するなど、嫌がらせ以外に目的があるのか？

いくらもっともらしい言葉を並べても、お前がファウステラウドを叩きのめした以上、全ては戯言にすぎない」

「……」

バルダッサーレ殿下は、握った拳を震わせたまま、何も言えなくなってしまう。

聖下の言葉は、確かに真実だと思うけれど、追い詰めすぎているようにも見えた。

ぼくはバルダッサーレ殿下の被害者なのに、なんだかとても気の毒に思えてしまう。

それはきっと、想像よりもよほど、ぼくに対してまともな対応をしてくれるからだろう。ファウスの怪我が思ったほど重くなかったこともあるだろう。

ぼく達にしたことを忘れていないけど、可哀想にすら見える。

「兄上は、お前がそれを望むなら仕方ないと了承したことを確認した。ファウステラウドを叩き伏せてまで、ここに連れてきてしまった事も聞いた。だから、一時はテオドアをここに置くと良い。僕は毎日訪ねて、テオドアの無事を確認しよう。傷一つでもついていれば、そのまま聖堂で保護する」

「叔父上、毎日はいくらなんでも。お忙しい貴方がそこまでする必要はないでしょう」

「バルド」

ぼくの肩を抱く聖下の手は優しいのに、バルダッサーレ殿下へ向けた言葉は、酷く冷たい。

すごく怒っているのが、ぼくにも分かる。

「僕が必要と認めるからそうする。お前とは、しばらく会う必要はない。昼餐会も無期限停止とする」

「叔父上――」

思わず立ち上がったバルダッサーレ殿下は、冷たい無言の拒絶に崩れるようにもう一度座り込んでしまう。張り付けたような慇懃な笑顔すら維持できないありさまだった。

「僕が、結婚しろと言ったから、テオドアに手を出したのだろう？　僕からお前に言うべき言葉は、もう何もない」

「そんなことは……。私は、まだ、貴方の導きが必要です。どうかお考え直しください」

縋るようなバルダッサーレ殿下の言葉を、聖下は一瞥の下に切り捨てる。

「僕が何を言ったとしても、お前が残酷なことに利用するというならば、沈黙する方がまだ有益だ。

バルド、以前からお前は僕に、貴族議会の席を用意すると言ってくれていたが、それも必要ない。僕の退位の時期は無期限の延期とする。次代にふさわしい者が現れるまで、僕は聖堂を守ることにする。僕達は会わない方が、よほど平和だ」

「……」

バルダッサーレ殿下の顔色は、明らかに悪い。

こんなに頼りない表情をする人だとは、考えもしなかった。

「貴方が、私を種馬扱いしているのに。子を成すために妃を選んで非難されるのですか！」

「お前の手には、ラヴァーリャの全てがあるだろう。子を残すのは、次期ラヴァーリャ王の義務にすぎない」

聖下はこれ以上の話し合いをする気がないのか、立ち上がり、ぼくの髪を撫でるとそのまま帰っていった。

ぼくには「また来るから。困ったことがあれば、何でも言いなさい」と優しくしてくれるのに、バルダッサーレ殿下へは一瞥すらない。

バルダッサーレ殿下は、肩を落として俯いたまま、ただ黙り込んでいた。


沈み込んでしまったバルダッサーレ殿下は、聖下が立ち去った後ずいぶん時間が経ってから顔を上げた。

じっと同じ場所で待っていたぼくに気づいて、驚いたように目を見張る。

「いたのか、テオドア。下がって良いぞ」

バルダッサーレ殿下は、いつもの傲慢で輝くような自信に溢れた姿は崩れ、生気の失せた様子だった。

聖下に非難されたのが、相当堪えたのだろう。ぼくの前だというのに、落胆ぶりを隠すこともできないでいる。

ファウスに対する苛烈な嫌悪と真逆に、バルダッサーレ殿下は聖下の前では従順だ。聖下を盲目的なまでに慕っているのは、ぼくにだって分かる。

その聖下から、ぼくとファウスにした仕打ちを容赦なく非難されて、面会すらしないと言われてしまえば、落ち込むのも無理はない。

傷だらけのファウスの姿を覚えているぼくとしては、自業自得だ、という思いと同時に、気の毒に、という同情が湧き上がってくる。

ぼくはどん底まで落ち込んでいるバルダッサーレ殿下を一人にしていいのか、心配になってしまった。

ぼくの心配なんて余計なお世話かもしれないけど、放っておけない。

「殿下」

どうしたものか迷うぼくの声に、バルダッサーレ殿下は気怠(けだる)げに首を傾げる。

「部屋に下がっていいぞ。ああ、そうか。帰り道が分からんか。……トルフィ」

ぼくの迷いをそう解釈したバルダッサーレ殿下は、軽く手を叩く。

違うとも言えずまごまごしている間に、静かに侍従官が三人入ってきた。あまりにも静かすぎて、すぐ傍に人がいたとは気づかなかった。

「トルフィ。テオドアを部屋へ連れていけ。同じヒトとして、世話を任せる。セリアンよりは気安いだろう」

「よろしくお願いします」

いきなりぼくの専属が決まって、慌てて頭を下げる。

名前を呼ばれた若い侍従官は、温厚そうな笑顔を向けてくれた。

確かに彼だけがヒトだ。この宮殿に来てから、何度か会っている。淡い茶色の髪と瞳をしていて、ラヴァーリャ人にしては色が白い。どこかで北の方の血が混ざったのかもしれない。色合いが近くて、親近感がある。

ラヴァーリャの圧倒的多数は、濃い髪と瞳の色をした褐色の肌のヒトだけど、大国だけあって物資と人の交流は盛んだ。だからもっと肌の白い人もいれば、濃い人もいる。

第一王子の侍従官を務めているのだから、優秀で身分の高い家柄なのだろう。

残り二人はセリアンだった。

「私も、もう休む」

気力が失われたような顔でバルダッサーレ殿下はそう言うと、立ち上がる。

残った二人のセリアンが、甲斐甲斐しく殿下の世話を始めたので、ぼくがいても役に立たないと分かった。

「お休みなさいませ、バルダッサーレ殿下」

ぼくの挨拶に対して、どこかぼんやりした様子でバルダッサーレ殿下は頷いていた。

大丈夫かな？

部屋まで戻る道筋で、落ち込んでいるのがファウスだったら、おにぎりを握ってあげたり、干し杏を食べさせてあげたら元気になるのにな、と考えてしまう。

シジスやアダルは肉が入っていたらもっと喜ぶ。煎り豆も好きだ。

アイスクリームやシャーベットは当然、皆大好きなんだけど、作るのが大変だ。

いつだったか寒い地域まで行って、雪の中で、アイスクリームを作ってあげたら、三人とも驚いていたな。

あの時は、鼻の頭を寒さで真っ赤にしながら、四人で作ったアイスクリームを食べたんだ。

四人一緒にいたら、何でも楽しくて、嬉しくて。

アダルがお腹を壊すまで食べたいと言い出して、実際にお腹を壊したのはぼくだった。

皆を慰めるために、何を作ったら喜ばれたか考えていると、ぼくは鼻の奥がツンと痛くなる。

今日は、お見合いに失敗したアダルを、肉で慰めるはずだったのに、できなかったな。

そう思うと、寂しい。

バルダッサーレ殿下の気まぐれで、ぼくの日常は壊れてしまったのに、あんなに落ち込んだ姿を見せられると、怒りを持続できない。

色々と思い返している間に、与えられた部屋まで戻ってきた。ぼくの専属になったトルフィさんが、穏やかな笑顔で振り返る。

「テオドア様のお部屋は、バルダッサーレ殿下のお部屋と扉で繋がっております。鍵はテオドア様にお渡しするよう、言いつかっております」

「ありがとうございます」

装飾過多な金の鍵を受け取り、ぼくは少し考える。

どういう意味だろう?

「お召し替えなさいますか?」

「一人でできます。ありがとうございました」

ぼくが元々ファウスの従者であることは、周知の事実なのだ。

トルフィは、貴人に仕えるつもりでぼくに聞いてくれたんだろうけど、着替えの世話は必要ない。

ぼくが断るとあっさり引いてくれた。

「御用がございましたら、いつでもお呼びください」

「よろしくお願いします」

特に人の手を借りるような用事はないと分かっているけれど、身の回りの世話を担当する従者にとっては決まり文句のようなものだ。

ぼくはベッドの傍に置かれた寝間着を見つけると、お休みの挨拶をした。


着替えは一人でできるし、そのキラキラ衣装を脱ぐのも畳むのも問題ない。

昨日まで、ぼくがファウスの世話をしていたんだから。


つるつるの絹でできた寝間着に手早く着替え、しわにならないように服を畳むと、ぼくは金の鍵を持て余した。

繋がっているって、どこに扉があるんだろう?

キョロキョロ探していくと、壁の飾りに紛れるように扉があった。かわいらしい装飾で、通り過ぎてしまいそうだ。

「開いているのかな?」

触ってみても、ビクともしない。ドアノブがないので、おそらく殿下の部屋からは通れて、こちらからは開かない仕組みなんだろう。

開かない鍵を渡される意味が分からず、僕は金の鍵をベッドの傍にしまう。

それから、明るい月光が差し込む窓辺へ寄った。

室内には物の位置が分かる程度の灯りが灯(とも)されてい

る。

　望めばもっと明るくできるのは知っているけれど、もう寝るだけなのに油が勿体ない。

　外に輝く月の方が、よほど明るかった。

　窓から覗き込むと、王宮内のあちこちに、警備のための篝火が焚かれているのが分かる。

　ファウスのいる宮殿は、明るい月の光に飾りのタイルが反射していた。

　とても綺麗だ。

　ファウスは、あの宮殿のどこにいるのかな。

　あの灯りのついた窓のどこかがファウスの寝室だ。

　アダルとシジス。ぼくの部屋も並びにある。

　遠くに小さく見える灯りの下に、昨日までぼくもいたのだ。

　そう考えると、ぼくは込み上げてくる涙が溢れそうになる。

　落ち込んだバルダッサーレ殿下は気の毒だと思うけど、彼のせいでぼくはこんな目に遭っている。

　昨日までは、ぼくはあの宮殿にいたのに。

　ファウスの甘えん坊ぶりに振り回されながら、悩みと言えば、夜食はおにぎりか煎り豆か選べないことぐらいだったのに。

　今は遠くから、ファウスの宮殿を羨ましく眺めるだけだ。

「もー、ファウス様ったら」

　ぼくの口癖を小さく呟く。

　わがままなんだから。

　そう言いながらも、楽しくて笑う。ファウスを甘やかしてあげるのが嬉しくて、彼の傍にいられるのが幸せで。

　杏を食べさせて、と言われれば指ごと口に含まれて舐められる。

　ささやかだけど、楽しかった。

　瞼を閉じて、ガラスの窓に額を押し付ける。


　コン。


　窓が震えた。

　雨でも当たったのだろうか、良い月夜なのに。


　コン、コン。

雨の音にしては強く、はっきりと響く。

ぼくは目を開けて窓から外を眺めた。


コン。


「……ッ！」

少し離れた位置に、ファウスが逆さまにぶら下がっていた。

音がしていたのは、ファウスが窓を叩いていたからだ。

「え？　え？」

どういう事だろうかと驚いて周りを見渡すけれど、もちろん誰もいない。

ぼくを連れてきてくれた侍従官トルフィさんも当然いない。


テオ。開けて。


口の形から、ファウスがそう言っているのが分かる。

ぼくは慌てて、開けられる窓を探す。

ガラスの窓は嵌め殺しの飾り窓で、換気用の窓は別にある。

離れた位置にある木でできた窓を開くと、「テオ！」と元気なファウスの声が響いた。

夢だろうか。

ぼくがファウスのことを考えていたから、夢でも見ているんだろうか。

本当のぼくは、とっくにベッドで眠ってしまったのかな。

「テオ！　遅くなった」

換気用の窓はとても小さいのに、ファウスは器用に体を滑り込ませてくる。

体にぴたりと合った、黒っぽい服を着ていた。

漆黒の髪は闇に沈んでいるけれど、快活な黄金の眼差しは、悪戯が成功したように得意げに輝いていた。

あれだけ血を流し、怪我をさせられたのに、嘘みたいに元気だ。

良かった。

ふらふらになるまで叩きのめされて、まだ一日も経っていないのに、こんなに元気で良かった。

ぼくは安堵で座り込みそうになる。

「ファウス様？　どうして？」

もっとファウスの姿を見たいのに、溢れた涙で滲んでしまう。

「屋根の上を走ってきた。月が明るいから探しやすかったけど、警備兵に見つかりそうで冷や冷やしたぞ」

「屋根の上って」

溢れる涙が、ぽとぽとと床に落ちる。

ぼくはメガネを外して、必死で瞼を擦った。泣いている場合じゃない。

ぼくはファウスの無事な姿をもっと見たい。

「こんな危ないことをして、猫じゃないんですから……」

「どこにいるのか、なかなか見つけられなくて。テオ？　テオ、どうして泣くんだ？」

泣きじゃくるぼくに驚いたように、ファウスは抱きしめてくれる。

何度も抱きしめてもらった、ファウスの腕だ。

ぐずぐずと鼻を啜(すす)りながら、ぼくはファウスに抱きついてしまう。

「ここ、四階ですよ。来たら危ないじゃないですか。怪我はどうしたんですか？　痛かったでしょう？　安静にしてないと、ダメですよ」

こんなところに来てはいけない。

でも、来てくれてとても嬉しい。

ファウスに会えて、すごく嬉しい。

「これぐらい平気だ、テオ。だから泣くな」

溢れる涙を吸い取るように、ファウスの唇がぼくの頬に押し付けられる。

瞼に、額に、鼻の頭にもファウスは次々と口づけてくれる。

ぼくは縋りつきながら、されるままに口づけを受けた。

いつの間にか、涙が止まってしまう。

「前も、屋根を通って来てくれましたね」

ぼくが十歳の時。

父様が帰ってこなかった、心細い夜。

やはりファウスは来てくれた。あの時と同じだ。

ぼくが寂しくて、心細くて仕方ない時、手品みたいにファウスは来てくれるんだ。

そして傍にいてくれる。

強引なまでに優しくしてくれる。

ぼくは、不器用なほど真っ直ぐ優しさを示してくれるファウスのことが、とても好きだ。

「あの時はテオを袋に詰めたな」

「怖かったんですよ」

シジスの袋詰め作戦に、嬉々としてファウスは乗っかったのだ。ぼくは暗闇でジェットコースターに乗せられた気分だった。

「泣き止んでよかった。テオ、笑ってくれ。テオは笑っている時が一番かわいい。泣いてる時もかわいいけどな」

「そう思っているのは、ファウス様だけですよ」

「テオのかわいさが分からない奴は、目が悪いんだ」

大真面目に断言する。

ぼくは月明かりを頼りに、ファウスの顔に傷がないか探していた。

頰や瞼に擦り傷の痕があり、唇は切れて血が固まったままだ。

昼間、バルダッサーレ殿下に叩きのめされた痕だった。

「痛そうです」

そっと唇の傷に触れると、ファウスは目を細めて笑う。

「テオに格好の悪いところを見られてしまったな」

兄王子に負けたことを悔いているのだと分かる。

丸い耳がパタパタと忙しなく動き、尻尾もゆらゆら揺れていた。

ファウスが敗北を恥じているのだと知ると、ぼくは強く否定せずにはいられなかった。

「ぼくのために一生懸命になってくれた貴方が、格好悪いはずがないでしょう!」

「じゃあ。今でも俺のことを好きでいてくれるか?」

「……」

ぼくは今、立場上好きとは言えない。ただ、思いを込めて唇の傍に口づけた。

ファウスには、いつもこれで通じていた。

ぼくも好き。ずっと好き。

言葉にはできないけれど、一番好き。

「テオからキスしてもらえるなら、兄上に殴られた甲斐があったな」

「ぼくは生きた心地がしませんでした」

軽口を叩くファウスを、軽く睨みつける。

セリアンの化け物じみた体力は驚異的で、本当に治ってしまったらしい。ぼくが抱きついても、ファウスは痛そうな素振りも見せないのだ。

「ファウス様が元気で良かった。お会いできて、とても嬉しい。でも、早く戻らなければ。バルダッサーレ殿下の従者に見つかっても問題ですし、ファウス様の不在に気づいた女官さんも心配するでしょう？」

「俺は帰らない」

「……？」

「テオを攫って逃げる」

「ファウス様」

座り込んだぼくの手を、ファウスが強く握りしめる。

ぼくはファウスが何を言い出したのか、一瞬理解できなかった。

「もう袋に詰めなくても、テオ一人ぐらい背負って窓から逃げられる。テオ、一緒に行こう」

冗談の気配は微塵もなく、ファウスは真剣だった。

ぼくが頷けば、すぐに背負って走り出してくれるだろう。そうする力と意思が、彼にはあった。

ぼくを攫って逃げれば。

第一王子バルダッサーレ殿下が望んだ伴侶候補を攫って逃げれば。

ファウスはもう、戻れない。その意味が分からないほど、ファウスは子供ではないのだ。

「ファウステラウド・ヴェネレ・オルトラベッラ・ラヴァーリャ殿下。貴方は王子です」

「だから？」

「貴方がいなくなれば、大勢の人に迷惑が掛かります。貴方は、ここにいなければならない人です」

挑戦的にファウスは黄金の目を輝かせる。

ぼくはあえて正論を述べなければならなかった。

ぼくのために全てを投げ打つ覚悟をしてくれるのは、嬉しい。鳥肌が立つほど嬉しくて、切ない。

「それは、テオを泣かせるほどのことか？　テオが兄上に慰み者にされると分かっていて、目を瞑らなければならないほどのことか？

俺は、嫌だ。テオには笑っていて欲しい。兄上がテオに惚れ込んで伴侶にしたいというなら、まだ……。それでも譲る気なんかないけど！　俺に対して嫌がらせをするためだけに、テオを泣かせるようなことは許せない。逃げるしか方法がないなら、俺はテオを連れて逃げる」

次第に興奮してきたのか、ファウスの耳がピン、と立った。

ぼくの手を握る力が強くなっていく。

「ぼくは大丈夫です。ファウス様。泣いたりなんてしません」

「さっき泣いてた」

「それは、ファウス様に会いたかったからです。元気なお姿を見て、安心しました。もう泣きません」

「でも！」

「バルダッサーレ殿下は、ぼくはお好みではないようで、手は出さないとおっしゃいました」

「兄上の目は曇っている。こんなにテオはかわいいのに！　いや、気づかれたから困るから、気づかなくていいんだけど！」

「だから心配しないでください。今日は聖下にもお会いしました。ぼくが元気にしているか、気に掛けてくださいます。だから……」

ここに来てはダメ。

早く帰らないとダメ。

ぼくはそう言わないといけないのに、唇が震えてうまく言葉にならない。

泣かないとファウスに宣言したのだから、涙を零したら駄目なのに。

ファウスを一刻も早く帰さないといけないのに、行かないで欲しいと思ってしまう。

「テオ。テオ。俺はテオが一番大事で、一番好きだ」

ファウスの手が、ぼくの髪を梳いていく。うなじまで撫でおろして、また額に戻っていく。

「テオのためだったら、ラヴァーリャの王子でなくなっても、後悔しない」

「ダメですよ」

ファウスの側近となったアダルとシジスはどうするんだ？　主をみすみす逃した責任を取らされる。

ラヴァーリャ王子であれば、ファウスは国に貢献できる。そうするだけの教育を受けているんだから、投げ出しては駄目だ。

「テオがどうしてもダメって言うなら、俺も我慢する。でも、テオが一番大事なことだけは、忘れないでくれ。テオが悲しくて苦しい思いをするなら、俺が必ず助けに行く」

「ファウス様はもう来てくれました」

ファウスは困ったように笑う。

「俺は、傍にいることしかできていない。逃げるのがダメなら、何とか取り戻す方法を考える。待っていてくれるか？」

「信じています」

ぼくも、ぎこちなく微笑んだ。

今夜も来てくれた。

十歳の時も、来てくれた。

だから、ぼくはファウスを信じられる。この先がどうなるのか分からないけど、ファウスのことを信じている。

「テオからキスして」

望まれるままに、抱きついて唇を押し付ける。

かさぶたの感触が痛々しくて、胸が苦しい。

唇を深く結び合わせると、粘膜を擦るようにファウスの舌が入ってきた。

ぼくの舌をザラザラとしたファウスの舌が擦り愛撫してくる。とろりと身体が溶けてしまいそうなほど、気持ちがいい。

もっと深くファウスと繋がりたい。

ファウスを感じたい。

貪欲にファウスの首に縋りつくと、ファウスも受け止めてくれる。

唇を舐(ねぶ)る心地よさに震える。

口蓋を擦られると、背筋が痺れるような甘い感覚が広がっていく。

大好き、をもっと伝えたい。もっと伝えて欲しい。

「あんまりキスすると、離せなくなる」

「……」

ぼくも同じ気持ちだったので、頬が熱くなる。

とろりと快楽に蕩けたような気持ちで、ぼくはファウスを見上げた。

「必ず、取り戻しに来るから。待っていてくれ」

「信じています」

バルダッサーレ殿下は、ぼくをファウスへの嫌がらせと、自分が結婚しない手段として使うつもりだ。そうなれば、他の妃候補と争うことになるかもしれない。

不安はあっても、ぼくはファウスのためなら頑張れる。

名残惜(なごりお)しそうにもう一度抱きしめて、ファウスは来た時と同じように窓から出て行った。

この部屋にファウスがいたことが夢だったように跡形もない。

屋根を走って来たというけど、足音も、影もぼくには見つけられなかった。

「行かなかったのか」

「……ッ！」

不意にバルダッサーレ殿下の声が聞こえて、ぼくは心臓が縮み上がった。

とっさにバルダッサーレ殿下の部屋に繋がる扉を見るけれど、そこには誰もいない。扉は閉まっている。

幽鬼のように気配を消したバルダッサーレ殿下は、廊下側の扉の傍に立っていた。

「バルダッサーレ殿下」

「行かないのか」

ぼくは言い訳のしようがなくて、固まってしまう。

いつから見ていたのか分からないけれど、バルダッサーレ殿下の口調から、ファウスの姿は見られてしまったのだろう。

なのに、怒っている様子はなかった。

「行けばいい。お前も、私を置いて」

ゆらりと、左右に揺らぎながら、バルダッサーレ殿下が歩いてくる。

妙にフラフラしているし、呂律が怪しい。ぼくは逃げそうになる足を叱咤して、バルダッサーレ殿下の方へ近寄った。

ずいぶんと酒臭い。飲みすぎたのかな？

「よく見れば、お前の髪の色は似ているな」

バルダッサーレ殿下の手が、ぼくの髪に伸びる。

似ているって誰に？　ぼくの疑問に酔っ払ったバルダッサーレ殿下が気づくはずもない。

とっさに何をされるのか身構えてしまったけれど、適当に撫でられただけだ。

酔いのせいか動きが雑だ。

ぼくの頭はバルダッサーレ殿下の胸のあたりまでしか届かないんだけど、その大柄な殿下がぼくにもたれかかってくる。

「慰めてくれるか」

「はい？」

どういう意味だろう？　と考える暇もなく、ひょい、とぼくを抱き上げると、ベッドの上に投げた。

本当に投げた。

物みたいに。

色っぽい雰囲気なんて全くないけれど、前言撤回するつもりになったのか？

「お前の白い肌も、白い髪も、少し似ている」

ぼくのお腹に顔を埋めるようにして、バルダッサーレ殿下が伸し掛かってくる。

膝枕なのか。

ぼくは今、膝枕を強要されているんだろうか？

酔っ払いはぐりぐりとぼくのお腹に頭を押しつけてくるので、ふわふわふわした黄金の耳がパタパタ動くのが見える。

「誰に似ているんですか？」

「……」

黙ってしまう。

もしかして、寝てしまったのだろうか？　酔っ払いすぎて。

体重差がかなりある大柄な殿下に、膝から下を押さえ込まれて、ぼくは身動きが取れなくなって困った。

「眠くなりましたか？　殿下」

フワフワの丸い耳をそっと撫でると、ぴくぴくと動く。辺りをうかがうように、丸い耳の向きが変わる。

寝ているのか、起きているのかよく分からないけれど、ぼんやりしているのは間違いない。

「私にも、口づけをお許しください」

ぼくのお腹に向かって、バルダッサーレ殿下はもごもご話している。

敬語で話しかけられたので、相手が誰か分かってしまった。

バルダッサーレ殿下はずいぶん聖下に懐いているな、とは思っていたけれど。懐いている範疇(はんちゅう)を超えて、執着しているんだろうか。

「なぜ弟には許して、私にはお許しくださらない？　貴方は、私の欲しいものは決してくださらない。冷たい、酷い人だ」

ぼくと聖下を勘違いしているな。似てるのは髪の色ぐらいだけど。

ファウスとキスしたのはぼくなのに、いつの間にか混同している。

ずいぶん酔っぱらっているな。

目が覚めたら忘れるのかな。

「ぼくは、シモーネ聖下ではありませんよ」

「……」

ぼくのお腹に押しつけられていたバルダッサーレ殿下の頭が、もぞもぞと動く。

自分が抱きついている相手を確かめようとしているみたいだ。

怒られるかもしれないな、とぼくは身構える。

酔っ払って醜態を晒した相手を、バルダッサーレ殿下の誇り高さから許せるとは思わない。

怒鳴られるぐらいで済めばいいいな、と肩を竦める。

ぼくの顔をまじまじと見つめた後、バルダッサーレ殿下は「なんだ、また夢か」と呟く。

そのままもう一度ぼくのお腹に抱きついてきた。

「バルダッサーレ殿下」

「……」

すうすうと寝息が聞こえる。

パタパタ動いていた耳が、ぺたんと伏せられている。

ぼくはある意味ピンチに陥った。この大男を退かせる力はない。

ただでさえ重いのに、意識がなくなればさらに重い。

侍従官トルフィさんはいつでも呼べと言ってくれたけれど、呼び鈴まで手が届かない。

もちろん殿下を蹴落とすなど、できるはずがない。

ぼくは、足が痺れてもじっと我慢したのだった。

つづく

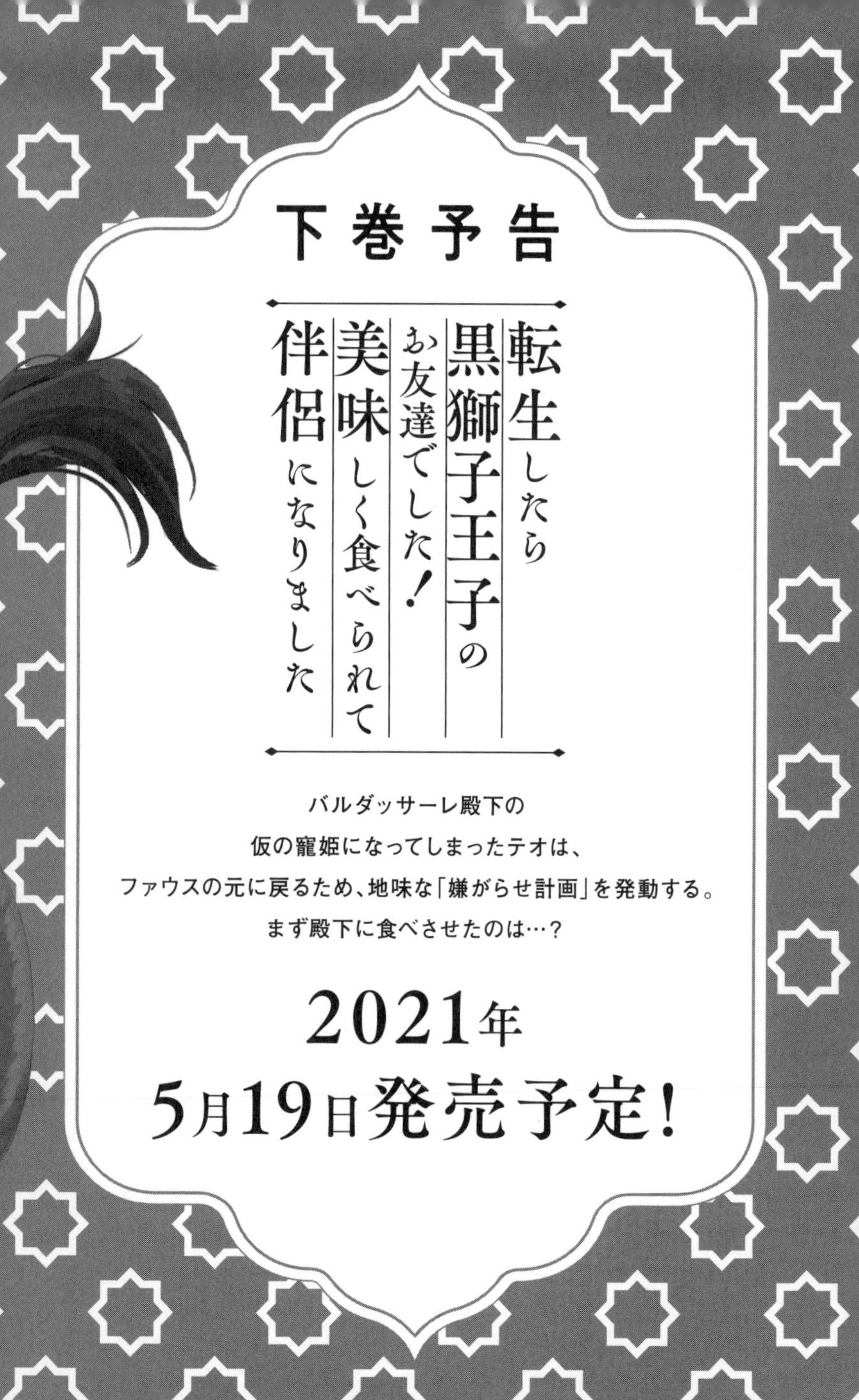

下巻予告

転生したら黒獅子王子のお友達でした！美味しく食べられて伴侶になりました

バルダッサーレ殿下の
仮の寵姫になってしまったテオは、
ファウスの元に戻るため、地味な「嫌がらせ計画」を発動する。
まず殿下に食べさせたのは…？

2021年
5月19日発売予定！

初出一覧

転生したら黒獅子王子のお友達でした！ 食べられないように偏食克服させます

※上記の作品は「ムーンライトノベルズ」
(https://mnlt.syosetu.com/)掲載の
「転生したら黒獅子王子のお友達でした！ 食べられないように偏食克服させます」を加筆修正したものです。
(「ムーンライトノベルズ」は「株式会社ナイトランタン」の登録商標です)

16歳　東方の翼が運んだもの　　書き下ろし

弊社ノベルズをお買い上げいただきありがとうございます。
この本を読んでのご意見、ご感想など下記住所「編集部」宛までお寄せください。

リブレ公式サイトで、本書のアンケートを受け付けております。
サイトにアクセスし、TOPページの「アンケート」から
該当アンケートを選択してください。
ご協力お待ちしております。

「リブレ公式サイト」
https://libre-inc.co.jp

転生したら黒獅子王子のお友達でした!
食べられないように偏食克服させます

著者名　猫梟・由麒しょう

発行日　2021年2月19日　第1刷発行

発行者　太田歳子

発行所　株式会社リブレ

〒162-0825 東京都新宿区神楽坂6-46
ローベル神楽坂ビル
電話03-3235-7405(営業)　03-3235-0317(編集)
FAX 03-3235-0342(営業)

印刷所　株式会社光邦

装丁・本文デザイン　円と球

Printed in Japan
ISBN 978-4-7997-5135-0